橄榄树下的集结

第二届三毛散文奖 获奖作品选

主 编：来 其
副主编：白 马

海峡出版发行集团
海峡文艺出版社

图书在版编目(CIP)数据

橄榄树下的集结：第二届三毛散文奖获奖作品选 / 来其主编. -- 福州：海峡文艺出版社，2020.7

ISBN 978-7-5550-2326-5

Ⅰ. ①橄⋯ Ⅱ. ①来⋯ Ⅲ. ①散文集－中国－当代 Ⅳ. ①I267

中国版本图书馆CIP数据核字(2020)第117942号

橄榄树下的集结
——第二届三毛散文奖获奖作品选

来 其 主编	
责任编辑	朱墨山
助理编辑	张 萌
出版发行	海峡文艺出版社
经　　销	福建新华发行(集团)有限责任公司
社　　址	福州市东水路76号14层　　邮编　350001
发 行 部	0591－87536797
印　　刷	三河市嵩川印刷有限公司　　邮编　065099
厂　　址	三河市杨庄镇肖庄子村
开　　本	787毫米×1092毫米　1/16
字　　数	320千字
印　　张	20
版　　次	2020年9月第1版
印　　次	2024年3月第2次印刷
书　　号	ISBN 978-7-5550-2326-5
定　　价	59.00 元

如发现印装质量问题，请寄承印厂调换

第二届三毛散文奖组委会成员名单

顾　　　问：沈国通（中共舟山市委常委、宣传部长）
主 任 委 员：臧　军（浙江省作协党组书记）
　　　　　　庄继艳（中共舟山市定海区委书记）
　　　　　　侯富光（中共舟山市定海区委副书记、区人民政府区长）
副主任委员：曹启文（浙江省作协党组副书记）
　　　　　　何徐华（中共舟山市定海区委常委、宣传部长）
　　　　　　杨亚儿（舟山市文联主席）
　　　　　　屠定玉（舟山市定海区人民政府副区长）
委　　　员：陆春祥（浙江省作协副主席、浙江省散文学会会长）
　　　　　　来　其（浙江省作协主席团成员、散文创委会副主任、舟山市作协主席）
　　　　　　冯季红（中共舟山市定海区委宣传部副部长、区文联主席）
组委会办公室主任：冯季红（兼）

第二届三毛散文奖终评委会成员名单

顾　　　问：陈田心（三毛之姐）
　　　　　　陈　杰（三毛之弟）
主 任 委 员：叶　辛（中国作协副主席）
副主任委员：陆春祥（浙江省作协副主席、浙江省散文学会会长）
成　　　员：彭　程（《光明日报》高级编辑）
　　　　　　洪治纲（著名评论家）
　　　　　　来　其（浙江省作协主席团成员、散文创委会副主任、舟山市作协主席）
　　　　　　赵荔红（散文家、上海人民出版社副编审）
　　　　　　蒋方舟（《新周刊》杂志副主编）
评委会办公室主任：白　马

第二届三毛散文奖审读委员会名单

主 任 委 员：杨海蒂（《人民文学》杂志社副编审）
副主任委员：马　叙（浙江省散文学会常务副会长）
成　　　员：江　子（江西省作协副主席）
　　　　　　　周维强（编审、浙江省作协文学评论委员会副主任、浙江省散文学会副会长）
　　　　　　　陈　锟（舟山市作协副主席、原《青年文学》资深编辑）
　　　　　　　杨晓晖（《新民晚报》首席编辑）
　　　　　　　杨献平（首届三毛散文奖获奖作家）
审读委办公室主任：白　马

第二届三毛散文奖获奖作品名单

散文集获奖作品（13部）

大　奖

贾平凹《贾平凹灵性散文》文汇出版社（2017.10）
钟文音（台湾）《舍不得不见你》大田出版公司（2017.8）
黑　陶《泥与焰》广西师范大学出版社（2017.11）
傅　菲《故物永生》广西师范大学出版社（2017.10）
冯秋子《冻土的家园》大象出版社（2017.5）

潜力奖

唐朝晖《折扇——最后一位女书自然传人》十月文艺出版社（2016.11）
张加强《太湖传》浙江人民出版社（2016.10）
冯　杰《九片之瓦》作家出版社（2016.6）

艾　云《我的痛苦配不上我》四川人民出版社（2016.1）

新秀奖

盛文强《岛屿之书》中国工人出版社（2017.8）
向　迅《斯卡布罗集市》作家出版社（2016.4）
黄　灯《大地上的亲人》台海出版社（2017.3）
谢宝光《捡影子的人》长江文艺出版社（2017.12）

单篇散文获奖作品（13篇）

大　奖

复　达《北纬三十度的海味（组章）》（《文学港》2017年11期）
晶　达《二分之一血液和孤独的舌头》（《滇池》2016年9期）
钟怡雯（马来西亚）《昨日的世界》（《联合报》2016年3月1日）
胡　烟《夜访菖蒲君》（《福建文学》2017年12期）
耿　立《祭父帖》（《北京文学》2016年7期）

潜力奖

沈　念《少年眼》（《散文·海外版》2017年4期）
张巧慧《金石永年》（《人民文学》2016年12期）
王　族《判断者说》（《人民文学》2017年7期）
聂小雨《筒子楼》（《广州文艺》2017年9期）

新秀奖

陈　词《一棵水稻的现代属性》(《青年作家》2016年8期)
阿微木依萝《那年秋风》(《西部》2017年3期)
周华诚《村庄的黄昏》(《山西文学》2017年3期)
朝　颜《逃离》(《民族文学》2017年9期)

目录
contents

1 散文集大奖

上编　获奖散文集作品选

再哭三毛　/002
贾平凹

和母亲一起流浪　/006
钟文音

王村口　/015
傅　菲

尖叫的爱情和其他　/020
冯秋子

南　方　/028
黑　陶

2 散文集潜力奖

植物性，唐保贞　/035
唐朝晖

寻找一个东方大湖的人文基因　/040
张加强

九片之瓦　/051
冯　杰

我的痛苦配不上我　/057
艾　云

3 散文集新秀奖

夜　叉　/066
盛文强

斯卡布罗集市（节选）　/072
向　迅

用文字重建与亲人的精神联系　/081
黄　灯

我在皋塘村（节选）　/088
谢宝光

下编　获奖单篇散文作品

1　单篇散文大奖

北纬三十度的海味（选两章）　/096
复　达

二分之一血液和孤独的舌头　/103
晶　达

昨日的世界　/116
钟怡雯

夜访菖蒲君　/121
胡　烟

祭父帖　/133
耿　立

2　单篇散文潜力奖

少年眼　/148
沈　念

金石永年　/154
张巧慧

判断者说　/175
王　族

筒子楼　/199
聂小雨

3 单篇散文新秀奖

一棵水稻的现代属性 /212
陈　词

那年秋风 /224
阿微木依萝

村庄的黄昏 /254
周华诚

逃　离 /269
朝　颜

附　录

三毛散文奖评奖条例 /284

三毛散文奖审读委推选细则 /287

三毛散文奖终评委评选细则 /290

第二届三毛散文奖初评入围作品名单 /293

第二届三毛散文奖获奖作品颁奖词 /297

上编
获奖散文集作品选

散文集大奖

再哭三毛

贾平凹

我只说您永远也收不到我的那封信了,可怎么也没有想到您的信竟能邮来,就在您死后的第十一天里。

今天的早晨,天格外冷,但太阳很红,我从医院看了病返回机关,同事们就冲着我叫喊:"三毛来信啦!三毛给你来信啦!"

这是一批您的崇拜者,自您死后,他们一直沉浸于痛惜之中,这样的话我全然以为是一种幻想。

但禁不住还在问:"是真的吗,你们怎么知道?"他们就告诉说俊芳十点钟收到的(俊芳是我的妻子,我们同在市文联工作),她一看到信来自台湾,地址最后署一个"陈"字,立即知道这是您的信就拆开了,她想看又不敢看,啊地叫了一下,眼泪先流下来了,大家全都双手抖动着读完了信,就让俊芳赶快去街上复印,以免将原件弄脏弄坏了。

听了这话我就往俊芳的办公室跑,俊芳从街上还没有回来,我只急得在门口打转。十多分钟后她回来了,眼睛红红的,脸色铁青,一见我便哽咽起来:"她是收到您的信了……"

收到了，是收到了，三毛，您总算在临死之前接收了一个热爱着您的忠实读者的问候！

可是，当我亲手捧着了您的信，我脑子里刹那间一片空白呀！清醒了过来，我感觉到是您来了，您就站在我的面前，您就充满在所有的空气里。

这信是您一月一日夜里两点写的，您说您"后天将住院开刀去了"，据报上登载，您是三日入院的，那么您是以一九九○年最后的晚上算起的，四日的凌晨两点您就去世了。

这封信您是什么时候发出的呢，是一九九一年的一月一日白天休息起来后，还是在三日的去医院的路上？

这是您给我的第一封信，也是给我的最后一封信，更是您四十八年里最后的一次笔墨，您竟在临死的时候没有忘记给我回信，您一定是要惦念着这封信的，那亡魂会护送着这封信到西安来了吧！

前几天，我流着泪水写了《哭三毛》一文，后悔着我给您的信太迟，没能收到，我们只能是有一份在朦胧中结识的缘分。

写好后停也没停就跑邮局，我把它寄给了上海的《文汇报》，因为我认识《文汇报》的肖宜先生，害怕投递别的报纸因不认识编辑而误了见报时间，不能及时将我对您的痛惜、思念和一份深深的挚爱献给您。

可是昨日收到《文汇报》另一位朋友的谈及别的内容的信件，竟发现我寄肖宜先生的信址写错了，《文汇报》的新址是虎丘路，我写的是原址圆明园路。

我好恨我自己呀，以为那悼文肖先生是收不到了，就是收到，也不知要转多少地方费多少天日，今日正考虑怎么个补救法，您的信竟来了，您并不是没有收到我的信，您是在收到了我的信后当晚就写回信来了！

读着您的信，我的心在痉挛着，一月一日那是怎样的长夜啊，万家灯火的台北，下着雨，您孤独地在您的房间，吃着止痛片给我写信，写那么长的信，我禁不住就又哭了。

您是世界上最具真情的人，在您这封绝笔信里，一如您的那些要长存于世的作品一样至情至诚，令我揪心裂肠的感动。

您虽然在谈着文学，谈着对我的作品的感觉，可我哪里敢受用了您的赞誉呢，我只能感激着您的理解，只能更以您的理解而来激励我今后的创作。

一遍又一遍读着您的来信，在那字里行间，在那字面背后，我是读懂了您的心态、您的人格、您的文学的追求和您的精神的大境界，是的，您是孤独的，一个真正天才的孤独啊！

现在，人们到处都在说着您，书店里您的书被抢购着，热爱着您的读者在以各种方式悼念您、哀思您，为您的死做着种种推测。

可我在您的信里，看不到您在入院时有什么自杀的迹象，您说您"这一年来，内心积压着一种苦闷，它不来自我个人生活，而是因为认识了您的书本"，又说您住院是害了"不大好的病"。

但是，您知道自己害了"不大好的病"，又能去医院动手术，可见您并没有对病产生绝望，倒自信四五个月就能恢复过来，详细地给了我通信地址和电话号码，且说明五个月后来西安，一切都做了具体的安排，为什么偏偏在入院的当天夜里，就是四日的三点就死了呢？！

三毛，我不明白，我到底是不明白啊！

您的死，您是不情愿的，那么，是什么原因而死的呀，是如同写信时一样的疼痛在折磨您吗？

是一时的感情所致吗？

如果说这一切仅是一种孤独苦闷的精神基础上的刺激点，如果您的孤独苦闷在某种方面像您说的是"因为认识了您的书本"，三毛，我完全理解作为一个天才的无法摆脱的孤独，可牵涉到我，我又该怎么对您说呢，我的那些书本能使您感动是您对我的偏爱而令我终生难忘，却更使我今生今世要怀上一份对您深深的内疚之痛啊！

这些天来，我一直处于恍惚之中，总觉得常常看到了您，又都形象模糊不清，走到什么地方凡是见到有女性的画片，不管是什么脸型的，似乎总觉得某一处像您，呆呆看一会儿，眼前就全是您的影子。

昨日晚上，却偏偏没有做到什么离奇的梦，对您的来信没有丝毫预感，但您却来信了，信来了，您来了，您到西安来了！

现在，我的笔无法把我的心情写出，我把笔放下来，又关了门，不让任何人进来，让我静静地坐一坐，不，屋里不是我独坐，对着的是您和我了，虽然您在冥中，虽然一切无声，但我们在谈着话，我们在交流着文学，交流着灵魂。

这一切多好啊，那么，三毛，就让我们在往后的长长久久的岁月里一直这么交流吧。

三毛！

1991年1月15日下午收到三毛来信之后

（选自《贾平凹灵性散文》文汇出版社 2017.10）

和母亲一起流浪

钟文音

十八岁之后，我把母亲一个人留在原地

　　那时我离开母亲，开始我人生流浪的长征，上大学，知识与爱情，只是一种掩护，大半都是不知所以的随际遇四处飘荡，在读书留学与几场感情中虚度光阴。我长途流浪之后，有几回返家时吓到她，尤其是地中海与北非游轮的那回，母亲开门时，吓坏了，因为她看到一个黑人，我应该晒得跟木炭差不多，晒伤的红色褪去后转成了黑色素，脱皮的肌肤与发旧的牛仔裤，看起来都像个浪女。丐帮之类的什么波希米亚都是她讨厌的形象。

　　在我无数的旅途里，其实在旅馆只身一人时，我常无端地想起孤单的母亲，带着内疚似的想念，揪着心，像一场又一场童年的移动，那时的她带着小包包，里面装着企图要卖出去的走私洋烟洋酒，她勤劳地画着移动的版图，每天晚上入睡前想着明天要去哪一区卖，哪一区比较有店家，她就像一个跑单帮的个体户，熟悉每一条街谁有钱，是老板做主还是老板娘做主，是喜欢饮酒还是喜欢抽烟的，

她都会留意着店家主人的癖好。

　　我在一间又一间的旅店移动时，白日张望着世界，到了夜晚盯着天花板发着愣时，母亲的形象就跑进来了。那时我会很想打一通电话给她，听听她那年轻时因为在市场叫卖而早已粗哑的嗓子，即使只是喂一声，因为那一声代表她还好好的。但我常常想着想着仍没有打电话，有时候电话会响起，她打来了。但她仿佛也和我的心思一样，只想听我喂一声，确定我在旅途里安然无恙，然后就急匆匆地说国际电话太贵了，不聊了。

　　徒留我在遥远的彼端怅然。那种怅然是既想靠近又想远离，既爱又畏，知道相处超过两天就要翻脸的一种紧绷关系，因而迟疑着靠近相思的步履。

旅行挽歌

　　母亲不曾和我流浪，现在我却被迫和母亲一起流浪。

　　这像是一场又一场的旅行挽歌，新流浪者之歌，在苦痛国度流转。

　　我的流浪生活圈开始随着母亲的疾病，以二十八天为一个周期，且被迫短暂就此生根。剪发，吃饭，洗衣，慢跑，散步……流浪的地方没有咖啡香与抵达的想象欢愉，只有酒精刺鼻与尿屎药味扑鼻，以及无尽的孤独和午夜的梦呓呻吟。

　　随母亲流浪在各家医院，我才知道一家医院健保给付仅提供住院二十八天，之后如医生允许可以再有两周自费的弹性，如二十八天的时间到了，而要转去的另一家医院病床却尚未有着落时，就开始有一种等着被遗弃之感。每当快要满二十八天时，医生或护理师总是跑来关切着，询问下一家医院有无着落，等等，生怕我们要赖着不走。就像旅店中午前得要check out一样，时间一到电话急催，多待一个小时就要加钱似的急急如律令。我总是担心着我们要被丢到医院外围了，和旅途流浪时，到了晚上却仍寻不到旅馆时的惶惶然一样。

　　护理长最后总会跑来关切：有去排其他的医院吗？何时要离院啊，不能再住了喔，最慢这周五一定要办离院手续喔。每个句子都加了个"尾音"，好让我们听了舒服些。但语气好像是母亲舍不得离开似的，其实下一个医院病房往往没有着落。

那时我们是医院流浪的新手，这江湖还很不熟悉

这让我想到我的流浪，有时下一站没有预订好旅馆，就开始想是否要去住车站或者开始找朋友帮忙介绍他们的朋友是否可以临时借住。

到了过年，医院病房廊道静悄悄的，犹如在星际漂浮的宇宙飞船，护理站更像是零星一两个航天员守着空荡荡的太空站之感。母亲的病房外是一座运动场，平日跑步运动的人不见了，几个小孩放着冲天炮，偶尔闪过窗边的炮声却十分孤寂。

过年了，我对母亲说。

拉开苹果绿帘子，母亲瞥头望了窗外一眼，旋即阖上目光，瞳孔一瞬间有点儿濡湿。这是我见过最寂寥的流浪时光，连看护都要请假拜拜去吃年夜饭。病人回家的回家，送短期赡养院的送赡养院，剩下没有其他选项的病人，我听见廊道的尽头有一家人在互道新年快乐，我剥了个柑橘，果皮的气味瞬间掩过鼻息，我面无表情地一瓣接着一瓣，吃着吃着忽然很想掉泪。

世间旅路如斯万劫历生，就这么一瞬灰飞烟灭。

我握着母亲的手，给她冬日的温暖，然后递给她一个红包，就像童年一样，只是收受的手换了，纹路变了。

最初与尽头的床

床，流浪一日的终点，在奔劳中觅得一床可歇憩，供旅人洗尘，躺下，床收容了旅人的身心或者爱欲。

床，人身一生的起点与终点，婴儿床、病床、电动床……撤去的肉身等待下一具移进，不可见的无形动线，躺着时间的身体。

二十八天的时间到了，自费的时间也逼近了。终于电话响了，且一响就是好几个，忽然病床不挤了，流感病人好了，母亲的流浪旅程又取得了通行的护照。

就这样，二十八天的周期持续着，开始半年的循环。每个流浪的环节逐渐熟悉，运送的救护车已经开始见到熟悉面孔的司机，常采买物品的商家店员还会打

电话来说有折扣，水果店告知柑橘快要到尾声，看护开始要我留意轮椅和电动床的价位，并暗示她介绍的小杨很可靠（其实是对她的佣金很可靠）。

仿佛旅行时入住过的旅店不时传来有折扣的简讯，或者航空公司寄来的优惠特价套餐邮件，或者不时跳出折价券将要过期的讯息……我的流浪充满着蓝天大海高山绿树的诱人风光，或者飘满咖啡美人的异旅气息。而关于和母亲的流浪，跳出来的字眼多是轮椅折价、气垫床特惠、包大人买三送一、亚培买三箱送六瓶……毫无喜悦的折价，反而一直被提醒某种难言的疼痛。

被迫的入住者

护理站像旅馆柜台，夜晚总有失眠家属殷切着急询问各式各样的状况，就像在流浪的旅馆里，旅人睡眼惺忪地说着水龙头坏了、马桶阻塞、电话不通、隔壁太吵，等等。我也曾站在护理站多次，和护理站的人近乎客诉地说着隔壁床是疥疮病患应该隔离，因为疥疮感染很快，母亲卧床不能自理，很容易就会感染了。

过往我旅行边界与边界，很少驻足柜台，而母亲流浪医院期间，我驻足柜台的次数超过我二十年旅行的总和。

我可能也得了焦虑症了。

流浪的旅程终有离与返，母亲的衣物随着冬日延展到初夏，季节清楚地帮我们标志这段流浪的时间维度。

每回转院，我们都得陪同母亲再次受苦，因为她总是再度失望，以为可以回家，结果却又回到了医院。

漫长的旅程终结束时，才想到和母亲一起流浪了冬春夏三季节，回想又历历在目又飘忽已远，就像一个旅人在旅行时无法回忆，必须旅程画上终点，回忆才进来，从午夜的高烧呓语转成。

临时组合的医病马戏团

常常心里想着要去探望母亲。却不小心就开错到了上一家流浪的医院。比如开到了关渡，甚至有时已经去到病房才发现睡着的人不是母亲，这时才想到母亲已经转院了。

这和我旅途他方过久所产生的游离症很像。

这段时间，和我们一起流浪的还有看护与按摩师。庞大的流浪者，绕着医病之间进行。家属、看护、按摩师、评估师，这些人就像一个参与某某病人的流浪计划而短期遭逢的人，或者进行一场短期滞留在一起的医病马戏团。

看护随换医院移动要多付钱，按摩师则有所属区块。阳明关渡马偕荣总振兴，形成一个欧盟似的流浪地图，他们通行在此。同病房的家属彼此联盟，一个在按摩，另一床的家属也跟着过来瞧，使得按摩师的地理疆界随着不同病人而扩大。

一起流浪的人，包括这永远未知数的同房邻居。

母亲流浪在复健中心比较容易遇到熟面孔，因为复健时光漫长。病床空了一个晚上或者一个上午之后，下午很快就移进另一个新的病友。

痊愈者离去，此去江湖，再也不相见。看着他们能够出院的背影，总是令我和母亲深深地艳羡着。我们跟着这个旅程，细数过换过多少位病人了，来来去去，多是吵着要回家的。唯独一个阿嬷不愿意回家，因为她怕回家就会死去，觉得在医院才安全，随时有护士来量血压与体温。

时间让我从新手变成老手。看着别的家属的彷徨，无知……仿佛再次照映我陪母亲最初入院流浪的模样。

短期遭逢者的狂想曲

转盘式的人生，他们流浪在病痛的边境，搭乘这列列车的人是愁容满面的旅者。和我过去流浪旅途时所阅读的各色脸谱，是苦乐的两端。好奇转成静默，热络转成死寂。

我总是想，床旁的机器蜂鸣声是否可以转想成旅馆午夜偶尔传来的麻将声，是否能把病患的哀号声转想成玩心跳的尖叫声，是否可以把午夜的呻吟转想成情侣的呢喃，是否可以把集体病患陷入的热烧转想成旅人的梦呓。

然而，转想是难的，转念是难的，即使转得了一瞬，也转不了一时。

通往每一个房间的脸孔因疼痛而扭曲变形，因疾病而削骨皮枯，因无望而空洞无神，病体的尿臊气味混着药与酒精，家属各自熬煮或者携来的杂食便当充斥廊道。使我行经时，脑中不禁浮现着我在旅途里无数青年旅馆中那些还苹果肌、婴儿肥，残存着白昼的疲惫与夜寝的酒精，残留着邂逅的欢愉与别离的彻夜交谈。

陪母亲的医院流浪，使我倒带着自己如此任性的旅程时，我的心常被时间啃咬，回不去的种种懊悔。

我仿佛是天父最疼爱的孩子，但却流徙他方。在圣者留名的医院，我总想起云游僧与圣者，他们启程为的是宣道，而我的起程为了什么？

我常常一个人像梦游者般地走过廊道，像一架摄影机似的望着靠近床的病人，但这些病容只显现了数字，还有机器仪表板跳动的血压脉搏。无从看出他们健康时的人生故事，在制式的病服下，只剩男或女。一切的物质都被退去，换上医院的物品，在此平台只有一个名字就是病人。

病人的家属会记得他们健康时的人生故事，如果陪病者有一双穿透病魔的能力，能把他们的故事写下来。问题是每个人背后所拖带的那个世界是否值得被打捞上岸？

母亲如果没有我这样的提笔者，也将悄悄地来到这个世上，悄悄地离开。然而写下来又如何？在此人世，文字也如浮萍。

过境室

家属休息室让我想起机场过境室，在椅子上有人或酣睡或看手机或看电视屏幕，或者看着跑马灯。只是休息室跑马灯的是病人医师的名字，以及开刀科别，时间写着等待中、手术中、恢复室中。而过境室跑马灯闪烁的是飞机航班、航道以及准时或延迟。

家属休息室广播声响的是家属名字，过境室也常喊着尚未登机者的名字。

家属休息室的每一张脸都像是上方罩着乌云，等待结果。墙上有三个屏幕，病患名字其中一个字因个人隐私被圈起来，我一直盯着屏幕中的苏〇〇。

　　住院中、手术中、恢复中，代表三种状况。漫长的等待，就像登机前等待时的昏眩，极度旅行后的疲惫，一听到登机广播即醒转冲至入口。

　　休息室气氛凝结，沉重。因此有的手持念珠，有的念经，有的看着跑马灯想心事，有的看着电视节目却无神盯着，有的在低语，有的则手抚胸前十字架。

　　在家属休息室，我看着屏幕跑马灯秀出母亲已经抵达恢复室时，我就像领航员准备她的降落。

　　接着就是要接机了，只等广播喊着母亲的家属就可直奔去接她了。我开始竖起耳朵，当广播母亲名字时，我奔至恢复室。母亲推出时看起来颇严重，由于罩着氧气，又见着不少血迹，看起来蛮触目惊心。

　　好在隔日她已醒转，麻醉刚退，她像是转机过多而在旅馆昏睡多日的旅者，一时不知身在何处。我有多次在旅馆醒来望着天花板几秒时，心有着大片的空洞感，我望着母亲那缩小成缝的眼睛，我急忙伸出我的手，同时出声喊她，我的声音如引磬，逐渐引领她的灵识回返人间。

你不是流浪者

　　就这样哭干了眼泪。她曾呼风唤雨，她曾火烧燎原。她曾是星星，朝着虚空银河前进；而我是野荡的灵魂，呼吸着自以为是的云游空气。现在我看到了她身后的一切，如此慈眉善目。这间有着白钨丝灯的房子，刻印着神的脚步，传道者抱住她缠裹她。如果有人注视母亲的眼睛，会看见一个女儿，会看见我的温度，看见我看护母亲的手工艺，看见那比文学还强的初心。不知沙漏何时将尽，每一天拥有母亲是如此强大着我的心。她的存在不是失能失语的病人名词，她的存在是无言的力量，是生命与爱的示现。

　　点点滴滴在心头。点滴，滴滴沿着微血管爬行。食道，关闭了。那流奶与蜜的土地，也荒芜了。凡药都有三分毒，而心毒是最强的，必须减缓剂量才能横渡悲伤大海。

保留一个地方想念你

窗外，是我们的山盟海誓。在我们的海，看着不老的父亲上岸，看着父亲未竟的海，看着母亲迟暮的海。年轻的母亲很少看海，海让她忧愁。在晚年静止的时光，母亲开始看海。她的心流动着一座海，海底有未知的谜，有沉睡的爱情风景，有涌动的相思潮波。在我们的海，险象环生，美丽而危险。但我知道我天生就适合当你的女儿，故事从你开始。故事从我结束。

爱到不能爱，走到不能走。沿着这条马路，就可以找到母亲从少妇到老年的路。在回忆之地寻你，我喜欢看你快乐的样子，那很稀有。那里面藏有爱的神秘奥义。你的脚踏车自此没有再被踏出门一步，而岁月已逝。我想象你那有力的双脚是如何瘫下来的？这病老的过程触目惊心，这让你置身仿如地狱的苦痛，如此静默无言。你是我的黄粱一梦，我携梦前进白日。你是我的刺鸟，你最后只为将爱狠狠插进我的胸膛。等待夏天，骚夏蝉蜕。舞台灯灭，等待换景。等待重逢，等待你再度快乐的样子。与母亲你这般亲密的日子，是上天给我的补考安排。

这天地太大，不适合只爱家的你

病魔总是随时准备大啖病者的意志血肉，让脆弱的小羊不得不臣服于虎豹所咬住不放的肉身。如果有人（或神）能从乌云满布的天空中闯出金光灿烂，即使只是一瞬，即使只是几丝金缕微光，我都会替所有搁浅的流浪者感激涕零。

年轻的母亲是天是地，是世上绚烂的花火。因她的深爱才存在我的独特美丽，因深信才打赢生活对我们的逆击。她燃烧自己的青春，换我日夜供灯的烛泪。母亲是真心的，连骂我都是真心的。她被迫关在病房度晚年，我则自愿关在房间书写。漫长的征战，泪水洗刷过去洗涤伤痕，洗净脸庞洗去苦楚才敢回到她的身旁。

我行花未开

母亲不知道她是怎样成就女儿的,她只是如狼如豹地守着猫女儿,她曾扬言就是变鬼变兽也要为女儿抵御外险入侵。于是,猫也被她养成了豹,看守着受伤的王。经历母亲卧床的第499天的那一日起,我告诉自己,提笔吧。当潮骚与悲伤降低了它的剧动,当苦痛如悬浮物沉淀,当刺伤的光调暗了,守夜人开始以静笔回望这病老之地。书写是否有疗效?或只是一场空梦?或者以写作治病,却加重病情?当生命杂草丛生,披荆斩棘之必要。把粗糙现实磨砺成发亮钻石,把自己从荆棘中开成一朵花魁。

以前为爱情流浪,换来的只是虚无。现在为母亲流浪,换来的是拥有。失去母亲的那种伤心是无法被分摊出去的,母亲是唯一的,不可替代的。至于情人,微不足道。

在这个医病马戏团的流浪终点,我才明白这世界上能无条件爱我的人只有你。母亲,我唯一的所有格,我的天可汗。

[(台湾)钟文音《舍不得不见你》大田出版公司 2017.8]

王村口

傅　菲

山体高耸，拔地而起，以圆锥形往上收缩，如垛如塔，是密密匝匝的立柱。山梁绳结着山梁，如远古浩荡货队的马匹，在浙西南大地上，不知疲倦地踏阶而行。悬挂在马头的摇铃，叮当叮当，清脆，悠远，寂寞。货袋缝着故土的气息：咸鸭蛋霉干菜，黑布鞋蓝头巾，盐巴茶叶。马匹壮硕，肌腱如鼓，摇铃有马蹄踏步舒缓的节奏。驮货人戴着尖帽斗笠，扬着马鞭，吹着嘘嘘嘘的口哨。峡谷是一块长瓢状的肺，作长呼吸，呼时，云四处飘散，潮水般败退；吸时，云慢慢盘缠，黑如胶漆。肺鼓起来，瘪下去，山脊线波浪般起伏——哦，仙霞山脉是隐秘的巨型庙堂：山与山之间的坳谷，是疏疏的瓦垄；山脊线勾画出各个庙殿的立体廊檐；立柱撑起大地的高度；葱茏的森林是黏附在墙壁上的苔藓，那么幽静、雅致；丽水盆地是庙前的空地，钟声从这里播响天宇。

一条江把庙堂围拢。江是乌溪江，带来日出，也带来日落；孕育芽胚，也霉腐枯叶。

乙亥年三月末，我进入仙霞岭山脉。从遂昌县城出发，中巴车在崇山峻岭间弯来绕去，像一条墙根下的蜈蚣。出发之前，我并不知道自己要去哪里——去的地方，我不喜欢事先知道——这让我有了在迷宫行走的错觉。山在峡谷两边拉斜，茂密的植被板结了初春浓郁的色彩。山坡上的杜鹃花，一蓬蓬，娇艳欲燃。野山樱从绿树丛中，突兀出来，花色虽将尽，仍白白一片堆积在枝头。峡谷慢慢收拢，山峰陡立。一条大江在峡谷静静流淌。我怔怔看着窗外翠绿的溪流，竟然失语。大江流淌得过于安详，过于专注。

临近中午，到了一个江边小镇。在桥头，我下了车。我在一个木头指示牌上，看到了三个字：王村口。小镇依江而建，两岸屋舍如春季的荒野蘑菇，古朴生动。河岸筑起了高高的石墙，收窄了河床。河床清瘦，裸露的河石被河水磨圆。江水撞击着河石，有了哗哗哗的奔流声，击出飞溅的水花。我站在桥沿，往下看，水珠被风扑打在脸上。水珠清凉，沁人心脾。桥是木廊桥，有些年代了，桥墩柱长了稀稀的地衣植物。一对情侣在桥上照相，以江为背景，扶着栏杆，满眼春色。我想，他们也该是这个镇子里的陌生人，如我一般。廊檐往桥身两边斜，斜出残月，此时没有残月，斜出一轮橘色的太阳。岸边人家临江的院子，梨花开过了屋顶，白灿灿，粉团粉团。篱笆外，高高的黄檫树，杏色的花簇拥。乌溪江从弯曲的山弯口转过来，直流，形成一个江滩。江滩黄白色，是河砂反射阳光的颜色。我扶着栏杆，看着看着，便过了江，进了村舍。

我不知道这个村舍，何时，从何地，迁居而来的。从村子的体量看，至少在元代，这里有了人烟。村子像一把篦子，篦针是一条条巷子。巷子狭窄，铺着旧年的石板。巷子的格局，大多相同。巷子两边的屋舍，也大多相同：三层半，斜屋顶，小开门，屋后是院子。巷子一直往里深，最长的巷子沿石台阶而上，逼仄伸到山边菜园。在深巷里，依然可以听见江水声。江水声像一辆马车，车轴咿咿呀呀，木轮子压着石块，轻微地晃荡。我站在山边颓圮，四处望了望，青山如笔，骄阳欲燃，油桐花开满了地处的山冈。落户江边最早的村民，姓王。乌溪江随王姓，遂名王溪，村处江口，遂村名王村口。

在没有公路的年代，这里是偏远的森林村落。但不会闭塞。乌溪江发源于九龙山，收集了仙霞岭山脉的雨水，浩浩汤汤，一路向西北，再向东南，流入衢江，汇于钱塘江，注入东海。先民坐上竹筏或木排，带着茶叶、香菇、木耳、棕皮等山货，顺江而下，换回海盐、布匹、陶器。在巷子里，我看到青石的门框上，都悬有"××门第"的匾额。顺江而下的先民，见过书声琅琅的书院、繁忙的酒肆、斜窗的花楼、雕花门楼的钱庄、温软款款的绍兴戏，他们把这些带了回来。他们在乌溪江两岸，建码头，修戏台，兴书院，开客栈，筑天后宫，于是有了村镇。王村口成了乌溪江流域的旅人安歇地。货物在这里集散。王村口成了闽北与浙西南人员南来北往的古道驿站。明崇祯年间（1628—1644），曾立防御厅于王村口，清代亦设驻防署。山区村镇进入了朝廷的视野。

码头不一定大，但一定高，河石砌垒的埠石阶，一级一级往下伸，伸进了泱泱的江水里。山中驮货的马，放养在山边，送货人把麻袋里的山货，一袋袋卸下来，送到收货铺。货物随江水走，江水流到哪儿，货销在哪儿。送货人回到了更深的山里。也有不回去的送货人，在客栈，认识了江边的姑娘，他把马拴在姑娘院子里的梨树下，随姑娘去垦荒，种田，采药。

峡谷纵深百公里，江水也延绵百公里。山脊线有多长，江水便流多长。仙霞岭山脉是武夷山山脉北部余脉，横贯闽北浙西南，毗连赣浙交界的铜钹山山脉。武夷山山脉是南方大地盘卧的苍龙，仙霞岭山脉是苍龙腾起时露出的一片龙爪。墨绿色的龙爪，深深嵌入浙西北大地。海啸喷出海浪一样的山体，并不落下，而是板结。延绵有致却相互交错的山梁被乌溪江绑在一起。

每一条河流，都有自己的重要的纪年史。1935年无疑是一个极其重要的年份。该年1月27日，闽浙（皖）赣革命根据地的创始人和领导者、红十军团军领导人方志敏，在怀玉山被叛徒出卖，不幸被俘入狱。方志敏坚贞不屈，在狱中写下了《可爱的中国》《清贫》，对信仰至死不渝。8月6日，方志敏在南昌英勇就义，时年36岁。

时任红十军团军参谋长粟裕、政治部主任刘英在皖南突围中浴血奋战，带领部队，进入闽北，进行游击战，再进入瓯江流域进一步扩大革命活动。民国24年，即1935年，粟裕于8月抵达遂昌王村口，创建中国工农红军挺进师，出任师长，刘英出任政委，并建立王村口苏维埃政府。挺进师在浙西南与敌人进行了艰苦卓绝的革命斗争，队伍由创建初期不足500人，经过三年的发展，建制逾1000人，开辟了浙西南根据地，为解放浙江奠定了坚实的基础。

挺进师师部驻扎王村口桥西村中段街道程宅。程宅坐西北朝东南，建于民国初年，五开间两厢式三层楼房，砖筑门墙，正屋三层，边厢二层，设四开花格门，三楼外设木楼梯。程宅隐于街道西侧，底层外通乌溪江，可乘船走水路。

作为革命旧址的程宅，保存完好。在林立的楼房中，程宅显得格外幽静。高高的风火墙和高高的瓦檐，使得老宅很是醒目。在访问中得知，老宅的后人程企博老人一直居守于此。他的父亲在当年，领着革命同志勘察地形，并让出自家宅院，供师部机关办公使用。粟裕和刘英等领导人，在此办公住宿。宅院建于动荡时代，暗设多道机关，每扇门后有通道，通道后设暗房，外可攻，守可退。

这是一栋颇具南方雕刻艺术的老宅，檐柱、楼沿、木栏、窗户都有精美的镂空雕。程企博老人以编织棕具为生，满头花白。

王村口有挺进师的战场遗址（白鹤尖）、挺进师师部机关驻地旧址（程宅）、挺进师八一誓师大会旧址（天后宫）、王村口苏维埃政府成立大会和粟裕演说会场旧址（宏济桥）、挺进师政委会会议和王村口苏维埃政府驻地旧址（蔡相庙）。作为一个村镇，有如此庞大的革命建筑群，并不多见。在参观时，伫立革命旧址前，我不免唏嘘感慨万分，生出万分的敬仰。在黑暗的年代，革命者面临饥饿、刑具和死亡的威胁，丝毫没有动摇内心的信仰。

从村东出来，过宏济桥，转入一条极富文创特色的小街。小街呈镰刀状的弧形，铺了薄青砖步道。沿街的屋檐挂着红灯笼和平安结。灯笼有电脑刻字：酒。白底黑字。飘展的旌旗插在门框。旌旗也有电脑刻字"××黑茶"或"××佳酿"。或许是正午，街上并无其他游人。摆在街边的小花钵，栽了各种小植物，有的开花（如映山红），有的抽叶发芽（如蕙兰），有的依然焦枯（如美人蕉）。我进了一家器物店，店内有蓑衣、斗笠、草鞋、竹篮盒、竹水筒、竹果盒、牛口罩。店无人看守。我唤了两声："老板，老板。"隔壁房子里出来了一个穿布鞋的男人，戴着深度近视眼镜，脸有熏红，手上拿着酒杯，说："有标价，不还价。"这些器物无实际使用价值，只是对乡村的一种缅怀。我看了看草鞋，可能是潮气过甚，少部分草鞋已经发霉，长了花花点点的小霉斑。

小街转上来，便是公路。集镇上的公路，也是街。街上开了林林总总的店铺，卖鱼的，卖羊肉串的，卖电器的，卖花苗的，卖散装中药的，卖豆类制品的，卖瓷砖的。小餐馆里，一伙人正在高声划拳，烧菜的妇人翻抖着铁锅，菜在锅上，抛上去，落下来。落下来的时候，铁锅发出嗞嗞嗞嗞的热油声。

乌溪江的流淌声，还是那个调门，哗哗哗哗。江边的人，习惯了这样的流淌声。太阳正悬，我的脚踩在自己影子的头上。我买了两个面包，往嘴里塞。确实饿了。作为低血糖症患者，吃是第一大事。

离王村口不远的下游小村，路边停了二十多辆小车，在农家乐吃特色菜。河面宽阔。村头的江滩有零星的油菜花，金黄金黄。大多数的田畴爬满了鹅肠草。

（选自傅菲《故物永生》广西师范大学出版社 2017.10）

尖叫的爱情和其他

冯秋子

风把人刮成筛子

  北方的天气,和有些人一样,想什么时间发作就发作,看不见那一时间发作的理由。

  就说刮风,怎么说呢,出生时就在你脸面上刮,跟矗立在你面前的山脊一样,一直有,好像是日子里的一部分。有时太阳普照,云高气爽,晴朗朗的一个天,狂风骤起,太阳突然就没了。有些东西没法知道它们为什么来到这里,有没有道理。

  再说,漫山上有火山石,还有远古海洋生物化石,它们也散布在我们的高山草场上。谁也说不清这块土地上曾经发生过一些什么样的事情。

  随风去刮吧。

  看不见山往起长,但看得见山背后一忽海——长出一片桦树林,一年比一年高大粗壮。小时候,从家里窗户望出去,桦树林还窝藏在山背后,现在小娃娃不费力看一眼，桦树林就黑压压地长在山上。那片植物，跟他们很早就听见风吹动门窗哗啦啦响一样，都像是他们妈妈忙东忙西日子里的事情。什么时候来的，什么时候会走？没人问寻这些。只是风把所有的事情都搅和在一起，人们有不少疑惑。山火就是因为风烧大的，桦树林被风刮来的山火烧了一茬又长一茬，再烧，还长。

仔细想一下，就像不能细看的满世界的沙石，风把一些沙石一般的事情，全搅进了脚下的荒地，然后漫漫坷坷地晒太阳，忽然一下，就见它们跟着风雨翻天覆地搅和。

北方的天太干，风太大，消逝的东西太多。唯一的麻烦，就是人们对什么事也记不了那么清楚。风把人刮成筛子了。

而小娃娃管风中的太阳叫大屁股。因为一刮风，太阳就不见了，就如同一个坐在地上做针线的女人，一见风刮来，扯起屁股沟子就走。房子外边什么都没有了，就剩下大黄风。

夏天的午后，天空干裂出一道道缝隙，太阳挪动着薄泠泠的屁股，层出不穷的光芒像粘贴上去的金沙，哩哩啦啦漏出云彩，小孩抬起酸黢黢的眼，一会儿就把那片太阳看化了，人朝前扑通一声倒下去。半夜从梦里惊醒，眼珠子还黑乎乎地晕呢。而那些大人，从小听惯了进到耳朵里的声音，和跑动中的风啊孩子啊动物啊，在那个地面上一经过，带起一长条沙尘。

小孩在自己家窗台上写一个骂人的字，落下的灰土一下就盖住那个字，小孩就写一个更带劲的字，风再去盖住刚写出的那个字。不写字的时候，满眼睛是院子里的鸡，和他们湿土腥腥的声音。

爱情和死亡

想一想，就是个风，就是个鸡。来来去去。

一百多只鸡，一齐向东墙那边跑，看它们高低是要上墙了，就盯住它们看。奔突了半天，没有上墙上房的办法，一只掉头，别的相跟上，鸡都四散着飞跑了。过一阵，鸡突然返回来，又往东墙上头乱撞。

一群母鸡，躲避一只公鸡。
　　我不喜欢那只公鸡。它过于傲慢，过于不讲理，猛追萨仁她们家那只母鸡。花拉她们家的两只母鸡就围攻萨仁她们家母鸡，想抢断那只公鸡。可是公鸡，那个下午，死活咬住萨仁她们家母鸡不放。小孩以前见过鸡在院子里找麻烦，大部分时间里是追逐到一半，公鸡突然改变主意另行堵截。有一搭没一搭看着，小孩终究不知道那些鸡为什么这么胡闹。小孩坐在门槛上，一边甩石头，一边骂："你个国民党。你个蒋介石。"可公鸡咬住萨仁她们家的母鸡不放，时间也太长了。萨仁她们家的鸡已经跑不动了，翅膀啪啪地扇着，撮起地上的土，那种叫声，听起来和日本鬼子开进村庄以后，村庄响起的绝望声音一样。
　　我和萨仁、花拉的弟弟板凳（他其实名叫巴登），都跟那只公鸡撮火。
　　萨仁她们的母鸡更加惊慌失措，没着没落，鸡毛一根一根掉在逃生的路上，有时失去重心，整个身体斜着滑出去，等它爬起来，鸡屁股殷红、慌乱，露在外面。但是谁家的鸡，都不去帮萨仁她们的鸡。萨仁冲进去，把那只拍打着翅膀，不知道该往哪里去的母鸡抱起来，藏在胳臂里面。但是这种搬运很是徒劳，那只公鸡围住萨仁，愤怒地往上扑棱，啄萨仁的膝盖和脚指头。她们家的母鸡也不认为萨仁是为它好，探头探脑，一面撞萨仁，一面联系那只公鸡，很明显它想下来。随后它在萨仁怀里乱拱，拉长已经撕裂的嗓音呻叫，并狠啄萨仁的手背，萨仁在众鸡围攻下闭目塞听，一撒手放了她们家的鸡。那只母鸡又在前头跑，那只公鸡倒腾着长腿长脚去追……
　　你永远想不到萨仁她们家那只鸡，刚才还像落荒逃难，现在是饱满激越的凯旋。被院子里所有的鸡旋转着身体观望，萨仁她们的鸡既紧张又精神抖擞，照应和协助公鸡，欢叫着引出一条路，绕大圈跑，它往哪边，公鸡也往哪边……最后公鸡追上它，跳到它背上。
　　前面所有激烈的场面仿佛都是热身和预演，此时此刻，它陡息纭丛。
　　在那个不算小的院子里，每家饲养了四五只母鸡，母鸡下的蛋，被女人们对着太阳照半天，挑出包含黑点的鸡蛋堆到一块去孵小鸡。孵出公鸡养一段时间就宰杀掉，专剩下母鸡。全体母鸡跟随那只统治全院的公鸡从前院跑到后院再跑回来。孵出来的小母鸡，长着长着就看不出和生它们的大母鸡有什么不同了。

那只公鸡姓陈，名号陈点心，是隔壁院木业社木匠陈国旺的儿子陈淘气，拿一颗鸡蛋让他们家养的一只母鸽子孵出来的。陈淘气每天爬墙过这边院里玩，他们家的鸡跟着他，也跳到这边来。这边院里的小孩有一阵天天踩着陈淘气他们家窗台，扒住房檐底下那个陈木匠做的鸽房，看母鸽子搂不搂鸡蛋，什么时候能孵出小鸡。等小鸡飞出鸽房，就跟陈淘气一起在这边院子里瞎走乱跑，成了这个院——不是陈淘气他们院，最高、最大也最有权威的公鸡，这边院里的人们就把自己家里的公鸡通通杀了吃肉，让陈淘气的金鸡在这边院子独立。

于是，陈点心日复一日围追堵截，上午、晌午和下午，满院子都响动着母鸡们的尖叫。

唉，跟旷野的风声一样凄厉。

他们浩浩荡荡的激情斡旋一直进行到"四清"。

"四清"分"小四清"和"大四清"，是先由地方、后由上级组织分别搞的阶级斗争、路线斗争运动。小孩听得最多的是"四清""四不清"这两个词。人的事故由是迭起。而鸡的叫声也不再是院子里最热闹的声音。小"四清"中没有解脱的人们，在大"四清"中陷得更深，而全旗哗啦一下进驻的从全盟各旗县抽调的七千名各级党政干部组成的"四清"工作总团，和二十一个分团，分散进驻我们旗二十个公社、旗直属各科局。我们院子和陈淘气他们院子，还有农村、牧区合乎政治规定的所剩不多的人家，也都住进了工作队的人。他们瞄住这个旗走资本主义道路的当权派，四类分子，与四类分子有关系的人，来历不明者，和各种名目的反革命分子，以及随着运动的推进、发展，上上下下重新划定的新的地富（牧）反坏右分子，稳、准、狠地打击，隔离审查，各个击破。那时候领导们挂在嘴边的话常常是这么一句："往人人头上摸一把，再摸一把，摸到他（她）彻底爬下。"终于，这个旗鸡雀无声了。

就剩下白明黑夜的西北风，刮来刮去，怎么着都不误息。

短短六七个月的"四清"运动，我们旗有四百余人在逼、供、信中自杀身亡。

那个经风历雨的院子，不到两年时间，又死尸抖擞，迎接了更大的一些事情。院里的人们分成红旗和挺进两大派系，大批判大辩论很快演变为武斗，萨仁父亲和萨仁姐姐一派，她妈妈独自一派，萨仁姐姐在家里和大街上，揪住她妈妈的脖领子,和她妈妈辩论,后来母女俩断绝关系,她姐姐搬出去住到同一派别的同学家。不少人家的男人、女人又一次离开孩子,被押往牢狱,偶尔被游街示众或拉回院子批斗一回。院子里长期病卧不起的一个干部的老妈妈,有一天一跃而起,扯住原来的邻居、旗里领导,现在的敌人,扇了三十七个仇恨的大耳刮。至此,没有一个人和他们的心不在运动中。院子里再无安宁,死伤时有发生……院子里的鸡,被冲过来冲过去的人群吓得心惊肉跳,它们不再"彩云追月",不再生产鸡蛋,而跳到窗台上、菜窖棚顶,失心乱意地叫,天还没黑,争先恐后钻进鸡窝,挤在木架上哆嗦身体。

在一个无风而阳光饱满的日子,青年学生棒击了住在这个院里的当权派,并把奄奄一息的当权派投进关押地点的水井以后,来通知家属,说这个历史反革命分子畏罪自杀。院子里吵吵闹闹、不识时务的最后几只鸡,也在这一天,于男人们的棒下仆地覆没。陈淘气他们家的公鸡陈点心死得最惨,它想保护被追击的一只母鸡,跳起来去啄那个下手的青年,它就啪的一下被砸烂了。

院墙那边,陈淘气的大陈国旺(陈淘气兄妹称呼父亲陈国旺为"大"或"大大"),去驻了军宣队的木业社上班,和在家里挑灯摸黑加班加点偷工减料做的事,就是赶做一头大、一头小的白板棺材。

人们再也听不见鸡的哼鸣,倒是有人东一声西一声没断了绝望的失声尖叫。只是,人没法像鸡一样单纯,叫出来的是爱或者不爱,鸡是因为这件事而风吹草动的。鸡真是单纯美丽。人们向往打起背包就出发,哪里艰苦哪里去,哪里就是我的家。但是时辰不是那样的时辰了。现在的情况是,旗帜随风飘扬,杀声顺便响起。许多男人女人,永不停歇地纽结,是为了消灭地球上每一个对方。所以那个院子里,最后只留下不多几个一息尚存的人。

小孩希望,希望他的邻居也能像小孩们曾经饲养的鸡那样,尖叫,看看爱情会不会发生。

尖叫的爱情,声音落下去的时候,就没有了。

小孩当时不相信。后来明白了,世界上最悲壮,最让人忘乎所以,抑制不住想创造神奇,扑棱着翅膀飞出最好看的姿势,就是出现了爱情。北方风中扭转的爱情，就是些这。但是很快，这，也没有了。

如今北方还在北方那里。

爱情在哪里呢？

小孩无聊地想：好意思，唧里格唧，随风飘那个扬。

我们旗，现在把公社又都叫乡和苏木了，是过去察哈尔镶红旗、镶蓝旗的部分和一个县合并而成的，居住着原住民察哈尔部蒙古族人，和上一两个世纪从口里——即长城里边，移民过来的汉族人。那种时节，工作队的人一转身，口若枯河的老乡，就扯开嗓子唱父辈人唱过，一种和他们已经扎下根的这片土地有深重关系的爬山调，开阔，放任，颤悠悠地出来：

"芦花公鸡踏草鸡，看见人家想起你……"

"你变成个绵羊我变成个狗，咱二人悄悄相跟上走……"

"半山崖掏雀掏出一窝鹰，你把妹妹闪下个两世人……"

没有结果。让人心荒意沉。

我们院里年纪大的男人女人，看谁顺眼，也能唱一句半句："人走千里一道道心，马走千里一道道踪……"唱的时候，泪眼汪汪，都像是这种忽悠悠的麻烦事里的人。

这里的喜剧和悲剧一直缠绕着。那些事，我们旗好像每个人都想演唱两句。

这片土地早已是大家的土地。演唱完，把心血耗干，然后老了，然后死去。

风就是幕布。刮一场，换一场的人。

记忆里的鸡和现实中的风

一辈又一辈的人，在那片土地上，重蹈覆辙。

"重蹈覆辙"，这个词词根就在回环，因为不得不陷落回环？显出中庸，但很准确。曾经沧海桑田那样，透出些冷静，遥远，透着出世。人若能如此，世界没准儿能有安宁、和平。不过，可能也就没有翻天覆地、可歌可泣的日子，没有惊心动魄的诗篇，没有腐朽以后的觉悟，没有出色，也没有创造，只剩下心灰意懒、破败零落。人与人之间的距离结上了冰，人变成冰天雪地里的一堆土。板着脸，扳着脚，不是抬头的人，就是低头的人，抬头的人脸上的动意是置你于死地，低头的人只有逃遁，眼睛里只有敌人没有自己人；抬头的人随时遇见可以施以动作的对象，低头的人只看见自己的手尖、脚尖，和冷清凝霜的衣裳。两种人唯一共同的地方，就是任由记忆里的鸡和现实中的风，在他们的脚步里冒险、滋逸。

这样的事横陈在我们的院里有些年头了。人们这样站立，行走，已经司空见惯了，愁苦的脸晃荡在我们旗每一条街道，每一个乡和苏木的每一个院落。看那一张张绝望的脸，你就知道人们之间确实没有信任，更没有爱情。所以，看见这些的时候，宁可听见……尖叫，在尖叫中产生爱情。

大人们已经枯萎了，他们活着仅仅像路面上的一个石头子，每一天，他们早早把自己收拾进要去的地方。你没发现女人早就不长乳房了吗？因为没有爱情，因为不想生育，生育了不愿意哺乳，她们的乳房已经退化、萎缩。男人呢，他们的灵魂全都窝藏起来，他们的表情越来越阴暗。这是一个人类不长尾巴的年代，没有长久，没有信仰，没有自然，没有生长，只见男子迫不及待展示他们的丑陋，女子使劲把萎靡的东西往外头露，而且男子对男子的丑陋，女子对女子的邪毒，相互之间早有准备。

……

陈国旺因给反动分子做棺材，被打死了，死后他被人扒光了衣服。山西省阳高县移民、麻秆秆似的瘦人陈国旺，被发现的时候像一个光溜溜的死兔子那么弯着。

木业社的木料平价卖给职工后就和手工业联社管辖的一个什么社合并了。陈淘气和他弟弟搬回来几块木板，顺那堵断墙垛起来，两头用粗铁丝绑搭住，露天风干。多年以后，陈淘气和他弟弟先后结婚，用去几段，请人来为兄弟俩各做了一个大红柜、一个鸡毛风箱。

今年春天，我回到旧院，没有人家再养鸡，跟外面旱地里不长草一样，光秃秃的就剩下一些弯腰折背的老人。没有谁谈论那些尖叫的爱情和死亡，就像院子里什么也没有发生过。

只是还刮西北风和沙子。

我去断墙那边院子看望陈淘气。陈淘气的身材也像他大陈国旺那样瘦长，硬让我上炕坐一坐，喝一口水。

他说，听说这二年北京也刮这个风。

我说，原来就刮。

（选自冯秋子《冻土的家园》大象出版社 2017.5）

南　方

黑　陶

> 仿佛……梦境。
>
> ——博尔赫斯

　　留有淬火后靛蓝斑痕的狭锐长矛，饥渴、迫切、又恶毒欢叫着，没入灼热肉体。激烈却骤然缓慢下来的动作，睁大却瞬间失神的眼睛，控制的、尚未最后迸溅的……瀑血，脸（苍白的、追悔的、像纸一样一下子变薄变脆的）……并没有痛感。长矛首先犁翻丰厚年轻的胸肌，然后轻易就掬中有力搏动的红色心脏；在进入过程中，长矛有时会遇到微小的阻碍，那是骨头，或者就蛮暴地直接刺断，或是矛尖一滑，擦着半弧形骨头的边缘，便可穿越拥有三叶的右肺；最为直入无碍的，是对准肚皮，那么迅捷地，就捅穿了单薄的腹壁肌和藏于其中的肠与胃；从侧后用力刺破肾脏是显示仇恨；从正面戳进眼睛则是无比残酷……潜于绵延青山内的战场。雷电似的厮杀。扭曲或倒卧于断垣上的残躯。山泉。茂盛的青竹和遍谷的美丽野花。锋刃相碰的火星。裸露的新鲜脏器。撕碎的衣衫和旗。战争的典型形式：锐利铁器和灼热肉体的拥抱、性爱和达到高潮。

除了上述人类的互屠，还有洪水（整座村庄的男女老幼在一个可怕的黎明随波而逝），还有如风一般渗透到每个角落的狰狞鼠疫——黑死病（全家十数口人中唯一走得动的也死在买药途中）。"十室九空。"美丽世界曾经的浩劫。空荡肥沃的浙皖苏的土地上，幸存土著的耳边出现陌生的、像鸟语一样的鄂地方言。这在南方的人口迁移史上，被称之为"湖北填江南"。

南方路途笔记。

1. 广袤、倾伏的成熟油菜籽田，漫卷在平原和丘陵。那么沉重，又凝固波涌，散出强烈的收获前夜的青郁气息。尖锐的细长籽荚，层层叠叠，密密麻麻。可以想象长荚之内，饱含油质的黑褐细圆菜籽，在膨胀，在呼啸，数量如此巨大，像一个民族的庞大记忆，又像全世界有史以来承载过的所有雨滴。但收获，还需等待。在漫卷、广袤的油菜籽田边缘，我看见那个独自行走的扛铲人，身材渺小，就要逝于这没有尽头的收获海洋。

2. 一头顽健白猪的尾巴被黝黑老汉的双手紧紧拉直，白猪一面向前挣扎，一面抗议地尖声厉叫，老汉则倾斜着身子，涨红了脸使劲将猪往后拉。喧杂集镇一景。

3. "光缆无铜，偷了判刑。"（文化印痕之一）

4. 新砌好的二层路边店尚未粉刷，裸露着它的红砖身体。在新房子前面的空地上，是锯断的树（残带枯萎枝叶）。两个木匠在做门扇。通电，遍布钢牙的小型机器疯狂旋转。断树成为新鲜、微湿的木板。卷尺丈量。弹墨线。锯。刨（新鲜、微湿的木头之花，从刨子的上方涌吐出来，像河浪，源源不止）。拼接。安装。红砖新房的空门框内，于是有了门。竖立的原木门扇的表面，布满大小的斑斑树节，就像可爱乡村少女脸上的美丽雀斑。门是新的。——雨雪、日晒、油烟、人类的刻画撞击、没有尽头的公路所腾起的肆虐尘灰、晨与昏，这一切还未到来，这只是它以后所要面对的漫长命运。门，是新的，现在。

5. "嗑九华山瓜子，过神仙日子。"（文化印痕之二）

6. 铁锄挖向土地。由睡眠的黑暗，突然暴露于刺眼的大气阳光之中。翻起的地，微微惊恐、大口呼吸。挖向土地的雪亮铁锄用力翻起。偶尔的蚯蚓激跳。强劲的泥土味道，此时你可嗅得。

  7.手摘嫩叶（芽）的动作，是采茶。一条条龙一样蜿蜒在谷底坡上的碧青茶垄间，有红衣或黄裳的点点采茶人。翻飞的手指，持续地与尖尖茶芽啄碰，像灵异的鹤嘴在寻觅它的谷食。10枚茶芽，100枚茶芽，1000枚茶芽，10000枚茶芽……（需要巨大忍耐力的南方劳作），茶树上的手指翻飞啄碰，竹编的腰篓内，碧青的茶雨渐积渐多。更为广阔的是数不清的竹匾，承托采摘下来的，在夜晚也是几乎透明的嫩叶或鲜芽。浩繁的叶芽，经历人家铁锅的烘烤（青汁浸渍的男人双手在锅内翻炒），它们便蜷缩、干燥、敛紧身子。要等待滚烫清水的冲灌，它们才会重新舒展形体，吐出抱紧的涩香……

  制陶：国度东南地区火焰和泥土的古老手工艺，百姓赖以生存的劳作方式。在火焰里埋首或者穿越的人，坚硬、透明，宛如一个个闪烁低暗眼睛的铜质雕像。他们首先揭开大地的箱盖，一个隐秘的宝库出现眼前：朱红的、墨绿的、橘黄的、砂白的、茄紫的——五彩的泥土竟然炫人眼目！挖掘、搬取，这些就是紫砂茶壶的最初源头。五彩的陶土，需要摊晒、捣碎、过筛、加水调和、脚踏踩炼，最后才能变为可以做壶的成熟泥块（切得方整的无数块彩色熟泥，被堆放在避风房舍的潮湿处陈腐备用）。被窑火日夜熏烤的人，在沉重光洁的泥凳前坐下，他（她）开始制壶。手边，是一大把精巧别致的制壶工具：木答子、竹拍子、转盘、矩车、泥扦尺、明针、挖嘴刀、线梗、顶柱，等等。打泥片……搓泥条……打身筒……装壶嘴……一团团的泥土在泥凳上的双手中神奇化变，这是在历史中承继不绝的双手，明代：供春的双手，时大彬的双手，惠孟臣的双手；清代：陈鸣远的双手，陈曼生的双手，杨彭年的双手；现代：顾景舟的双手，朱可心的双手……陶泥终于变成了茶壶，古拙朴雅，大气精致——当然，现在还只是壶坯，从泥到陶的最后成型，还需历经火焰的煎熬炼制。燃烧松枝的龙窑趴卧在坡上，它的火焰剧烈的肚内，是那些手制的壶坯。"千度成陶"，从火焰的颜色，烧窑人洞悉火焰的温度：400度，暗红色；600度，桃红色；800度，鲜红色；1000度，黄色；1200度，浅黄色；1400度，白色；1600度，无烟无焰的耀眼白色。因为泥料和火焰温度的综合关系，烧成出窑的成品茶壶，色泽千变万化，展示的是一个斑斓响亮的色彩王国：朱砂紫、葵黄、墨绿、白砂、淡墨、沉香、水碧、冷金、闪色、榴皮、梨皮、豆青、橘柚黄、新桐绿……这些沉静美丽的器皿，带着人手所赋予的神性，最终上升为一颗颗闪耀的南国星体。仰观清澈的夜空，我们如此熟悉它们的名字：寿星、牛盖洋桶、梅桩、瓢壶、四方、六方、井栏、竹节、鱼化龙、掇球、贡壶、海棠、弧菱……

傍暮时分，我们进入敬亭山。明朝王思任在《游敬亭山记》中有这样的句子："不知几千万竹树，党结阴寒，使人骨面之血皆为萤碧。"也许是时序不同，在敬亭山，我们没感受到如此浓重的阴野，我们遭遇的，是旺盛生机，到处是壮笋和新竹，卷箨未去、喷薄而起的浑圆新竹。

近暮，虽然从绿叶间漏下的阳光依然强烈，但敬亭山已是一座空山。山光愉悦鸟性，从浓绿深处不时传出的鸟鸣，悠长而娴静。在半山腰隐在树竹林中的"绿雪茶室"前停下，进去。一个身材瘦长的中年男人正在扫地、抹桌。交谈后得知，他姓方，是茶室老板，原来在山下的宣州城里开饭店歌厅，刚上山承包这间茶室不久。这里水好、空气好、风景好，虽然生意比较清淡，但人清静、舒服——方老板这么表示。我们决定在这间基本没有住宿准备的茶室住下、过夜。起初隐蔽身份开玩笑说是在这里打工的老板娘（微胖、性格外向的中年妇女），给我们拿来当地产的"绿雪"新茶。放下背包，将桌椅搬到茶室外面的露天走廊，我们坐下。走廊前面的山间谷地，满是挂满藤萝的高大杂树和风过沙响的无数笋、竹；走廊右边，是一棵树荫匝亩的巨大枫香树——方老板介绍，这是敬亭山的"树王"，走近观看，树前果然有当地人祭拜的香火痕迹。

"绿雪"茶香中，敬亭山野生的暮色一点点加重在我们的脸上、衣上、臂上。撤去茶杯，露天吃饭。星光越发晶亮，大盆内的菜汤已和吹上身的山风一样，变得彻底冰凉。但最后的锅巴又脆又香。碗筷零乱，四处阒静。夜，一缕缕自手上散入山间星空的烟。在茶室东首的一处木质小房间内挤睡。半夜走出房间小便时，能感觉一股异常的寒气。

黎明似乎很快到来。黎明，是在盛大悦耳的鸟鸣中到来的，薄蓝天光里，整座敬亭山的禽鸟——这些李白所说的"众鸟"的子孙——全部打开了喉咙，震动着我们睡眠处的纸糊窗户。起来。"走廊前的那棵笋竹，又长高了这么多。"富有植物学知识的荣老师用手向我与阿福示意一个高度。

朝敬亭山顶登去。途中经过"太白独坐楼"，睡眼蒙眬的守楼人为我们打开了吱呀作响的红漆木门。走曲折的木梯上阁楼。久未有人踩踏的木地板发出空洞响声，环顾，尘色四壁上挂着若干名人字画和一个当地人拍的敬亭山风光照片。印象深的是启功的一幅字，简单糊在板壁上，发黄，一角已经残破，纸上是启老的一首题诗："来去孤云属敬亭，五言留得众山青。飞还宿鸟传天籁，应答高吟万古声。"出楼，登至山顶，是安徽电视台的一个发射中心，遂返。

老实说，敬亭山不过是皖东南的一座普通之山，并无特别之处，只是山因诗显（虽然直觉告诉我，《独坐敬亭山》也不过是李白在一次正午微醉呆坐时的即兴所作），所以就敬亭山而言，李白应是它的感激对象，是李白将它点化而成为天下名山。李白对宣城情有独钟，有人统计过，他一生数次过宣，在宣城（包括敬亭山）共留下诗篇56首。这56首诗我没有全部读过，但就读过的而言，我最喜欢《宣州谢朓楼饯别校书叔云》，举重若轻，直是潇洒无羁：

弃我去者，昨日之日不可留；
乱我心者，今日之日多烦忧。
长风万里送秋雁，对此可以酣高楼。
蓬莱文章建安骨，中间小谢又清发。
俱怀逸兴壮思飞，欲上青天览明月。
抽刀断水水更流，举杯销愁愁更愁。
人生在世不称意，明朝散发弄扁舟。

十亿、数十亿的昆虫（谁能计算清楚！）在曲狭的岩缝、明亮的叶梢、湿润的笋旁、黑暗松软的地底以及草茎的阴影里，鼓起它们奇形怪状、各不相同的发音器官。海涛般无穷无尽的碧绿虫吟。群山开始松动骨头，进而挣断维系大地的岩石粗根，在虫吟的海涛中浮动起来。飞浮的群山，如重云，似蜃楼。弯长静缓的河流早已升至天空，在蓝星清澈的午夜，像透明柔纱，移流着，增添一个国度的美与神秘。人间仍在劳作和生活。淌汗的母亲们，被灶膛内熊焰的太阳烫热面孔；黎明的姑娘，从简陋卧室木桌上的月亮之镜中，映出她们深藏的皎洁和青涩。

泾县的桃花潭还在吗？（李白伟大的阴影始终覆盖我们。）在从敬亭山出来的小型"面的"里，问当过兵、并熟悉汪伦的司机。他哈哈笑着，"桃花潭，不就是现在泾县城里的一个臭水沟嘛！""那我们宣城的谢朓楼还在不在？"回答非常干脆："早没了！"楼没了就算了，但既然桃花潭在，即使已是臭水沟，也要前去一看。下了"面的"，在嘈杂的街头摊上吃早饭，油煎锅贴和绿豆稀粥。人声。车尘。破漏塑料纸棚。烤饼的铁桶圆炉。狗。趿拖鞋的买菜人。一长溜的地摊上，堆满了红润草莓，一看就知不是人工大棚中出产，新鲜得令人惊喜。胡乱填饱肚子，便钻上有人在起劲拉客、开往泾县的破中巴（一只装了大半桶柴油的白塑料桶搁在司机座背后，一根管子从桶中引出，中巴烧的就是这个）。丁零咣啷抵达山城泾县——中国有名的宣纸之乡。

阳光强烈，街道空荡，头皮发烫。"请问到桃花潭怎么走？""再往前就到了。"往前走，果然到了，但，是"桃花潭农贸市场"。早市已散，地面是扔弃的菜叶和一小洼一小洼发黑的积水，微微发出腥臭。这显然不是我们要找的"桃花潭"！在县城的"红星宣纸店"里（沉静、绵密的累叠宣纸和玻璃柜内的青田印石一下子让人消汗），女店员很是热情，"汪伦送李白的桃花潭哪在城中呢！那在陈村，还要乘一个多小时的车呢！"道谢而出。炎阳下的路边店吃饭。茭白肉丝、蒜苗鸡蛋、汤、米饭，当然还有啤酒。啤酒习惯用碗喝，热渴之机，将满满一碗灌下，如果还是冰镇的，真是爽口悦心（南方路途中，你会遭遇多少这种凉爽诱人的金黄液体："古泉""古泉淡爽""K牌""大梁山""明州""天柱山晶啤""艇湖""圣泉""太湖水""善卷""洛克""威马""东吴""龙士达""梦妹""天目湖雪啤""红石梁""大江"……）。付账。然后寻开往陈村的车子。

在城尾三岔路口堆满空啤酒瓶的烟酒店前，我们和一群陈村的妇幼（她们上县城"碰运气"——摸彩票）一起等车。敞着门的中巴横冲直撞般地驶停眼前。随已经聚了一大群的陈村乡亲上车。竹篮、崭新的儿童自行车、买了碟片的青年、看明星小册子的少女、棒冰水淌了满身的男孩、不断提醒并为他擦拭的母亲，人们（包括司机和卖票的年轻妇女）用方言说笑、谈城中见闻、高声互打招呼。美妙沉浸。中巴如风驶出了泾县县城。约40分钟之后，我和阿福交换了一句："渐入佳境"。如黛群山间，狭窄的公路随着蓝色的青弋江飘动。湛蓝、弯曲、宽阔、平静，似乎永远没有尽头，美丽（请允许我用这个词）的青弋江！浊气消解，谢谢，久违的干净和清凉。全程一个多小时结束，真正桃花潭的水影便晃上了我们的面孔。

桃花潭与青弋江相接，潭的东西两岸分别有翟村、万村两个古老村落。西岸临水是一个绿意葱茏的平缓山冈，曰"彩虹岗"（我们在岗上的桑林间找到汪伦的墓石），岗下那一块水深七八米（当地人介绍），故称为"潭"。桃花潭清澈，在去往万村的渡船上，我们能够看清撑船人抵在水底卵石上的竹篙，忍不住捧起喝上一口，是的，好水！至此，才知宣州城内那位自信的"面的"司机的所说不是信言（后来证实他的另一个说法也属不确，宣州城里存留谢朓楼）。晚上睡在桃花潭东岸，是建于20世纪70年代的那种典型的中国内地集体旅馆：桃潭饭店。灰旧水泥楼内的三人房间，除了三张床外，别无他物；价格：每床每夜七元。房内石灰墙上，涂画有许多昔日在此居留者的铅笔、圆珠笔留言，"××大学美术系××级×班四大美女到此一住"，云云，全是此类。睡前洗漱要到一楼空洞黑暗走廊的南端，一只贮满了清水的大缸放在那儿。用塑料大勺从缸中舀水，再哗地倒入脸盆。短暂的水流在黑夜里闪耀银光，让我一瞬间宛若见到李白告别汪伦时的白色衣影。

"阅读和写作过程中，慢慢形成了属于我私人的'南方文学'传统，我越来越强烈地感受到它对我的影响和无形牵引。充沛雪白的河流、大海、灵异茁壮的植物、吹可断发的青铜剑器、烫血、星辰和大地的神话、强大而高蹈的灵魂、无穷无尽的想象力、火焰和泥土的手工艺、夜晚旺盛生长的汉字诗篇……我浸润其间。屈原、庄子（我愿意奉他为南方文学的前辈）、李白、苏东坡、徐渭、李贽、黄仲则、龚自珍、鲁迅、毛泽东、沈从文、废名……我奢想着，能够成为承继的一环……"

（选自黑陶《泥与焰：南方笔记》广西师范大学出版社 2017.11）

散文集潜力奖

植物性，唐保贞

唐朝晖

唐保贞不会写女书字，也不认得汉字，她女书歌唱得好，远近闻名。

她的歌声不会再有了，真真切切地消失了，她是从哪里离开的？

她不会再回来了，因为，她不留恋这个世界。

进了村子，问高银仙家在哪里。

没人不知道。

问唐保贞家在哪里。

问村子里的农民，问女书园里的工作人员，这个告诉你，唐保贞没住在这儿；那个人说，唐保贞？住得比较远吧？再问，有人会说，唐保贞？她的房子好像没有了。

何艳新老人否定了所有人的回答，在她的记忆里，高银仙家对面就是唐保贞家，隔得很近，具体在哪，她也记不得了。

在高银仙家附近，来来回回地找，何艳新老人转了几个圈。

"就在附近啊,很近很近的地方。"

老人自己找,一个人,自言自语,说着土话,在高银仙家门前的小巷子里,来来回回地走,找不见。之后,她穿过高银仙家,到墙的另一边,她站在那里,不动了,停下来,站在那里——没有说话。

你走过去,与老人站在一起,你也不能说话了,你认识,这就是唐保贞的家——高银仙家隔壁,一堵墙,两片天。五六位同来的寻访者,都过来了,站成一排,没人说话。——面对的不是房子,而是贫寒、苦难、雪雨、战栗的坟墓和墓碑,你们肃穆而立,祭祀一个生命的歌者。

站在唐保贞生活过的屋子里,与站在义年华家的感受完全不一样。

晚年的唐保贞,一直在生病,病痛常年游荡在她的身体里。房子只有三面墙,另一面,空着,向大地敞开——好像是为了报复,为了给仇家看家里的破败之象。几根木条支成一个并不重的屋顶,木棒支起一个篷,向着田野,迎风,看雨。天热,房间里热。天冷,屋子里同样的冷。

唐保贞坐在靠墙的最里面,徒劳地躲着南方的寒气,她的徒劳,源于自然的本性,屋外,大片大片植物,扎进土壤里,往深里长,躲避冰雪的寒。从屋里,远方的远方,山之前,还是山。群山之间,唐保贞没有像阳焕宜那样,像一株行走的植物,在树林里受到层层保护。

唐保贞,一只小兽,出生就被人类设置的老虎套夹伤,她不断地寻求生路,而世界,投掷给她的是冷箭和刀枪,小兽的命运,可想而知,岁月悠长,她亦忧伤——伤害太多。

老年的她,坐在不能称之为房子的屋里,桌子、椅子、床、餐具都有,这些物件,在唐保贞这儿,仅仅只能用一个个名词来说出它们。一目了然,这些都是垃圾。垃圾散在屋子的各个角落,她,则拥坐在垃圾堆成山的床边,一个被诅咒的五步距离的半圆,老人,在里面,已经走不出这深重的诅咒。

披着一头散乱的白色、灰色混杂,参差不齐的头发,头发——打折、回弯、捆绑。一件旧式长袍松松垮垮地穿在身上,多年前,长袍对抵御寒冷已失去了一切意志,所有功效已灰飞烟灭,生命枯黄,不知所向,只剩躯壳被老人不断地紧护在身上，暖和在云端，看着，被南方的北风，吹到很远、不可见的茫茫之地。

老人坐着，身边凌乱地堆满了衣服、鞋帽、被褥等杂物。

衣服只剩一个形象：灰色的旧，旧得发黑，多年来，不能下水清洗，水会把衣服流成碎片。

唐保贞随手从身边的一堆衣服下面，准确地抽出一沓照片：曾经的姊妹，奇迹般地，都幸福地像花瓣一样绽放在她面前，她们都活在影像里，每天，唐保贞都会拿出结交姊妹的这些照片，这是她活着唯一的粮食。

"这是我们七姊妹，这是高银仙，这是年华，人家七十岁就不在了……我没有死，是受苦来，受难来。"

说话，停顿，休息，长段的停顿，是生命的间断。无力，不再有希望，填充着无力的呼吸。她声音颤巍，像呻吟。姊妹们去世前，她们经常在一起唱歌，互相安慰。

唐保贞会唱很多女书歌，在旧时的歌声中，兴奋又忧伤，没有剧痛和孤独到冷的绝望。现在，唐保贞，满脑子都被死亡的念头占领。

她裹过足，干不了重活，后来，又成了寡妇。

丈夫，赌光了家里所有的钱，包括唐保贞的嫁妆，也一件不留地在家中慢慢地消失，几年后，家里，成了空房，没任何东西可以拿去赌了……

一个上午，丈夫骂骂咧咧地走出家门，报名当兵去了，从此，全无音讯。有人说，他一上战场，对天放了几枪，就倒在战壕里。有回来的邻居说，他是条汉子，一个人冲得最快，冲进一堆的日本兵里，死得很悲壮。各种说法都有，结果是一样的：当兵时间很短，就死了。

唐保贞一个人上山用弯刀砍柴，扛下山。小脚负重走路，何其艰、何其难？只有唐保贞眼眶里打转的泪珠知道。

田里要追肥，她大担大担地挑粪，肩膀沉重，小脚深陷进泥巴里。

"都是我做，确实没有吃的，我向邻村蒋跃权借了十二担谷，两年还不起，他天天来要，还要铐我，你铐我也没有啊，又要送我去监狱。"

说到蒋跃权三个字，唐保贞节奏变慢，情感复杂，有内疚，有歉意，有无奈。

她不停地说——

"好苦……难啊！"

坐在垃圾堆似的屋子里，她把身上的旧大衣裹了又裹。

"实在太冷了。"

唐保贞说话如唱歌，有声有调，长调突起，断调戛然而止，只是拖出来的调调凄苦——深含人生苦难。

她每每说完一句、半句，就紧一紧裹在身体上的被褥——一床开了花、掉了絮的被子。她靠在土墙上，脑袋耷拉了下来。斗志和歌唱都没有了，飘扬的声音再也不会从屋子里传出。

唐保贞娘家在上江圩夏湾，她先嫁到白巡村，十九岁那年，丈夫病故，第二年，丈夫的弟弟说过继一个儿子给她，让她不要再嫁。唐保贞把族长、坊老，以及亲戚里比较有声望的几位前辈，个个叫齐了来。

"收养儿子也是不妥，我才二十岁，还是情愿改嫁。"

改嫁，与过去的"女不二夫"的习俗是相对抗的。

唐保贞改嫁到甫尾村，与高银仙成为隔墙邻居。

改嫁后的生活，唐保贞，只是在延续其苦难罢了。

结交的七姊妹中，唐保贞排行第七。丈夫去世后，四姐胡慈珠写了封女书信来慰问她。一段源自意大利学者在20世纪90年代的采访录音中，唐保贞老人回忆起胡慈珠写给她的这封女书信：

  身坐娘房透夜想，想起我身的妹娘。
  把笔写书双流泪，丢下妹娘冷凄凄。
  不怪丈夫缘分浅，落地两声注定来。
  你夫二月落阴府，孤立轻轻呼唤人。

情绪失控中的唐保贞，夜风来袭之时，独自一人，在家里，打开折扇，一遍遍地诵唱四姐写来的女书信，悲凉透身的心灵里，有了丝丝暖意，她看到了黑夜的大海里，远处的灯塔……她听到解冻的身体里，土地松动，冰融化成水，嫩芽顶起一块小小的湿土。

对江永地区流传的民间故事、具有浓郁生活气息的女书歌谣、流传在上江圩一带的女书抄本，唐保贞非常熟悉，大部分都能唱出来。

唐保贞把姊妹高银仙的字绣出来，也很漂亮，姊妹们很喜欢。

晚年，唐保贞更是度日如年，她只想生命的火焰，早点熄灭。太苦了，病、贫穷、孤独，日日夜夜折磨着她。

门外大片竹林环绕，河水从屋前流过。不息的流水，大自然的丝丝生机，是否让唐保贞得以残喘生存？

站在唐保贞的房子前，里面堆放了各种废弃的竹篱笆，成捆成捆树枝、柴火，堆在里面。

陪莲梅来的年轻女孩，着白色上衣，大纽扣，背双肩包，黑发，扎成一束，齐刘海。何艳新老人，白发，略显凌乱，满脸皱纹，穿暗紫色薄棉衣，左上角绣了四朵小花。她们站在唐保贞只具外形的房子前。一言不发。

现在的房子，与唐保贞生前居住的模样，大致一样，现在，比之前还略微好些。

屋子里开始长草了。

转到屋子的正面，看不出屋里的凄凉，正面墙粉刷过，像一栋不错的房子。木门上的支架，散架了，还在支撑着，不知道的人，以为房子只是年久失修，而成此破败景象，殊不知，唐保贞生前所居，就是如此。

唐保贞蜷缩在角落里烤火的记忆——永久保存：房子、老人，裹着寒冷、破败、呻吟之声……光，与之前一样，只能照在木柱上，进不了屋子。

要不了几年，唐保贞家的墙，就会倒塌，成为废墟。

（选自唐朝晖《折扇——最后一位女书自然传人》十月文艺出版社 2016.11）

寻找一个东方大湖的人文基因

张加强

太湖流域,一片湿润的文明,滋养了一方生灵,滋润了一地灵气,滋生了一种智慧。将江南水土放置在天地间的祭坛上,是时间的精彩。供,需要神的器与气。

天一生水:太湖之远

阴阳五行,先占了水土,便占了五行之先。《易经》以"天一生水"道出了水之远,《道德经》以"上善若水"道出了水之重。

一滴水见阳光闪星光,一泓湖水,与日月同辉,有金灿无限。二亿多年的长江属于古地中海,与印度洋、太平洋相通。地壳运动,才呈中国地形东低西高不尽长江滚滚来的格局。

长江总流量是黄河的二十倍,它一泻万里来到吴地已是尾声,大约七千年前,东海与黄海交界处有一个波涛汹涌的海湾,长江在此注入大海,长江携带泥沙在入海口堆积，河床抬高，南岸沙嘴向海延伸，包围近岸浅海，三四千年里慢慢封闭出一些湖泊，这个湖泊就是太湖。这个时候，大概只能在今天的宜兴、长兴眺望太湖。太湖平原逐渐东移，形成长江三角洲。

作为一个湖泊的创意，八百里太湖采撷了天下水土之精华，被周围一百八十多个小湖簇拥，构成广阔的生态湿地系统，苍黛间见萧疏，浓妆里显淡抹，推窗则青山满目，登峰则灵秀扑面，山、水、城勾勒到传神为止。

环抱太湖之山，不高，但秀；不奇，但雅；不险，但媚；不雄伟，但温顺；不峻拔，但坚韧。那种简约的效果，应验一句古诗：一峰则太华千里，一水则万勺无尽。

太湖不尽山、无穷水的效果，展示了一种舒缓的叙述风格。太湖的痕迹，是上苍演绎的真性情，这里没有宣言和旗帜，只有游弋于湖面的思绪的桅灯随都市的节律明灭闪烁。

郑板桥说"月来满地水，云起一天山"，乃大境界。文化水土开拓出的富贵相，一点儿也不是用来装饰的。地域发展的冲动，是大自然设置的一个行为情节。天苍苍，水茫茫，太湖连接的是天。

太湖安详的境界与千年的煽情，缓冲着工业文明和文化虚无主义的癫狂。苦挨到风烛残年之人，一遇这富于风韵的闲适之水，也会重新布洒根须，安身立命。

来看艾青的小诗："月宫里的明镜，不幸失约人间。"到目前为止，还没有人能轻易达到这般朴素、这般清纯的境界。月宫里的不幸，成全了江南的大幸。

太湖是什么？这个智慧方面的难题，是眼睛一亮的昂贵，是戏剧性的进程。太湖是天堂丢失的明镜。躺在湖面观云舒，可以进入拜伦所说天空布满彩虹的年龄。

缺失太湖，苏杭将无缘人间天堂的桂冠。这景色只配赏心，只配悦目，无法将自己放进去，那是天堂。

天堂是一种空气，我们一直在曲解天堂，一直无法捕捉到那种很边缘很诡异的感觉。驻足太湖，这种空气如约弥漫在我们身体的四周，十分艺术的不曾有过的挥洒生命的激情和思想状态，在靠近你，人接近天堂大概也就这样了。

富足与和蔼，是一个地域的诚实，大地的心灵若不被可疑，则不必遍地黄金，但须遍地美景。环太湖五城市首尾相望，街路相连，尽是戏剧性的进程，尽是刹那倾城的气质。

海洋文明令太湖在悠然中设置惊奇，是在最痼疾的层面绽出花蕾。于中原文明而言，太湖一开始就大旗高擎，在两千年前就以与内陆文明截然不同的身份，凭一种古典的世界意志，走向海洋。

东方乾坤：太湖之骨

吴人与越人正在太湖上厮杀时，历史仿佛到了终点。他们早早地在人类文明史上写下最惨痛的一页页，无数生命和家园在血刃的劫难中消亡，这是太湖文明不敢言说的痛。如何对待自己不堪回首的过去，这个曾经失去理性的水域必须做出回答。

东林党事件是一响中国封建政治的暮鼓，中国历史因文化人的折腾从此翻进文明伤痛的一页深渊。东林党人用道义挟持王朝，挽救世道人心不惜肝脑涂地，对于那些领导民主运动的东林党人来说，他们最想得到的不是商业利润，而是希望找到一个强有力的制度运作者，来照顾国家的安全与繁荣。

事实上，东林党亮相的意义远远超出了他们的想象，它显示了在王权统治下的民间的力量。长期处在封建主流文明边缘的江南文明，再一次以异端的姿态向中原大陆发出了声音，这声音里充斥着商业霸权的语气，但权力中心不时调节着你这刺耳的音量。

当八旗狼烟滚滚中原、所向披靡时，大明的武将们早早地消失在尘埃里，但见傲骨嶙峋的江南文人笃悠悠地站出来挡住了大清的马队。这群平日诗酒结社、纵情声色之士，一旦国难当头，便壮怀激烈：陈子龙、夏允彝起兵松江，归庄、顾炎武起兵昆山，进士黄淳耀起兵坚守嘉定，太学生吴源起兵浙北，明国相朱国桢之孙起兵南浔，秀才金志达起兵攻陷建德，秀才江天一起兵浙西、皖南，钱肃乐、张苍水起兵浙东，好一幅文士们共赴国难的壮美景观。扬州十日、嘉定三屠、昆山血战，悲悲惨惨的壮烈尽现在江南，是中国历史上最悲壮的一页，至此，江南才有无愧的称谓。

江南水乡的经典风景，因汉人断然以血喷为不顾，凝固了时间的流动，也成江南文化永恒的忧郁，源于这种忧郁，江南诗赋中，不乏断肠之句。如一位诗人所说："脚下的那片泥土，每抓起一把，都一定会攥出血来。"

金戈铁马背景下，生成了中国的集体人格史，万民观瞻，惊险英雄，构成这个民族易读共识的人格图谱。太湖则不然，冷对中国血淋淋的杀戮史与政权无休止的砸烂史，这里重练内功，强求韧劲，看重压轴的戏份，文化品行对视着政治恶习。即便是群雄退场，依旧余音绕梁，不绝于耳。

儒学与理学对太湖缺乏教化意义，江南人做学问，是为看清身边世界的真实。明代最大的哲学家王阳明的弟子遍布大江南北，王阳明的弟子王艮开创泰州学派，倡平民儒学。泰州学派和太谷学派的学说，体现江南民间对中国文化最独特的创造，乾嘉汉学按地域区分，有所谓"吴派""皖派"和"扬州学派"，乾嘉学者中多有精通天文、地理、算学的，不致古典天算失传。江南实学力求在骤然之间看清自己的污秽。

太湖，用田园牧歌式的江南情怀，改变这方水土的命运并在这里诞生一个新的世道，成为民族的集体记忆。太湖特有的繁殖能力，耸立了本时代以前的一座高峰。中华文化的那股豪气，一直被太湖挽留，作为吸纳性极强的一方水域，所有的异类文明到了这里，都感到亲近。于是，太湖文化塑造了独特的太湖气魄，海纳百川，吞吐万汇，兼纳近远，将海内外重要的文化精粹熔铸一体。中国经济，我们不能怀疑奇迹的存在。

太湖凭水的能力与韧度，造就了一个特立独行的文明体，它独立于整个国度所有的文化盛世与衰亡。中国最为古老的农耕文明，在这里蕴藏了先进的演绎机制，中原文明到不了这里，近乎野蛮的民族防范心理，令这块地域不被驱使。

太湖的城市，总有各自的造化，凭一个城市的诚实，让人定格某一刻的怦然心动，发展状态下没有隐私，经济规律只是在暗示中行走。

财富底色：太湖之奇

《绝越书》这样叙说吴地的交通："出平门，上郭地，入渎。出巢湖，上历地，过梅亭，入扬湖。出渔浦，入大江，奏广陵。"足见吴国的水路网络齐全发达。然而，得天独厚的财富环境被用来支撑霸权信仰的战争，而没有用来发展真正能够使得国家富强起来的工商业。

太湖总是在最平静的地方掀起波澜，就像历史总是在最意想不到的地方创造奇迹。太湖人渐渐习惯了去投资工商业，货币意志争相走上前台，成为可以发展工商业的深层驱动。

凭借自己的商业直觉，太湖给了自己一个发泄的通道。这个过程相当漫长，于这个文明之国的成熟史又是短暂的，因为这方水域拥有众多的对财富充满渴望的商人阶层，如果将他们的渴财之心化为某种力量，那么，太湖有着比王权更强大的创造历史的资源。

海洋在这里结束，陆地从这里开始。当资本主义在封建大地上绽露萌芽时，大量的货币以空前的速度环太湖流通，消费变得极有意义，太湖的经济血脉变得拥堵起来，这是明代发生的事情。

欧洲从蒙昧的中世纪走出，科学和人文照亮了欧洲的天空。与此同时，一场突如其来的大变故把太湖推向了历史的前台，撬动历史的主角就是这些今天看起来依旧起眼的轻丝，太湖的丝与绸缠绕着整个世界。

十七世纪的太湖从贸易中获得的巨额财富，没有体现在王公贵族的豪奢宫殿中，它们被中产商人们用来建造和装饰自己的宅第，成为艺术殿堂的主角的是那些普通人的平凡生活。腰缠万贯不是富人们的本意，骑鹤下扬州也只是偶尔的冲动，用闲情逸致打理自己的庭院，文化便出现了。

太湖人很快找到了自己的优势。因为这片土地上拥有人数众多、对财富充满强烈渴望的商人阶层，如果将他们的爱财之心转化为一种力量，那么，太湖就拥有了比王权更为强大的武器。这个假设，在二十世纪的最后二十年得到验证。

沈万三之前，商人的地位一直不高，商人价值依旧低下，这个国家的所有的政府都不会为社会的商业利益服务的，这是中国大地的风气使然。儒家视商为奸，太湖的经世之学倒过来看此怪状，人们顿悟，经商也是很有地位的，很有地位的人更可以去经商。只有正在创造历史的人们，才会有这种追求不朽的野心。

中国历史上，没有一个区域在有意无意间仔细地规划自己的物质财富集聚进程，生产运输销售都在民间策划中实现，太湖人一直在摆脱学生的地位，以老师的姿态言传身教，用自己的头脑和独特的话语系统毫不羞涩地向外部世界舒展自己。他们重塑信念，创造了传之后世的经商法则。

太湖的工业化一直尽显卑微，但它以独特的步履迈出大跨越，民营模式催生的制度变革让太湖再得玄机，开放和引进智慧给太湖带来了创造和发现，用智力脱钩主流成为这个地区最主要的影响力，太湖特立独行一花争艳的模式，是整个外部世界的兴趣点。

二十世纪的世界经济史上，英美模式以后，又有日本、新加坡式资本主义和莱茵河资本主义，都在领跑着全球资本的主义化，当太湖资本被赋予主义的内质后，世界的弯道上黑马杀出，这是世纪末的世界性事件。

太湖拒绝争宠的模式，引起了整个外部世界的大兴趣。太湖以惊人的忍耐力，以自己独特的方式二十年间走完了欧美国家通常需要几十年、甚至上百年才能走完的工业化路程。制度创新让太湖频获玄机，智力成为这个地区最重要的资源，凭借这一资源，太湖引领了具有创造意义的复兴路数，站在了东方经济蓄势待发的前沿。

仅仅一代人的时间，太湖给中国和世界出了难题，这里的工业与商业神话都可以成为撬动历史的主角，甚至令其他区域经济窒息，太湖人屡创经济奇迹，不停地减轻着民族复兴负担。太湖奇迹一直被边缘化，太湖给了民营经济这支异军聚集世界目光的舞台，成为独立于中国社会政治的另一模块、另一种状态。

太湖的图腾，是至高无上的财富崇拜。太湖的经济变革，动摇了历史其他部分的基础，中国历史几千年文明的麻木不仁，一串经济发展的数据将其催醒，经济指标掂量出了政治的昂贵。太湖中产阶级的生活魅力已彻底驯服了中国人的自我意识。

太湖人敢在有限的空间呼吸着真实的文化精气，操盘着有底气的财经，他们把握到了一种转折意识与引领中国经济的自觉。

长三角一体化升为国家战略，沪宁杭两小时交通圈全面启动，却发现在围着太湖转。太湖成为这个战略的核心区域。其实这个自觉，五百年前就启程了，苏州近郊的浒墅关，明时为十八省物货集散地，商船往来，日以千计。

太湖北岸有一个极不起眼的小湖，叫金鸡湖，是苏州的落后地区。新加坡国父李光耀选了这块贫困的土地做试探，于是，金鸡湖畔的苏州工业园作为国家生态工业示范区，与新加坡这样纯粹的西方文明国度合成，证明太湖市场经济土壤异常肥沃，证明贫困不是土地的原因。苏州在20世纪末就已成为中国第二大制造业城市、第三大外贸出口城市，成为世界工业的明灯。

三年前有串被人们念熟了的数字：太湖流域作为长三角经济圈的核心区域，它以占全国0.38%的土地面积和3.5%的人口，创造了占据全国11.7%的GDP、21%的财政收入、28%的出口总额。

三万六千多平方公里的太湖包融吴越，承载超亿的发达人口，一直低调地忙碌着民族复兴的事。

文明种子：太湖之慧

太湖文化的成熟，不是靠三山、良渚、马家浜文化以来出过多少如泰伯之类的优秀的社会管理者，亦少有如中原诸子百家的丰富释怀，秦汉帝国豪气冲天的实践在这里也只是微风轻拂。太湖仅凭默默无语的民间地气，节节实现文化推进，这路途上难见气喘吁吁的超重相，凭水的自然能量承载着文明前行。比起北地旷漠苍烟，太湖堆砌文化高地的过程显得悠闲得多。

比起中原王朝每一次伟大事件以后的推倒重来，太湖每一个时段都构不成历史盛典，但却都是一次次实实在在的积淀。

旧时的士大夫们，常寄于一代明君现于京城，太湖人好像深谙此理，利用水网隔绝外面世道，静静地、悄悄地经营着自己的日子，不时顺着河流到大海去吹吹风，闻一闻海洋的气息，洗去来自中原的尘土。自然也不忘顺便做几笔海外的买卖，挣些银两，打点家园。

农业文明里朗读中国的早期科技，唯吴越的铸剑技术，才是人类之初的科技光芒，但依照那位英国人李约瑟的定位，早期的科技应从化学开始。中国化学源系道家炼丹，著名丹药师、医学家葛洪和陶弘景，都选择吴地炼丹，葛洪发现化学反应的可逆性，这已涉及了对金属的置换反应，一个世界性化学起点。

丹阳人陶弘景，是世界上第一个通过火焰分析法鉴别钾盐、钠盐的化学家，由此启迪了后来的火药技术。还是这个陶弘景，发现将矾钆不纯的硫酸铜溶液涂于铁则呈铜色，外虽铜而内质不变，带来了宋元时水法炼钢技术。

晋时化学只在技术层面探索，尚无理论与实验室之类的行头，故步履艰难。葛洪转研医学去了，他的《时后备急方》对天花、恙虫病医治的记载是世界上最早的，他的《抱朴子》还记载了不少植物药、矿物药的性能和功效。陶弘景后来也走了葛洪的路子，写出了《本草汇集注》《药总决》等药物专著。

差不多还在这个时代，南京人祖冲之在前人刘徽创造的用割圆术求圆周率方法的基础上，运用开密法，推算出圆周率数值在3.1415926和3.1415927之间。这是当时世界上最精确的数值。近千年后，到1427年，才被中亚数学家阿尔·卡西更精确的推算所替代。

祖冲之研大明历，首次运用岁差测定每一回归年的天数，结果跟现代科学测定的只相差五十秒。祖冲之发明用机械开动的千里船，改造古代指南车。

从宋元明清到近代，吴地状元名贤为全国之首，有个统计，古代至近代两千六百名杰出专家，有十分之四出在长三角，以城市计，产杰出专家前十六座城市中，吴地占十二位。

太湖缓缓铺展出原野的浩荡，恣肆奔涌的水势一入太湖便变得憨厚。时光的印记一来到湖边，经水的滥觞，使漫患难辨，历代王朝兴衰的沧浪之水，涓涓融入太湖，倒成大景观。北地每每铁马秋风，横扫至江南，总融化于杏花春雨中，帝王豪杰石破天惊的伟业，总令世俗生活常态不屑一顾。

湖州赵孟𫖯，一出围城，山河退隐，那些意义符号，让灵魂变得有看头。苏州金圣叹，品牌的江南意见领袖，有晚几步的境界，却无有前朝浮影的尘埃气。海宁王国维，用旧学根基感化旧潮流，用旧式个性舒展旧画卷。平湖李叔同，给美学铸下新结论。无锡钱锺书的文字尽为猜想，俊逸与灵秀一直没个结果，他的表情从未暴露过，模样总显慈祥。桐乡丰子恺听惯了童年乡居的拨浪鼓，神色里褶纹干净，朴素亦藏威力，提醒了自己的乡间斯文。宜兴吴冠中教人怀旧，却惜墨如金，以简笔的粉墨生涯保证职业尊严，守住自己的年代意义，让风情变得多元。世道冷静以后，他们才坐上品行权威、率真霸主的太师椅。

这里出白居易、杜牧、李商隐、韦应物、欧阳修之类的文章太守；也出张僧繇、王羲之、王献之、颜真卿、苏东坡、米芾之类的瀚墨太守；方便的时候，昆山县令祖冲之、钱塘县令施耐庵、吴县县令袁枚、上海县丞凌濛初、长兴县丞吴承恩，适时给官场一点儿风雅的味精，江南仕场的情节不乏生动。

江南的读书人靠耐力供养情操，一辈子不急于赶路，逆风逆雨化为泥泞长出新芽。穆旦、周氏兄弟等冒犯了文人的寂寞，薄雨收寒中保了风骨，当了一番仁厚的叛逆者，成为中国文明史上的意外。徐志摩、戴望舒、巴金、艾青用作品为生活的乡土尽了孝，小镇也为他们完成精神自传，一砖一瓦都可留恋。太虚、李叔同，加上得了道的瞿秋白，独自探索心灵荒径，举传统薪火，烛照人生，找回原先的敬神情操。在对秩序的冒犯中，塑造自己的信仰，以个人力量为中国思想的大刀阔斧留下伏笔。

黑白倒影：太湖之老

一个民族，创新文化的成熟不算成熟，人们面对的是创老文化的缺乏。太湖人创造了一个前所未有的经济生长机制，因为他们创造了一个前所未有的园林，那是一个强大的体外循环式的制度适应，一种新的政治流转体制。这是盛唐以后融入世界的一次极好展示，为苏湖熟、天下足不停地调节出优雅。

迅速向工业化迈进的太湖，十七世纪从贸易中获得的巨额财富没有体现在王公贵族的豪奢宫殿中，它们被中产阶级商人们用来建造和装饰自己的住宅，江南园林在这方黄金水岸诞生了。

江南园林是在有限的空间里，把文化创造到极致。在这些作品中几乎看不到王气，成为艺术殿堂的主角的是那些普通人的平凡生活。这种平和的表情，只会出现在那些没有对饥饿的恐惧，不用时刻担心流离失所，在富足的环境中度过一生的人们的脸上。

沉郁时光里攀上境界，用艺术外壳护持家园，凭松兰竹菊自成法度，是文化人心藏的江南园林。

园林中的山水草木都是鲜活的，是院子长于思索的原因。古墙裹着前朝风华，将园林做成理想，做成荒旱时代一湾清流，做成从容独白后的一种风采。

江南民居，黑白里门面清爽，乾坤干净。大大小小的宅门藏高深，藏清流，藏世故。藏绣楼，藏少爷，藏冷暖，藏破落。自然，也藏鬼魂故事，藏蛇妖狐精。岁月模糊的水墨文化，将江南深藏于黑白二色之间，洗尽铅华留下木讷。

河流弯弯，映着江南民居的黑白倒影，有一种落泊的文士风度，缓缓蠕动的舟楫存载一厢情愿的信念之火，黑白依偎，自创一种风水人格，卫道的梦想破灭了，照例安顿自我疗伤的纯净岁月。

太湖水岸，难找现实的惺忪境界，人间云影处处成觉，屋外家居时时布竹，即便月寒竹冷，亦能试探风水，小风骨亮素洁，小乾坤弄翠烟，小经典筛风月，小境况藏空远。

怀旧情结是因为鲜活的生命曾是瓦屋下的灵动，因为人和时间共同凝固在建筑上。院子荒冷的后院种花，稍经呵护，来年便满园春色，大地美景的本质是让人弃恶从善，雨后深巷，清脆悠长的白兰花叫声，全世界都在静听！

古镇的黑白色调，是书香熏染的。古砖瓦当尺寸千里，带学养，带襟怀，含香的乡恋，有似水的体贴。江南人在卑微世界修炼，看惯光阴萧瑟，不惧风雨不盼晴，水边人家，苍老只显在瞬间，日子把人生拉得很长。

黑白气韵里不宣示旧派伦理，墨痕上找不到岁月皱纹，色泽间不透一点点旅途风尘，黑白色彩无尘埃气，散落一种不存戒心的美。水墨境界作兴怀旧，怀的是气氛。人一旦入了境界，生命的河流带走两岸。

太湖人对来自朝廷的指令向来不很放心，存一种骨子里的戒备，班固《西都赋》在太湖地区没市场，人们不喜欢那句："据怀旧之蓄念，发思古之幽情。"前朝所有的迹象只作为欣赏，不作传承，太湖人从不津津乐道旧时王燕或曾经辉煌，家道中落才是真痛。周庄的沈万山案、南浔的庄氏案，已无从解构陈年的山河恩怨，扁舟不载愁，洞箫不肠断，褪了色的风采才叫风华。湖州衣裳街，颜真卿、杜牧在这住过几年，给了心井与墨痕，街面的文化路途透着历史的光泽。弄堂风夹带古镇秘密，历史变得可以触摸。骑士精神令这里的地主阶层不沾半点的虚伪和堕落，走出的尽是人文主义先驱！

太湖洞庭山的古村落老了，斑驳是必然的事，重返早年的认知，才知我们都在祈祷彩虹不灭。竹椅上老者依旧打盹,绵长的午梦连着夜梦,院落躲进深巷,安享百年孤寂,石上青苔依然存气魄。墨绿色的老藤爬满那些旧宅的古墙,浓绿将苍老掩盖,如时间的帷幕,构成古城眼神里动人的一瞬。

太湖,它依靠一个水的外壳,将一个特殊的内核裹了个严严实实,这是另一个世界,里面蕴含着中国体制无法触及的运行系统。英国军舰逆长江而上,发现控制太湖,便控制清政府。《南京条约》各种苛刻的待遇,中国的官僚们都能接受,倒是对往来文书中的不平等语气大为计较,愤愤不平。落后的农业国家,挑战世界工业列强的结果是惨烈的。历史机遇,一旦错过是难以追回的。中国的历史机遇,何尝不是一直在错过。

中国的历史,因为有江南,才将本该早早结束的时光拉得长长的。

(选自张加强《太湖传》浙江人民出版社 2016.10)

九片之瓦

冯 杰

第一片 瓦脸

乡村的瓦大多呈蓝色,那种蓝不是天蓝也不是海蓝,是近似土蓝;我们乡下有个词,说得准确——"瓦蓝"。这词只属于瓦的专利。

在我的印象里,瓦是童年的底片,能冲洗出乡村旧事。

瓦更像是乡村房子披在身上的一面带羽的蓑衣,在苍茫乡村没有开始也没有结束的雨的清气里漂浮。若在雨日来临时刻,瓦会更显出自己独到的神韵与魅力。雨来了,那一颗颗大雨珠子,落在片片房屋的羽毛上,胆子大的会跳起,多情的会悄悄滋润到瓦缝;最后才开始从这面蓑衣上滑落,从屋脊上,再过渡到屋檐。浩浩荡荡穿越雨瓦的通道,下去,回归大地,从而完成一方方瓦存在的全部意义,写就《乡村瓦史》在这一个时节的断代史。

瓦有对称之美,任何人看到乡村的瓦,都会想到一个词,叫"鳞次栉比",如观黄河的鱼鳞与母亲的梳篦。这种珍爱乡土的感觉在不远的将来可能都要消逝掉。

  瓦的骨子里是集体主义者，它们总是紧紧地扣着，肩并肩，再冻再冷也不松手，在冬天它们能感到彼此的体温，像肌肤相亲的爱人，贴得密不透风，正团结在月亮缓缓上升的乡村里。

  瓦更是一种乡村的坚守。在瓦的记忆里，所有的飞鸟都是浪子与过客，都是浮云与苍狗。

  瓦上唯一的风景只有一种，那就是"瓦松"，我们那里叫"蓝瓦精"。这称呼多气派啊！那些一棵棵站在瓦上的小小生灵，因为听风观雨的缘故，已经一位一位聪明成精了。

  且慢，它们还是"乡间郎中"呢。在乡村药谱上如是说：瓦松，清热解毒，又名天蓬草、瓦莲草、向天草。我小时候得过恶性疟疾，久不见愈，姥姥就从旧屋顶上采到几棵瓦松，炖汁连服，止住了。

  小时候我常在梦里想到，那些瓦松站在我外祖母的屋脊上，跷着脚丫，夜半在我不知不觉的时刻，正一颗颗摘星呢，让那一柄北斗七星的长勺低低地垂落下来，一如在汲瓦松上一颗颗透清的露珠。

  终于，一不小心，有两颗最大的掉下来，缓缓地，落在我的眼角。

第二片　瓦的籍贯

  当它还没有走上屋顶时，生命里的"籍贯"一栏早就填上了，是两个粗拙的字，叫"乡村"。像一个孩子或老人用颤巍的笔所写。

  籍贯属于乡村的瓦有一天走进城市，它头晕转向，无所事事，毫无用途。城市里的幻影夜色与激光霓虹拒绝它。宁为玉碎也得宁为瓦碎，在城市没有完整的话题，所有完整的东西来到城市，都将被毫不留情地一一破碎，这里也包括情感。

  对瓦的引申常常让我伤感不已。在城市里，瓦会像我一样发慌，它一定怀念哪怕是当年乡村瓦上的一株达不到高度的草。

  有一片瓦迷路了。被开往城市里的一辆大卡车用于铺垫上面的器物，最后被拉向城市，当它完成自己的使命时又被远远地抛弃在公路边。城市人就爱过河拆桥，瓦看看身上籍贯一栏，早已被风的手擦模糊了。

终于，一个小孩子弯腰拾起那片瓦，在河上打起一串水漂。一、二、三、四，瓦落到对岸，被污水淋湿的瓦上岸后，看看身上籍贯一栏的痕迹被洗得干干净净。瓦无家可归，像滞留在城市的乡下人，破损与伤害，从此再也找不到回家之路。

第三片　瓦的方言

在乡村，每一种草与生灵都讲自己的方言。瓦也有瓦的方言。像人对待方言的态度一样，瓦对方言刻骨铭心而又无药可救。

人怎么能懂瓦呢？你只有在雨夜，才能听到房脊上那些密密麻麻的语言，像鱼群一样游过，不时荡起喋喋之声，那不是鱼或鸟的喋喋，而是方言的喋喋，尽管你一句也听不懂，可你能感觉到那是大地上高过草叶高过树木的语言。那些语言随着风，随着雨意，随着弧线，随着姿势，向夜空上升。

在北中原黄河故道，挖河时曾在深达五米的地段，挖掘出一座汉代瓦屋顶，还有夯土墙、房基、筒瓦、板瓦，未来得及使用的瓦。黄河不规则地流动，让那些瓦屋顶明显移位和错位。

我骤然一震，瓦都是一方方干裂的嘴巴，想说什么？讲历史吗？欲言还休。

多少年里，那些瓦们在与黄河水进行交谈，在鸡啼里，在掌灯时分，它们用北中原方言，用今天仍然流动的方言，叙说或耳语。河流停止了，那些瓦有一日忽然沉默。哑巴般的瓦，把那么多日日夜夜该讲的语言都在沙里折叠起来，语言的水分被蒸发晒干，瓦只能在心里自言自语。它说，它还说。

瓦今天露出嘴巴，可是这些瓦都不会说话了，语言生锈，瓦只会像瓦一样，咧着幽深的嘴。

这就是那些操方言的瓦呵，我看到的是一排排瓦民，背过身去，给我另一种褐青色的背影，那种褐青色的语言，让我对瓦进行一次猜谜，却永远猜不透。

第四片　蓝瓦

蓝瓦属于蓝领阶层。乡村所有的瓦都属于平民，带着平民的色彩、平民的气息。

能在乡村看到过蓝色荷花，那就算看到乡村之瓦。乡村蓝瓦就是乡村蓝色荷花，在辽阔透明空间尽情舒展。只有乡村诗人才去给予蓝瓦如此高密度的意象，才让人阅读乡村瓦时透不过气来。

蓝瓦常常忆起它的表妹——那该叫"蓝印花布"吧，由蓝靛再过渡到靛青，青花瓷，黛青，都是蓝瓦的近亲。还有板蓝根、蓝花花……这么多蓝亲戚竟都在同一个村里相安融洽生活着，查一查，都蓝了三百多年了。

面对着现代信息的涌来，乡村静谧的池塘也会骤然生起涟漪，蓝瓦的堂兄堂妹们忍不住寂寞，都一一离乡出走，换了颜色，消失在村头蓝瓦温润的视线里。一眼的蓝，宛如残海。

第五片　红瓦

如果蓝瓦是珠联，璧合就一定是红瓦。

有红蓝相映，乡村的瓦们才显得"夫唱妇随"——尽管这是个旧得令人早不用的词，已化石般不时尚。

红瓦若经霜枫叶，上面印着斑鸠、鸽子这些乡民的霜印。竹叶般。在乡村新房前常有这种感觉。乡村还有个常用词，叫"蓝砖红瓦"，意思是这样才般配，是衡量典型小康人家的象征，如古人种竹的标准，如今人必有的电脑网恋。

初冬的红瓦煞是好看，红瓦饮过乡村的醪酒，一方方红着脸。落上暖雪，噗的一声，炽化了。

"一只红瓦出墙来"，美丽而惊心的意象。当然，这只是我伪造的宋诗。

第六片　如果瓦们都在天空飞翔

瓦群发出一声喊，开始在雨丝里飞翔。

瓦们在天空飞翔，那该如何童话呀，瓦在天上行走，如一方方的浪。如果瓦翻过身来，则像袖珍的舟子，踩着浪的脊。"软润"，我生造的词。

这是中国版的金童话。我敢说，只有中国人才去讲述关于瓦的话题，做瓦的想象。那些瓦们只有在中国乡村的梦里才沙沙地飞翔。像飞翔的莲花，都一方方在雨中散开。起，或者落。

没有落下的瓦仍然向乡村的深处继续飞翔，去达到看不见的乡村的深度，那是乡村的心脏，飞翔的瓦就是瓦的绝版。我常常害怕有一天"一夜空城"。如瞬间对世界的态度。

第七片　无瓦的年代·小瓦大作

这是一个无瓦的年代。

无瓦的年代就是一个无遮掩无羞耻的年代，无瓦的年代是框架式的结构主义，只要柱子与形式。不要草木，不要婉约，不要简朴，不要含蓄，甚至不要人性中宝贵的"羞涩"。

可以玻璃、大理石、花岗岩。可以水泥四射、华灯降落。可以要一千双的鞋子尽管人生只需仅仅一双。可以清仓跳楼，购物治疗，看长达八十项购货详细规则，可以让社会从物色的后期现代进入欲望无止的后现代。

可以不要一片小小的净瓦。尽管它拥有只掌之美，只有短短的一瓣荷大。

第八片　瓦痣

假设星子垂落在瓦上，敲打着瓦，那必是古铜的声音。像《诗经》里任意抽出的两句，造成瓦，落下来，碎了，碎成八个音。

美人一定要有黑痣，就像我的爱人，她说那是她携带的小房子。瓦自然也得有星子，落上就是瓦痣，就像故园的旧瓦，你仔细看，每一片上都有一颗星痣。那是瓦上的房子。

还在童年时，就听外祖母说："如果一个星子落下，地上就会有一个人不在。"我知道那小星仿佛携带着一个小小的魂，冰一样冷手，缩在那块小石内，正急急地赶路，误过了驿站，误了相约，只专心去投身每一方瓦，有缘的，变成一颗瓦痣。

姥姥，如今你也去了，你是天上哪一颗星子？我怎么没听到敲瓦之声？

它悬着。永远都是我最后一颗泪。

第九片　瓦魂

当我的灵魂有一天回归大地，就请瓦在上面扣上小小的一方。有你瓦的余温，还有瓦的纹络，这一方故乡的小房子，泥与水组合的小房子，草气上飘摇的小房子，你罩着我。像谁夜半耳语：

"睡吧，孩子，这叫归乡。"

（选自冯杰《九片之瓦》作家出版社 2016.6）

我的痛苦配不上我

艾 云

2014年入冬以来,就总感觉不大好。一开始是咳嗽,紧接着是热伤风、喉干、咽痛、流涕,还时有头疼。难受时只有躺在床上。天阴着,一会儿下起了淅淅沥沥的雨。湿冷中躺久了,又觉得懒惰和消沉。

躺在床上,由自己的病,自然想到《疾病的隐喻》这本书,想到这本书的作者苏珊·桑塔格。

苏珊是美国顶尖的女性批评家,也被誉为美国的良心。她在小说、文化批评、随笔、摄影美学、话剧、电影诸多领域都有骇世成就。可她却又在1975年42岁那一年患上乳腺癌,并做了切除手术。之后,她又经历了几次大的手术。可她都闯过来了。她在患癌以后,活了30年。这真是一个刚毅、无畏、智慧的奇女子,死神都拿她没办法。她72岁那年去世,说是寿终正寝也不为过。

想想看,我们的疼痛和她的比较起来,那真是不足挂齿。她把女人受苦受难的所有体验都承担了。都说写作女人苦,那是。但所有女人的苦叠加一起也比不上苏珊之苦。她,是与波伏娃和汉娜·阿伦特并称的现代世界最出色的女性思想家。另两个人是绝对比不上苏珊的疼痛与苦。波伏娃1908年生人，1986年死。78岁的生命曾经如日中天，离世时也活够了足够寿数，并且晚年没生什么大病。阿伦特1906年生人，比波伏娃大两岁。她是1975年与朋友聊天时，突发心脏病，猝然辞世。她还没来得及经受疾病和衰老的煎熬，就潇潇洒洒扬长而去。

人不痛，不难受，就是修来的福。

苏珊多么刚毅、果断、要强、骄傲，她怎么会让自己摊上那样的命！

苏珊确是比任何人都坚强。一切的折磨，可恶的疾病，受难体验，这一切发生在她身上的，全部转化成文化现象，让她用隐喻之笔，写成了人类应该面对的普遍意识和经验。

我们还没有那么刻心地痛，就开始出现种种的坏脾气、乖戾、偏执、想不开，比较起苏珊，自己是不是太矫情了？这个女人，她比我们任何人都活得不易，可她却将一切化腐朽为神奇。锈迹斑驳的烛灯又点亮了，一场又一场的盛宴又开始了。苏珊又在向全世界展现她迷人的生命舞姿，并发出强大的声音。

我开始买苏珊的书，除了《疾病的隐喻》《反对阐释》《重点所在》等，还有女助手写她的《永远的苏珊》，儿子写她的《死海搏击：母亲桑塔格最后的岁月》，我还买了由她儿子整理出版的她的日记《重生1947—1963》，等等。我俨然成了一个苏珊·桑塔格的研究者。

看有关苏珊的东西，我只能说，她是上帝派往人间的一个使者，在她的使命还没有完成时，她不能提前离场。让她受难，是为了让她更多地体验；让她活下去，是为了让她说出更多在世的箴言。她在矛盾中，扒开一线呼吸的通道，止不住抱怨了一句："痛苦太丑陋、内心太高贵；疾病太残酷、灵魂太仁慈。"最后，她认了命，却幽幽地自语："我的痛苦配不上我。"

痛苦让她内心长满石头。可石头上，却开满了隐喻的花朵。

苏珊·桑塔格从医院走出来。

这是1976年的2月，天仍然冷。她身穿貂皮大衣，高筒皮鞋，挺拔而坚定地走在纽约的街头。看上去依然时髦、前卫。她走路时步履快捷。只是，她的眉峰有些紧蹙，两只大眼睛显得更大了，也更显深邃峻冷，有一种穿越亘古人生的透彻。她面容周正,下巴开阔,有立体感。只是双腮有些单薄;但还没有凹进去。她黑头发黑眼睛,长得很酷,有某种拜占庭女子的风韵。

这是苏珊患了乳腺癌,并做完手术出院的那一刻。她的确像是从地狱里走了一遭。她出院了,她把自己打扮得漂漂亮亮,她发誓绝不能让自己陷进消极、颓靡的情绪里。女人装饰美丽,心情也会跟着好起来。她这样的人,怎能轻易被打败呢!

风吹来了,她把上衣领口裹紧了些。

她自己招手喊出租车。她不想惊动任何人。

回到位于河滨大道340号的公寓她的家,她把落地玻璃的窗帘拉开,阳光像金灿灿的花朵一样一下子盛开满屋。

过了许多个月的医院生活,在经历了种种的诊断、等待、恐惧、手术、化疗、疼痛等折磨以后,现在她终于可以躺在自己卧室的床上了。她想有几天的时间独处。独处的自己,可以好好想想今后该做什么。她要找到感觉,有了感觉,就有力量了。

躺在床上,她回忆起几个月前的情形,有一股子寒意还在她脊骨后窜动。1975年夏秋之季,她觉得乳房肿胀着疼。到医院原本是做常规检查,谁知,却被查出是乳腺癌晚期,并且已经扩散到十七个淋巴结了。

苏珊是何等敏感的人哪。她从医生们凝重的神情中猜测自己病得不轻。她躺在美国纽约的斯隆-凯特琳纪念中心医院,心想,这玩笑真的是开大了,死神向她招手的时间太早了。自己怎么可能得绝症呢!她还有很多事情没有做完,她不甘心就这么撒手而去,她拒不承认自己的病是无望的。她认为自己的精神太强大,意志太柔韧。一般的人会被规律收走,而自己绝对是个例外。

她做了根治性的乳房切除手术。

她的主治医生卡恩根本就没指望苏珊可以活下来。但她却超乎常规地活下来。

又过了一些日子,苏珊可以写日记了。她在日记中记下自己的心情:"匕首就插在我的梦的尽头。我睡不了多少觉……我病了,也许看不好了。"

她再坚强,也有虚弱、无助的时候。她有时会想:"活到一定时候,每个人都要死的。"

稍微好一些，她就尽快驱散这种悲观情绪，她认为自己还没有准备好42岁就死。

随着时间的流逝，她的伤口在愈合，生的欲望又回来了。

医生们对她进行检查，完了以后离开病房，他们止不住点头，十分惊讶这个女人有如此顽强的生命力量。她在创造一个奇迹。

接下来，苏珊想的全是病好以后的事情。上帝如果再假她以时间，她要把心里想做还没有来得及去做的事情做完。42岁，是到了中年，应该开始做减法了。苏珊希望把留在抽屉里、电脑里的那些札记完成。语言，是她的信仰。除此之外，她还要创造新的体验。她似乎已经体验了很多，17岁上大学时就与28岁的教授菲利普结婚，18岁生下儿子里夫。28岁离婚。经历过异性之爱，也经历过同性之恋。还有就是这该死的疾病。上帝为什么要对她施以如此的惩罚？她招谁惹谁了？她的大脑只为意义和问题而跳跃。她原本可以做得很多，现在只能做到尽量。上帝对智者有多大的戏弄啊。她不甘被攫。

如果当自己把在世应该担当的使命完成，那么，自己可以无怨无悔地离开这个世界了。

在治疗和康复的那段时间，苏珊听到了至少两件不好的消息。一个是美国著名批评家特里休70岁就去世了。另一个是德国女性思想家，她很敬重的汉娜·阿伦特69岁去世了。1975年12月4日的一天，阿伦特是在与朋友聊天时，突发心脏病死的。苏珊非常敬佩阿伦特，阿伦特的理性、睿智、果断，是世界的财富，她也为女界赢得了尊严与光荣。

苏珊止不住心头的凄凉。思想界朋友的凋零，让她有了一种孤儿的感觉。她实在弄不明白，生活中那些糟糕透顶的事情为什么不打招呼就突如其来。她看过卡内蒂写过的一个剧本，假定所有的人做事情时脖子上都挂着一个小饰盒，上面标明自己的卒年。这里表达的意思是，知道自己的死期会把自己变成等死一般。卡内蒂惧怕死亡，苏珊也是。16岁那年她还是芝加哥大学的一名学生时，她就说："甚至都无法想象哪天自己就不再活着。即使接受了那么多痛苦。"苏珊极其热爱生命，活下去，成为她的太阳和宗教。

她躺在床上，手抚着自己结疤的干瘪的胸脯，禁不住黯然神伤。她想找一下自己得这病的原因。为什么会得这病？她想起不久前去世的特里休教授，听说他长年不与妻子同房。是否很少的性爱导致激素分泌无从排泄，内分泌失调而得了这病？

苏珊从来不回避性爱、情欲这些敏感话题。在她看来，血是第一等的智慧，是最初和最终的真理。一般人看它，会认为它不洁、邪恶、罪感；对于写作者，则是催生语言的酵母，是起兴语言的助力与道路。如果一个写作者去宴享它，绝不是为自己，而是为语言。语言的内壳很难敲击，必须借助于色情质柔软如水的力量。这些，不写作的人怎么能懂得这其中的奥秘？

很好的性爱当然十分重要。可想到这里她禁不住懊丧起来。这事是太不容易了，尤其从异性那里。满眼望去，并没有让自己沉醉迷恋的男人。自己何尝不想有很好的异性之爱。在那纯正的快感里，女人生命的活力又飞扬起来。在销魂、缱绻的光影里，致幻中有波墨般的挥洒，让身体内部带着风铃清脆的声响，一阵又一阵的热浪席卷，将颓靡、消沉、衰老全部赶跑。在纯正的快感里，女人说，这是比吃任何的营养品都管用的啊。你看她嫣红的面颊、熠熠的双眸，愉快的笑靥，都发自真心。喜悦、健康、活力都可以因此被带出。当枯涸的河床注满了漾漾春水，女人会很少生病，也会推迟或避免更年期的到来。她甚至不会因此承受心悸、盗汗、失眠、焦虑、发胖的煎熬。她不会有颓势，更不会有这该死的病！

哎，谁知道是这病导致了自己对异性总是无端由的苛刻，还是因眼光太刁让自己失了异性缘？

苏珊深深地叹了一口气。

那么，就自然会想到自己的同性恋了。苏珊的同性恋伙伴，都是才华横溢、才貌出众的人。比如法国女演员妮科尔。这次苏珊生癌，正是妮科尔联络了法国的医生，并对她的治疗给予了很好建议。也正是因此，当1977年7月妮科尔与苏珊解除关系时，苏珊曾伤心不已。

类似于我这样的凡夫俗子，可能无法真正理解非凡的苏珊所做的性向选择。但作为写作中人，我能明白：高度强烈的智力活动，以及苏珊一直推重的新感受力，都需要来自生命深渊的翻卷，这翻卷出的浪花即使是黑色的，经过语言这点金术的淬炼，最终它也会成为闪光的钻石。

早慧的苏珊，有强烈的感受力和表达力。她能思想的时间太早了。她早早就把肝血和阳气用于那呼之欲出、却又追逮不及就倏忽而逝的文字了。她将那胚芽般的想法予以呈现。她早就明白，自己降临这尘世，是为担当大使命而来。

为了担当大使命，生活的伦理学是可以不予理睬的。

我翻开收在《反对阐释》一书中苏珊所写的《薇依》这篇文章。文字不长，却是字字珠玑，富于思想内涵和美质。这是1963年写成的文字，苏珊才30岁。她横空出世般的才华，通过这篇短文可窥一斑。

她讨论薇依。

薇依是个法国女性思想家，1909年出生，1943年死去。她仅仅34岁的生命，却留下了让人咀嚼不尽的话题。苏珊在这篇文字里，对薇依弃绝肉身、狂热的禁欲主义态度，对欢乐和幸福的不屑，对磨难不知疲倦的追求，以及高贵和可笑的政治姿态，都有中肯而准确的发言。苏珊似乎早就对薇依的不健康有所感应，她另外还举了不少的例子，如克尔凯郭尔、尼采、陀思妥耶夫斯基、卡夫卡、波德莱尔、兰波、热内等，这是些病态的天才，但这是些让人无法忘怀的人。苏珊说："这样的作家之所以在我们中间建立威信，恰恰是因为他们有一股不健康的气息。他们的不健康正是他们的正常，也正是那令人信服的东西。"

苏珊此时还太年轻，年轻到她对真理不如对想象信赖。她认为也许某些时代并不需要真理，而是需要拓深对现实的感觉，扩大想象力的疆域。

我对30岁的苏珊之才华太佩服了，因此我忍不住想要继续摘录她的那些格言警句。苏珊写道：

"有些人的一生是堪作楷模的，有些人则不；在堪作楷模的人之中，总有一些会邀请我们去模仿他们，另一些则使我们保持一定距离来看他们，并且包含某种厌恶、怜悯和尊敬。这就是英雄与圣徒之间的区别。"

苏珊在这样年轻的时候，就已有了冷静和理性。她对客观是承认的，比如薇依物质上的一团糟，她的偏头痛，她的肺痨之于平常人的无益。苏珊说："任何热爱生命的人，都不希望模仿她那种殉教精神，或希望她的孩子或任何挚爱的人这样做。"

苏珊说了这些，却笔锋一转，对那属于精神层面的东西，不得不表示敬重：

"只要我们热爱严肃,以及热爱生命,我们就会受其感动,受其润泽。当我们对这些人表示敬重,我们也就等于承认世界上存在着神秘——而神秘正是稳当地把握真理、把握客观真理所要否定的。"

"由这个角度看,则所有的真理都是表面的;而一定程度(但不是全部)扭曲的真理、一定程度(但不是全部)的疯狂、一定程度(但不是全部)的不健康、一定程度(但不是全部)的否定生命,正是贡献真理的、是生产理智的、是创造健康的、是增强生命的。"

看到这些,你不得不信服和敬重年轻的苏珊犹如天助般卓越的语言才情。

仍然是在 1963 年,她评价又一个法国作家加缪。她认为加缪是当代文学的理想丈夫。她说,有些作家满足了一个丈夫的可敬品德:可靠、讲理、大方、正派。加缪正是这样。

当然,"作为一个当代人,他不得不贩卖疯子们的主题:自杀、冷漠、罪咎、绝对的恐怖。不过,他这样做时,却带着一种如此理智、适度、自如、和蔼而不失冷静的气质,以致使他与其他人迥然有别。"

我还是不想把下边这句给省略。苏珊概括道:

"卡夫卡唤起的是怜悯和恐惧,乔伊斯唤起的是钦佩,普鲁斯特和纪德唤起的是敬意,但除了加缪之外,我想不起还有其他现代作家能唤起爱。"

这是年轻时代就形成风格的苏珊的语言,勃勃生机,语式一环扣一环地推进,雄辩,判断力果绝,下笔准确,没有犹疑和拖泥带水。

写出这样文字的苏珊,好生了得!她除了饱学博览、禀赋超群,还是寻找那诱使语言起兴的訇然而起的"此刻"。在苏珊,她为这"此刻"采取的方式只能是在耗散中凝聚。比如年轻时代借助情欲,中年以后借助药物,到后来则借助于不停地言说和奔走。她太热爱写作了。一切的一切,都只是借力与道路。

考察苏珊的语言成就,不能掠过她的病。10 岁她就出现哮喘特征,16 岁时哮喘加重。哮喘病是苏珊后来患乳腺癌的根本原因。照西医的治疗方法看,哮喘就是呼吸器官有障碍了。但依中医理论的辨识,则认为哮喘的产生,病在内脏肺腑,苏珊小小年纪就得哮喘,肺腑已经堵塞了。可是什么原因导致肺腑堵塞,又得寻找原因。是受寒,风滞,伤脾,还是什么?总之,肺腑堵塞导致人血气不够。血上不来，养不住胸肺、喉咙、气管以及双乳。病魔在稀薄的双乳之房住下，乳房成了无血浇灌的板结的硬块。再往下发展，硬块里边腐蚀成脓肿，癌就出现了。

这是疾病的日常实情，而不带有任何美学隐喻。

早慧的苏珊，谁都不知道她是怎样撬动那第一笔的。她写了大量日记，这是热身，是供自己情感和情绪随意宣泄的幕后。可她终究要登上历史舞台，她的语言一点一滴都要经受公共视线的检验。那早慧的胚芽，扒开与众不同的土层。

那么，在写出供社会、大众勘检的文字前，难道非要先把自己砸碎，摧毁，先要割自己的皮、煮自己的肉，才能生发出那一行行的文字？

她开始自嘲，也许自己的病真的是咎由自取；那么，任何人命运的不幸与悲剧不都是咎由自取吗？以往的悲剧定义是将有价值的东西撕毁给人看，那悲剧带有史诗性质，它与价值的毁灭有关。现在，当人类的声音愈加喑哑，史诗的宏大终于为日常的琐屑所替，那么，悲剧也就降格为不幸。不幸是人类个体生命所承受的无法承受之重，总有那不堪的东西，超出人所能承受的极限，撑不住的时候就断裂了。

撇开那些意外的天灾人祸，总感觉有一双魔鬼的手将人戏弄，谁都无法琢磨清楚，也无法破译这古怪的厄运。这一切就暂且不说了吧。只想说那缓慢中发生的不幸，自己也不幸被魔鬼之手攥住，不幸发生之后，苏珊并不想博同情者的一掬眼泪，她自己在问自己："我是否也应该承担责任？"她想起了东方的一些谚语，所谓种瓜得瓜，种豆得豆；所谓天网恢恢，疏而不漏。任何的不幸，只能是不幸者咎由自取。有人说，这太残酷了，不幸者已经非常不幸了，你怎么还用这般冷漠无情的口吻说话，但事实只能如此，从不自欺的苏珊就是有这种扼住命运咽喉的冷静。

她躺在床上，双手抚着结疤的胸脯，禁不住流下泪来。她在人前从来都是优越的、骄傲的；在距人背后，她的软弱和无助只留给自己。她在岩壁和瓦砾上攀爬，伤痕累累。她必须自己起身，揩净血水，再向前走。

躺了大半天，有些饿了。知道饿就是有胃口了，是件好事啊，说明身体机能正在恢复正常。

苏珊慢慢起身。

下午，初春的光线显得如此柔和明媚，窗外蓝天如洗。她打开冰箱，里边还有半罐玉米粒。她来不及加热，倒出来就往嘴里塞。她感觉力气又从自己身体内部生长出来了。她想到今后。经过了这次劫难以后，唯有两件事是她要做的，她"想工作，想有乐趣"。

苏珊正吃着东西，听到门外有敲门声。她开门。原来是妮科尔·斯特凡娜从巴黎飞来纽约。妮科尔大苏珊10岁，她们两个数年来保持着恋爱关系。在巴黎，两个人还拥有自己的住室。妮科尔20多岁时在麦尔维尔1950年导演的电影《可怕的孩子》中领衔主演。她迷人的表演为众人喜爱。但后来她遭遇了一场严重的车祸。好了以后，她从演员圈退出来，开始自己做电影。1973年在赎罪日战争结束前后，妮科尔与苏珊在以色列拍摄了《希望之光》这部纪录片。

苏珊非常欣赏妮科尔的才华，也着迷于她的美。她有着法国女人特具的精致、柔美。高高的身材，秀丽挺拔。她身着合体的黑色呢褛，脖子上围着灰色流苏的丝巾，飘逸而生动。即使她已五十开外的年龄，仍是那样动人。苏珊从来都对美有出色的领悟力，还有强烈的受制于美的秉性。以至于她整天挂在口头上的是，"我是个美人、美物控。"苏珊认为自己是美人，也喜欢别的美人。她认为出身和教养也重要，但如果没有美，这出身和教养就成了问题。反过来说，如果出身教养并不怎么高，却拥有美，那还是要承认这人的不同寻常。人能自己掌握住美，太不容易了。她把美与气魄结合起来考虑，认为气魄就是：清晰与平静。1962年她19岁，在日记里就为气魄下如此定义。

妮科尔手里拎着大包小包的吃食进来。她从巴黎带来了很多食物。苏珊不会做饭，很少开伙。没吃的时候就到外边饭馆，或是去叫外卖。妮科尔每次来纽约，都会为苏珊做几天好吃的饭菜。

（选自艾云《我的痛苦配不上我》四川人民出版社 2016.1）

散文集新秀奖

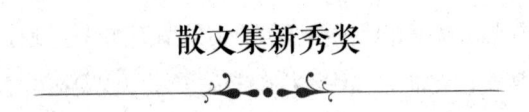

夜 叉

盛文强

渔夫夜间从海上回来，正待关门，门口却递进来一只黑手拦住了门闩，门缝正好夹住了毛茸茸的手臂，就像夹住了一段枯木，两扇门立刻朝两边荡开，一阵大风涌进，吹得屋里难以立足。渔夫受到惊吓，向后跳开去，那黑手的后面出现一个高大的身影，正是那只黑手的主人。只见来人穿着黑袍，手里拎着车轮大的两只蟹，直奔灶台而去，一边走还一边回身对渔夫道：

"借火来一用。"

那人回头时满脸漆黑，看不清五官，唯一醒目的，是四颗白亮的獠牙破唇而出，仿佛是夜空里同时出现的四枚新月，有着清冷的银光。渔夫未敢接言，算是默许。

这个不速之客倒提着两只巨蟹，径直奔向灶前，两只蟹在他手里挣扎，四只挥舞的巨钳总也打不到黑衣人身上——黑衣人躲在了蟹的身后。蟹螯虽然刚猛，却不会拐弯朝后攻击，耳中只闻四只钳开合的金属撞击的回音，火星不断在这间暗室里绽开，屋里的桌凳、瓶罐、干鱼、梁柱的巨大投影在火星的照耀下忽明忽灭。渔夫蹲在门旁的角落里，被蟹螯上闪耀的火星刺痛了双眼——他此时已经忘记了眨眼，眼皮的保护作用也失效了，只能任凭那些火星来炙烤，片刻间就双泪长流。

柴草都是现成的，黑衣人在灶前的空地上生起火来，经黑衣人手指的牵引，湿柴的黑烟在上升到半空时陡然发生了弯折，都被吸进了灶膛，偶有溢出灶口的黑烟，也在黑衣人的弹指声中卷入了灶膛。

两只蟹烤熟，蟹壳上呈现出一大片不规则的焦黑，满屋蟹黄香味，直往渔夫鼻孔里钻，来回摇头也躲避不开，惹得渔夫想打喷嚏，又怕惊动那黑衣人，不得不强忍住，几近于窒息，脸上憋出了紫色，好在黑衣人自顾烧蟹，紧盯着蟹盖上涌出的水汽，始终没有朝蜷缩着的渔夫看一眼。

当黑衣人掀开螃蟹盖，就像掀开一只尘封多年的老樟木箱，渔夫耳中传来了锈蚀的轴承被迫转动的吱呀声。蟹盖甫开，白烟腾空而起——黑暗中耀眼的白幕，屋内陡然一阵湿热蒸腾。黑衣人抖擞精神，大跨步冲进这烟幕中去，俯身咯吱咯吱咀嚼起来，獠牙刺穿甲壳的钝响，臼齿细嚼时的爆裂，直嚼得渔夫浑身骨节酥麻，后来引起了脊上一阵剧烈的痉挛。渔夫堵上了耳朵，不去听那恐怖的声音，身上这才好受一些。

黑衣人嚼完一只蟹，又朝着另一只下口了，在白烟中，灶边只剩下两只蟹盖，蟹腿也没剩下一个，原来都被他嚼碎吞下肚去了，同时被吞下肚的，自然也包括两只蟹螯。渔夫看到，黑衣人吃蟹螯时，是把螯尖朝下，仰面朝天，把整只螯插到嘴里去，像街头卖艺的江湖人在吞宝剑。黑衣人摇晃脑袋，硬把两只垂直坠入口中的蟹螯吞下，渔夫听到蟹螯进入胸腔时的巨大聒噪，黑衣人的胸内好像都是铸铁的。当黑衣人直起身时，两只蟹螯便凭空消失了。蹲在墙角的渔夫看得触目惊心，仿佛有蟹螯卡在自己的喉头，想到这里，渔夫不禁一阵猛咳，这咳声终于惊动了黑衣人，他停止了咀嚼。

黑衣人这时似乎已吃饱，他看了渔夫一眼，似乎冲渔夫微微点了点头，只不过脖子过于僵硬，点头的动作极难发现，好在渔夫已经会意。黑衣人推开门扬长而去，只留下呆呆发愣的渔夫。渔夫回转身，透过不断开合的门户，望见那个黑衣人走到了不远处的码头，纵身跳了下去，落水时却没有发出一丝声响。

渔夫望着黑衣人远去的背影，越想越怕，一夜未能安睡。闭上眼，眼底的黑暗世界里就满是那黑衣人的黑脸，还有平生从未见过的巨蟹，不知不觉中又到天亮。

这天一早，渔夫出海捕鱼，竟然满载而归，这在他的捕鱼生涯中是最大的一次收获，有许多鱼已经逃出渔网，却像受到惊吓似的，又纷纷折回头来钻进网中。渔夫心中觉得奇怪，收网后，他从船头俯身往水里看，冷不防水里正有一人抬头往船上看，那人正是昨夜来借火的黑衣人，他正站在水底，仰起脸来看着渔夫，脸离着水面不远，水面上蜷曲的波浪更使他的脸显得扭曲狰狞，双眼如拳，尽是血红之色，四颗獠牙依然闪亮，若论面皮之黑，则是黑不见底、毫不透光，似乎只有颏下的一丛钢髯托着这一颗头颅似的，他的身子都被这硕大的头颅所遮挡。

渔夫眼前一黑，就要向水中栽倒下去，却被那黑衣人从水中伸出湿漉漉的双手给扶住了双肩。渔夫在船上站稳，黑衣人也就消失不见了，双肩上还有刚才黑衣人那一扶留下的水渍，肩胛在风中陡然一凉，此时方知并非梦幻。

归航的途中，渔夫不得不放掉一部分鱼，然后从船尾跳下去，边往前游边推着船前进，才勉强使小船保持平稳，他一路把船推回岸上，早已筋疲力尽，而看着满船的鱼，这劳累似乎又算不得什么，立刻被喜悦所冲淡，使不完的力气又回到了他的身上。像这样的收获，以前从未有过，不知以后还会不会有，渔夫不禁担心起来。

当天晚上，黑衣人又来到了渔夫家里。这次，他拿着两个锅盖大的螃蟹，走到灶前生火，这一回，渔夫看着他把柴草填进了灶中，在锅里添了水，似乎想煮蟹。而那蟹又太大，锅里放不下，黑衣人每次煮半边，煮熟之后再煮另外半边，两只蟹分四次煮熟，像上次一样，连嚼带吞，两只蟹瞬间没了踪影。黑衣人出门时还朝渔夫点了点头，照旧从码头上跳了下去，渔夫这时才看清，这黑衣人跳水的姿势古怪至极——他头朝上，双脚朝下，已经在码头上凌空跳起，落水时却极慢，好像悬在了空中缓缓下移，最后才像一片鹅毛般飘落水中，照样没听到水声。

渔夫壮着胆子走到码头，往水面上一看，那黑衣人在水面下已经走出很远了——他悬浮在水底，手脚未动，整个身子却径直朝前滑去，就像受到了海中巨大力量的牵引，他的身上似乎有透明的气流包裹，这使他的身形看上去模糊不清，也使他身上滴水不沾，因此他穿行在海底也不会把自己搞得像落汤鸡一样狼狈。在他经过之处，不断有细碎的气泡从他周身的气流中逃逸出来，悬停在水中，不上升也不沉没，也丝毫没有爆裂的迹象，渔夫在岸上看了多时，心中暗暗称奇。不知过了多久，渔夫才觉察到夜已经深了，群星落尽，不断有露水从空中坠落，打在他的身上，海上的夜露最伤人，渔夫不禁打了几个冷战。

第二天渔夫出海，照样是满载而归，原来那黑衣人为谢渔夫的火，在水下截住了一个过路的鱼群，把鱼群驱赶到了渔夫的船底，渔夫正巧在这时下网，大鱼都进了网，直到小船载不动，船底仍然有无数鱼头跃动，撞得船底阵阵酥麻。渔夫只能望鱼兴叹，他的小船载不动这庞大的鱼群，他所捕获的，充其量只有鱼群一角，只能眼睁睁看着大队的鱼游走。

黑衣人站在水下，目送着渔夫的船摇晃着离去。

从此以后，渔夫每夜都给黑衣人留着门，柴草也是每夜都备了新的，留给黑衣人烤蟹，那黑衣人就是入户夜叉，经常到渔夫家里做客，而这时，渔夫已经不再害怕。这种夜叉不但无害，反而大有益处，渔夫靠夜叉的帮助才能每网不空，并就此发家，成了海滨一带的富户，再也不为吃穿发愁。

到了晚上，夜叉照旧会提着两只大蟹走到灶间。这一次，渔夫在灶下生起火，和夜叉一起坐在灶前剥蟹，渔夫拿起了锤和凿，蟹的铠甲纷纷断裂，肉汁在罅隙间奔流，把镔铁的凿子沾湿。夜叉背着手，站在渔夫身后观看，当四颗獠牙在暗夜里闪烁，夜叉这才意识到不妥，怕渔夫受到惊吓，夜叉举起袖子遮住嘴巴。

他们在蟹壳上罗列杯盘。有人看到他们在月夜里对饮，几杯下肚，黑衣人拿着蟹螯，攥住双钳用力一掰，蟹螯就变成了两片，他自留一片，另一片递给渔夫。他们啃着蟹螯，就像啃着热气腾腾的羊腿，与羊腿完全相反的是，蟹螯的骨头在外，肉在里，螯壁包裹着蟹肉。蟹壳是最好的碗，蟹爪是最好的筷，世间再名贵的碗筷也难取代，长时间的撕扯令这一人一怪的脸上热汗直流，四邻听到他们的大喊大叫，家家紧闭门户不敢出来，夜叉的相貌唬住了岛上的所有人，除了他眼前的这个渔夫之外。

那时节，真是渔家的黄金年代——如今这年代已经一去不复返了。

这沉重的蟹螯，合双臂之力才能勉强举起，渔夫连半片没吃完就饱了。夜叉意犹未尽，还不断往嘴里扔着一团团白色的蟹肉，随后抓起酒坛，把余下的酒全都倒进肚里——酒在他体内有一阵瀑布坠落般的轰鸣，蟹肉坠落如雨，渔夫侧耳听着，仿佛亲眼见到了一片白色的泥泞，他不禁为自己这种想法感到吃惊，于是，他使劲晃晃头，把这些杂念给丢开了。

这时，夜叉才是真醉了，渔夫又喝过几杯，早就趴在蟹壳上打起了鼾，鼾声震得蟹壳鼓荡，夜叉的手抵在蟹壳上，不禁触到一阵微麻，那是渔夫的鼾声在作怪，蟹壳成了剧烈抖颤的鼓面。夜叉在醉中强打精神，忽想到自己该回去了，为了不惊醒渔夫，他的手离开了蟹壳的桌面，在地上挪出老远，才打个滚站起来，这些动作几乎耗尽了他全身的力气，站在原地扶着树喘了半天才恢复如常，那些酒在此时不失时机地攻上了他的头顶，仿佛有无数小蟹爬进了颅腔，万千利爪在抓挠着。

那一夜，夜叉走在水面上踉踉跄跄，海水打湿了鞋面，海里的鱼群吞食了他的呕吐物，也醉倒无数，全部肚皮朝上浮在海面，不知何时才能转醒，这些鱼浮在水面上，成为夜叉行走水面的绊脚石。你知道，这是很多年以前的事情了。

时至今日，东海上的渔民夜里睡觉还不插门，他们这是在为入户夜叉留门，然而入户夜叉却再也没有出现，夜叉手里车轮锅盖似的螃蟹也没出现过，只留下这样一个古老的风俗，东海的渔人沿袭不绝。在东海之滨，渔村的新房初建时，甚至连门闩这一道程序都免去了，只留两个门扇。那时节，每家的门户大开，从门外望去，黑洞洞的门楼深不见底，门洞深处，似乎还有几双朝外窥探的眼睛。

每当起风的夜里，都有门扇在风中撞击，巨响摇撼庭院，将人们从睡梦中拎起来，渔村的夜晚立时人影纷乱，方盒似的院落里蠕动着昏睡未醒的身躯，风把院门吹合，他们举着梦游式的双臂，把院门撑开，搬来大石固定住门扇，使院门在大风之夜仍然大开。

然而，入户夜叉却再也没有出现，只有他的故事还在四处流传。

漫长而又无奈的等待。人们却有着足够的耐心，只盼着有那么一天，入户夜叉提着两只车轮大的蟹走进自家院落来借火，更盼着入户夜叉给他们带来无尽的鱼虾。入户夜叉终究没有再来，他偶尔在人们的梦中出现，又匆匆离去，人们在梦中呼喊，入户夜叉也不回头，只留下一个漆黑的背影，在海面上踏着波浪渐行渐远，随后悄无声息地沉没，就像一个投水自杀的人。

那一夜，半岛上的渔民们纷纷在梦中惊醒，抬眼望屋外，两扇院门在风中开合，不断切割着满月之夜的白光，使院子里电光闪闪，就连卧室里也受到电光的影响，人们总是不得安睡，即便入梦，也是满眼光影晃动，他们在梦中亦受惊吓，一夜要醒来上千回，所以半岛居民多是有着又高又肿的黑眼圈，这成为识别半岛人的重要特征。

入户夜叉似乎只属于过去的年代，那时节，人心还未完全崩坏，就连夜叉这样的凶神恶煞也知恩图报，再后来，就没有这样的事了。

这样的故事，也许只在过去的年代里才会发生，我们丝毫不必怀疑其存在，因为这年代不属于我们。我们只能暂时停下脚步，回头遥望。

许多年过去了，不闭门户的闹剧依然在渔村不断上演，年轻一代已经不知其意，只是按部就班地照做，甚至增添了不少庄重的仪式感，比如在门后挂香炉，敬供香火，也有不少人家在晚上临睡前要洒扫门庭，以示恭敬，有细心者还要在门前撒一层细沙，凡此种种，更使这古老的风俗变得俗不可耐，想必夜叉见了也会心烦。

终于有一天，一个帮闲文人路过此地，见此处景致不错，便留下来游玩几天。当他饱览海上风光，又吃饱了虾蟹，饱嗝里都有热烘烘的甜腥，一张嘴就像夏季海滩的腐泥。尤其是在夜里，他见识了渔村夜晚不闭门户的习俗，不禁大加叹赏，他迈着四方步，从海岸走向渔村，一路摇着洒金的折扇感叹道：这真真是路不拾遗夜不闭户的盛世，只有盛世才会有这样的场面啊！

——以他的迂阔，又怎会知晓入户夜叉的故事。这些渔户无非都是梦想着发家罢了，哪有什么夜不闭户的美德可言。

（选自盛文强《岛屿之书》中国工人出版社 2017.8）

斯卡布罗集市（节选）

向 迅

我将毕生记得那个黑漆漆的不眠之夜。

对于我漫长的人生而言，这个夜晚简直像一个擦不掉的污点。它是那样醒目地出现于我的少年时代。多年以后，我依然无法理解当年为何会轻率地做出那样一个可能会自毁前程的决定。

我一定是走火入魔了！

那个晚上，约莫十一点的样子，几条身影按照约定的暗号应声而起，从窗子里小心翼翼地翻出宿舍，然后猫着腰借着花坛扶疏阴影的掩护，蹑手蹑脚地跑到了学校那道涂着绿漆的铁门前。

那是一道高不可攀的铁门。可对于一个下定了决心要铤而走险的人，沉默而又冰冷的它实在算不了什么。我们好似天生具有翻越一堵高墙的身手，不过两分钟，我们就已来到了校门外在黑夜中泛着一层微光的马路上。

我清晰地记得，当我逃离了学校的藩篱而站定在马路上即将迎来一个晚上自由的那一刻，身体不由自主地打了一个激灵，并被一阵随之而来的孤独感深深地包围了。那孤独俨然一条无形的绳索，捆绑着我。

当然，更多的是恐惧和后怕——就在我们翻越宿舍之时，来自宿舍内部的议论就一直贴着我的前胸后背。那些好似永不停歇的嗡嗡声，仿佛有人握着一把小刀不停地刺着我的脊椎。要是班主任闻声而来，那后果就不敢设想了。

这是我第一次脱离集体而加入了无法预知结局的冒险之旅。

在某种来自遗传的潜意识里，集体，总是让人感到安全，尽管里面矛盾重重，甚至危机四伏。虽然我们四个人走在一块儿，也在无形之中组合成了一个小集体，但相对于那个无穷无尽的黑夜和充满了各种不确定性因素的镇街而言，这个小集体的力量实在是太单薄了，如同大海中的一片孤帆，随时都有葬身海底的可能。

可我又怎能将这内心的恐惧说出来呢？

也就是在这一刻，我后悔了。

可后悔莫及。同伙们是不会同意我回去的。万一出了事，有个班长垫背，该是多好的事！他们就可以把自个儿的责任推个一干二净了。

但这还不是最主要的原因。

香港警匪片告诉我们一个十分浅显易懂的道理，当你和一群坏人因为命运的安排而成为同伙时，你是很难重新投胎做人的。如果你打算那么做的话，你就得为此付出代价。他们会在你迈开脚步离开他们的那一刻，开启怀疑程序。

他们担心你是告密者。

我到底跟着他们一头扎入了如同大海一样深不可测的黑夜之中。我们好像几个无家可归的孤魂野鬼，游荡在那条通往镇街的马路上。

这条由无数颗硌脚的石子铺就的马路，在我眼前，变得从未有过的空旷，我们凌乱的脚步声似乎踏响了整个小镇，可它又是那样逼仄，以至于我走得那样小心翼翼，仿佛每迈出一步，都得鼓起勇气重下一次决心。

那是紧张与兴奋相互交织的一路。两个我，两个声音，两种论调，在黑暗中做着平生以来最严重的一次思想斗争，可最终，还是那个陌生的我占据了上风。另外一个声音只好退让一步道："好吧，这是第一次，也是最后一次。"

我们此行的目的地，是一家位于镇街上某条深巷的录像厅。他们中有人去过，知晓它的藏身之处。

于我而言，录像并非新鲜事物。当露天电影还处于它的黄金时代时，我就在村小学昏暗的教室里见识过它神秘的姿容。可我对于镇街上的这家地址隐秘的录像厅还是闻所未闻的，从来不曾有人向我提起过，也就更不知道它的内部陈设是何模样了。是跟电影院一样吗？可惜我也从未进过电影院——镇街上仅有的一家，据说已破产多年。

我那时尚且年少，情窦未开，但还是从录像厅这三个字上捕捉到了一种难以言说的暧昧气息。多年以后，我才确定如下事实：那种暧昧气息，其实与录像厅本身无关，它应该来源于同伙们向我提起录像厅时的暧昧表情。他们的眼神里，扑闪着一道暧昧的狡黠的甚至是邪恶的亮光——那意思似乎是说："我们已经熟知这个世界所有的秘密。这一次带你长长见识。"

我清楚地知道，那一道道亮光的指向，无非是那家被镇街藏在袖子里的录像厅，以及发生在录像厅背后的故事。也因此，我在做出入伙的决定之前，对于去录像厅这件事，既感到莫名的紧张，又感到几分隐秘的兴奋。

或许正是这一点隐秘的兴奋，最终让我失去理智，不顾一切地以身犯险了。

那确实是个轻浮的夜晚。

在前往镇街的路上，每个人都提高了嗓音大声说话，甚至吼起了不成腔调的歌，冲着黑夜歇斯底里地叫喊……每个人都表现出了迥异于平日的一面——但那绝不是撕下了面具所展示出来的最真实的一面——并将轻浮表现得淋漓尽致。然而，每一个人好像又都老成持重，一副久闯江湖的样子。看得出来，并非我一个人对这次冒险之旅有所顾虑。夸张的表情与故作声势的表演，已经出卖了他们内心的不安与胆怯。尽管同伙中不乏平日里就具有流氓气质的人。

位于学校和镇街之间的邮局，很快被我们甩到了身后的黑暗中。再往前紧走几步，转过一个弯儿，就望见了几处稀稀拉拉影影绰绰的灯火——它们像是几把淡黄色的伞，遮挡着黑色的雨雾。我的心跳频率，如同条件反射似的忽地加快了。

十多年后，当我在一个深夜回想上演在上个世纪末期的这个遥远夜晚的一幕时，看见的却是几只如履薄冰的过街之鼠。

我看着他们悄无声息地摸进了灯火阑珊的镇街。挂在他们脸上的那副故作成熟的滑稽样子，让人直觉得好笑。只是时至今日，我仍然不敢相信我单薄的身影也出现在这几只老鼠中间。可我确确实实就躲在他们的影子里,还将头压得很低,恨不得把它缩到脖子里去。

我怕遇见熟人。

固然在这个时间点遇见熟人的概率几乎为零,但我仍不得不防,尤其是在经过为数不多的几个尚未打烊的店铺前面的马路时,我格外小心谨慎。

我明白,在这样一个不合时宜的场合,遇见熟人比被班主任逮个正着的麻烦还要大得多。

我们正在穿越的这条灯火阑珊的镇街,如同一个睡眼惺忪呵欠连天,随意披着一件宽松睡袍,趿拉着一双拖鞋的中年女人。由于粉黛尽失,处处显露出残花败柳的衰老迹象。她朦胧的身影和因此而造成的暧昧气氛,在让人感到害怕的同时,又让人无端向往。

当然,这是现在的我对于记忆所做出的判断。当时那个怀揣着不可告人的秘密的少年,是没有心思观察镇街的。因为被那个中年女人夹在胳肢窝里的那条黑灯瞎火的巷子,正像磁铁一样吸引着我们踉跄的脚步。

我们甚至跑了起来。虽然,我们都闻见了彼此忽然变得急促的呼吸——仿佛我们正在奔赴的,并非能给我们带来某种视觉满足的录像厅,而是龙潭虎穴。

我们终于来到了那家录像厅前。那确乎是一个异常隐僻的所在,以至于当我再次出现在镇街之上时,我已不能确定它的具体位置——我确实已忘却我们是从镇街的哪个地方拐进那条巷子的。多年以后,我甚至开始怀疑镇街是否存在那样一条逼仄而幽暗的巷子。

同伙熟门熟路地拉开了一席布帘。一片浑浊的灯光随即如同月光一样落在了幽暗的巷子里。

我们凑上去,却被人堵在了门口,只见一片密密麻麻的人头挤满了屋子。蓝色的烟雾在人头之上盘旋。有几只警觉的眼睛朝我们望了一眼,随即又将视线转向了一个角落。那个角落扑闪着一团模糊的亮光,并有暧昧不清的声音从那里断断续续地发出,继而在屋子里回荡。

我们争相伸长了脖子,想挤进半个脑袋去看个究竟,却什么也没有看见。

正当我们小声抱怨之际,只听见一个浑浊的仿佛是穿过了无数个房间才传递过来的声音自屋子里问:"来看录像的吗?"

那位引路的同伙答:"是的。四个人。"

"你们是学生吧?"

"不是的……哦,是的。"

"人已满了。"

"挤一挤不行吗?"

"不行。"

这无疑是个让人郁闷的坏消息。我们像吃了败仗一样,垂头丧气地在黑灯瞎火的巷子里晃荡。有人发出沮丧的叹息,有人用粗鲁的话语咒骂着录像厅的老板,有人悔不该当初。当我们重新回到镇街上,站在昏暗的灯光的阴影里时,每个人都如同丧家之犬,一下子不知道把脚迈向哪个方向。

午夜的街道,空荡荡的,更加让人迷茫。

有人提议:"不如我们再回到学校去吧。"但立即遭到其他人的否决:"万一被抓住了,岂不是吃了八辈子亏?"可不回学校,我们能去哪儿呢?这个问题把大家都问住了,谁也没有想出一个令人信服的主意。我们不得不在空荡荡的街上漫无目的地行走着。

这个结局,让我更加自责,并懊悔不已:"我怎么就跟这几个家伙同流合污了呢?"然而,事已至此,只能走一步算一步了。

"不如我们去桥头吧?"也不知过了多久,终于有人打破了沉默。或许那是唯一的一个去处,我们都默认了这一建议。那里,正好是我一位小学同学当年在被歹人追杀时借以藏身逃命的地方。

在那个遥远而孤独的午夜,当我一脚踏上那条通往桥头的岔路之时,我的脑海里立马浮现出那位同学遭受追杀的情形来,心里不由得生起一阵莫名的惊慌,跟紧了同伙们的脚步,仿佛身后的黑夜里埋伏着谋财害命的杀手。可是我们的身上哪里有什么钱财呢?

在快接近桥头的地方,马路左侧的一处明亮灯火,像救命恩人一样让我放松了紧张兮兮的神经,同时让我感到无比温暖。

那是一家尚未打烊的馆子。放置在门前的那块似乎永远也不会熄灭的招牌,一下子唤醒了潜伏在我身体里的某种饥饿感。"我还从未在镇街上吃过饭呢!"

我们一合计,就踏进了馆子,并摆了一回阔,坐在桌首叫了两碗面条——我们将裤兜掏了个底朝天,将所有准备用来看录像的钱财凑在一起,仅够付两碗面条的账。如此一算计,还是觉得看一通宵录像要划算得多。

我开始并未注意到跑堂的老板娘,直到她将一碗热腾腾的面条端到我的面前时,才打量了她一眼。不打量不要紧,这一打量差点让我从椅子上跳了起来。这位略有几分姿色的老板娘,似乎认得我的父亲,与我们家好像还沾点亲带点故。只是我一时半会儿想不起来该称呼她什么。我暗自叫苦,忙低下头,避开她审视的目光。然而,我的脸,还是不可避免地红透了。脖子上痒酥酥的,似有一群虫子在蠕动。

真是狼狈。那半碗面,我吃得索然无味。虽然那位与我共享其味的同伙,看在我是班长的面子上,吞着口水让我先行享用。我唯一有印象的,是一碟颜色漂亮的泡包菜,咬起来脆生生的,酸津津的。

跨出馆子的玻璃大门,我们重新步入深渊般的黑夜,可我仍感到那位老板娘审视而讶异的目光,还在我的眼前晃动,在我的背上游离。在此后的一年半载里,我都害怕和父亲从这条马路上经过,我担心他们在寒暄时,她会将我的劣迹无偿地兜售给父亲。

穿过一段黑夜之后,派出所门前的两盏白炽灯复将马路照亮。直到我们来到江边桥头,依然可以看见那两团光晕闪烁在无边无际的黑暗中。不知谁嘀咕了一句:"这个地方不错,派出所的人通宵达旦地给我们站岗呢!"

我们投奔的地方,是一块用水泥铺过的地面。上面尚存白日太阳留下的余温。而地面之下,恰是桥墩所在地,也就是我的那位小学同学曾经度过了一个惊恐之夜的地方。再往下,就是灌木丛和野草掩映的百丈悬崖了。一江翡翠,自那道峡谷里日夜兼程地向东逶迤而去。

白日里听不见的江水声,此刻竟自河谷里像乳白色的雾气一样浮了起来,在我们耳畔像流泉一样回响。

我们像无家可归的流浪汉一样躺了下来,用手枕着头部,望着黑漆漆的夜空,听着河谷里的江水近在咫尺的回声,胡乱地谈起天来。

直到此刻，我才明白同伙们铤而走险地去录像厅的目的，以及我们被那个浑浊的声音拒绝在门外的原因。原来，他们满心打算观看一夜令人脸红心跳血脉贲张的成人录像。

值得庆幸的是，当年那个让我们怅然若失甚至不惜用污言秽语诅咒过的仿佛穿过了无数个房间才传递到我们耳畔的浑浊声音，还坚持着最基本的道德底线，并没有对我们这几个深夜造访的未成年人网开一面。

一个同伙变魔术似的从裤兜里掏出了半包劣质香烟和一个只剩一根火柴的火柴盒。他慷慨地给每个人派发了一支，然后小心翼翼地擦燃了那根火柴。我坐起身来对着江水极不熟练地抽着香烟，因为呛人的烟雾被倒吸进鼻孔而不停地咳嗽着。嘴巴里一片苦涩，双眼一片迷茫。而在接下来的时间里，我像矗立在悬崖边的一块岩石，愈发孤独，也愈发后悔。

两个同伙在将烟头扔掉之后，便在黑夜里眉飞色舞地讲述起了他们在男女之事上获得启蒙教育的经历——无非是在某个场合，他们在大人的默许下观看了一部露骨的成人录像，从此便牢牢记住了影片里令人热血沸腾的镜头。而那些镜头总在漫长的夜晚像虫子噬咬骨髓一样，折磨着他们早熟的青春。

我和那个与我分享同一碗面条的同伙，出于生活经验的贫乏而无从插嘴。

我一边听着他们的故事，一边在脑海里努力虚构着他们所绘声绘色描述的那种激动人心的画面，以满足自己被撩拨起来的好奇心以及某种尚不明朗却已有所迹象的欲望，可那如同黑白电视机因为接收不到电视信号而在荧屏洒满雪花的画面，始终不曾清晰起来。

这真是让人沮丧啊。

可当我一想到明天一早极有可能被同学传唤至班主任的宿舍接受"审问"，甚至还要面对比这更为糟糕的后果时——我曾目睹他拿着火钳教训屡屡违反课堂纪律的同学，就更加沮丧。

这真是一个不眠之夜。我感觉自己堕落了，变坏了。我为此深感不安，并暗自在黑夜里叹息，仿佛犯下了不可饶恕的过错。次日清晨，当我在迷迷糊糊中被一缕晨光唤醒之时，发现周身疼痛乏力，眼睛酸涩无神，如同大病一场。

多年以后，我才意识到，可能正是这个不眠之夜，使得用心良苦的班主任用他的威权赋予我的威信一夜扫地。

也可能正是这个不眠之夜，将沉睡在我身体里的那个魔鬼唤醒了。在这个魔鬼的驱使下，我在以后漫长的岁月里，一度沉迷于诸多与生命本身毫无裨益的事情，虚掷了无数光阴，直到而立之年仍然一事无成时方才如梦初醒。

这个让我铭记至今的不眠之夜，给予我的唯一收获，大概就是证实了镇街上的确存在一家录像厅。而它之所以还能从那些业已成为过往的无数个夜晚中脱颖而出，被我完整地保存下来而没消逝于记忆的黑夜，该是源于辗转反侧咀嚼不尽的无限悔意。

可忏悔并没有持续多长时间，也没有起到多少激人进取的效果。一年之后，因为那些在这个晚上给我们站过岗的警察在一个深夜急不可耐地敲开我们宿舍的门，我再次深陷于黑夜的漩涡，人生差点被改写。

一向宽容大度的班主任对我的表现终于大失所望，以至于在数月之后的新学期伊始之时，他试图启用从未在我们班上实践过的民主程序对班委会成员进行改选，结果令他更为失望——我仍然高票当选为班长。

那无疑是一段噩梦般的经历。那也是我平生第一次与刚刚在政治课本上学来的新词儿——国家机器正面接触。

在那个遥远的深夜，面对那几个到我们宿舍进行突击搜查的警察，我因为心虚而吓得牙齿打战。我一开始企图编造谎言蒙混过关，却没有骗过警察的眼睛。他们从我的行李箱里搜出了不容辩解的凶器：一把自制的木柄匕首。

那个身材魁梧的警察一边把玩手中的匕首一边在昏暗的灯光下冷冷地审视着我的神态，也足以让我铭记终生。他鹰爪一般锋利的眼神，令跻身于角落的我毛骨悚然，如置冰天雪地。

他俨然把我当成了犯罪嫌疑人。而我也果真像那些对于自己的罪行供认不讳的犯罪嫌疑人一样，低头看脚，无地自容——我确实被这突如其来的遭遇吓蒙，来不及预想一下自己可能面临的悲惨命运，更不知道如何辩解。

那时的气氛确如弓弩上弦般紧张，空气犹似凝结，结果却不是太坏——就在警察要将我请出宿舍带回派出所详加盘问之际，对我大失所望的班主任替我解了围。他从警察手里拿过匕首，对他们说："这把匕首没有什么杀伤力，算不上管制刀具。"说完,他很轻松地把匕首折为两段。

那个警察把玩着被班主任折断的匕首,盯了我好一会儿,接着又严肃地把我批评教育了一番,此事才算告一段落。

第二天在课堂上才知晓警察在我们学校进行突击搜查的原因:有人在深夜翻进区公所大院,将停放在院子里的一辆警车的警报卸下,并挑衅似的将之堂而皇之地扔在大门口,然后扬长而去……

自觉受辱的警察根据线索一路追踪而来,结果查明作案者竟是我们学校的几个胆大包天的学生,然后组织了这样一次突击行动。

我这个倒霉蛋,恰好撞在了枪口上。

(选自向迅《斯卡布罗集市》作家出版社 2016.4)

用文字重建与亲人的精神联系

黄 灯

作为整个家族唯一获得高学历的人，我的成长，隐喻了一种远离乡村的路径。长久以来，在知识包裹、理论堆积的学院生活中，我以为个人的日常和身后的亲人失去关联，是一种正常。事实上，在一种挂空的学院经验中，如果我愿意沉湎于概念的推演和学术的幻觉，我的生活确实难以和身后的群体产生太多交集。无可否认，当我不得不目睹亲人的不堪和不幸，深感无能为力的同时，内心也隐隐升起一种逃离的庆幸。

2002年6月，获得硕士学位后，我没有选择工作，而是南下广州继续攻读博士，"南方"作为一个实在的场域，突兀地进入我的视野。对我而言，人生的宏图再一次展开，理论的诱惑让我沉迷，在学院的高深和宁静中，我一次次感激命运让我逃脱了20世纪90年代后期，国企工人下岗的厄运，庆幸个人的努力终于获得了回报。等待我的前景是，只要拿到学位、顺利毕业，我的人生就会自然而然驶入早已预设好的既定轨道，从此远离底层，远离辛酸与泪水。在个人奋斗的路线图中，每个环节严丝密缝，与闪闪发光的时代交相辉映。确实，十几年前的博士头衔，还有足够的含金量让一个底层青年摆脱卑微。

我从来没有想到，堂弟黄职培的一次偶然造访，给我提供了契机，不但悄然改变了我多年的平静状态，而且让我将目光投向了另一个群体。堂弟14岁不到，就来广州打工，2002年中秋傍晚，他敲开我的门，看我没有外出，怎么也掩饰不住四年未见的高兴。我因为一直外出求学，而他过年很少回家，姐弟多年没有见面，他兴奋地告诉我，自己如何巧妙躲过门卫的盘查、顺利进入无比神秘的中大校园。我这才知道，自己自由出入的校园，并不是对所有人开放。少年时代就来广州打工的堂弟，无论有着怎样年轻的脸孔，终究难掩农民阶层的气质。我留意到他手中的物品，一包是"广州酒家的精装月饼"，一包是"蒙牛牛奶"，这些今天看来极为普通的东西，对当时念书的学生而言，也很少享用，我没想到十九岁不到的堂弟，竟然给我送来礼物。我责怪他花钱，他只说了一句，"你第一次在广州过节，一个人太冷清。"我问他手头是否还有钱，仿佛为了让我放心，他很开心地告诉我身上还有50元。我事后才知道，堂弟当时因为年龄太小、手艺不精，也只能靠打零工混口饭吃。他甚至没有接受我请他去食堂吃饭的邀请，就匆匆赶回了工地。在此以前，我尽管多次从父母那儿得知，故乡的很多亲人，都蜗居在广州一个叫塘厦的城中村中，和我就读的学校并不太远，但我从来没有动过念头去看望他们。甚至因为有些亲人赌博、吸毒，总和一些来历不明的人混在一起，为了避免给自己带来麻烦，我潜意识里和他们保持距离，划清界限。

堂弟的到来，让我感动并深思，多年迷惑不解的一个问题逐渐清晰，在城乡二元对立结构中，逃离的群体，是如何在知识的规训中，以个人成功的名义剥离一种本真的感情，并在内心注入更多上升通道的算计和权衡？又是如何在不知不觉、不动声色中塑造精英的感觉，逐渐疏远身后的亲人？我隐隐感到竭力营构的优越感正轰然垮掉，自我审视悄然出现。

——这是我内心深处最大的隐秘。这个偶然的场景和事件，堂弟压根不会放在心上，但它却总是自动校准我人生的方向。在此以前，我一次次逃离人生的险境，在周密的计划和有效的努力中，越来越接近成功人士的轨迹；在貌似精英化的个人路线图中，逃离故乡是摆脱厄运的起点，远离亲人是重塑精英感觉的开端。我在暗中使劲，众多亲人不体面的容颜，在城市的傲慢和学院的高深中，被我涂抹成模模糊糊、忽略不计的背景；我并非有意远离他们，但不同的人生境遇，确实让亲人之间普通的交集，变得遥不可及。

我得承认，在堂弟身上，有很多让我迷惑之处。堂弟五个月时失去母亲，幼年并没有获得父亲的细心照料，奶奶过世后，只得和哥哥相依为命，初中都没有读完。为了获取进城打工的机会，不惜将年龄改大四岁。我不知道，在戾气横生、情感粗糙的现实语境中，一个出身卑微的孩子，在广州多年的辛酸辗转中，如何保存了悲悯和爱的能力？不知道在塘厦混乱、肮脏的环境中，一个底层的打工孩子，在被打、被骗、被拖欠工资、被抓进收容所饿饭三天后，为何对生活没有太多抱怨，依然懂得去关心亲人？这些基本的情感，恰恰在我多年的求学生涯中，被日渐生硬、冰冷的知识稀释。反观自己的生存，发现知识的获取，不过让我冠冕堂皇地获得一种情感日渐冷漠的借口，然后在规整、光鲜、衣食无忧的未来图景中，悄然放逐对另一个群体的注视。从此以后，我意识到，单纯从"经济层面"来观照打工的亲人，并搭配一份来自身份差异的道德优越感，或者敷衍地施以廉价的同情，是多么世故、浅薄而又不可理喻。对亲人精神世界和时代关系的勾连，成为我多年的心愿。

堂弟稚嫩的身影，彻底接通了横亘在我和亲人之间爱的通道，这条通道曾经畅通，只不过因为各自境遇的改变，被彼此的生疏、隔膜阻断。在知识的包裹中，我还发现，因为眼光的转向，心灵也重新获得了活力。2002年到2005年，我在中山大学读博士，念书期间，我多次接受他们的邀请，去白云区塘厦村和亲人共度传统节日。尽管去过多次，但塘厦村的每一条路、每一栋房子在我眼中都没有差别，我始终无法记住其相似的面目，每次要去看他们，还是得堂弟职培带路。陪着前来接我的堂弟，我一次次穿梭在城中村的街道，真真切切地见识了什么叫"一线天"，什么叫"握手楼"，什么叫"蜗居"，什么叫暗无天日。一种完全不同的生活场景在我眼前展开，故乡的美好记忆与他们南方的生活场景，构成了触目惊心的对比。在时空的错落中，现代性转型过程中的村落命运推到我眼前，一旦将目光投向他们，并直面其生存，社会转型的隐秘就昭然凸显：在时代的裂变中，他们和我一样，共同承受着个体和整体共生的命运。没有谁可以漠视大时代呼啸而去的滚滚烟尘，没有谁的命运可以割舍与大时代的深刻关联。在关于乡村的叙述中，他们不是作为一个个偶然的个体存在，而始终作为一个庞大而隐匿的群体在默默承担。乡村的面相如此复杂，我亲人的命运也各不相同。我将审视投向自己，猛然发现，在近三十年刺眼的乡村书写中，如何与同呼吸、共命运的亲人建构一种文化上的关系，不仅仅是熟人社会中，传统家庭结构自然人际交往的延伸，更是知识界无法回避的现实难题。在时代狂奔的脚步声中，资质、运气、机缘在成功学的价值包装下，被叙述为决定个体命运的关键要素，并从根本上瓦解了乡土中国缓慢、恒定的气质，但只要稍稍冷静下来，对此做一种整体的观察，会发现以上偶然的要素，根本无法推导出一个群体的必然命运。

我决心书写这个群体。一旦他们进入我的视线，并调动了我强烈的表达欲望，另一种警惕立即出现。我意识到，在进入他们的生存肌理，深入其内心世界时，要尽量采用浸入式的交流，避免介入式的冒犯。我特别害怕不由自主的优越感凌驾于他们的讲述之上，更害怕他们不经意中讲出的人生经历，在我的笔下，被文字轻佻地包装为他者的故事。因为对我的信任和爱，亲人们在讲起各自的南下经历时，哪怕最悲惨的事情，都带着笑意，也不懂得煽情。我提醒自己，必须意识到他们讲述背后的情绪过滤，与我文字背后情绪膨胀之间的客观差异。

本书的成形尽管来自一次偶然的机会，但如果要进一步溯源，就必须回到十几年前，我不再将乡村视为寄寓乡愁的载体，而是将其作为"问题的场域"。2007年，经由婚姻的关系，我作为一个亲历者，在陌生经验的冲撞下，目睹了外省一个普通农家，怎样在社会转型中经受种种挣扎，这种因为深刻嵌入家庭所感知到的血肉相连的真切痛楚，让我进一步确信个体命运和时代之间的深度关联，意识到农村作为社会问题的终端载体，在承受社会转型的洗礼时，不得不遭受难以摆脱的厄运。这种近距离的观照，让我逐渐明白，场域的差异不是构成困境的原因，共同的身份才是他们领受相同命运的秘密，《一个农村儿媳眼中的乡村图景》一文，不过是我多年观察的一次偶然出场。由这个视点出发，本书中，我将目光投向了与我生命产生关联的三个村庄：丰三村、凤形村、隘口村，并将其作为整体的观照对象，以此透视乡村更为丰富、复杂的状貌。尽管在地图上，这些普通的村庄，从来无法作为一个醒目的地名而出现，也无人可以指出它们的具体位置，但它们却经由亲人的泪水、呼吸和气息，流转到我的笔端，面目逐渐丰富、清晰。

我书写的立足点来自对三个村庄亲人命运的透视。丰三村，我作为一个外省女子嫁入的中原村庄，位居湖北，离我的故地几百公里，若不是姻缘，它和我的生命产生不了任何交集；直到今天，这里依然生活着我大部分兄弟姐妹和第三代亲人，我得承认，对于它，我依然有太多的陌生和隔膜的空白，我既无法感知它整体的历史来路，也无法预测它明天的确定去向。

凤形村，我出生的湖南村庄，尽管因为自小寄居外婆家，我并未在此居留多久，但爷爷奶奶墓碑铭刻的孙辈名字，毫无疑问明确了我人生的来路。任何时候，家族发生了什么大事，告知在异地的我，从来都是一种理所当然。我知道任何一个家庭生、老、病、死的具体消息，知道村庄新修的每一条道路，知道远房叔叔儿子结婚的具体时间。今天，我父辈一脉的大批亲人，依然生活于此，有些并未摆脱生存的困境，但更多长大的孩子，已经踏上了和父辈完全不同的人生。

隘口村，这个弥散了我所有心灵、文化认同的村庄，尽管在地理边界和社会身份上，我和它没有直接关联，但它却是我一生精神的滋养地——闭上眼睛，我可以说出村里任何一条岔道，可以感知村庄的任何一棵果树。尽管和它没有传统意义上的身份依附关系，但从情感而言，它却深入骨髓，最能勾起我对乡村的深刻记忆。今天，尽管从经济层面考量，村庄没有陷入触目惊心的贫困状况，但败坏的社会风气，还是将它推向了不确定的困境。

仅仅是与我有关的三个村庄，就显露出了完全不同的状貌，这提醒我留意到，在对乡村的叙述中，任何单一的呈现都无法囊括村庄的丰富，都只能代表乡村的一种面向。在本书中，我试图通过叙述以上三个村庄亲人的生存，以此观照转型期中国农民的整体命运，并在此基础上，勾勒他们与命运抗争的复杂图景。这决定了此书的文体，既有别于纯粹的文学写作，也不同于专门的学术著作，甚至因为作者的专业背景，及其与所叙对象之间的情感牵连，连对情感的过滤都难以做到彻底，但这并不妨碍本书的初衷仍是问题推动下的真相呈现。也许，和社会学家、人类学家比较起来，此种表述带有明显的主观色彩，这就注定杂糅性和不纯粹性，必然会构成其基本特征。但对本书的写作而言，因为对亲人命运的呈现，建立在共同的经验基础上，甚至资料的获取，也没有刻意采用面对他者时所用的田野方式，都在拉家常的状态下进行，这样，弥漫其中的主观色彩，因为渗透了来自情感的理解，附加了一份切肤的体恤，在知识过于密集的语境中，唤醒情感在叙述中的自然出场，自有其必要和价值。甚至，和很多侵入式的研究比较起来，这种知根知底的表述，因为姿态的平等和耐心的陪伴，更能将谈话对象还原到各自的语境，从而更好地凸显其生存肌理、内心隐秘。我始终认为，在现代化进程中，城市与乡村命运的纠葛，在中国语境下，对任何一个家庭的透视，对任何一个群体的透视，都能获得隐喻时代的效果，实现对真相的指证。作为一个亲历者和介入者，我目睹了亲人命运的变迁，感知了他们的喜、怒、哀、乐，理解他们生存选择背后的动因，知道每一个家庭背后的具体状貌和复杂牵连，虽然我无法保证由此进入人类学式的专业考察，但这些真实、复杂的经验，却让我找到了一个切口，对转型期的乡村进行思考、透视。毫无疑问，此书直面的是农村问题，农村问题多种面相的差异客观存在，我所叙述的三个村庄，只不过是广阔大地的一个缩影。尽管本书无法穷尽一切村庄的细致肌理，但它依然能从整体上凸显农村状貌和其他要素的关联。说到底，农村问题从来不只和农村有关，它的背后联系着更广阔的世界，农村是社会一切问题的终端场域，社会所有的问题之流，最后都要进入这个末端。当全球一体化的序幕拉开，信息化伴随现代性的强势渗透，农村的生存，从细处看，是一幕幕揪心的悲喜剧，但从大处看，却是农业文明与工业文明互相竞争、交融的必然结局。对农业大国的中国而言，当下农村问题的尖锐性在于，在城乡二元体制中，整个社会承受不起农村衰败的代价，承受不起农村青年上升通道堵塞的代价。关于农村的出路，我在本书中并没有提供面容简洁的答案，这固然来自乡村境况的复杂，来自现代化进程中，社会转型早已呈现出疑难杂症的症候，即任何单一的方子都无法做到药到病除，更来自乡村作为所有问题的终端场域，与各种要素之间的复杂关联：从空间层面看，农村与城市紧密连接，无法分割；从时间层面看，过去、现在和未来环环相扣，互为因果；从发展层面看，农村经济维度与文化、政治、精神维度产生了真实较量。无论如何，在现代化进程中，尽管有些村庄因为地缘、政策和其他优势，获得了好的机遇，但更多的村庄，伴随经济凋敝、价值失范及人心荒芜，早已成为广袤国土上的触目伤疤，也是不争事实。正因为这样，我对当下更多停留于"经济维度"来观照、理解农村这一点深怀警惕，对种种表象、表演性的举措并不看好。今天，农村的诉求，不应简单地停留于经济层面，精神和文化的需求，也应得到重视。如何帮助农村建构一种自然而有意义的价值认同，激活农村与传统文化的情感牵连，激发其自身的发展动力，避免陷入单一消费主义的陷阱，已成为当下农村政策、新农村建设面临的现实语境，也成为知识生产进程中面临的现实难题。

70年前，费孝通在写作《内地的农村》时，曾坦言："我在这本书里所说的，我相信都是有事实根据的，因为我是个极力主张社会科学一定要从实地研究开始的人。10多年来，我一直为这主张而工作，而且常希望我们这种实地研究的工作能有一天挽回现在风行的空谈和官僚性闭门造数字的空气。我宁可因求真实性而牺牲普遍性。"跨越时空，费老"宁可因求真实性而牺牲普遍性"的叮咛，今天依然具有极强的现实针对性。对我而言，从熟悉的农村场域，进入社会转型期诸多难题的考察，是我目前找到的有效介入方式。尽管在现有的知识谱系和学科架构中，个体经验依然面临有效性指证的风险，但我相信，在一个事实上的大时代中，没有谁可以和时代的裂变逃脱干系。说到底，"乡村镜像"隐喻了中国和时代的整体图景，只不过，在直面城乡关系时，越来越多的知识人认同城市视角，并由此带上优越和强势的眼神，难以从内心承认城市与乡村的事实一体。

本书的写作，是我远离乡村后，作为短暂身份上的城市人，向永久文化上的乡下人的回望、致意。

2016年5月26日

（选自黄灯《大地上的亲人》台海出版社2017.3）

我在皋塘村（节选）

谢宝光

C

P推门进来时，光线弯了下腰。

我正躺在房间里读着普鲁斯特那本巨著，翻来覆去摆出各种姿势以适应阅读的需要。译林出版社的版本，上中下三册，我手里的是上册。据说全球只有不到两千人将它通读过。毫无疑问，我不在那两千人以内，以后也将不在。和大多数人不同，我的阅读史是从散文开始的。对于鸿篇巨制，我向来缺乏耐心。这影响到我后来看事物的眼光，以及性格的走向。我的祖父喜欢喝酽茶，自己种植，采茶晒干，烤制。他去世后不久，那些茶树统统被家人伐倒。茶的味道温润，里面有我的一部分。但我身体里的大部分是被各种色素饮料和不受限制的童年经验浇灌出来的。

我来到皋塘村的原因有这些元素在作祟。年初一天晚上，我突然成了别人的父亲，源于十个月前的一次事故，我在一个别人看来稍显不正常的年龄就匆匆完婚，拥有了多重沉甸甸的身份。一堂大学的外国文学史课上，中年男老师在分享他成为父亲那一刻的心情时，使用了"热泪盈眶"四个字。一年之后，它并没有发生在我的经验中，我在产房手术室外等候了四十分钟，当护士把一个陌生的婴儿抱到我眼前时，我感受到的是不断生长的存在疑惑和脑神经休克。直到现在，我仍然怀疑自己的身份，怀疑上帝在拟写我的生命履历时，打了个盹，将内容写错了。

那次事故的后续影响是，它把我遣送到一个陌生的城市同时为三个人的温饱打拼。现在我坐在一个叫皋塘村的黄昏里，我的身体显然还没有适应高压的工作氛围。一天下午，主管以一个含糊不清的理由把我调配到另一个部门。和我在上班时间偷看普鲁斯特有关。那段时间，我浸在他流水式的话语中，并不适应外部世界对我的强硬支配。庄子说：虚己游于世。意思是，当你不堪忍受社会对你的机械改造，而又无法拒绝时，你可以选择灵魂出窍。所谓虚己，就是把内心和灵魂空出来，躯壳轻了，行走便自如。这是我的曲解。朋友说，他现在总算看清了工作的本质，就是赚钱，它和你的生活无关，和你的精神无关。

很长一段时间，我和朋友莫名地将对话转移到对政治和当下新闻事件的讨论上，在禁锢之外，求得一丝喘息的机会。多数时候，我们的口吻又是针锋相对的，辩论式的，关于民族主义，关于制度，关于民主，几十回合的语言轮番炮击，最终是我向他的阐述方向达成了部分和解。随后话题一转，我们互相用对旅行的渴望和种种绘声绘色的文学式描述刺激对方，以此摆脱现实，比如盘算着存款买一辆奇瑞QQ，然后各自携带家眷去西藏自驾游，讨论细微到：为应对高原反应，该备好什么药物。这些不切实际的畅想让我们如同置身高原，周围的空气变得稀薄，眼前浮起一环环白皑皑的山峦，是欲露还休的梅里十三峰，是点缀在草原上的藏民帐篷和藏羚羊，是居住在云朵之间的布达拉宫。这番景象让我们在各自的公司座椅上气喘不止，一脸潮红，仿佛高原稀薄的空气就在我们周围。对于去西藏旅行这种素材早已过剩的构想，这两个人浑然不觉，在过度的想象中被它蚕食，耗尽了心力。像那些热衷于千里走单骑的人说的：西部是毒药，沾染上就无法戒掉。那些活在高原之下的人，都是潜在的瘾君子。或许生活在别处的热情，正是我们乖乖活在当下的氧气筒。

我意兴阑珊地回到了皋塘村的黄昏。

P试了几次钥匙，才打开房门，懒散散走进来。除了超额的光线，他还带进了现实在城市履带上转动时的刺耳发声。集合了种类繁多的特异声带，可以把人的柔情和已经形而上的思绪在瞬间掐灭。普鲁斯特的房间也亮了起来，P和小说中的人物相互混淆地存在着。P给我的印象是嗓子生锈了多年，失去了说话的能力，反应起来也像频率不稳的收音机，有一段没一段。他有时候需要好几分钟的时间才能接上我的问题，辅以哦嗯的回答，似乎满腹心事，还没有从另外一个时间的境遇中回过神来。他喜欢吃水果，几乎每次回来都提着一个匈实的袋子，放在电视机上"要吃的话你自己拿，别客气。"多数情况下，他会洗好一个苹果或蜜桃递给我。"你尝尝，好像有石灰的味道。"他咬了一口，然后盯着蜜桃发了一会儿呆，并不在意我的反应。

清瘦，双肩的骨头挺挺地戳着单薄的格子衬衫，高度数的镜片下，眉宇有些忧郁和涣散，像典型的文学青年，但不是。他的年龄似乎已经过了"青年"这个概念的范畴了，以至于他说话时不经意间会用上"我要是像你这么年轻"之类的句子，好像在我面前，他已是明日黄花，不堪一提。外貌和说话的语气方式，总有一项会准确地提示你一个人活着的年岁。他是被自己给暴露的。他说自己刚满而立，依旧单身，从未恋爱过。有过相亲的经历，对方嫌弃他的木讷和贫寒，借着上厕所的名义，逃出餐店，拦下一辆出租车绝尘而去。这件事带给他的打击是，他比从前更加封闭自己，从人群中隐退。按照他的说法，钱才是万能钥匙，否则恋爱和婚姻毫无意义。通过他，我认识到，如果我只是一味地去喂养自己的欲望，而不对内心进行有益的灌溉，十年之后，我的影子将和他一样单薄得没有更多含义。

D

在一个陌生的地方，暴走是稀释孤独的良好方式。把自己放置于流水的城市景观里，我获得了一个局外人的快感。皋塘村是一个概念的误区，你很容易望文生义地认为这是一座充满田园风光的小村庄，浑浑然遁入想象。文学式的解读方式在多数人心里扎根，视村庄为天堂，矫情一点儿表达就是心灵的后花园，有多少平庸的写作者在用相似的触觉和情绪来升华、美化及感怀村庄，这种虚伪的描述至多是纸上对于乌托邦的一次失败重建。

可以用城乡接合部或城市边缘地带这样的词来形容皋塘村，它不具备任何值得用来描写的特质，和所有城市的城中村一样，丑陋、脏乱、局促，巷陌纵横，闹哄哄的人群，廉价的房租吸引了大批外来务工者来驻扎。狭窄的巷子里扎满了小餐馆、理发店、自行车修理铺、水果摊和网吧。相对薄弱的治安使得这一带成为城管和警察治安的重点区域。从这个意义上看，皋塘村不值得定义和描摹，它普通到可以是任何城市的某个边缘部分，在我的叙述里，甚至低廉到一个符号或我的情绪停靠点。好处是，它适合用来虚构自己，网状的巷子能提供给我从紧张兮兮的职场现实中消失一会儿的便利，我轻易就走进了博尔赫斯的小径交叉的花园。多年的写作行为，使我逐渐混淆文字现实和外部世界，像一个左右摇摆的双面间谍，连我自己都开始怀疑自己的真实身份。贝尔曾经为了塑造《机械师》里那位游走于现实和幻觉边缘的失眠者形象，用近乎自虐的方式，在一个月内疯狂减掉六十斤的体重，使这个角色获得了比现实人物更加逼真的诠释。我塑造自己的方式与此相反，半年多以来，我的肉体比过去多出了近四分之一，那部分是脂肪。它带给我的状态不是臃肿，而是失重，我从人群中漂浮起来，获得了比常人更加辽阔的视野。

我开始暴走，沿着整日昏沉沉的运河。一拨一拨锈迹斑斑的铁船像是城市血管里的黑虫，忙着运输侵蚀空间的素材。它们是帮助世界运转的链条之一，是功能的，也是罪恶的。人类的存在本不需要如此复杂，一百六十年前的梭罗退居瓦尔登湖生活了两年，故意和文明之间划开一英里丛林的距离，他认识到自己需要更谨慎地生活，只面对生活的基本事实。基本事实是什么？不就是居所、衣服、食物、阳光、空气和水吗？现在只有巴西的一些热带雨林里还活动着些原始部落，我想象着他们眼神里透露出的人类童年的清澈。几千年后的文明人，生存需求已大大膨胀：一边践踏着大地，一边还盘算着有关天堂。

一百多年后，梭罗的那本《瓦尔登湖》摆在中国各大书店的架子上，几乎每年都有一个新的译本出来，清一色漂亮的封面装帧，抱着猎奇心态的读者纷纷掏腰包，在书里寻觅异域风光。在我看来，出版者在封面上的设计只是这本书的幌子，貌似诗意的介绍文字更是对其内质的最大曲解。梭罗可以用文字影响一些人过一种简单朴素的生活，但他阻止不了世界向消费自然的方向恶化。

沿着运河往上游走去，商业的热度已渐渐蔓延至我的脚下。大型超市的楼下人头攒动，装饰新潮的店铺里重复播放着那几句浅薄的台词，经商者的创造力显然不在文字的修饰上。突然感到，几乎所有人都活在一条单一的路线上，能够积极探索各类生存方式的人只在少数。很多时候，我们跳不出思维的藩篱，或者说，生命之短暂根本不给予我们更多机会，生活模式千姿百态，你我过的仅是其中一种，被习惯把持着，被下一顿晚餐的去向威胁着。贫富人之间的斜视从来都没有间断过，所谓的看淡名利只是披着伪装的阿Q精神，因为你仍在心里权衡比画着两种生活形态之间的落差。

这种落差每天在商业街上展览着，奔驰和单车，名牌和山寨，肯德基和小吃店，富人和乞丐。几个月前，我在运河边一个繁华地段路遇几个行乞者，走出五米，又退了回去。我总是热衷于和陌生人攀谈。没有目的地行走，使我获得了更多可贵的经验和感受。一个父亲与两个十岁左右的孩子，坐在人流如织的街道旁。受到饥饿的影响，这两个孩子看起来似乎只有六七岁，瘦弱，头发蓬乱，衣服像在淤泥里浸泡过似的，污迹斑斑。他们在玩着什么游戏，嘀嘀地笑，似乎完全不理解他们目前的处境，他们肯定没有在心里区分过自己和别人生活间的差异。他们的父亲寡言少语地坐着，胡子拉碴，脸上的沟沟壑壑明显超出了他这个年龄应该有的深度。他告诉我，他们是年初从山东过来的，老家没地了，只能出来找条路活下去，带着两个孩子和一个残疾的妻子，也没办法谋得一份工作。"只能坐着"，他机械地说这四个字，没有一丝表情。

之后，他不愿意多说一句话，也不需要有人假装关心地深入他的世界。他给我的感觉像是一个活在时代边缘的人，没有手机，不看新闻，除了整日面对一条乏味的街道，用余光感受人影在眼前的不停摇晃，他接收不到任何外界的讯息。他活在白晃晃的阳光下，却几乎不和世界发生关系，被他们的游戏规则排除了。他使用的是别人的时间，是城市的，行人的，也是过去的。或者说，他根本不需要时间，只要有人在街上走，他们就坐着。

并非出于同情，只是基于一种应该的帮助，我把口袋里仅带的三个硬币给了他们，并承诺第二天再过来。我站起来时，他说了三声谢谢，第一次抬头看了我一眼。我回去路上想着，应该拿出工资的一小部分来救济他们，让他们吃上几顿正经的饭。这个想法像一束火，温暖了我一下，同时也在我的假想中温暖了他们父子三人。虚构的火热情高涨地在我内心某个部位燃着，燃着，直到我回到皋塘村简陋的居所，环视了房间和自己一周——这束火呲的一声，灭了。

E

　　我在皋塘村的最大价值在于认识了Z。

　　Z是个充满隐喻的人，解读和叙述他都是一件艰难的事。半年前，他告诉我，如果日后我一个人生活在某座城市，他将过来找我。这一天来得很快，快到让我误以为这是两个没有间断的时间点，似乎期间半年的所有事件和遭遇都被他的到来给冲淡了。他在皋塘村附近的一家旅馆住下来，这之前，他刚刚完成了一次跨越数个省份近一个月的孤独旅行。他很瘦，瘦到几乎只有灵魂；他又很胖，胖到比任何人的精神都更丰足。有时候我甚至觉得，他是一个不存在的人，一个隐形的默默观察着世间沧桑的写作者。他说过："我强烈不希望和我精神没有共同频道的人阅读到我的文字。"他的大部分文字都被自己雪藏了，只有他的一些朋友可以阅读到。他在极力隐藏自己，似乎只有这样，他才能更清晰地看清世界。他隐蔽到甚至Z都不是他的真名，三十岁之后，他便以这个名字活着，以一个他最钟情的符号活着，活在一个叫诸暨的地方。他不曾结婚，一个人走到了四十二岁这个已经不惑的年龄，他向朋友解释单身的理由常常模棱两可，或者说他根本就没有解释，没必要为自己的行为找理由。他只是退居到人群的视线之外，以自己特有的方式存在着，孤独着。有人把他比作梭罗，这意义对他不大，他只是唯一的偏僻的清醒的他自己。

　　（以上文字有种将他供奉的嫌疑，但这不影响现实中他的真实性。）

　　他通过另外一个朋友告诉我已经到达我周围一公里之内的时候，我触摸到胸口一种类似于即将赶赴约会的异常心跳。于是考虑应该换一身干净的衣裳，把穿在脚上的拖鞋换掉,再洗上一个头。不巧的是,我把钥匙落在了房间里,这次"约会"注定要在仓促中进行。我穿过皋塘村一条将近五百米的巷子,到达一座约定好见面的桥上。他从人流中显影,几乎突然地,伸出手,像一次久违的故人重聚,他的手有一种让人放心的温度。他喊出我的名字,没有陌生感,他在文字里熟悉过我,我也在文字里熟悉过他。这次会面,只是一种相互复习和检阅。

没有料想,这次检阅竟持续了整个漫长的夜晚。旅馆里,谈话在烟雾中进行,他放了一包利群在桌上,一壶茶不知换了几次开水,淡得和清水一样。从生活经历到写作史,从文坛闲事到思维观念,从身体意识到性,话题实现了一次次跳跃。他谈到海明威、卡夫卡和凡·高,这些人的事迹我并不清楚,于是我打断他:"我不关心他们,更关心你。"他是一个神秘的核,我想揭开它,我更希望他帮助我打开。他打开得很缓慢,将过程分散在一些细节和碎片上,后来他干脆通过讲述别人来曲线表达他自己。

有位写作者在文字里这样描述Z:他总是试图用自己的理念来感染和影响周围的人。

我也是他试图影响的一个对象。但他深知,人的性格和观念可以被影响,但要彻底改变却近乎是不可能的。除非……除非什么?除非是某件特定的经历和事件,他说。什么经历呢?比如暴力,比如他失去某个重要的亲人,比如一道横在他面前的深沟,没有退路,他必须跨越。Z一直在试图扳正一个朋友歪扭的意识链带,试图重新搭建男女两个性别阵营之间的平等关系。他说海明威文字里浸透着明显的男性意识,因此他还算不上一流作家。他的话语脉络清晰,但那语言背后的内容,总是躲躲闪闪,以我的阅历,并不是十分理解。我只能概述它的轮廓。我们在一张绵软的床上躺着,脸朝天花板,谈论一直未间断,时而拨云见日,时而遁入幽谷。我们的嘴角在一些话题上长时间摩挲着,在幽暗的旅馆里,相互交换着我们身体里隐藏已久的秘密。已经是凌晨五点了,我们精神的核,已向对方开启了大部分。剩下的,我们藏着,心照不宣地,不必说出。因为有些东西,只能属于自己。

(选自谢宝光《捡影子的人》长江文艺出版社 2017.12)

下编

获奖单篇散文作品

单篇散文大奖

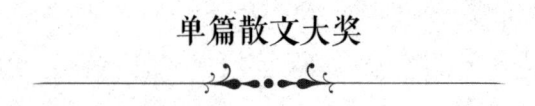

北纬三十度的海味（选两章）

复 达

刀鱼又叫杀猪刀

年轻时，有一次去表哥家。表哥指着砧板上的两条刀鱼说，这"杀猪刀"刚从船上拿来的，透骨新鲜。看那刀鱼，银白色，铮亮铮亮的，头与背部虽有点浅蓝，也泛着亮泽。时值清明时节，正是吃刀鱼的好时光。可是，刀鱼咋又叫"杀猪刀"呢？表哥说："你看这鱼侧扁的，形体像把刀。这刀，与杀猪刀的形状差不多一模一样呢。"

确实像一把杀猪刀。胸鳍、臀鳍和尾鳍连在一起，呈微弯的弧形，尾鳍短小而尖，活脱脱如一把刀——杀猪刀。

这是我第一次听到将刀鱼叫作杀猪刀的。后来，有一次与一渔民老大吃饭，他也指着端上来的一盆刀鱼说，这杀猪刀蛮新鲜，多吃点儿。

想来，把刀鱼叫作杀猪刀的不乏其人。刀的种类好多，菜刀、弯刀、砍刀、镰刀等，将一种鱼唤作刀鱼，已很形象，岛上的人则更具象化，直唤杀猪刀。

就让我想到小时候，在老家村里杀猪的情景。

村里无专门的屠夫，却有位会杀猪的，也有把杀猪刀。我唤他堂哥。村里养猪的少有，偶尔所养的，常常是儿子要娶亲的人家。待到要办结婚酒的前两天，所养的猪就得杀掉。那户人家便请来堂哥，几个男人也一起帮忙。杀猪时，堂哥解开灰黄的布兜，取出闪着亮光的杀猪刀和一块薄如火柴般的磨刀石，把锋利的杀猪刀磨上几下，似乎磨过后更锋利，或者更顺手。四个男人就前后各两人捉猪，前面的一手抓猪耳朵，一手紧紧捏住前蹄，后面的各握住猪后腿，使劲地向两边拉。猪就被捉到两条矮凳拼成的台板上，拼命地挣扎，拼命地嚎叫。只见堂哥左手摸一下猪头颈，然后，用力一刀刺进去，又使力一旋，便拔出来。一股猩红的鲜血瞬间喷射出来，流淌在地上的一个脚桶里。滚烫的热水早已烧好，倒进道地边上的一个大木桶。咽了气的死猪就被浸泡在大木桶里。堂哥又拿出把薄薄的刀片，煺去猪毛，一头白白胖胖的猪被捞出来，放在矮凳上，四脚朝天。堂哥又用杀猪刀沿着猪头颈切下去，却未割下猪头，留了一层皮肉，——看上去依旧似全猪的模样，那是因为晚上"相喜"时要供奉菩萨的。随后，破开肚子，取出内脏，用清水清洗一下光裸裸的肚子。做完这一切，堂哥就擦洗杀猪刀，装进布兜里。堂哥是种地的，杀猪只是偶尔为之，也不收人家工钱，只拿一副大肠、两只肾脏。我就很佩服他的胆大勇为，也十分欣赏他的那把闪光的杀猪刀。

对村里人而言，可谓没有杀猪屠，也不会吃带毛猪。

——有一把杀刀猪就行。

像杀猪刀的刀鱼，味道却鲜美得不得了。

渔谚说："春潮迷雾出刀鱼。"刀鱼是春季最早的时鲜鱼。那时的刀鱼，泛着银光，透着微黄，一派娇嫩的模样。清炖、酱渍，都肉质细嫩，肥而不腻，兼有微香。清朝李渔说，食鲥鲟易腻，但刀鱼"则愈甘，至果腹而不释手"。

刀鱼味美，吃时可得注意肉中细软的小刺。岛上流传鱼刺越多，味道越鲜的说法。这刀鱼的刺十分细密，味道自是十分鲜美，似乎在印证这说法。因此，吃刀鱼时，不像吃其他的鱼那样去咬，而是得抿和吮。将刀鱼肉攘进嘴里，专注地、不声不响地慢慢地抿，细细地吮，一副温存的状态。嘴抿唇吮之间，把那细刺吐出来，再回味鱼肉的鲜香，才觉出刀鱼的美味。

一盆两条的刀鱼上来，原本围着席桌正在聊天的人往往会一下子静下来，看着我拿起筷子，轻巧地夹住刀鱼的头，徐徐地从头开始剔骨，直至鱼尾。倘刀鱼新鲜，清蒸的火候又正好，二三十厘米长的鱼骨从头至尾都能剔除出来，两片刀形的鱼肉分开两边，露出嫩白的肉质，很诱惑样的。这样的鱼，除了怕刺的，没有一人不由衷地去搛着吃。

我喜食刀鱼，也不怕刺。

老婆知道我喜吃，若菜场里有刀鱼，总会买上两条，清蒸、酱渍或者红烧，滋味不一，却让我吃得胃口大开。有时去饭店吃饭，朋友问我点什么菜，我会脱口而出："来盆刀鱼吧。"一位二十多年前认识的定海老朋友是个有心人，很重情义，第一次吃饭点过刀鱼后，便铭记于心。待接下来的相见聚餐，他就不忘给我点刀鱼，除非饭店里无货。吃着朋友点的刀鱼，味道自然要比自己点的更好。刀鱼里蕴藏着朋友之情啊。

其实也怕刀鱼的软刺。有好几次，一不留神，软刺就卡在喉咙或者上腭里，令我如呕吐一般，发出的声响会震动屋面似的，眼泪也呕了出来。然而，这与我吃河鲫鱼不一样。好些年前，吃河鲫鱼时，也是一枚细刺卡在了喉咙里。河鲫鱼的细刺比刀鱼的硬一些，也有弹性。卡在喉咙里，手指够不着，用大口的米饭吞下去，也如一阵风吹过，让我难受了两三天。从此，就怕吃河鲫鱼。可是，刀鱼的软刺只要不深陷进去，还是可以随着饭菜吞下，或者拼命地呕几下就能消除。更何况，刀鱼的美味是那样深深地吸引着我，哪能挡得住品味的食欲？挡都挡不住。

在我们岛上，渔民老大没有专门捕捞刀鱼的网具，大多为兼捕。因为刀鱼栖息在近海吧，一些小的渔船就用拖网、串网捕捞，量总是不多。后来，才知道，在每年的二三月份时，刀鱼会游向江口，溯江而上，进行生殖洄游。甚而，产卵的群体会沿着长江进入湖泊、支流，加以产卵。然后，才陆续返回大海。幼鱼也顺水洄游至河口区肥育，第二年再回到海中。怪不得有时海里的刀鱼那么少。

海是刀鱼的老家，是它赖以生存的温床。岛上的人们都知道，刀鱼是生活在海里的。

知道长江刀鱼是后来的事。

几千元甚至上万元一斤的长江刀鱼，一炒，人们就感叹，这长江刀鱼果真那么好吃？

当海里的刀鱼向长江游动，溯江而上后，刀鱼承载着普通人们对"浮华"的幻想。那些贪心的渔民、不法的商贩、黑心的餐馆老板，像是约定过的，一齐哄抬价格。所谓的长江刀鱼，它何时想到过自己有那么高的身价？不过是一种普通的海鱼罢了。可是现今，刀鱼的早春，再不是"拔刺银刀刚出水，落花香里鲎鱼肥"，过去那种长江刀鱼的影子，离百姓越来越远。

对长江刀鱼而言，清明是它的宿命。据说有这样的说法："清明前鱼骨软如绵，清明后鱼骨硬如铁。"缘由长江刀鱼在清明前后会进行交配，交配之后，骨头开始变硬。鱼骨变硬的长江刀鱼也就花容失色，价格一落千丈，寻常百姓才得以买一些回家。一条长江刀鱼多少蕴含了人间起落沉浮的意味。

在我们岛上，我未曾听说过清明前、清明后的刀鱼有啥区别。只要是铮亮的、透骨新鲜的刀鱼，其味道还不一样？

没有海里的刀鱼，哪来长江刀鱼？

未尝过初春时的长江刀鱼，海里的刀鱼味道就是最鲜美的。

忽想，当海里的刀鱼溯江而上后，那刀鱼不知有否郁闷过，自己咋非要游向长江进行交配、放卵，就这样被不明不白地捕捞上来？或许，更多的刀鱼会感到高兴、荣耀，哪里的刀鱼会有如此的高价？不由沾沾自喜吧。可是，这些都是产卵放子的刀鱼啊，一旦被赶尽杀绝，岂不断子绝孙？

这清明前的长江刀鱼，当真犹如杀猪刀，被那些贪得无厌的人高高举起，哄抬高价，却总有人喜滋滋地购买，津津有味地吃食。刀鱼竟然连交配都未来得及，就被一刀捅死，卖得高价。

这样的杀猪刀，厉害！

鲍鱼也有效应

说到鲍鱼，自然就会想到岛上老一辈人所流传的渔谚："宁可忘割廿亩稻，不可错过鲍鱼脑。"捕捞鲍鱼的时节，正是早稻收割之时。连廿亩稻都可忘了收割，这鮸鱼的脑有啥了不得的？

　　在我们岛上，也曾种植双季稻。这稻谷就成为农民的口粮。记得我家当时有三分多耕田，成为一家五口全年三分之一的口粮。廿亩稻，那要涉及多少户人家？对于缺乏耕地的海岛而言，这是个不得了的概念。这渔谚就不免有点儿夸张。鮸鱼的脑再鲜美，营养价值再高，也不至于将廿亩稻忘了割。当然，因为吃鮸鱼脑，今天不收割，明天也可挥舞镰刀，将稻谷收割了。然而，一旦遭遇大风、下雨天气，忘了割稻，那可损失大了。

　　这谚语只是说明了鮸鱼脑的好吃，尤其是大鮸鱼，数量少也。

　　鮸鱼脑究竟如何好吃？

　　我未吃过，不得而知。想来提炼这谚语的，定是食客，钟情于鮸鱼的脑，或者如人们所说的吃啥补啥，吃了鮸鱼脑就会使人大脑发达。总有一定道理吧，要不哪会流传这般夸张的谚语？

　　鮸鱼的肉质较为粗糙，多用来抱盐清蒸。白色的皮上印有淡黑的小圆圈，非常醒目。黄白的肉透着光亮，搓起来一片片、一块块的，咸鲜的味道较为浓香。这样的抱盐鮸鱼，最好用于下饭，胃口大开。也可红烧，文火多烧一会儿，将咸味渗透进去，味道也不错。

　　却终究比不上鮸鱼头。

　　鮸鱼头多是红烧，煮得烂一点儿，味道确是鲜美。红烧的鮸鱼头有的还保持整个的模样，有的将头从中间切开，像趴着似的，酱色浓郁，香气扑鼻，会立时让人动筷下箸，大快朵颐一番。这么一个斤把或一两斤重的头，其实除了脖颈上的肉多一些，多是头骨。头骨上的肉自是很鲜香，孜孜有味。我却不知那脑在何方，是不是在生有石首的头壳里？我有点儿怕吃。

　　鮸鱼头的特别吃法，是将头剁成小块，甚而碎末，烹制成鮸鱼头骨酱。据说鲜溜溜的，营养十足。

　　事实上，许多人确实也喜吃鮸鱼的头。红烧鮸鱼头也成为一道有名的特色菜，宴请贵客时大多会上这一菜肴。

　　我喜吃的却是鮸鱼的胶。鮸鱼胶可用来清蒸，或炖鸡蛋，或与咸肉片一起蒸。因为新鲜的鱼胶腥味较重，蒸之前，最好用食盐稍微腌制一下，或者放点黄酒和生姜，驱除一些鱼腥味。也可将鱼胶晒干，然后用盐或沙子炒黄，用水泡软，可与青菜、鱼丸一起做成三鲜汤，白的、黄的、绿的，色香味俱佳。鮸鱼胶养胃健脾，十分受人喜爱。

鱼鲞是我所钟情的，鮸鱼鲞也不例外。半斤至一斤重的鮸鱼晒成鲞，红烧或烤肉，有点燥乎，味道却可与大黄鱼鲞媲美，吃不厌。

有一次，渔民朋友送来一尾十多斤重的鮸鱼，老婆犯愁，这么大的鮸鱼如何吃？最后，家里只留下一只鱼头，红烧，吃了两餐；取出鱼胶，炖蛋；将全身的鮸鱼切成几段，分送给人。这么大的鮸鱼，在我家，变成了一个累赘。又有一次朋友也送来一尾大鮸鱼，干脆让我推掉了。朋友知道我有胃病，就只将鮸鱼胶送来。感谢朋友的用心，我也轻松。

鮸鱼喜欢生活在浑浊度较高的水域，让人想到浑水摸鱼的情景。而我们岛周边的海域千百年来已形成浊黄的色彩。长江、钱塘江、甬江、三江的水没日没夜地涌向东海，将大山的泥土不断地融合在原本蔚蓝的海洋里。几千座大大小小的岛屿又倾情地敞开胸怀，亲密地相拥，却喘不过气来，无法顺畅地流动。于是，海变得浑浊，将浊黄的波澜洋洋洒洒地铺陈在岛的周边。这样黄浊的海水，却充满了富营养，东海的鱼就特别鲜美。

鮸鱼是不是为了汲取海中的富营养而喜欢生活在这般浑浊的海里？看来，鮸鱼还挺聪明，怪不得我们岛东北部的海域成为鮸鱼洄游繁殖的地方。

每年农历的六至八月，鮸鱼像是回娘家似的，憋足劲，鼓起鳔，发出咕咕的声响，一批又一批地洄游过来，熟门熟路一般。

渔民们早已掌握鮸鱼的行踪，正等待它们的到来。鱼鳔所发出的声音，更像是在召唤，在引诱，让渔民们深深地感应到，鮸鱼的汛期来到了。每逢大潮汛，那些渔船就在桨声、机器声中披着晨曦，犁开浊黄的波浪，驶向不远处的洋面。据说，岛东北的鱼山渔场鮸鱼最多，也最大。过去，那个海域常有毛鲿鱼出没，大的达一百多斤。鮸鱼也不甘落后，常常可见二三十斤重的。渔船就分工协作，撒网，拉网，一次又一次地循环。舱板上的鮸鱼蹦蹦跳跃，露着锋利的牙齿，喘着粗气，像是不甘心被捕捞上来。渔民们则把它们一一放进船舱。傍晚时，才慢悠悠地满载而归。

那些大鲵鱼却是白天下沉，夜晚才浮上来，要捕捞就难。过去，没有鱼探仪什么的，又缺乏必要的安全救助设备，夜晚出海的渔船就少。捕捞上来的大鲵鱼便少之又少，越显珍贵。

后来，实施了伏季休渔。鲵鱼的汛期恰好在休渔时节，市场上就少有它的踪影。

鲵鱼少是好事，说明伏休的成效很明显，可让鲵鱼无忧无虑地交配、产卵、放子，自由自在地洄游。要想吃鲵鱼，可有养殖的呢。尽管个头小了点儿，肉质反正是粗糙的，红烧或清蒸均行，与野生的差不了多少。只是大鱼头难以吃到，小的鲵鱼头哪能与廿亩稻相比？

不过，现在种稻的也少了，种早稻的更少。"宁可忘割廿亩稻，不可错过鲵鱼脑"，这一渔谚也渐渐让人淡忘。或许，年轻一代压根已不知还有这样的渔谚。

鲵鱼少了，可是，鲵鱼效应却铁板钉钉地存在着。

有一个人专门卖沙丁鱼，他知晓活的沙丁鱼要比死的更值钱，而沙丁鱼的天敌是鲵鱼。所以，他弄了一条死的鲵鱼，和沙丁鱼放在一起。沙丁鱼害怕被鲵鱼吃掉，就不停地四处躲藏，加快了游动，没有那么快死掉。如此，这个人就得到更多的利润。

人们从这个鲵鱼效应引申出一个道理，如果在一个队伍或集体的本领或技术都一般的话，可以找一个出类拔萃的人加入其中，这样可以激发提升这个队伍或集体的战斗力或技术水平。

真够有理的。

也真没想到过鲵鱼除了头的鲜美、胶的营养价值高，原来还有如此好的效应。鲵鱼自然更不会想到过。唯有聪慧的人才能去联想，去发明，去实践，最后升华为理论，让鲵鱼效应发扬光大。

这也算是鲵鱼的贡献吧。如此，其价值就远远超出廿亩稻了。

二分之一血液和孤独的舌头

晶 达

1

从来不记得自己曾经用达斡尔话和谁交流过,没有那样的记忆,关于那些话像一串串灯笼花似的从我嘴里鱼贯而出。

妈妈说,我小的时候还是可以张开十个手指头用民族话数数的。随着一个一个数字从我嘴里排着队走出来,我的一根一根手指依次向手心聚拢,数到十的时候,我的两个小手便握成两个拳头,就像我费力地从母体来到这个世界时一样。

要说这世上有什么能在自己的手心留住,除了人类的温度,也就只有自己无形的灵魂了,我是这样猜测的,否则为什么我们出生的时候都紧握着双手?有人说是因为我们每一个人都需要握紧拳头坚强地面对生活的艰辛,可我总觉得是因为我们都攥着自己的灵魂降生。人的温度和灵魂一样,都不是松开手就消失的东西。

我这双手心也有过很多过客,泥巴、清水、猫咪在夏天掉的毛、玩具娃娃、一只兔子的黑耳朵、爸爸齿间流淌出的告别、妈妈的温暖,当然还有幼儿园老师教授的母语的音节。

妈妈说,那个时候我每天晚上躺在炕上临睡之前,把被子整齐地拉到胸口,意味着准备就绪,然后手指和嘴巴就开始动起来,我只能从一数到十,有些是两声音节,有些是三声的,数到十的时候会突然把两臂振起,音量加大,好像在宣布一个工程的告结。妈妈不大明白我为什么每天例行公事地在被窝里进行这项"作业",而不是在其他任何时候,现在想来应该源于老师的一句嘱咐,她多半是说,回家后可以利用睡前的时间练习一下哦。但我是个直肠子、实惠人,把老师的这句嘱咐当作命令一样执行了。

"十"好像是一个三声的音节,如果我没记错的话。

2

以前从不知道听到一种语言可以产生一种生理反应,应该是从几年前开始,当那些话从表姐夫的嘴里利利索索地蹦跶出来时,就像一个小小的槌敲打着我的心鼓,哪怕是在夏季,也会感到一种温暖,很舒服,并不会使四周的温度升高,它在我的体内化成一股清流,直往百会上冲,然后我便有一种想哭的感觉。

从来不知道表姐夫跟大姨或者妈妈在说些什么,也很少问,我很喜欢这种语言在我耳边像音乐一样回响着,毕竟我离开家乡已有九年的时间,也不是总有机会听得到它。如果我像儿时一样总因为感到隔阂不断地问他们在说什么,让他们把说过的话翻译成汉语,我怕又要减少我一生之中能够听到它的机会了。

姐夫、大姨、大姨夫和妈妈是现在"我的家族"里仅存的会说母语的四个人。我不大懂族谱什么的,我是姑娘,如果有天要落在族谱上,大概也是落在夫婿家的族谱上吧,可这些只不过是讲形式的东西,我是一个户口本上连姓都没有的人,我就做我自己的种子。

对我来说,我的内心里有一个属于我自己的家族,如果非要定义的话,那么就是所有和妈妈有血缘关系的人吧,再精确一点儿,就是生活在我身边的那些、我非常熟悉的、跟妈妈有血缘关系的人。比如姥爷、老姨、大姨、大姨家的哥姐以及他们的爱人，等等。"我的家族"不是完全按照血缘来列表的，它基于我对人情感的亲疏，所以"我的家族"里，没有父亲，他就像他给我的另一半异族血液一样，让我觉得遥远和陌生。

如果不是当了多年的游子，我可能都不会意识到我身边流失了一种非常重要的东西——我的母语，虽然我听不懂，可直到考上大学离家之前，它都像我生命中的背景音乐一样常伴左右。

我不知道怎样形容那种感受，我的母语，我不会说也听不懂，可能就像母亲为你做的那些日常琐事一样，在你学习非常忙碌的时候，给你洗衣服、给你做好饭、给你熬汤药，可这些并不会引起你的注意。也许跟外面世界的嘈杂有关，以至于我没能意识到在我离开家的一刻，这个声音就跟母亲一起被我留在了身后。

上大学的时候，一年回家两次；工作以后，减少到一次。在四个会说母语的亲人里，每次回去都能见到大姨、大姨夫和妈妈，但不是每次都能见到表姐夫。

大姨夫是一个沉默寡言的人，我从小到大，就没怎么听过他讲话，更别说听他讲大量的达斡尔话了。小的时候，他偶尔说些笑话气我，就像现在偶尔说些笑话气他的小外孙，他都用汉语，毕竟我们也只能听懂汉语。

大姨比妈妈爱说民族话，她是那种说汉语带点民族口音的女人，说话的时候慢条斯理，舌头打卷，但绝不是北京腔里的儿话音，听起来甚是可爱优雅。后来兴许是因为她带了外孙好几年，也兴许是因为总见不到我怪想的，反正每次回去很难再听到她和妈妈说达斡尔话，偶尔说几句，就像是一根手指在钢琴键上潦草地敲了几下，不成音乐。

表姐夫是四人之中母语说得最好的一个，因为他来自一个叫库如奇的村屯，而"我的家族"里的人都是在尼尔基镇上长大的。如果说你在莫力达瓦旗遇到一个达斡尔话说得非常流利、可以不加任何汉语词汇的人，那么这个人肯定是在达斡尔族聚集村屯长大的。

表姐夫跟大姨一样，有民族口音，甚至更重，他是不得不说的时候才说汉语的那种人，可他的儿子，我大姨的外孙，也并没有因此学会达斡尔话。大姨为此惋惜，可又毫无办法，只给他取了一个达斡尔名字——莫德尔提，意思是"有智慧的人"，除了对他前途的期待，想来也是为了时刻提醒着他自己的根吧。

我猜他不会忘记,也丝毫不会有心亏的感觉,他不像我,毕竟他的体内没有两种血液在斗争,即便他不会说达斡尔话,他完整纯粹的血缘让他不必想急切地证明自己的民族身份,他不像我。

3

达斡尔语没有文字,只有语言,这种语言如果要被传承,唯一的方式就是口口相授,甚至不应该是一种教授,它必须时时刻刻渗透在一个人的生活之中。我不说生命,因为我很清楚,虽然我不会说也听不懂,但我生命里有它的存在,深深刻刻实实在在地存在于我二分之一的血液之中。

我不是一个纯粹的达斡尔人,这是说我的血统。

我的父亲是一个汉人,用族语说就是"NiaKen",分别读三声二声,我只能结合汉语拼音和英语音标拼凑出这个不是词的词,让人可以标准地将它读出来,这是一个简单的发音,不需要动用舌尖的颤抖就可以完成。

小时候,这个词在我耳畔出现的频率最高,每次一有人把它像帽子一样扣在我头上,都能招致我大喊大叫击鼓鸣冤,我会立即陷入委屈,然后否认辩解——我不是NiaKen!我不是NiaKen!好像他们说的并不是一个民族,而是来自太空的外星人。最爱用这个词说我的人就是大姨,每每看到小小的我竟然因为一个词大动肝火,她就咧着嘴巴眯着眼睛憋不住地乐,有时候反而故意地用它来气我呢。

我会愤怒并不是因为这个词有任何贬义,就像大姨和表姐每次夸奖我继承父亲水汪汪的大眼睛时,我也一样不开心(但是我承认比说我是NiaKen高兴点儿),在"我的家族"里,从我的姥爷到年纪最小、大我七岁的小表哥,所有人之中,只有我一个人长着大大的眼睛,只有我一个人有着一半外族血统,不管他们因为我可爱漂亮如何放肆地宠爱我,我都无法摆脱我是一个异类的感觉。

他们一定是在开玩笑,可我感受到的却是深切的孤独,我就像一个疯人院的疯子大喊"我不是疯子"一样,以为蛮横和喊叫就能驱散我体内不一样的血液,或者也不是一种驱散吧,就像电影《七个精神病》里的2号精神病老头一样,总是带着一块方巾遮挡着咽喉部的伤疤,是遮挡,是不想被提醒。

后来，妈妈说，我应该也有满族血统，我的父亲不是一个彻底的汉人。之所以有了这个说法是因为奶奶告诉妈妈，她小的时候也管自己的爸爸叫阿玛，加上她出生在辽宁——满族人的发祥地，很难不让人猜测她的家族是由于"驱除鞑虏"而改称汉族的满人。

我中意这个说法，尽管没有取证，因为这个说法削弱了我除了达斡尔族之外的其他两种血统：汉、满分别是四分之一和四分之一，加在一起才是二分之一，那么占有大量比例的达斡尔族的血在这场血液的斗争中便遥遥领先了，它们可以像一队挥军而上的大部队一样占领我的心地，在我的心上树一面大旗。

4

我不知道自己为什么没有学会达斡尔话，现在时常责问母亲，她每次回答得都不大一样，有时候说是因为没有放在心上，没有这种意识，就很自然地用汉语将我带大了；有时候说是因为怕我跟小朋友玩耍的时候被孤立；有时候说是因为怕我上学的时候学习有障碍。大概就这三种说法，颠来倒去地解释我的质问，偶尔也有结合在一起的时候。其实我也不是发自内心地指望母亲给我一个"说法"，毕竟我已经错失了可以学会母语的最佳时机，只是觉得叹惋，只是在用一种发问的方式来长吁短叹吧。

据说那个时候镇上像我这个年纪左右的小孩都没有把达斡尔话作为出生时第一接触的语言，因为从幼儿园到高中，所有的授课都用汉语来完成。虽然我们是全世界唯一一个以达斡尔族的名义建立起来的自治政府，但到了二十世纪八十年代中期，镇上的汉族人就已经比达斡尔族人多很多很多了，整个莫力达瓦达斡尔族自治旗有二十六万人口的时候，达斡尔族人只占六分之一。

我的家族里，从老姨开始就不会说达斡尔族话了，她也不是一开始就不会，大概在她四五岁的时候吧。老姨生于二十世纪六十年代末，比妈妈小十二岁，十二年的光阴，可以为一个城镇带来多么巨大的改变，一棵杨树可以在十二个春天撒下多少种子，又生长出多少棵新的树，更不要说一种语言在大时代之下的流失。

至于表姐和表哥，听说表姐小的时候也是会说的，大一些的时候突然开始非常抵制说民族话，我猜想是因为这种民族的独特性让她在许多汉族玩伴面前像一个异类了，于是她也像我一样，选择一种自己的方式企图去遮挡、去掩盖。

小表哥关于民族话的历史情报我没有掌握，只知道他大学毕业去鄂温克旗上班之后突然对母语产生了悸动，他开始主动地学习一些民族话，可是他的舌头早就被汉语调教得像一块硬面疙瘩了。每次过年回来，他一本正经地跟我妈说上几句民族话，说到那些需要舌头打卷的词汇时，他坚硬的舌头都让他显得非常蹩脚，我超想笑，可看着他似乎是带着一种神圣的神情在说这些话呢，我便又感慨起来，我很能体会他内心之中的情愫——远走之后，总想再以什么方式贴近这片水土和自己的根血，特别是表哥，他的工作编制已经将他钉在别处，即便有时日可以回到家乡，也从此都是一个过客了。

"……等到我开口说话，令奶奶惊奇的是，我说出来的全部是汉语，有些她还不甚了了，仅仅一年的时间我竟不会讲自己的母语了，只可以听。……奶奶去世后，我便再次丢弃了我的语言，这是一个无意识的过程，现在我才感到我便是我们民族命运的一个小小的缩影……"这是老姨苏莉的散文《旧屋》里的文字。

我从没有问过老姨关于自己不能说母语的感触，她在多年前远嫁到科尔沁草原，与许多蒙古族和更多的汉族人生活在一起，我不知道她是不是和我一样觉得自己的身边少了一样至关珍宝的声音，毕竟她曾经比我离母语更近。

有一段时间，她加入了一个被称作母语群的微信群，群里充斥着和我们一样担心母语消逝的人，还有那些背井离乡无处诉说和聆听母语的人。老姨一开始很兴奋，似乎终于找到可以缩短时间空间的虫洞一样的东西让她得以随时随地贴近母语，也许她还怀着重新学习的打算加入进去了呢。

所有的人都是饥饿的，他们对故乡的眷恋、对民族的牵扯、对母语消失的恐慌，所有的人都在说话。也许是因为老姨终究是一个害怕喧嚣的人，也许是因为老姨对自己不能加入他们的对话痛心疾首，他们每一个人都成为时刻提醒她儿时丧失了对母语掌握的闹钟，也许因为一些别的原因，反正，她最终退却了。

老姨说，她是我们民族命运的一个小小的缩影，其实这个缩影里也包括我、包括我的外甥莫德尔提——从纯正的血统到加入了外族血液，从可以听说到只可以听,就像聚集村里长大的孩子可以不掺杂任何汉语词汇,而镇上长大的会说达斡尔话的人会把汉语和达语夹在一起,这是一个漫长的过程,一个渐变的过程,在每一代人的身上民族的烙印越来越浅。

我和外甥,我们既不会说,也听不懂。

我怎么又敢去想象一百年以后。

5

2014年8月1日,我二十八周岁,带着我的汉族男人到家乡莫力达瓦去举办婚礼。也就是在这个夏天,也许是因为我的婚事,表姐夫终于频频出现在我面前,和大姨和妈妈说着达斡尔话,让我一次一次掩盖自己因为听到乡音想哭的冲动。

他开着新买的轿车拉着我和我的汉族男人还有妈妈去他老家库如奇村看山看江还有清泉,一路上车里都回响着汉语的草原歌曲,《呼伦贝尔大草原》什么的,每当他和妈妈说起什么的时候,生平第一次,我觉得如此美好的音乐是那么多余。

我是一个达斡尔族姑娘,至少我的心是一颗完整的达斡尔的心,我很想在婆家举办婚礼的时候用最直接的方式去证明,我在车里要求妈妈教我唱一首达斡尔民歌,它的汉语名字是《忠实的心呐想念你》:

> 清水河边有歌声
> 我急急忙忙走过去
> 听见我爱人在歌唱
> 水鸟对对双双飞
> 呐耶耶呢耶耶呐耶呢耶呐耶耶

很多年前我就会唱这个汉语版的,当时并没觉得有多好听,因为它的旋律非常简单,我对它的忽略程度到了在任何一个场合有人要求我唱一个民族歌曲的时候,我都不会选它,尽管我对它无比熟悉。而对于婚礼,我不得不选它,因为它是我会唱的唯一一首热烈的民族情歌,在婚礼现场会很应景。

达斡尔语原版歌曲的歌词变成了这样：

Wulari Wulari MorisinNei

WulenZhoulen YaoDerTie……

它们从妈妈嘴里流淌出来的一刻便瞬间打动了我，是一种颠覆的感觉，颠覆了我对这个歌曲十几年来的印象，达斡尔语的每一个音节都恰当地落在每一个音符之上，契合出一个完整的节奏感。

我终于理解了以前一个哈萨克族80后诗人艾多斯跟我说的话，他会俄语，他说，翻译成汉语的俄语诗歌真是大打折扣，根本不要去看翻译后的作品，像阿赫玛托娃的诗歌翻译之后所有的韵律都被破坏了。关于诗歌，我总觉得有胜于无，对于我们这些不会俄语的人来说，能看到翻译作品已实属幸运。而于我更幸运的是，我至少还可以通过歌曲来实现跟母语的亲近。

妈妈一个音节一个音节地断给我听，歌词里到处都是如同陷阱一般的舌尖颤音，我拼命地模仿着，令我惊喜的是，我可以很完整地完成它们，这个时候，舌头就化成了水浪，任它随着兴致打卷翻滚。兴奋之余，我还没忘了踩踩我的小表哥，我得意忘形地问妈妈："我比小哥强吧？"她不需要正面回答我的问题，她早就在我出色地完成一个一个颤音的时候发出认可和欣慰的表情。

我那个对新鲜事物有强烈体验欲的汉族男人也动用起他的舌头模仿起来，他的舌头多半只能打一个卷，听上去像一个说话大舌头的人，偶尔费力地卷出几个卷的时候，舌头的动作又非常迟缓，如果真说起达斡尔话来，大概又会像一个智障吧？

我到底没能学会那首歌的原版，我只是可以模仿的时候出色地完成一个读音，当声音一落，它在我的脑中也随着声音一起消失了，没有文字，无法记录，完全不明其意的我根本记不住完整的句子，就像儿时以为可以将十个音节攥在手心，最后也不过随着许多记忆一同被时光埋葬。

正式婚礼的时候，婆家的司仪采用了最为模式化的主持方式，匆匆忙忙地向亲友介绍了我是一个以写字为生的人，并忽略了我同样引以为傲的达斡尔族身份。

不说也罢，对一些人来说，少数民族只意味着可以生多胎，他们才不会在乎你的祖先、你的血脉，他们也不在乎你是达斡尔族、鄂温克族还是鄂伦春族，对他们来说，相差无几。

他们不问你从哪里来，只问你到哪里去。

6

我有时嫉妒那些可以说自己民族语言的人，任何一个民族都嫉妒，尤其是那些与我年纪相仿的人，不像我的舌头，那么孤独，只能与汉语为伍。

来到北京之后认识了一个叫梦迪的女人，她创办了一个达斡尔论坛，就像一个后花园，把世界各地的达斡尔族同胞通过网络连接在一起。论坛每年都会举办一次称作"达斡尔之夜"的聚会，与他们接触得多了，我的生命中出现了一个新的词——族人。每次聚会认识了新的族人我基本上都会问同一个问题：

"你会说达斡尔话吗？"

如果对方说不会，我会立即产生一种心理平衡，可同时更加浓郁的情绪是惋惜，我既害怕他们都会说达斡尔族话而我不会，我会重历儿时异类的孤独感，我又担心大家都丧失了对这种语言的掌握，导致终有一天母语的消失。

如果对方说会，我的双眸会立即发亮，对这个人产生一种敬仰和嫉妒掺杂的双重情感，特别是当对方年纪与我相仿甚至比我小的时候，我会因为他嘴里的这一个字，认定他是一个有良心的人、一个不忘本的人。会和不会，惋惜也好，敬仰也罢，终究是人家的事，我们在北京生活、工作、玩耍，见面的时候，相互之间还是说汉语的时候多。

我为我的婚事真正喝醉是在北京，在十月份补办的那次酒席上，零零散散地三十多个人坐了四桌，有我汉族男人的同事、朋友，还有我的亲戚、朋友和几个关系要好的族人。两桌酒还没敬完，我就已经晕得视线狭窄、走路摇晃，之所以那么拼命地喝，是因为我知道在北京能坐到我这个无名小卒酒席上的人，都是我真正可以掏心掏肺的人。

喝得正酣，我的两个族人，一个我叫他达哥，一个是我的初中同学，他们两人端着杯子去敬当时屋里年纪最大的人——我的姨姥姥，因为达斡尔族人敬老尊长的传统非常严厉。猝不及防，他们两个人嘴里连珠炮似的说了一大串达斡尔语，虽然他们不是对着我说的，可是他们的话却像一根箭刺到我心上。

兴许是因为醉酒了吧，我的眼泪顷刻间滚出眼眶，随之而来的是我号啕的声音，极其放肆强烈的号啕的声音，所有人都愣住了。正在别桌敬酒的我的汉族男人跑过来抱住我，连连问我究竟为什么哭。我说不出话，只顾着号啕，好像要把从儿时积攒到那天的所有关于我民族身份的委屈都哭出来。

那天我穿了一件酒红色的长裙，我的男人穿着一身酒红色的西服，我们两人就站在四个桌子之间的空地——整个房间的正中央，不分你我地紧紧抱在一起，不知道从空中俯视下去是不是像两个缠在一起的花蕊？一个拼命哭着，一个拼命抹着哭者的眼泪，把她涂的并不防水的睫毛膏抹了她一脸。

所有人的瞩目让我知道我必须有个交代，我从号啕的间隙挤出几个字："我不会说达斡尔话。"大家都笑了，也许他们觉得我很天真吧？只有我的男人依然紧紧地搂着我，不顾旁人亲我的脸颊，可又是那么无能为力。妈妈从卫生间回来的时候，惊愕地问周围的人怎么回事，当她知道我哭的原因之后，她没有像大家一样笑了，毕竟是我的母亲，与我血脉相连，她擦着我的眼泪安慰我说，以后再学吧。

后来跟妈妈回忆起那天的事，我并没有觉得我傻，她也没有。她说："你的爱人那么疼你，你半夜想喝饮料，他就跑到24小时超市给你买；你想吃水果，他拖着病着的身体也给你带回来；只要你想的，他能做到的都会做，做不到也许还会自责，可是那天，他只能抱着你却什么也做不了，他一定觉得那比跟他要一颗星星还让他为难吧。"

我不知道母语是怎样定义的，是一个人出生后最早接触并使用的语言，还是一种深埋在血液中的语言，我只知道，当你听到母语的时候，你会周身颤抖、为之动容，你会觉得安全，就像身处于寒冬里的被窝。这是任何一种其他语言都不能代替的，其他语言可以是十八般武艺，可以是一张级别证书，可以是一个走向世界的通行证，它可以给你带来新鲜、愉悦、骄傲，可绝不是温暖，不是。

如果血液可以发出声音就好了，那么我就不必像一个无法证明自己没有犯罪的人一样无法证明自己是一个达斡尔族人,如果血液可以代替我说话,那么,我也许可以在我想证明自己是一个真正的达斡尔族人的时候稍稍地流点血,而不是流眼泪。

毕竟流血只是皮肉之痛,而流眼泪是因为心在痛。

7

今年夏天之前,我从没有见过一个真正的萨满。

当人类对自然的情感状态从最初的畏惧到现在的攫取,以万物作为神灵的萨满教不可避免地没落了。文明使人们不再需要一个萨满作为神灵的代言人,就像鄂温克族作家乌热尔图的小说《你让我顺水漂流》里描写的一样,更多的人对萨满怀着一种猎奇心理,看"萨满"与神灵的对话就像在看一场表演,而真正对自然充满敬畏的老去的萨满只能躺在桦皮船里随水漂流而下,等待自然收回他的呼吸和生命,就像收回了曾经与人类的交流。

如果不是我的家乡莫力达瓦旗政府为了申请萨满文化之乡,碰巧我的表姨是旅游局局长,我猜我这辈子也没机会见到萨满的通灵仪式。以前听妈妈说,法术高强的萨满可以身穿两百斤以上的萨满服身轻如燕地翩翩起舞、旋转跳跃,还可以踩在鸡蛋上,所以,可想而知,我为自己将要见到萨满施法是什么样的心情,可必须承认,除了对萨满文化的尊重,我有猎奇的心理。

我们抵达山坡下面的时候,前来参加仪式的人的轿车就已经排着队停满了,一个个车头朝着山坡,像是在爬行,像是在仰望,像是一个个朝圣者。除了政府的车辆,更多的是"莫日登"家族的车,"莫日登"姓大概是我们达斡尔族人里最庞大的一个家族姓氏了,而此次的萨满通灵仪式就是要与他们的祖先取得联系。

走近一个石头堆好的敖包,前面摆放着一只烤熟的牛头,还有牛奶和烈酒,燃烧的香和一些糖,我有些扫兴,这说明祭祀仪式已经完毕了。再转头去看人堆里坐在椅子上的萨满,她前后胸分别戴着代表日月的铜镜,身上挂满各种代表四季、节气、三百六十五天的饰品,等等,头上戴着鹿角帽,最惹人瞩目的是她肩头上的两个布制小鸟,据说那是神灵传话的信使。她闭着眼睛,手里拿着萨满鼓一边敲着，嘴里一边念着。我更扫兴了，这说明她念祈祷词之前的萨满舞已经结束了。

　　祭祀和萨满舞是我最想看的，因为她嘴里的祈祷词都是达斡尔话，我一句也听不懂。她前面跪了许多莫日登家族的后人，我问妈妈她在说什么，同样从来没看过萨满仪式的妈妈既想给我解释，又想专心听，很是敷衍，我又一次感到自己成了局外人，但是我当时并没有伤感，因为听不懂的人实在太多了，我有我的阵营，我和他们一起围在外围，时而说些悄悄话。

　　那天真热，我身上发黏，站得久了，腿也酸了，我那个汉族男人拿着手机在人群里窜来窜去，找合适的角度拍照录像。

　　"怎么这么长时间啊？"我有点不耐烦了。

　　"她在请先人，也许因为是白天吧，请得有些费劲。"妈妈捂着嘴以很小的声音好好地回答了我。

　　我又扫兴又无聊又绝望，我想这里烈日当空，估计把这个老萨满唱的嗓子都冒烟了也未必能将莫日登家族的祖先请来了。很多人也跟我一样开始焦躁，窃窃私语的声音开始逐渐面积扩大。

　　"嘘！"有人说。

　　这时，老萨满对面的年轻一些的萨满突然有了动静，此前她一直闭着眼睛坐在那里，汗水从她露出不多的脸上不停流着，有几个人扶着她，并在她嘴里塞着一小块方巾。妈妈说，那是怕她咬舌头。

　　她突然从凳子上一跃而起，果然穿着几百斤的萨满服转起圈来，我兴奋了，踮起脚尖目不转睛地盯着她，不过她转了几圈就倒在地上，起身之后也敲起了萨满鼓，开始用达斡尔话唱起来。

　　我泄了气似的干脆坐在地上，我想这一行也就是这样了吧。

　　她唱了一会儿，我突然看到妈妈推开眼镜在擦眼泪，我以为发生了什么，又站起来张望，萨满还是坐在那儿一下一下敲着鼓，一句一句唱着词。然后我又看到我的表姨也在抽泣。

　　"你怎么了？"我问我妈，我怀疑她是不是中邪了，因为我听说以前有个舞蹈演员因为跳一个以萨满为主题的舞就中邪了。

"太可怜了。"她边说边把手搭在表姨肩膀，表姨也连连点头并擦眼泪。

"怎么回事啊？"我又问。

妈妈说，此时正在唱歌的人正是莫日登家族的祖先，是一个活着的时候被称为"疯老太太"的女人，她讲起她生前的苦楚，讲她过世后灵魂孤独地飘零，讲她每次看到自己后人，用手抚摸他们，可是他们根本感觉不到，她说，她希望她后人的内心可以像七个孔的泉水一样澄清……

我也哭了，泪水像她嘴里唱出的泉水一样洗掉了我之前的一切情绪——扫兴、无聊、炎热、疲惫，洗掉了我对于一个萨满所有的猎奇心。再看她的时候，眼光不自主地肃穆起来，心酸，但绝不是怜悯。我会哭，不只是因为她生前与死后的孤独，我看着那些跪在她面前的后人表情木讷，我知道她与她深爱的后人相隔的不只是阴阳两界，她深情地嘱咐着，可是她面前那些年轻的后人们只是跪在那里，听不懂她的一言一语。

泰戈尔说，世界上最遥远的距离，是我就站在你面前，你却不知道我爱你。可我也同样看到了一个世界上最遥远的距离，是我孤独地飘零了几百年，终于可以跟你说说话，你却一个字也听不懂。

我们的萨满越来越少，我在想，究竟是萨满们没有能力再代替神灵和祖先说话，还是他们再也找不到说话的理由？说出的话，没有人听，没有人懂，失去聆听的话语是否还有意义？

萨满后来又唱了许久许久，对每一个属相的后人分别嘱咐、给予祝福，我们没有坚持听到最后，躲开大量人群提前离开了，沿着山路走下山的时候，我看到一个年轻的莫日登家族的女孩坐在自家的车里玩手机，可萨满悲怆的歌声明明仍旧回响在身后。

是的，天太热，没有云彩遮挡，高纬度的烈日就那么直直地晒着。

我不知道我的祖先在哪里，是不是像这个莫日登家族的祖先一样在哪处孤独地飘零着，是不是会因为我身上二分之一的血液也在我睡梦中轻抚我的手，不知道她是不是也有很多很多话想对我说。

可是我不敢听，至少在我的舌头没有摆脱孤独之前，在我没有学会能与她交流的语言之前，我不敢听。

昨日的世界

钟怡雯

收到小学同学的来信，大大地惊讶，这可爱又温暖的词，早已在生活中绝迹多时。有人说生个小孩会带领我们重温童年，时光仿佛回流。像我们这种在台湾没小孩没亲戚的家庭，日常生活里，顶多看着邻居的学龄小孩打窗前经过，我连跟小朋友打交道的社交词汇都欠缺。小学同学？太遥远了吧。那封信立即凿开了几乎封闭的记忆信道，同时又为我打开了另一个空间的大门：几封信件往返后，我看到计算机屏幕上，已经中年的"小学"同学，在小吃中心留下合照。红白两色的俗丽塑料椅，几张四方桌拼成长条状，小吃中心没变，小学同学却被时间运送到了当年他们父母亲的年纪，脸上都是风霜。都已变成大叔大婶了啊！男生比女生显老，疲态毕露。一张张累老了的脸，生活没有善待他们，命运也没有。

同学要我认人。有几位神情样貌依稀，我叫出了名字。同学很高兴，说："你还记得，很好！再试试。"又陆续寄来其他没参加同学会的小学同学的照片。他们竟然还保持联络，什么样的一种情谊。大部分同学已经被时间落尘完全覆盖。我盯着计算机，始终认不出谁是谁。

记忆荒芜。小学校园周边高过人身的茅草遍山开满白花，长得淹没了小路会割人。便有人烧芭。烧了再长，再烧再长。烧完芭，焦土犹留有余烬，便等不及要挖茅根。只要烧芭，母亲便想煲竹蔗水。红泥的清香，竹蔗茅根水的清润。我的野史时代。茅根吗？城里人直接到药店买，一百元一大包，干净且干燥，多么方便，费时费事流大汗挖什么。唉，你们不懂。除了时间多，我什么都缺。有事做很快乐，况且是母亲的吩咐。我尽可能不忤逆她。十年前我回去，那些丘陵全种了油棕树。小学同学就像消失的茅芭，早已成为历史，怎么会突然复活？好几天我陷入小学同学奇遇记的恍惚里。

他们大部分没读完中学，更别说念大学，或者出国读书。当年他们住在学校旁边的佳雅新村（即大象村），少数几位跟我一样住油棕园，都来自劳动家庭，不外乎割胶做工或务农，还有家里养猪的。多半初中毕业便入社会，家里卖吃的便继承家业，卖菜的继续卖菜，不想留守家园的出外做工，也仍然翻不出中低阶级的手掌心。没有大鸣大放，非富即贵或飞黄腾达这种事，他们的神情和穿着打扮说得很清楚了。在我们的年代，要离开贫困，要么读书，要么做生意。做生意要本钱，要眼光，更要运气。那时候常听说有人中彩票一夜暴富，钱来得快去得也快，很快便败掉。读书或许有前途，不见得有钱途。有人读完中学当小职员，过规矩平顺的人生，不做劳力活不必日晒雨淋，在父母亲那辈人看来，就是小有前途：不靠父母，就算得上有点出息了。

偏乡小学资源不足，我们学校连抽水马桶都没有。爬满蛆的粪桶几天清一次，一闪神，就要从粪水中捞人了。这种等级的学校没有人在乎升学率。生育率那么高的年代，也不怕没人念。偏乡小学的校长和老师应该没什么压力，学生更没有。由你玩六年玩到毕业，没有人上补习课才艺班，没有什么课后辅导。总之六年读完，有能力便读中学，读不上，找份工养活自己。小学毕业由不得人挑工作，只能做蓝领一路做下来，也能成家活口。

小学同学的际遇跟我父母亲那辈一样。当年父亲读到初二辍学，母亲小学没读完，都不是读书的料，或者反过来说，时代和命运没有给他们读书的机会。我们姐妹六个读书还算争气，全读完大学，让生了半打女儿的父母脸上有光。成绩好可以领奖学金，有自己的私房钱可用，对整个家族有交代，只有好处没坏处。

大妹常用我的例子提醒我弟，佳雅小学那么破也能出博士，小孩子不用念那么贵的学校，命由天定。

来自穷乡又穷家的我们那一代，包括我家姐妹、小学同学，输在起跑线点是命。至于能不能时来运转，半由天半由人。现代家长没几个人敢赌孩子的前途，从幼儿园开始伤脑筋，学费缴得比大学还贵。再大一点儿，英文钢琴是基本配备，还有学不尽的各种特殊才艺，现代小孩的聪明才智比我们高，时间也比我们贵。还有父母接送侍候。按照这种超级养儿法，小孩应该长成超人住外层空间吧。住地球的，不当总统都划不来。我这样调侃为女儿穷紧张的小妹，她说，没错，至少要当总统夫人。

我可是连幼儿园都没读过，难怪要吃自己。至于这些被惯大的小孩，长大后当然还是住地球（如果地球还能住人），成家时，说不定父母还得送房送车。我大学毕业开始不定期汇钱养家，小妹大学毕业，父亲出头期款给她买车。人比人，肯定气死人。然而，我不必侍候小孩，谁的命比较好，一时很难说。

小时候祖母常说，有书读就是好命，不好要那么多的东西。这是她说话的方式，点到即止，像神谕。我也心领神会。好命很重要，本分是好命的基础。祖母大字不识一个，年轻时最期盼的事情是收完胶之后，有机会有闲钱看一场电影。四十几岁瞎了眼，这鼻屎大的快乐老天都收走，命真坏呀。那时我常想，如果她识字，有更丰富的形容和措辞，会不会说得更加揪心搔肺更心酸？那辈南来的华人承受了太多时代的不幸，再怎么本分，命都好不到哪去，有饭吃没病痛就要谢天谢地了。

母亲跟祖母那辈女人其实没太大的世代差异，从年轻做到老，一个字，苦。听说曾祖父南来时采锡矿，当过老板也富过，可惜好景不长。餐桌上偶尔出现的海参猪脚、砂锅鱼头、纸包鸡这些有钱人家的精致菜肴，证明钟家几代前曾有过好日子。同是客家人的外婆家里，吃的是做工人的粗菜，我在同学家里也尝过，什么都不讲究，但分量绝对饱肚。母亲半夜胃痛还得借钱挂急诊，即使穷成这样，她做的菜也把我们姐弟养得个个壮如牛。她聪明却没书读，十几个兄弟姐妹，家穷小孩多，早早出来做工，嫁了一样穷的父亲，再穷一辈子。母亲属牛，耐劳又本分，但本分不见得有好命。

按照命运的安排，小学同学的合照里应该多个大婶。我理应早婚，像巴刹里那些安娣一样，套着宽大衣裙，头上卷着发卷，肿着眼出来买菜，讨价还价之余东挑西拣，东西永远嫌贵，拗多一根葱一条辣椒也甘愿。我已经到了母亲当外婆的年纪，没子女当然更没孙子，腿上窝着年龄比我还大的猫，有时用她取代哑铃练肌肉。不只买菜，我买任何东西都不杀价。看到妞妞精神地经过，便快乐得不得了。妞妞是邻居新领养的少年柴犬，神气得要命。喔，今天是有线版妞妞（有拉绳）。哇，今天无线遥控版（主人跟在后面）。妞妞经过是大事，一定得报告。要能摸到妞妞的头，俯耳说几句悄悄话，开心好几天。我还想给妞妞唱"小毛驴我从来也不骑"，希望她能开金口合唱一下。拖地拖到四楼母亲的牌位前，我跟她说了这事。母亲说不出话，她应该会苦笑跟摇头。

丢掉本分，大忤逆。一九八八年来台。从此离开家族的手掌心，跟小学同学分道扬镳，离开祖母和母亲那辈做到死的命运，过自己的日子。如今我在这座岛，旁观半岛那里的风头火势，隔海听小妹嘲讽"那鸡"（大马首相纳吉）和"河马"（首相夫人）海角无数亿（数目不明，肯定会与时俱增），臭骂教育制度。没脑袋的购物税，要小市民的钱要得那么不漂亮。灰蒙蒙的污染生活，没有出路的未来。住新加坡好多了，绝对强过鸡的国度，虽然singlish很刺耳。马来西亚吗，只有炒粿条和Nasi Lemak令人怀念。中年离乡需要勇气更需要骨气，重新再来，等于承认家国不幸。早离早好。跟婚姻一样，拖下去蚀骨伤神，人生只有一回。离不开的我辈如小学同学们，其实是没得选择。

莫回头，向前走。

没多久，中学同学也出现了。天气渐热，校园的凤凰花盛放，又送走一届毕业的学生。七月我收拾心情飞往吉隆坡参加国际书展，母亲逝世三年我第一次返马，住旅馆，无家可回。

国际书展像巴刹，人们拎着篮子挑书。演讲完是签书会，人气测试，还好没丢脸。奋力埋首签书之际，有人喊我。一抬头，已经鬓发飞霜的中学同学立定面前，我当场张大了口，吃惊地把他当年的影像找回来。啊，那个吊儿郎当的家伙。再后来，又一个中学同学用电邮找到我，时光一下倒流了。

老同学人在香港，是跨国公司的高级干部。他对我住的油棕园意外地熟悉，手绘一张详细的地图，让我重新想象我的家园。钓鱼的河在哪巡芭的路又在哪，方圆数十里内莫非王土。我这才知道他是大地主的小老板，中学起即打自家的工兼钓鱼玩乐。虽住市区，家里的油棕园却紧邻我家。长久以来，我认定油棕园是我的地盘，没想到竟然有同班同学同一时间一起冶游。我们或许曾在某个假日，在相隔不远处钓鱼。我好像交了个新朋友，重新认识旧朋友。这样的年纪，总有旧可怀，有故事可说。聊起从前的同学，突然觉得青春真远。

十几岁时，除了几个女生，我对同学们的生活所知甚少，也不甚关心。中学一级十几班，那是全马排前面的独立中学，第一班等于精英班，卧虎藏龙之地，家世良好的同学一大箩。有钱的，父母受过高等教育，或者家族中有人放洋的，再穷的也有留学台湾的兄姐当榜样，毕业后没有何去何从的困扰。家里没人可商量，当然更不会有人出钱资助我读书。一无所依。这很像我的处境，住得远，家里没电话，孤岛一个。最后落脚孤岛，仿佛也是命中注定。

另一位大我几岁，住更远的渔村的同乡，国立中学毕业后很彷徨，投靠我的母校读了三个月，想考统考来台湾。后来进了马大，成了读中文的小子。某次在吉隆坡的研讨会初遇，赫然发现他是邻居大姐的同班同学，也是我中学同学的姐姐的同班同学。唉，这世界真小，兜了那么远还能牵拖？通往市区的丰盛港路那么漫长，从我家到他住的渔港得再走十英里。他起床时，说不定连鸡都没醒吧。

"我上学都打你家门前走过，你是才女嘛，眼里哪有我们这些人？"他摆弄着圆珠笔，突然冒出这么一句。我瞪大眼，肯定弄错了。快毕业时得过一次文学奖，代表学校参加过全国性比赛，不外乎演讲辩论之类，这种"才女"每一届都有，泡沫而已，最后全被时代的浪潮卷得无影无踪。不过，我承认确实眼里没人。每天绷紧神经赶回家的最后班车，给自己打气，掐着时间读书，中学过得很紧张。我念的佳雅小学没人听说，有人开玩笑说那是 kaya 小学，用来涂面包的吧。幸好同侪之间没人上过茅房，佳雅小学仍有过人之处，可堪告慰。前几年研讨会再见，这渔家出身的家伙当官去了。开幕致辞完毕，下午正准备回居銮的选区服务。他兴冲冲地说："走吧，跟我回居銮。"

多么迷人的提议啊。可惜，我已无家可回。也回不去了，一如我们的青春。更何况，青春那么残酷，我完全不眷恋。昨日的世界留给昨日，留给梦。

夜访菖蒲君

胡 烟

南　下

　　按理说，我一个农村人，是不该对几棵草这样痴迷的，但没办法，从看见菖蒲的第一眼，我就被它深深吸引，尽管只是几张照片。很笃定，那是我一直在寻找的东西。在此之前，我并没意识到自己丢失了什么。那种吸引，不炽烈，但在你独处的时候，它的形象会自然而然地占据你的脑海。有人形容兰花的香气是幽香，幽，就是你坐在那儿，香气一阵一阵地，一浪一浪地，传过来，让你无处可躲无处可藏。菖蒲的影子，也是这样，幽幽地，传过来，荡秋千一样，一闪，一闪，荡不出你的心头。

　　过度的思念，让人心神不宁。我必须做点什么。我先是求助于万能的朋友圈，告诉朋友们，我迷上了菖蒲，有谁知道它的下落？好心人很多。一位老家江西修水的朋友留言，南方的水沟里很多。这种说法，让我顿时对她升起了轻微的恨。马上，她知趣地修正——是干净的水沟，有石头，山泉，哦，应该叫作小溪。一位上海的朋友说，又不过端午节，干吗找菖蒲？上海民俗，端午节家门口挂菖蒲，相当于宝剑，辟邪。菖蒲挂起来，便开始包粽子。这些，都不是我要找的菖蒲，想都不用想。厦门的朋友给我推送了一个养菖蒲的公号，"抱蒲堂"。这个名字好。我看着里面菖蒲的照片傻傻发愣，白瓷盆，绿油油地挺立着，在案头。抱蒲堂，什么时候我也能抱一盆菖蒲？最好穿一袭长衫，站在一张旧桌子面前，什么也不做，冒充一幅古画。

我的行为很不切实际。或许，我应该去花鸟市场转转，亲自买一盆菖蒲回来。但我真的不相信，菖蒲在北方，还是那个原本的灵魂。我应该动身去南方，去无锡，找一个叫王大濛的人。我迷上的那些菖蒲，正是他养的。

我跟老公说，我要出门，去南方，找菖蒲。他问，是盆景吗？我没回答。他又问，你要找的东西是盆景吗？这个问题难住了我。是盆景，但不是那种歪着脖子造型奇异的青松。不是盆景，但确实是在盆里养着，供观赏的植物。我不能回答是，也不能回答否。我迟疑了两分钟，郑重地说，不是盆景，是清供。他用手机百度了一下清供的意思，头也不抬地说，那不还是盆景吗？

他的这种反应，加深了我的寂寞。我必须找一个懂菖蒲的人好好聊。如果在古代，我可以找苏东坡，苏东坡有植蒲癖，当年在我的老家蓬莱丹崖山旁、海边专找那种有窝的石头，叫弹子窝石，数百枚，拿来养菖蒲。近一点儿的，也可以找金农。金农在扬州。他从来没有把菖蒲当成草，而是当作有情君子。"石女嫁得蒲家郎，朝朝饮水还休粮。曾享尧年千万寿，一生绿发无秋霜。"金农的菖蒲君，不吃粮，只喝水，年岁苍老，却无秋霜。金农眼里的菖蒲多么迷人，跟他笔下的画一样，苍老朴拙，我们一定有得聊。再近一点儿，我可以找朱屺瞻，朱屺瞻画菖蒲郁郁苍苍，不在案头，而是绿意漫卷的菖蒲，他的斋号叫作"养菖蒲室"，一边养菖蒲，一边画菖蒲，纯粹。更近一点儿，到了眼下，我只能找无锡的王大濛。王大濛是江南文人画家，专门在家养菖蒲。据说他深居简出，不聊绘事，交往的也都是养菖蒲的人，人称"江南草圣"。"草圣"这称呼有点唬人，但他的确是把菖蒲养得最好的人。

我很快找到了王大濛的线索。那是跟王大濛一起画画的朋友，住在我楼下。我说我想去看看王大濛的菖蒲，因为我看了他写菖蒲的一本书，给迷住了。他给我做了引荐，并讲起王大濛的无锡小院，据说那是一个比扬州的个园还漂亮的园子。他还叮嘱，去无锡不得不看看梅园，值得一去的还有惠山的寄畅园。然而，我对此毫无兴趣。我只看菖蒲。

我怀揣着那本写菖蒲的书，背着几件换洗衣服，坐上了南下的列车。一路上，我都在翻书，想把每一页书里面菖蒲不同的样子刻在脑子里，等到了现场，一园子的菖蒲，我一眼便能认出谁是谁，丝毫没有错乱。我坐在火车干净的座位上，心无旁骛。静静地，四周像是没有一位旅客，列车员也消失了，四周空无所有。我趴伏在一块干净的石头上，溪水的声音叮叮咚咚在身边，清风从山上传来，只为了吹拂我的面庞。山谷里，微微地凉。我是一棵蒲草，我从时光里来，我不记得自己几百岁。没有人知道我，但我知道我自己。我静坐在这里，日复一日吹着旷古的风。我不是进入了某种幻境，也不是做着白日梦，而是一侧身，进入了图书的封面。我看见另一个我，正翻开书的扉页，竖排的十二个字——忍寒苦、安淡泊、伍清泉、侣白石。我的眼里溢满泪水。这是苏东坡形容菖蒲的品格。多年来，我正是照此修行，只是没有成功而已。

借　蒲

为了迎接我，无锡特意下了一场蒙蒙的雨。菖蒲最喜欢。

王大濛的院子果然精致，山水交融，竹影婆娑，然而我对园林的美无动于衷。一条大黑狗，走起路来一点儿声音都没有，增加一抹神秘。

王大濛的样子让我觉得熟悉，配得上是个养菖蒲的人，瘦削，脸上有短胡茬，眼里有光。身上穿那件随意的深蓝色棉布汗衫，让我联想起瓦盆，养菖蒲的瓦盆。瓦器是平民百姓的东西，养其他花草都会觉得缺少一点儿贵气，有寒酸相，遂被弃置角落。而菖蒲用瓦盆养，独有那种朴素的山野气，少了人为的被雕琢的造作。做人应该本真，不迎合别人的目光，想穿什么便穿什么，做菖蒲亦如是。之后见到的那盆瓦器的菖蒲，即是这样。末梢叶子微微发黄，误以为其精神不济，然而根根直立，像极了贫寒落魄的文人，"斯是陋室，惟吾德馨"，缺少如鱼得水的世俗的光泽，但依旧旺健、倔强。

还没来得及泡茶，有客来访。是无锡养菖蒲的老友，刚淘来一件旧瓷盆，跟王大濛分享成果。他们寒暄，留我一人进入后院的蒲园，可谓天遂人愿。蒲园有三个区域，每个区域都有浅浅的水，石菖蒲伫立其中。很多石头是王大濛捡来的，左凿一个洞，右凿一个洞，把菖蒲植入其中。菖蒲牢牢附在上面，根向水里延伸。那么多菖蒲在一起，各有各的造型，各有各的秉性。我一时间不知所措，没想到竟是这样的排场。像是很多文人雅士云集一堂，风光无限，我如同一个初涉职场的小记者，不知先采访谁才好。

　　菖蒲，石头，水，清风，这是以王大濛为代表的文人构筑的完整的世界。有白石相伴，餐风饮露，菖蒲即可活得自在。养菖蒲的人，与之息息相通，必定也是清心寡欲。不信你看王大濛瘦瘦的神气，其实是一身的菖蒲气。

　　一盆石菖蒲即是一个宇宙。菖蒲附石，澹远空蒙，可生山野之想：悠悠株草，如踱在林；嶙嶙拳石，如登在山；湛湛片水，如临在川。山林幽居，从古至今文人向往的理想生活，都在一盆石菖蒲里书写殆尽了。吴冠中说，他常以昆虫的身份进入草丛。此刻，我以一只蚂蚁，抑或一只身材更小的虫子的身份静观，山林幽谷深涧，一切都是那么完美。一盆石菖蒲，便是我理想的栖居之地。我猜想，王大濛有隐身术，或者缩身术，平日里，他给菖蒲浇完水，便将自己缩成一丁点儿大，畅游在一盆石菖蒲的风景里，优哉快哉。真令人羡慕的本事。很多媒体因此找不到他。

　　靠着菖蒲，王大濛把中国山水画变成了实景。他用中国画的散点透视来种植菖蒲，高远、平远、深远。不同的植法，不同的意境。不论哪一种构思，文人的野心贯穿古今。倪云林用几笔浅净的线条勾勒出一片太湖；八大山人用一只鸟的白眼写尽了世俗的荒诞。哲学、历史、文学、艺术，命运的跌宕，天地的俯仰，都在这一抹山水之间。欲辩已忘言。

　　我独自流连在三个区域的菖蒲中间，有几百盆。端详这个，又怕错过了那个。他们各有各的性情，各有各的风姿。有的野逸，有的书卷气，有的狂放乖戾，有的静默含蓄。每一盆都是不一样的风景，没有一盆不是耐人寻味的故事。在世间，从没见过这么多高士雅集。或许，惠风和畅，王羲之的曲水流觞便是这等的风光，然而我等并无机缘在场。他们站成一排，两排，三排，他们一齐跟我对话的时候，我有点听不清是谁在说。

我渴望跟一盆菖蒲的深度对话。

我不知道该选择谁。王大濛泡茶的时候,选了两盆菖蒲在茶桌。一盆是六边形瓦盆菖蒲,有菠萝那么大。还有一盆老白瓷盆菖蒲。瓦盆菖蒲扁扁的,矮矮的,短、细、密,墨绿苍翠。白瓷盆菖蒲翠绿,像是出生在春天的羊羔,鲜嫩。他们在聊,聊瓷盆、釉色等,我在暗暗观察案头这两盆菖蒲的动静。他们就这么天荒地老地聊。不知不觉,华灯初上。

当天色暗下来、继续暗下来的时候,我看见那盆墨绿色的菖蒲正发出老者含蓄而富有深意的笑。"夜的草"在太阳遁形的时候,终于掩饰不住散发出灵异的气息。我在他面前,完全失去了理智。我鼓起了勇气,对王大濛说,我想借一夜,这盆菖蒲。

夜的草

我抱着一盆菖蒲在无锡的夜间游荡,我不知道要带他去哪里。

本想带他去南长街的河边寻古,因为他长期待在王大濛的院子里,什么世面也没见过。这里,也许是他感兴趣的地方。但走到街口,横七竖八的共享单车,挡住了去路,正想将它们移开扫清路障,却传来街角的酒吧意乱情迷的音乐。我抱着菖蒲瞬间逃离。菖蒲没听过如此大分贝的音乐,又不熟悉外国的曲子,怕是水土不服。

我知道菖蒲是一种"夜的草",但却不知道无锡的夜,哪里是他的归宿。最后,我只好将他带回酒店,反正我的目的,只是跟他独处而已。

酒店的房间没有清风,只好委屈他一晚。我把瓦盆菖蒲放在沙发前的圆形茶几上,将房间的灯光调暗,只开一盏夜读的暖灯。沐浴更衣之后,我正襟危坐在沙发上,准备与他来一场严肃的对话,解决一些生命中最棘手的困难。灯光下,我看到周围的尘埃纷纷落下,我繁杂的念头也随之收敛。好了,这下安心了,终于可以什么都说。菖蒲也可以畅所欲言。然而,我们就这样静默了很久,他什么也不说,只绿幽幽地看着我。好吧,我来说。

从何说起呢？就说这个王大濛，今年六十岁出头，但真是精明，他明明至少已经活了一百多岁。

我相信每个人有不同的时间维度。表面上看，都一样，可实际上，真不一样。你听夏天茂密高耸的大树上，响亮的蝉鸣，到秋天便倏然全部消失。蝉的时间维度，一夏就是一辈子。你再看早上湖水表面飘浮着的细腿小飞虫，飞起来像仙女一样轻盈，晚上便香消玉殒。一天即是它的一生。你再看烈日下高速公路上明晃晃的浅水湾，那个被称为"阳焰"的东西，走近去看，发现根本没有此物。它的存在，只是脑海里的瞬间恍惚。或者说，只是我们脑子里的一个幻觉。它的时间维度，是一瞬，还是莫须有？

我们也一样，虽然都一样是人，但每个人有不同的时间维度。比如我奶奶活了八十二岁，其实是一百多岁，或者更多。这一点，你从她的举手投足就能看出来。她织网的时候，就是织网。一梭子，又一梭子，没别的，从日头升起来，她是那个姿势，日头落下去，不声不响地，她还是那个姿势。一连几天放学后，我都看见我奶奶是那个姿势。我在旁边托着腮看，觉得很慢很慢。我以为她已经织了一万年，其实只是三五天而已。她洗衣裳也是，很慢很慢，打胰子、拿搓衣板，一来一去地揉搓，沾点水，揉搓，一件一件，拧干。太阳也是极有耐心，一直等着晒她的衣裳，没有提前落下去。再看我奶奶择韭菜，拿一把马扎坐下去，手里握一把韭菜，捏出一根来，撸去韭菜脖子上的浮土，掐去尖儿上打蔫儿的一截，然后扒下最外头几根枯黄的叶子，从上面捋下来，将整条韭菜捋顺了，这才择完一根。一根，一根，她像是从来不想择韭菜要干吗，包饺子还是炒鸡蛋，都不去计划，只是为了择韭菜而择韭菜。看着我奶奶择菜，你就以为她要择个天长地久。实际上，吃饭睡觉，她什么也没耽误。所以说，她的时间比我们多。跟她在一起，日子很长，很长。后来，我的日子越来越短越来越快越来越少，因为我奶奶走了。不管她的时间有多富余，她还是走了。难过的时候，我会安慰自己，她毕竟活了一百多岁，甚至几百岁。

王大濛的秘密也是我无意中发现的。因为他说话很慢，举手投足都很慢，无意中泄露了他跟我们不一样的时间。他之所以能够如此，完全是因为菖蒲。菖蒲拉长了他的时间。对于这一点，他并不否认。他说的那句诗"山静似太古，日长如小年"，就是这个意思。他每天侍弄着菖蒲，一盆盆石菖蒲，一片片山林，安安静静地，用清水润泽它们，打理着边边角角，一盆一盆，从一座山到另一座山，从一片林再到另一片林。我们花一天的时间赶路上山的工夫，王大濛可能已经将五座山修理完毕。他的一天，可以是一年。

再说眼前这盆菖蒲，据王大濛说已经养了二十年。二十年，对菖蒲来说，他显然活了更长的时间，数不清多少年。雨水、清风的滋润，他吸收了无数的岁月精华，才慢慢地吐出一片青叶。二十年，人间沧桑巨变，北京从三环修到了六环，无数人口涌进来，繁衍生息。而对眼前的这盆菖蒲而言，只是增加了有限的几片叶子而已。你说他有多慢？

菖蒲啊菖蒲，你就是有这样的耐心。我知道我为什么来找你。我无法在岁月里安住自己，只好来求助于你。我每天清晨一睁眼，无数的计划、安排，一齐涌向脑海。我知道，我一旦从床上坐起来，便会拧上最快速的发条，像洗衣机的脱水轮子一样转起来。我厌倦这种生活，想要跳出这个怪胎般的时间圈，或者故意跟它作对。有几次，闹钟响了，我索性赖在床上不起来，却又担心命运的恐吓。有一次，我确实听见枪响，但回过头来发现，倒下的并不是我。空枪而已。但我依然胆小。也许是惯性使然，几个回合，我败下阵来。我终于放弃了我行我素，因为周围的人都在扯着嗓子冲我喊，快快快！不然来不及，真的来不及。

谁能放慢我的时间？我知道，菖蒲，你能救我。从看见你的第一眼开始，我就知道你有这个本事。如果有你在我案头，我必定钟情于你，每天看你的脸色行事。管他浮名利益，管他流言蜚语。每天观察你的气色，每天看着你新长出来的叶子，感受你身体里的水汽，全身心地融入你。

我相信你有此功力，多少年来都是如此。你曾让无数的文人安住在案头夜读。读着竖行的繁体书，一夜到天明。一夜，或许相当于三年。所以他们才能做到腹有诗书气自华。

我千里迢迢来找你。你一定要传授给我，慢下来的秘诀。深夜，是传道授业解惑的好机会。只有在深夜，在你面前，我才不用像白天那样假装从容；只有在深夜，在你面前，我才能倾诉如此真实而且在别人听起来很无聊的话题。

果然不同凡响。菖蒲像一个久修禅定的老者一样沉默不语。也许你的静默，正是你的回答。你在说着"道可道非常道"的道理。

冬心画蒲

不论我怎样求教，菖蒲依旧矜持着，一言不发。果不其然，这种沉默，拉长了我的夜。

我依然害怕天亮，害怕跟菖蒲的离别。这就是我。经常随着可恶的惯性，将时钟拨快几分钟、几小时、几天甚至几年。我常常贱兮兮地跑到明天，来担忧今天还未发生的事情。

突然想起一个办法，可以留住时间。我拿起手机给菖蒲拍照。左一张右一张，不同的角度各来一张，却怎么也拍不出他的神采。从照片上看，他完全不像是我的知己。他跟一株普通的植物，并没有太大的区别。这让我倍感失望。菖蒲不太喜欢我这种肤浅的举动，他板起了脸。

其实最好的办法，是拿起画笔。金农的画，吴昌硕的画，翁同龢的画，朱屺瞻的画，画里都住着活生生的菖蒲君。他的性情、神采、韵致、表情，多少年来都没变。他住在纸上，被压在箱子底，被锁在博物馆的玻璃柜里。不论在哪里，只要你跟他对视，他就轻易地走进你心里。

金农又名金冬心，他画里的菖蒲君，也住在我心里。我一共看过金农画的四幅菖蒲。别人画菖蒲，基本是在案头，作为清供。像吴昌硕，岁末年初的时候，画了菖蒲，跟佛手、石榴等吉祥物在一起，寓意高洁美好。但金农不是，他的画里，菖蒲是主角。像是给菖蒲拍照一般，让菖蒲站在正中央。比如有一幅，他画了三盆菖蒲，三个瓦盆菖蒲高低错落，像是"菖蒲一家人"。大中小、高低矮，品种不同，趣味不同。比较低矮的盆里，菖蒲叶子较长，像是大金钱菖蒲，其他两盆，则是短细密，非常健康。金农特意为菖蒲作画。像我现在这样，面对着一盆菖蒲，不知道如何爱他，怎么也看不够，只好画下来。令我羡慕的是，金农很闲，成天没什么事情做，不紧不慢地画菖蒲。

农历四月十六，菖蒲的生日。旧时，还没有什么特别花哨的庆祝生日的方法。金农为菖蒲画像，庆祝生日。画了一大盆的菖蒲，瓷盆外面，套着一个瓦盆，造型很特别。用画面已经无以表达自己的祝福,又用题款做文章:"四月十六,菖蒲生日也,余屑元时林松泉代郡鹿胶墨一螺,乃为写真,并作《难老之歌》称其寿云:蒲郎蒲郎须发古,四月楚天青可数。红兰遮户尚吐花,紫桐翻阶正垂乳。写真特为祝长生,一盏清泉当清醑。行年七十老未娶,南山之下石家女,与郎作合好眉妩。"

金农希望菖蒲长寿,便作《难老之歌》。这诗,由于画的缘故,便真的难以老去了。菖蒲也因由这诗与画,永远地苍翠长青。金农称菖蒲为蒲郎,这语气,至少是知己的交情。其实这"蒲郎",即是冬心先生自己,不然怎么是"行年七十老未娶"呢?再看金农的身世,年方五十开始正式学画,学问渊博,游览名迹众多,下笔即古,为扬州八怪之首。晚年寓扬州卖书画以自给,妻亡无子,寄居西方寺。金农"行年七十"的时候,妻已亡,若要再娶,便想学菖蒲那样,娶个南山的石头回来。据说菖蒲生长的石头,都是被溪水洗净铅华,不含凡俗之气的。世间那么多女子,金农一个也看不上。人间无有能与之共居者,只好娶个南山的石头来做伴。冬心即是菖蒲,菖蒲即是冬心。他是跟菖蒲一而二、二而一,完全不分彼此了。

表达了这一层意思,还没完。菖蒲生日的第二天,金农又在这幅画的左侧,增加了一首诗的题款,这次是以菖蒲的口吻写的,作为之前那首诗的回应。他说:"越夕又成二十八字,戏代菖蒲作答,亦解嘲之意也:此生不爱结新婚,乱发蓬头老瓦盆。莫道无人充供养,眼前香草是儿孙。"

娶妻娶个南山石头,儿孙便是这眼前的蒲草。金农不要妻子,不需儿子,像菖蒲一样,过着餐风饮露的生活。菖蒲于金农,是布衣终身的自喻,是老无所依的子孙,是尘世飘零的知己,是荆棘旅途的良伴。

冬心先生的菖蒲画,远不止这几幅。还有印象最深的是扁平形状的一大瓦盆,用墨很浓,菖蒲的叶子像是健康中年男子的须发。你会担心菖蒲的根部,墨色完全混成一团,看不出肌理,但这种担心完全多余。菖蒲丝丝直立,根根分明,金农是一笔一笔写出来的。下笔朴拙老到,效果却呈现出一派天真。题款:"菖蒲九节俯潭清,饮水仙人绿骨轻。砌草林花空识面,肯从尘土论交情。"

有人评价冬心先生"涉笔即古,脱尽画家习气"。他的人格便是这样,看尽世事的沧桑，却回归到孩童一般的烂漫。尽管像小孩子那样一派天真，却又绝不会"从尘土论交情"，丝毫不沾染世俗之气。这是何等复杂，又是何等通透的人格？想来古代文人之所以令今人难以望其项背，多半是因如此的心境。再想想菖蒲何不如是？悄然生长百年，却青翠宛如新生。虽然表面稚嫩，却是不染纤尘。

冬天萧瑟的时候，菖蒲亦能"忍寒苦"。冬心先生晚年在寺院过着清冷的生活，却依旧滋养着极高的心性，安于淡泊。青灯孤影，还有谁比蒲郎更适合为之做良伴呢？

金农的一生，大半在坎坷中度过，有时"岁得千金，亦随手散去"。在困苦时不得不依赖贩古董、抄佛经甚至刻砚来增加收入，也曾托袁枚，求写彩灯。王昶撰《蒲褐山房诗话》记述金农，"性情遒峭，世多以迂怪目之。然遇同志者，未尝不熙怡自适也"。菖蒲便是这"同志者"。

纵观金农这一世，生于天堂，逝于佛舍；不生荆棘之中，不老户牖之下。"非佛非仙人出奇"，他的"非佛非仙非凡俗"的境界，正是面对着菖蒲所完成的修行。现代人想模仿金农的画，最好先从养一盆菖蒲开始。

如此想来，吴昌硕画菖蒲泰然自若，翁同龢画菖蒲萧瑟荒率，朱屺瞻画菖蒲墨气淋漓。纸上的菖蒲君，无一不是他们自己。

关于蒲香的幻觉

就这样，我一笔也没画，看着菖蒲，想着金冬心和他笔下的蒲郎。孤高、烂漫、哀婉、清寂，再伟大的人格，都已经沉默于岁月的深处。这就是娑婆世界的残酷游戏。就如同现在，我想跟菖蒲多待一秒，而这一秒，也于我向时光的哀求中荒废了。

我终究没有动笔。因为我根本不会画画。想着金农，便更不敢下笔，怕糟蹋了菖蒲君的形象。我只好守着一盏灯，眼睛盯着菖蒲，目不暂舍。也许是我的精诚所至，这一次，我完全触碰了他苍老的灵魂。我很想学习他，内心老练，外表却永葆青春。青春不老，无疑是每个人向往的神话，但如何有一颗老练的心呢？便是像他这般，无论何种境界来临，都能岿然不动地守在原地，像是什么都没发生。不像我，听到风吹草动，对视到异样的目光，听到批评的言语抑或是虚假的赞美，内心就刮起了十二级的台风，整个人像要飘摇起来，完全失去了根基。菖蒲不是这样，无论你怎样看他，评价他，他都有自己的生长速度，有自己的节奏心跳。菖蒲历经沧桑，他看得多了，也听得多了，他的心早就老了。他白天黑夜都醒着。尤其是夜，更加绿得深沉，那是他不停地在静默中思想的缘故。参悟得多，便看得透彻。世间的事，表面和实质，往往是截然相反的。菖蒲深谙此理。他并不急着揭穿这表面世界的虚伪，甚至他并未对这世界表现出丝毫的失望，而是不紧不慢地向外界汲取着自己需要的营养，暗暗生长。乍一看，像是不谙世事的纯情少年，为人除去心头的烦忧。一旦你与他古老的灵魂相遇，知识再渊博的人也会反省自己的粗陋浅薄。

　　我便是看着眼前的这盆菖蒲，不断地想把自己的头低下去，再低下去。回想过去的岁月，曾错看了很多的人和事，伤害与被伤害，都源于自己的幼稚和无知。今夜，在蒲君面前，我宽恕了外界，将一切归咎于自己。

　　夜深不嫌清露重，晨光疑有白云生。当我看见菖蒲的绿叶中间有白色的雾气升起，我知道，那是黎明来了。我心满意足。跟菖蒲共处的夜晚，我没有虚度，也没有人来打断我们的交流。这一夜，因为菖蒲的缘故，我跳出了快速轮转的时间圈。我有了自己的节奏。跟菖蒲倾吐了这么多，像是解开了很多的心结，我感觉轻松而惬意。一夜无眠，我毫无倦意，也并不流连伤感。菖蒲终归是要还给王大濛的。喜欢一个人，不一定要拥有，重要的是祝福。喜欢一盆菖蒲，不一定要带走，而要为他找到一方适意的水土。

　　去还菖蒲的时候，王大濛的院子的门正敞开，大黑狗不见踪影。屋内空无一人。我抱着瓦盆菖蒲，他显然已经是我的亲密无间的知己。我在蒲园里，找到一块不大不小的空地，用手拂拭干净，小心翼翼地将他放在那里。虽然他面不改色，但我知道他重情重义。

　　告别菖蒲君，我像是清空了心事。

　　在回程的列车上，玻璃窗外的风景，飞快地向身后奔跑。在我专注于这一切的时候，又再次听到了时光机器的密语。我不得不在这里向所有读者坦白。

　　向王大濛借菖蒲的事，只是我的一个念头。黄昏时分，那个念头在我的脑子里盘旋了几个回合，最后变成我完全一厢情愿的幻觉。于是，那个念头便无限地延长，延长成了一整夜。那一天，跟王大濛一起喝茶的时候，我根本不敢提我想借那盆菖蒲的想法，我怕他将我驱逐出门。我了解他和菖蒲君之间的感情，我不应该在第一次见面的时候就夺人所爱强人所难。

我找了一个借口。我说，我想闻闻蒲香，听说蒲香是完全不同于任何植物的香，菖蒲的气味是脱俗的，是君子特有的那种香。古人读书的时候，菖蒲在案头，一面可以净化被油灯熏得浑浊的空气，一面可以闻着蒲香，提神醒脑。王大濛不置可否。别指望他会说，你拿走一盆回去闻一夜这蒲香。他只是用他的略显粗糙的手，在那盆菖蒲的表面，拂了一圈，然后放在鼻子前闻。对我说："就这样，你试试。"我怕弄疼了菖蒲君，便在他须发的上空，用手掌轻触他们细密的草尖，然后收回来放在鼻翼，一股清新的、清爽的、从未有过的、像极度困顿的人饮甘泉一般的清冽之感，从鼻尖直抵喉咙。

我又得寸进尺地说，我想记住这蒲香。王大濛爽快地走到院子里，掐了两片菖蒲的叶子，放在掌心里揉搓，然后递到我面前。我又一次贪婪地吸气：像兰花香，却没有兰花香那样滑腻；像薄荷草香，却没有薄荷那样莽撞。总之，是难以名状的那种香，绝不浓烈，却是不能轻易就消散的那种淡。有成语"清气若兰"，我想改成"清气若蒲"。菖蒲是比兰花更为清幽的一种植物。

王大濛给我的那两截被揉搓过的蒲草，是我可以带回酒店的唯一的纪念。那一夜，我就是闻着这两根蒲草散发的蒲香入眠。梦境里，遂有了与菖蒲独处的一夜。

当我在火车上回忆这一切的时候，我怀疑连这两根蒲草的故事都是我的杜撰。我翻开那本写菖蒲的书，看到那两截蒲草正静静地折叠在书页里，与那些写菖蒲的文字融为一体，让人感动与心安。这一次终于不是我的谎言。人是在什么时候会出现幻觉？都怪我太想做一棵蒲草。忍寒苦、安淡泊、伍清泉、侣白石。菖蒲的品格，没有一条不是我的心之所向。与菖蒲分别的日子里，我提醒自己，继续依此修行自己，最好能修出蒲香。

祭父帖

耿 立

1

二十年前，父亲出殡的当日，我在父亲病榻前写的一段文字恰在当地报纸刊出，里面有一句"乡里小儿"的俗语，使得当地一些无知的不高兴，如眼里横了根芒刺，当在乡镇工作的堂姐告诉我这事时，身穿重孝的我只有无奈地苦笑，但随即便勃然起怒，我说，让他们找我算账好了，那声音大得怕人，四周的亲戚都转头看我，父亲棺木尚未入土，我要维护父亲最后的尊严，思想的尊严。不要让我的父亲再一次受辱。

今天，特意把二十年前的文章找出，毫无增删，把那段所谓引起人嫉恨的文字原本照录：

望着眼前卧床失语的父亲，我就想起当生活逼迫无奈，曾到机井寻死的那人，那时我才出世三天，他向队里干部讨一点谷子，他向乡里小儿跪倒，喊出最屈辱的一个字□（删去一字），父亲不是韩信，他受的屈辱也远甚于胯下，然而他最终选择的是机井；都过去了，几十年后，当儿子到菏泽工作的时候，父亲每次到城里，怀里揣着的是一个用锡打制的酒壶，那壶乡间唤"咂壶"，需倒旋才能打开盖子，把壶放在近身的衣服里，酒也就有了体温，我常想饮酒是天才的最好下场，想不到一生屈辱、不能明白表达自己意志的父亲，一生平庸无愧的父亲，竟和天才们殊途一归：饮酒，是他们共同的出路。

　　二十年了，父亲庐墓已拱，而二十年前的文字还在，今我南下岭南，远离血地，就像是做贼一样，我感到一种对父亲和那片黄壤的亏欠，二十年，我很少在文字中提到我的父亲，虽然我的许多的文字曾引起人的关注，但我还在寻找一种有血痂的文字，那是专门与父亲般配的文字，与苦痛相称的文字，不轻慢不懈怠，如土地滞重敦厚的文字。

　　我知道，父亲是一个被践踏者被侮辱者，他生性瘦小，说话口齿不清，口里呜呜噜噜，他不会说理，好急躁有时就奶奶娘的骂人。但父亲是一个从小在集市上做面饭生意挣扎生活的手艺人，他到过周围方圆数十里大大小小的集镇，认识很多人，但知心的，我知道就我什集镇西街的姓周的一个大爷、北街姓马的一个大爷。他们两个都年长于我父亲，一个做烧鸡卖，一个做茶炉子（拿手的绝活是酿醋）卖开水。他们的身上一个是常年的油腥味，一个是煤烟味。

　　父亲是一个失败者，失败者的地位在乡间也是最低下的，各种力量都可以使唤他消耗他剥夺他，人们就取笑，起各种带有侮辱色彩的绰号，其实包括我母亲、哥哥也都看不起父亲，哥哥常和父亲顶嘴，我看到一个没有尊严的父亲在儿子面前的焦虑，父亲急了，也是呜噜呜噜骂人，然后气得走掉。

　　这是一个卑微的人，卑微到人们的眼睛里好像没有这个人，只是蝼蚁般的生物的存在，即使在他的兄弟、堂兄弟甚至子侄那里，也没有尊严和分量，我有时对父亲的生存感到悲哀甚至悲悯，但我知道，父亲是不可替代的，我同情我的父亲，即使人们践踏他如泥土，但他依然那么良善，没有反抗。

　　母亲常与父亲吵架。两人争吵了一辈子都没有和解，那种怨恨，使我久思不解。憎怨，就如不能同槽的牲口，犯忌，会互相踢咬，验之匹夫匹妇，大打出手，骂骂咧咧，也只是野草蒺藜寻常日子。

我出生的时候，应该说是父亲人生的最低点，他原本作为手艺人被公家公私合营了，成了一位吃供应的人，到了 20 世纪 60 年代"大饥荒"的时候，被裁员下放了，也就是在我出生的时候，他连底层的等而下之一也不如，挣扎到吐血，挣扎到绝望，就有人逼得他差点跳机井自杀。

我没有体会过父亲内心的绝望和黑暗，但我知道"我本可以忍受黑暗，如果我不曾见过日光"，但毕竟父亲是所谓的公家人而最后被剥夺到还乡种地，父亲这一辈子是怎么样在血水里蹚过的？无论何等的命运都能全盘接受？我自认我做不到。如果做到，那就如猪一样无疑，但我这个比喻并不是针对我的父亲，我知道猪没有思想，有思想的猪，是先绝望的，有思想的猪不会相信所谓的谎言和承诺。父亲有时太信了宣传相信了领导，领导说让他还乡，等形势好转再来，但父亲等了下半生，也没有再接到上班的通知，父亲不知道戈多，但父亲对一个虚幻有期待，被别人规划的人生，注定无法摆脱被强权和强势所支配，那下场注定是悲剧无疑了。

也因为这，我从小对逼父亲自杀的人，一直怀有恨意，这人读过书，在乡村里属于常使坏容不下人的人，对比他低下的人踩起来毫不吝惜，对比他高的人捧起来毫无顾忌，乡间的欺诈与手段，也是江湖的暗角，汹涌澎湃，在我出生的时候，偏巧，我们生产队里一个在大队当干部的人的父亲死了，此人拿着生产队里仓房的玉米、麦子、大豆成麻袋地送去，让他们待客。而我出生，当时我们家，家徒四壁，盛米面的瓮与陶土的缸里无有粒米，于是就想着借队里一点儿谷子，脱下皮子弄点小米，为我的母亲温补一下身子。但生活的坚硬和冷漠拒绝了父亲，这个年方四十的男人，无力抚养妻子和刚出生的儿子，那是雨天，深秋的雨天，早已没有了雷声，但他喉咙里像是有轰鸣的雷声从肺腑爆出，人们看到了这雷带来的水，他的脸颊汹涌的泪水，他不愿再在这个世道无尊严地活，他想倒净这苦胆一样的生活的汁液，但生活还没折磨够他，他被拒绝了，被人在井口救下了。

2

当我有记忆的时候,父亲到山西讨生活,是货郎一类的,小时,我特别怕人讲山西狼吃人的故事。我们是平原,从来没有狼,但童年的记忆里,很多狼的传说缠绕我的记忆,狼把人吃掉,手指脚趾就是狼的点心。

那时,我总感到父亲在外面是要饭的,总忘不掉父亲那戴着臃肿的棉帽子的沧桑。

就是这张沧桑的脸,在一个冬日归家,当时的母亲站在低矮的门框前,虽然母亲和父亲的关系一直疙瘩,但作为支撑家的男人,她还是盼着他回来,我也牵着母亲的手,站在门框的边上,一个戴着棉帽子的人,推着一个木轮车近了,母亲一边抓住我,一边用手抹眼泪。待到那人走近,母亲说:"你爹。"然后就哭起来。

哭声,临近年关的哭声,让我跌入了无边的冰寒里,我也成了一个冰碴子,被生活硌出了血。

他们当时才是中年,但漫长的苦痛与苦熬,皱纹里的尘霜,愈发使他们渺小无助。

父亲先是笑着,后来也哭起来,一个男人在自己的屋檐下,望着冬日里的妻子与儿子,他的感触是什么?那时的景象我烙印在血液里,院子里的槐树的铸铁的枝干,如刺一样扎向苍茫。

当父亲把铺盖卷扔到屋里的地上,年关的夜幕,就如一床硕大无朋的印花包袱一下子把我们的平原包裹了。

父亲在土地上苦做,还记得父亲遇到的一次凶险,当时是到地里抗旱,生产队里派父亲去推水车,白天黑夜地推着水车的长长的木柄,一天父亲实在太疲累,他的手没抓住,水车的木柄的反作用使那木柄如横扫的兵器,一下子击中了父亲的太阳穴处,父亲被打昏过去,垂死在机井的壁上。生产队里负责查夜的人看到父亲卧在那里,就用脚踹,用脚踢,说:"别偷懒,装死。"当时井的四周,父亲的血已经渗进泥土,那土成了硬块,没有一个人站出来说句人道的话,父亲浑浑噩噩地站起来,又扑通一声栽倒,后来,他跌跌撞撞摇晃着站起,又抱着水车的木柄吃力地推起。

所谓的物伤其类，那是建立在同情与悲悯的基础上，但乡间的冷漠与残忍，把最后的一丝乡间的温暖的伦理也突破践踏殆尽。还记得，父亲让姐姐用劣质的烧酒，用火柴点着，为他清理太阳穴附近的创面。但是第二天，父亲还是爬起来到地里出工。到了寒冬腊月，那是农民最难熬的时辰，要去黄河出河工，挖河或者加固大堤。那河里有冰，人跳进去，深的沟把人头都遮蔽，只有铁锨连着的土块被一次次抛出来，有时，铁锨上粘的土块如胶，无论多大的力气就是抛不下，或者是土块太重，父亲举到头顶抛不出，土块就像石块一样砸下来。

天天天不明从河工的帐篷里跌撞着爬出，晚上踉跄着回到帐篷，鞋子里是冰，是血。成了铁鞋。即使是风雪天，父亲说那也得出河工。

每年河工上都有死人的事发生。

父亲说，人就像小鸡，扑拉一下翅膀，说完就完了！

在后来日子里，为了一家老小的糊口，父亲偷偷摸摸地弄些小麦面棉籽油蓖麻油，找一个平底锅，在家里炸一种鲁西南平原称为"面泡"的吃食。面泡圆圆的，如陀螺的形状。出锅的面泡焦黄，外焦里嫩，那功夫主要是在和面摔面，这是一个力气活与技术活，小麦面沾水后很黏，要把面从口方三尺的斗盆里扯起，然后咣咣地摔下，重复上百次千次，直到那些面与空气接触得完全，有了筋道。然后平底锅里的棉籽油蓖麻油冒起了黑烟，母亲在灶下烧火，父亲就用筷子挑起面续到油锅里，那面团如气泡一样膨胀，在油锅里飘荡。

炸好的面泡有时在夜晚悄悄用秫秸梃子制的筐子端到街上去卖，有时那些饥饿的人会找上门。那些日子，就是靠这些所谓的违禁的小生意来勉强维持家的开销。

但有一次，父亲刚支上锅，锅里刚倒上油，母亲刚生上火，管理集市的被称为杨大篮子的人到了家里，他一脚踢翻了油锅，真佩服他的脚下功夫，竟然毫发无损。父亲被带走了，那一夜，母亲搂着我，在床上坐了一夜。无边的黑夜，四处的荒寒与死寂，我们母子枯坐如木偶，但命运的线牵在哪里？拨弄我们全家，天地不仁，天地不语，生活快要窒息，年少的我，无尽的咳嗽在那黑夜。

第二天，父亲被带到离家五里的一个修桥的工地上办的学习班，接受劳役改造。

那桥建在满是芦苇的沙河上，我和姐姐就一天三顿为父亲送饭，用瓦罐盛着红薯粥、地瓜窝头、辣椒等，天天如是，周而复始。父亲在那里搬石头，光着脊梁，瘦矮的他愈发渺小。有时蹲在那里用锤子敲石子，一下一下，重复乏味的劳动，作为投机倒把的惩罚。

那是夏天，一天三顿饭，都是姐姐提着瓦罐，我手里提着用土布围巾包着的窝头，姐弟两个走在早晨，走在正午，走在黄昏，好像太阳总是在头顶，照得我眼睛发黑，地下的土烫脚，在小时候的夏季，我曾光脚到八岁，自由生长的脚趾，以至到现在我买鞋子，都很难买到合脚的。

但是，令我铭刻终生的事像崩塌的桥墩一样，使父亲、姐姐、我一下子窒息了。正午的天空白花花地炽热地燃烧，我的头上、脖颈上的汗像虫子在咬，姐姐在系鞋带，把瓦罐递给我，让我提一会儿。我不知怎的提着提着，觉得瓦罐的绳把我手勒得有点疼，想倒换一下手。谁知，瓦罐跌到地上。

瓦罐碎了，满满的面条子如蚯蚓全趴在地上。

姐姐惊呆了，这是母亲这一个月唯一的一次拿出家里的麦子面掺上一点儿地瓜面为父亲擀的面条。也是家里父亲炸面泡仅剩的一点儿白面，全家人都舍不得沾牙。

我还没从惊愕中醒来，姐姐一个巴掌拍到我的头上，然后就蹲在地上，从土里拣面条。

姐姐用衣裳襟兜着面条走向修桥的工地，我在太阳下啜泣。我觉得头顶的太阳很红，如父亲炸面泡的平底油锅。

修桥的工地上，一片片脊背躬凸在燃烧着的赤日之下。矮小的父亲走过来，拿着一顶草帽，他把姐姐衣襟上的面条倒在草帽的深处，走向一片水，用水淘洗面条里的土。

太阳很白，太阳很红，修桥的队长在喊："歇会儿，吃饭了！"一夏天都是地瓜窝头，如橡皮一样涩又强韧的窝头折磨着父亲的胃，还有那些辣椒也在父亲的胃里围剿翻腾，父亲曾捎信给母亲说："这段时间一直烧心。"于是母亲才狠心做了一次擀面条。

在回去的路上，姐姐问我，还疼吗？她用手抚摩着我的头，姐姐哭了，她的泪顺着她的脸颊流到胳膊上，然后从胳膊流到我的头上。

3

如果给父亲一个职业定位，父亲是一个挣扎在小面饭生意人和种地之间的农民。他一生都是匆匆走在糊口的路上，他担当不起这样的伟词：商业和农业。但他却与这些相近：面食手艺和农作物。这像文章的关键词贯穿他一生，再加上一个关键词：扫大街。父亲一生就如吊在悬崖上，随时都有被生活推下去的危险，为了糊口，他只能忍受。

丸子和凉粉代表父亲的面饭手艺，在好多时候，父亲在夏天的集市卖绿豆凉粉，冬季卖绿豆丸子。我家有个架车子，这种车的样式特殊，类似红车子的造型，改造为上面是木制的平面，后下方有个柜子，木独轮在平面下的前部。人在后面双手驾车，躬身前推。夏天冬天父亲把盛凉粉和丸子的簸箩和遮阳的棉布棚、条凳用绳子缚在上面。炒的酱、醋、蒜、芥末、香油、碗筷放在柜子里。

地排车、铁锨是父亲匍匐在大地的锁链，把他的命运紧紧地箍在泥土里，不得动弹。即使在苦难的日子里，他曾到山西还有安徽亳州做货郎，还有两年在河南的驻马店、平顶山一带用毛驴车拉货。但他大部分时间还是生活在山东鄄城县一个叫什集的小集市的东街。我们姓石的在这个集市至少生活了500年，父亲曾给我讲从山西老鹳窝移民到这里的经历。父亲对在这个土地上生活过的祖先有一种肃穆的情怀，有一年的旧历年前，父亲请人画了一幅可以悬挂的族谱，上面一个一个格子里，写有名字。父亲告诉我他的爷爷我的曾祖父叫石松岚，原先只是口头说，这次看到族谱上的这三个字，我大吃一惊，作为一个农民有这样雅致的名字。父亲告诉我，我的高祖母是识字的，是大户人家从山西逃难到这片地方，嫁给了当时三十多岁还是光棍的高祖。她曾要求后世的子孙要读书向学。

生命确实是很奇特的，家族的密码在神秘地传递，在苦难的世事年代里，我的爷爷曾上过几年私塾，能在乡间粗略为人记记算算，但为人耿直，好喝酒，不到五十即逝。母亲曾告诉我，爷爷在醉酒时豪气干云，用胳膊当棒槌捶打那些新割下的大豆棵，酒醒后，胳膊鲜血淋漓。

父亲也爱喝酒，晚年唯一温暖他的是酒。

父亲在集头忙得往往没有时间吃饭，往往就是二两酒往嘴里一赶，咕噜一声下肚。

在凉粉摊子上，在丸子摊子上。我有时短暂替父亲照顾摊子，一般的程序是：父亲早早起床，先和镇子北街我称为二哥的马心胜——与父亲年龄仿佛的人到街道上，用扫帚把大街清扫。

这是两个有点乞讨性质的人做的工作，马心胜，人们称为二傻子，有三个女儿外嫁，只有老两口过活，他和父亲就在集头上讨生活，打扫街道，然后人们在集市上摆摊，到中午时分，他们二人挨着摊子讨要卫生费，一般的都是二分或者五分。

父亲先扫完街道，然后开始把自己的凉粉或者丸子摊子支好，开始经营，到了半晌午，就把摊子交给母亲看着，有时是哥哥有时是姐姐，有时是我。

是酒支撑着父亲？还是生存的压力？我一直想探究这个深层原因，应该说，父亲是终生匍匐在土地上跪着行进的卑微者，除非病在身上，那是承受生理畸变的磨难，当然也是生活磨难的延展。当父亲晚年到我所在的学校，帮助妻子在校园炸面泡维持生计的时候，我羞愧得无地自容。我曾是那片土地上的人的眼里很争气的儿子，但在刚刚踏上社会的那几年，我住在一个逼仄狭小的筒子楼的末端，白天必须开楼道里的灯才能找到我的门，一间房子，住着我、妻子、儿子。由于妻子的农村户口，在学校里一直分不到房子。当时一个人的工资，难以维持孩子的奶粉和孩子软骨症必需的药品。

父亲在我工作的临近的刘庄找到熟人暂住，和我的妻子在学校炸面泡。当时父亲年近七十，如晚风的秋叶。我无法在父亲的晚年让他过体面的生活，这是我一直觉得亏钱的事。是我不懂低身俯就，还是耿介的性子？为了自己的一点儿虚名，我跌跌撞撞地走在拖累父亲的路上，父亲劳碌了一辈子，晚年却因我的穷困，再次被拖累，离开那片土地的父亲，依然是躬身劳作。

父亲让我亲近书本，亲近文化，最终却难以过上好的体面的生活，越亲近书本，离老家人期待的越远。一个所谓的知识者，他能改变什么？什么又能被他改变？父亲对此思考过吗？夜深的时候，我曾听到过他的叹息，是对我的失望，还是对我读的书的疑惑？

父亲还是在帮我，在他的晚年帮我渡过那些难关。

从如此说来：我真是不孝。一个儿子在父亲的晚年，还让他不得安宁，不得安度晚年，这不是给孝蒙尘吗？

我很少与父亲交流，在父亲去世前的夏天，我准备到北京大学读骨干教师班，我回到了老家，在夜间，我起来，坐在了父亲在东屋当门的床上，夏天天热，父亲是敞着门睡的，我只是默默地坐在他的床头，我们父子两个没有共同的话题，也许我走得太远，追求的那些虚幻的东西，是父亲不理解的。记得在童年的时候，在灯下，父亲曾给我用手指折叠出兔子的各种形状，如皮影。还有就是他的一个姓彭的老友，在冬夜常到我家来唱小曲。

也许我太专注于自己的所谓的文哲之学，对很多事漫不经心，回到家，往往就是匆忙来去，这种轻慢，对世事轻慢，也轻慢了父亲母亲。

多的时候，都是父亲骑着自行车到城里来，然后妻子给父亲简单弄两个菜，拿一瓶酒，让他喝。

如今父亲逝去二十年，一些细节却醒来了，特别是夜深，身体的骨头、浸泡骨头的血液，血液上漂浮的灵魂，这些都醒着。父亲在泥土里睡去了，我的思念彻夜地醒着，书本醒着，电脑醒着，通向家的路也醒着。

4

多年的吃地瓜干，多年的没日没夜的苦做，多年的劣质的酒，损害了父亲，损害了他的内脏、他的血管、他的头颅，父亲去世十年后，母亲走了。是父亲等了母亲十年，还是母亲又在世间苦熬十年？母亲在我城里的家去世，她曾表示不愿回老家安葬，但最后我违背了母亲的意愿。

我知道父母最大的心结，是母亲总觉得父亲外面有相好的女人。早年，我曾隐约听到母亲怀疑父亲的一条裤子裆里的血迹，那是某次交媾留下的印记。

他们吵吵闹闹了几十年，两人在一起精神上是一种煎熬。母亲敏感而刚强，她能活动的时候,也曾在集市上掂着一杆秤,为人称东西,收取少许的佣金。一毛两毛的,有时用来和几个老年的女人玩纸牌。

我现在一直压在心中的石头,是我放弃了对父亲的治疗吗?那是1994年的元旦,我在北京大学突然莫名其妙地发高烧,当接到"父病危,速归"的电报的时候,我的高烧退了,当时坐一天一夜的汽车才赶到家,那时父亲中风躺在什集镇北头靠近沙河的乡镇医院里。

这是黄壤深处一家普通得不能再普通的乡镇医院,只是简陋的三排红砖的平房,萧萧的白杨,删繁就简地杵在那里,房子后面是无边的尚未割净的芦苇,一垛一垛的芦苇也立在冬天的肃杀与寒霜里,结冰的沙河的呼啸更加让人压抑。

就是这条河,父亲被办学习班罚劳役修桥的地方,那座桥还在,破败如残喘的瘦骨嶙峋的老牛。

在一年的秋季,父亲和我到县城送货,到了很晚,我们从县城放空车回来,躺在车厢里,我渐渐地睡着。

忽然,我被一阵此起彼伏的如雨一样的叫声惊醒。毫无来由地,骤然如幕布降落的声音,一下包围了我,堵塞了我。

那是无边的蛙声,在秋天的月夜。那时的我听到了揪心,听到了生命力的嘶喊,也许,从小敏感的我,就关注一些农人不关注的东西。我感觉那些全是哭声,农人的哭,一声一声,在大饥荒的年代,这里有个农场,不知曾死过多少人,我们小时候在农场边玩,一不小心就用脚踢出人的头盖骨。我像听到了乡村瞎子拉弦子的那种哀哭的腔调。

我问父亲:"蛙子叫得像人哭?"

父亲未置可否,他觉得我这个问题太荒唐,我觉得当时乡间的一切的声响都有一种哭腔,即使父亲和我说话。

父亲躺在当年我问他蛙子哭声的地方不远处,那是寒冬的腊月,当时的乡间医院没有暖气,在简易的病房里,是煤球炉子取暖,我穿着棉袄还是冷得牙骨打战。我守着我的父亲,看着不能言语的父亲,他的双眼包着泪。我用手抓着父亲失去知觉的手,一遍一遍揉着。外面寒风呼啸,我看着暑假一别才半年的父亲,他已经躺在了床上,苍老了许多,干枯了许多,瘦矮的身子越发像要萎缩的一株玉米或者一把干草，失去了水分，失去了露珠。

我这样枯坐着，守着父亲，守着父亲的吊瓶，守着无能为力，守着命运的一片狼藉与撞击。我想到夏夜的父亲，我坐在他的床头，那夜间，父子也沉默得如同两方未雕琢的石头，还记得最后父亲嘟哝一声："时候不早了，睡去吧。"

已经失语的父亲，丧失了语言交流的父亲，但我知道，父亲的嗓子极亮，他在集市上吆喝："凉粉——"或者"丸子"，我在不远的沙河就能听到，那声音达到的距离足有五里。

有时在土地里干活，曾听父亲唱起曹濮平原里的那些戏，我们这里的戏种多，特别是高调和梆子，那种悲越高亢，透着苍凉，最得男人的喜爱，我还记得一些戏词。

记得有一次，我和父亲到一个打面机坊去，头天母亲把麦子用湿布清洗，让麦子还原成麦粒那种浅褐如土的质朴和圆满。

那是早晨，我和父亲把装麦子的麻袋搬上借来的毛驴和排子车，然后就坐在车上，驴子开步出村，那时候时光尚早，驴子踢踏踢踏在地上的声音很是忧伤。路上没收拾干净的一茎草叶或一穗麦子会沾在车辆上，草叶或麦穗轻轻地拨弄着车轮，发出很响的"刺棱刺棱"的声音。旷野里很寂静。父亲开始用苍悲的梆子腔调唱起来：

　　往前望白茫茫是沧州道。
　　往后看不见我的家门。

这是乡土版的《林冲发配》，那拖腔长得让人窒息，就如一根线从喉头撤出，无远弗届，无始无终，梆子腔的哭腔悲壮苍凉，悲壮压抑在坦荡的旷野上缓慢地爬行着，空气因哭调而浮漾，那雾也在啜泣浮荡。

　　雪纷纷洒酿难消解心头怨念。
　　泪涟涟我再打望一下行路的人。

从父亲出村唱第一句的词时，我就吃惊地把头扭向父亲。父亲脸上的褶皱就如泥土，很木，没有表情，连眼睛也是如井口里的黑绿那样的茫然，就在这井口茫然中竟能有两个很亮的光点，那是早晨的太阳在父亲的两只眼中沉落，我紧盯着这两个光点，似乎感到某种安慰。父亲是一个在现实生活中没有话语权的人，我想在他唱梆子的哭腔的时候，他大概把我、把驴车以及驴车驶进的原野也忘却了吧？那驴子的踏踏声、那麦子、那哭腔的回响声都与他无关。

有一年，是麦收过后，父亲的生日，我看到父亲请木匠，为他打制棺材（未死的时候，早早准备，称为寿材）。

还是朴素的柴门，父亲坐在一个竹椅子上，敞着怀，他的对面就是一个光着脊梁的木匠，他们正在喝茶。

那个木匠站起来，眯着眼朝我笑，感觉很瘆人的样子。他朝我走过来，站住，耳朵上有根画线的铅笔。我也感到了面熟，尴尬地笑着。他站在离我很近的地方，竟伸着脖子弯下腰凑到脸前来看我，而且，笑出声来！"咦，这是谁？"

我父亲也站起来，说："你同学，周庄的。想不起来啦？"

这同学就定格在离我一尺的地方，他的旁边是父亲，父亲的旁边是白茬子的棺材。父亲暮年，白发，青年的同学却是中年的沧桑、皱纹，他们都是土地的刨食者，苦力，他和父亲幻化成农民的青年和老年，我却像一个农民的叛徒，离开土地，是他们的梦，还是他们的失落？多年的分离，小学的同学，在一白棺前见面，风尘风雪。

"周广虎。"我叫了一声。

白棺材，这是父亲最后的屋与床，还记得当年我和父亲坐在驴车上向打面机坊驶去的时候，父亲说在一天的夜里，他梦见了他的父亲在和他说话，父亲说这话很平静，但他听出了来自土地和地下的召唤，老家有这样的说法，梦到死去的亲人不可怕，怕的是死去的亲人与你说话，你应答了。

这最后的屋与床，是父亲最后的栖息，是给他心灵温暖的地方。父亲早早地为自己置办一个家，这是他安居的地方。

5

　　父亲是一个命运的承受者,他最后中风躺在临近沙河的乡镇医院。无词无言,有几次他用尚能动的一只手去拔输液器。那个时候我第一次发现父亲的脸颊有泪坠落。那泪是浑浊的、悲凉的,它缓慢地从父亲深陷的眼窝里努力地渗出来,慢慢积聚在眼角,然后再被土地的引力拉下,然后无声。

　　那些夜里,天天风的呼啸从沙河的河道扑来,每次都似乎觉得父亲焦躁,他想起来吗?想走到窗前看看外面的风中的河道,他曾被罚劳役的地方?那风,我听出了哭声。

　　看着眼前这个躺在病床上的人,曾在冬天天不明的时候,早起在风中出门捡取枯枝来取暖做饭的人,现在病痛让他如一盘石磨一动不动,父亲他失语五天,我才赶往故乡的。

　　当父亲病倒了,母亲告诉我,父亲准备好了一身新衣服,说到春节见客人用,我仔细地审视着病床上的父亲,一张完全陌生的面孔撞击着我,他的假牙拿掉了,他的鼻梁和嘴巴由于中风都有些变形……胡须很长,眼仁浑浊,才数月的分离,生活和命运已改变了他的模样。

　　这是一所乡间的医院,几排房屋,荒草没径,房子的这头住着父亲,房子的那头住着一个产妇,在夜里,我看见产妇房间里透出的朦红的光和哭声,觉出生死竟是这般近,只有十米抑或五米了。

　　父亲的气息一天微弱一天,在一个夜里,二舅来了,来陪父亲。二舅年少时曾在我家寄住读书,和父亲很亲,晚年的时候,常聚在一起喝酒。到了夜深,二舅出去了,一会儿他带来一瓶酒和一包花生米,在寒冷的医院,我陪二舅喝酒,最后两人都醉了,二舅才说出:

　　"傻孩子,你爹的病看不好,别往里扔钱了,那是无底洞。"

　　我满眼是泪,按着老家的规矩,在大舅二舅的主持下,曾当着父母的面,确定母亲的晚年主要由哥哥负担,而父亲则由我负担。父亲病倒去医院,哥哥姐姐不出一分钱,只是伺候。当时我的工资每月不到百元,而每天的医疗费用都是数百。连续多日的用药,父亲的病情未见好转。

二舅说:"把你父亲弄到家里,我们不断药。慢慢调养。那样人都不受罪。"

二舅是读书人,他的道理我懂,一辈一辈人,如新陈代谢,四季循环,概莫能外。

听到二舅的言语,我们甥舅二人抱头痛哭,我们心里明白,父亲从医院走出的那天,就离死亡又近了一步。

在寒冬无望的更深的夜幕中,二舅的哭声使人心碎。我的哭,二舅的哭,父亲无声的哭,在夜里飘散,在沙河的河道飘散。

但我的心此时却变得如石头坚硬,生活让我滋生了反抗,我们都必须承受生活给予的打击吗?那些好的医疗,那些好的服务,我的父亲享受不到。他被所谓的公私合营的允诺所套住,在青壮的时代,把力气、手艺和财产奉献出去,后来又被裁下,没有说法,没有报偿,我看到和我父亲一起公私合营的未被裁下的那些人,享受着退休,享受着医疗和儿女顶替,对这个世界的冷酷,有一种让我报复的冲动。父亲没有思想,没有主见,别人规定他,他只有接受和适应,但他的儿女却不,他们心里都有很盛的火,可以把一些冷漠和无耻烧个稀烂,愤怒滋生,那是力量。我不信,被奴役的基因不会突变和消亡,世界,你瞧着办。

父亲是在临近年关的腊月二十五走的,那是午后,那天是我们什集的大集,他是等我们在集市上置办了他后事的所有的东西才走的。

在家里偷偷放了两天,在夜里,我们偷偷把父亲下葬。当棺材扣要扣上的时候,我给父亲在棺材里放了两瓶酒。

后来,父亲的那件羊皮袄姐姐要了,我只要了父亲喝酒的咂壶,作为一个念想。

埋父亲的时候,我走在冰冻的泥路上,感到像有光牵引,父亲贴着爷爷和我大爷,前面还有很多的空地,是留给我们的。

我知道,父亲的晚年好像在准备着一场死,但如何死,却不是他能预料的,他没有留下一句话,如土地一样沉默,沉默如土地。

没有了父亲,在亲情上,我将孤独前行,那年我二十九,过年即为三十,三十的骨骼开始强壮,脊骨开始挺立,钙质大于流质,血中的盐分大于水分,内在的坚韧大于冲动。我将适应没有父亲的日子。也会慢慢靠近父亲,就如那酒,我也模仿父亲，一直喝到胃大出血抢救方止。

父亲死掉二十年，他的哥哥死掉三十二年，也许他们弟兄两个会在土地下叙话喝酒，一堆白骨在劝另一堆白骨，"你小，你少喝点！"然后是土地的沉默，土地已平静地接受了死亡，这片土地见过太多的死，死于饥寒，死于天花，死于奸杀，死于溺毙，死于血崩，死于断路，死于殇亡。父亲一辈子被奴役、被压榨，他的权利就是承受，他以懦弱安身，对普通的百姓来说，懦弱也是一种权利，他们谈不上有尊严的生，也谈不上有尊严的死。

父亲毕竟年过了七十，但我想年长就好吗？他又多受了那么多的煎熬，有时我觉得他活得长了，我还记得，埋葬父亲的时候，是用地排车拉着他的棺木，在硬邦邦的路上，我和哥哥跪拜那些要抬棺下葬的人，"大家轻点轻点，慢一点儿，他很少睡觉，让他睡吧……"

2016 年 1 月 24 日

单篇散文潜力奖

少年眼

沈 念

　　黑蓝色覆盖的夜空下,少年感觉风像野孩子似的东奔西跑,冷不丁露出尖尖的牙齿,重重地咬他脸蛋一口,或大摇大摆地撞个满怀。他顾不得"咬撞"之痛,急急忙忙伸出双手却没能扶住这冒失的家伙。风又调皮地呼啸而去,留下火车鸣笛疾驶过后的"呜呜"响声,在耳畔飘来荡去。

　　父亲说,岛很大,四面环水,通往岛上的路是乘船。

　　船,那是一条多大的船,能迎风破浪吗?浪花飞溅到船头,打在甲板上,碎成一颗颗发亮的珠子,滚来滚去。少年如此一想就来劲了。他在山里生,山里长,对父亲描述的这片大水有着天生的好奇。他那点偷偷学会的狗刨式,能在这不着边际的湖水中横冲直撞吗?闭上眼睛,往水里一跳,仿佛他就成了游泳健将,细长的手臂把水波划出一条条漂亮的弧线。

　　夜船开的时间不短了,仍然是在一团墨黑中行进,船尾驾驶舱挂着一盏汽油灯,光亮如豆,随时要被风吹熄灭的样子。距离的遥远让少年心里摇荡着焦躁,像远处听得到的水声,水声摇曳多姿,引人联想,可看不见。在他和水之间,一块巨大的幕布遮挡得严严实实。

一大清早从大山出发，到县城再换大巴，山路转省道，跑了十来个小时，乘客大包小包，货物架、过道、座椅下堆得满满的，双脚像陷进泥淖中，动弹不得。大家都是从山里出来割芦苇的，有邻村也有本村的，出来一趟不容易，恨不得把家也搬着走。

少年第一次出远门，第一次见识平原上的景物，没有峰峦叠嶂的遮挡，能望见远处的高高矮矮的房子、葱葱郁郁的大树、成片的稻田和甲壳虫般爬行的汽车，还有高耸的通讯塔和绵延的高压线。这些景致跟着他们一起跑，但一小会儿就甩得远远的了。

不知过了多久，汽车"吱呀"停下，有人喊一声："到了！"

那些还在睡梦中颠簸的人纷纷醒来，叽叽喳喳地议论着外面的天色："啥时间啦？比山里还黑得早！"然后伸懒腰，打哈欠，站身起立，搬弄东西。车厢顶灯坏了，嗞嗞闪了几下就彻底"歇菜"了。大家只好借着远处晃来的水光，某个人打开手电筒的光，清理行李，徘徊下车。叽叽喳喳的说话声此起彼伏，车厢像一个大洞，慢慢被掏空。大家鸟兽散，三三两两，几声招呼，瓮声瓮气或粗野豪放，很快都消失在空旷的夜色里。

少年掮起锅碗瓢盆的行李，磕磕碰碰，哐哐啷啷，循着父亲声音的指引，沿一条不平整的小路往前走。脚下的泥土是软的，风是湿的，冷飕飕地灌进脖子。少年伸出五指，想去捉住那股与山里不同的气息，飘飘荡荡的水的气息。这气息在夜晚被冻成一层薄纱，手指轻碰，哧啦哧啦撕裂，像落满一地的玻璃碎片。父亲很熟悉这里，他当然是来过好些次了，每年到芦苇收割的秋冬时节，父亲都要跟村里人一道，在湖洲驻扎三个月。这三个月，天作被盖地当床，芦苇割完了才回家过年。

湖面一片深沉，船摇摇晃晃，仿佛是行进在一条狭长黑暗没有尽头的甬道。尾舱机器的轰隆声响，打破空气中的凝固滞顿。少年不听父亲的劝阻，站在舱口向夜幕里探望，其实他什么也看不清。

船有时会经过一片光亮，像一个散发光刺的球。这"球"实际上是一条或几条大船聚集在一起，又高大又宽阔，像一座巨型城堡。铁脚架矗立在船上，探照灯光如瀑布般垂落。

"那是挖沙船在作业,湖底的沙子能卖钱,运到城市里盖高楼大厦铺桥梁马路。"父亲说。

"湖底会挖空吗?"少年想起山里的采石场,一个炮眼炸响,火迸石溅,地动山摇,满车满车灰白色的石料运走了,一年半载下来,大半座山挖没了。

"这湖底,恐怕早已经千疮百孔了。"父亲回答。

闪烁的光跟刺骨的风一起荡动,湖仿佛才真正在少年的眼前打开,脚下的波浪变换表情,起伏荡漾。少年心头一颤,"千疮百孔"的湖床会是一副什么模样?像吊挂在老松树上的大蜂窝。有轻微密集恐惧的少年作此对比,立即起了一身鸡皮疙瘩。他又像潜游者看到宽阔水面下的情形,一个个巨洞的上方,急遽的力量卷起漩涡,无数汩动的气泡,碰撞,炸裂,再碰撞,再炸裂。

岛是荒岛。来往的人影比不过天空飞过的雁鸭多,但岛上的芦苇不能不砍。芦苇这种多年生禾本植物,生长在靠近水的潮湿地方,过去在湖区主要是当柴烧,或是编芦席,临时搭个草棚茅屋,涨水时护堤挡浪。等到人们发现它是造纸原料,于是一步登天,身价倍增,乌鸦变凤凰。种芦苇,收芦苇,砍芦苇,运芦苇,卖芦苇。芦苇也就不只是芦苇,可以变钱,变许多别的东西。

从车上到船上,在少年的眼前,芦苇的影子仿佛无处不在,睁开眼、闭上眼,密密麻麻、重重叠叠地压过来。他在离家不远的山谷里,看到过水流之处的石头罅隙间,也零星长一些瘦高瘦高的芦苇,三五枝簇拥在一起,与苍莽大山间的深绿浅绿墨绿碧绿遥相呼应。可洞庭湖的芦苇一眼望不到尽头,白茫茫的,在风中起起伏伏,那是多么壮观的场面,父亲平时有心无心的讲述,让少年更加向往。

动身前夜,父亲在家里边整理行李边跟少年说话。他说:"到了初冬时节,芦苇花絮随风飘扬,种子落地来年春发,算是靠天种靠天收。"

"天种天收?"

"嗯,都不用人打理的,自生自灭,就像山上的草。"父亲说,"后来有了造纸机器,芦苇的纤维含量高,就成了造纸的原料。于是有人承包苇场,雇了壮年劳力,像农民种田一样,开沟滤水、看土施肥、化学除草治虫、人工护青保苗,湖洲滩地上的芦苇也越来越多。"

那些日子，芦苇就跟着少年走走停停。他向小伙伴绘声绘色地说起芦苇荡，是比大山有着更多乐趣和奥秘的地方。

时间在寒风之夜过得很慢，寒意越来越浓，少年不由自主地裹紧身体，船尾马达声时而轰隆，时而歇停，催人昏睡。父亲的喊声，敲醒恍恍惚惚的少年。他抬头张望，到的是个什么模样的地方。汽油灯照亮一片模糊的陆地，少年跳下船，踩在一片松软的苇梗上，苇梗下是更松软的淤泥。伴随着脚步的挪动，发出吱嘎吱嘎的声音。

把"家"安在这个陌生的岛上，父亲要盖个什么样的房子呢？少年困意全无，兴奋起来。他抬抬头，天地空旷邈远，没有灯，却有光汇聚过来，是水波的光，倒映在天幕，又晃照到湖洲之上。风也变得柔软起来，少年的视线慢慢适应，能依稀辨认近处和稍远地方的事物。这个岛是他将居住的"新家"，真是奇妙。

父亲从行李袋中找出刃口发亮的弯刀，走到附近的芦苇丛中，转眼工夫割倒一片。在父亲的指导下，少年帮着用细麻绳把芦苇结实地打成一捆一捆。父亲说，这是"新家"的大梁，这是"新家"的柱子。打好"地基"，他又像变戏法似的从行李袋中翻出折叠整齐的旧尼龙帆布，摊开在地，风贴着地面吹鼓起帆布，父亲顺势一抖，转眼之间帆布就"盖"成了一间芦苇棚屋。支棚、架床、开窗、开门，这种快捷简易的造房术，让少年对父亲钦佩不已。他听从父亲的吩咐，搬上几捆芦苇压住"墙角"，这样帆布不会随风刮掀。

父亲几乎一夜没睡，他在卧室里"搭"了两张芦苇床，又新盖了一个屋棚当"厨房"，然后把带来的家当一件件摆好，还用芦苇编了两把方凳、一张餐桌。这一切都是在少年睡着以后完成的。少年在梦中回到了老家，梦见自己站在一个小山尖上，看着父亲躬身在弯曲的梯田里劳作，身影越来越小，最后变成一个黑点消失在视野尽头。梦中的少年并不欢喜，风把忧伤吹进他的身体，眼泪不知不觉安静地流淌出来，顺着眼角、耳郭，积洼成耳沟凹处的一汪清池，水波微漾，泛起粼粼光浪。

少年醒来的时候，"新家"被一团明晃晃的天光包裹着，好像这棚屋原本就是一个发光体，向岛上、湖上、天空绽放无尽的光芒。芦苇制作的几样桌椅，散发着植物刚离开大地的清香。掀开帆布门，白得耀眼的光迎面扑来。眼前岛上的景象把少年震惊了。

铺天盖地、茎秆高挺的芦苇，顶着沉甸甸的穗头，随风摆动枝叶，向远方致意。从未见过这么多的芦苇聚集一起，举手投足，像严格训练的战士。风刮过来，芦苇抱团对峙，站成铜墙铁壁。又终于抵挡不住一波波的猛烈吹袭，芦苇向着同一个方向低头、弯腰，瞬间就要折覆在地。与见过的水稻相比，这些芦苇就是超级巨人，高大、粗壮、招摇，少年感觉自己就像一个小不点，在这荒岛之上无比孤独、渺小。

少年看到远处芦苇垛惊飞几只白色水鸟，打开翅膀，线条般的身影，越飞越远。他一个激灵，跟着白色鸟飞去的方向，钻进了芦苇深处。秋冬季节的芦苇荡，湖水退去，南来北往的白鹭喜欢在此嬉戏觅食，麋鹿三五一群藏匿其间。修长而饱满的灰白色苇穗，像一支支画笔，日沐金光，夜吸银露，饱蘸天地间的风霜雨雪，在湖洲上涂鸦出一幅绚丽多姿的画卷。茎秆挺拔的苇秆，如长剑飘舞的苇叶，被少年的身体碰出哗哗啦啦的响动。他也被芦苇的坚韧撞得摇摇晃晃，像海洋般的苇浪一下就吞没了少年瘦小的身影。

少年几次试图跳起来，像一只鱼儿般跃出水面吐个气泡，但苇浪又高又大，在风中左摇右摆。他的头有些晕眩。走累了，蹲下来，连根拔起一根芦苇，半湿半干的泥土黏附着它十分发达的匍匐根状地下茎。丰水季节芦苇会浸没在水下，久而久之，在芦苇身上留下一道清晰的界限。白的花，绿的叶，黄的秆，顶部苇穗高挑饱满，挺在水面之上的晚生枝叶泛着绿意，剥掉水中泡了几个月的茎秆上的腐枝败叶，能嗅到大地的芬芳气息。

少年掐头去尾，用一截笔直的苇秆拨弄着地上稀疏的草叶。有灰白色的小螺蛳壳，螺口沾着泥垢；有边缘残缺的河蚌壳，混杂在光滑的碎卵石间，还发现了几个脏兮兮的空蛋壳，有大有小，淡淡的灰绿色，任人踩踏。少年猜这是鸟蛋，不知是否成功孵出小鸟，或是生命没开始就已终结。

在山里，少年和小伙伴掏鸟窝是把好手。他们眼睛毒，瞄准了刚孵蛋的窝，趁母鸟外出，几个人你抬我爬，身子灵巧，跃上主枝，噌噌噌，又攀到鸟窝边，手伸进去，暖暖茸茸的感觉，喜上眉梢，眼睛笑弯成一轮上弦月。树窝窝里喜鹊居多，偶尔能碰上一两只稀缺的苍头鹰。有的伙伴心狠，要断了鸟父鸟母的念想，一举捣毁鸟窝，一根根长长短短的树枝缤纷散落。觅食回来的鸟找不见窝，自己的儿女也丢了，就绕着山林、村庄没日没夜地叫，大人听见，知道是孩子们的淘气之举，都摇头叹气，丢下一句："这些鬼崽子。"父亲不许少年掏鸟窝，他只能偷偷去，也不敢带回来，就藏别人家，挖个泥洞，找个草窝，还要去找食，有些鸟体弱，没养多久就死了，他们草草一埋，愁肠寸断，没过几天又玩性大发，去寻找新的猎物。

湖洲上的鸟，多会选偏僻草深之地孵育，这比找树上的鸟窝难多了。要是能在这里寻到一只水鸟，就不会再感到孤独了。少年低头搜寻有没有完整的鸟蛋时，听到隐隐约约传来呼唤自己名字的声音，那是父亲在叫他。他环顾四周，呼喊声像是从四面八方传来的。这差点让他迷失，找不到回家的路。他找到脚印的方向，赶紧往回跑，哗啦哗啦，身体的碰撞，在芦苇荡里又腾起一股细小的声浪。

少年认真辨认了回去的路，像个侦探一样，察看了脚印，还判断了一下东南西北。但走出芦苇荡的路似乎没有尽头，他莫名地紧张起来。来时并没有走多久，他也就打算试探性地往里走一走，但走着走着就似乎走丢了信心，接着就跑起来。他努力告诉自己，镇定镇定。他也想起父亲从小就告诫过的，凡事遇阻先不要慌乱，冷静下来再想对策。他很快又辨清了几只自己来时的脚印。

清晰的脚印。斜斜浅浅的。少年把脚放进一个，大小刚好，心里悬空的石头在小脚印里稳稳落下。父亲叫唤的声音又飞来了，近在耳畔。

少年如释重负地露出笑容，向"家"跑去。他的心中开始藏着一个秘密，他并不打算把这次短暂的出行告诉父亲。

每个人都会有自己的秘密。少年又无端地笑起来，小脸白里透红，像树上自然成熟、绽裂的石榴。

金石永年

张巧慧

一、拓碑记

这几年在艺术馆工作,有了机缘学椎拓之术。所谓椎拓,又称"拓"或"椎榻",就是将纸平覆于金石器物,捶击或刷字口,再用拓包上色,以摹印其形状和上面的文字、图像等。所得即称拓片,多为朱墨两色。我有女人习气,偏爱朱拓。但朱拓常用于拓砖或拓纹样,拓碑通常还是用墨拓。

拓片,是古代的复制品,用时下的话说,是一种文化衍生物。宋代金石学兴起之后,拓片就成了金石研究的要物和文人间互赠的雅礼,恰到好处地从坚硬与沉默中取出柔软,柔软又不带脂粉气。接触金石碑刻,才知欧阳修不仅会写诗词,还是金石学开创者;李清照的词写得好,女人如我者常会沉浸在词意中顾影自怜,殊不知她和丈夫赵明诚被誉为金石学的代表人物,所编《金石录》,辑集夏商周至隋唐五代,钟鼎铭文款识、碑铭、墓志皆有所涉。我存有一套线装影印本,作者署名为赵明诚。手指触到"宋"字,微凹,邈远的时间深处会有古老的东西微微松动。

　　学拓工，似有附庸风雅之嫌，但也颇有收益。结交了一群拓友，双休日常跟着拓友们四处访碑拓碑，荒郊、野寺、宗祠，有时甚至是在一个纺织厂或废弃的杂货间中找到老碑。若是长假，则自驾小车拖夫携女往外省寻访。

　　访碑拓碑之事，古已有之。明末清初的学者中，已有通过访碑来录取碑文，或手抄，或椎拓。有的不仅访拓，还记访碑日记和画访碑图。中国石刻发展史主要有汉碑、魏碑、唐碑三阶段。碑林集中而公认最具影响力的当属陕西西安碑林与山东孔庙碑林。较之数量，西安碑林更多，以唐碑为主；若论名碑，曲阜孔庙亦不逊色，以汉魏碑刻为重。多年前去西安时，对书法尚未痴迷，碑林中一过，走马观花般。依稀记得有《石台孝经》，唐玄宗李隆基作序、注解并书，太子李亨（唐肃宗）篆额。四面刻字，隶书工整丰腴，雕刻颇为华丽。也见到《曹全碑》，笔画圆润含和而内蕴精气，属汉隶精品。碑林博物馆内有唐代诸多名碑，如初唐虞世南，唐四家颜真卿、柳公权、褚遂良、欧阳询等皆有作品存藏。后来听说其中有高僧怀仁从王羲之墨迹中集字所得《大唐三藏圣教序碑》，再现右军秀逸的书风，唐太宗作序、唐高宗作记，又有玄奘写的心经。可惜我当时眼拙无知。

　　这两年效古人，携小女访碑。去了山东曲阜孔庙碑林，又去洛阳龙门石窟看《龙门二十品》以及河北正定隆兴寺寻《龙藏寺碑》，虽浮光掠影，也算粗粗领略了汉碑、魏碑、隋碑的一二风姿。

　　曲阜孔庙，读书人绕不过的地方。孔庙中碑刻众多，书法精美，构成足够的美学引力。前有露天碑群，北廊下有石刻，数以千计的历代碑石在不同的时间支流中支持一种哲学主张。大成殿前，一对夫妻正谆谆教导孩子磕头跪拜。我们略迟了迟步子，侧身走过去。御碑亭计十三座，南八北五，亭内存有唐至民国碑刻五十余块，多为皇帝对孔子追谥加封、拜庙新祭、派官致祭和整修庙宇的记录。这些碑，无论从哪个方向看，都有一种俯视感，暗含着一种教化。

　　一个人，身后有这么多皇帝褒奖，这么多碑亭刻石，以"立"的方式影响中国文化几千年。每座碑亭前后都有不倒的桧柏。川流不息的人群从这个碑亭走向另一个碑亭，头顶上，是交错的檐角，上翘，笃定。有秋虫在高处鸣叫，叫声很尖，很固执。

　　问了才知重要的汉魏碑刻已移至陈列馆，穿过孔府后花园就到了。观了《史晨碑》《乙瑛碑》《孔宙碑》《礼器碑》《张猛龙碑》……几乎都是中国书法史上的重器。《史晨碑》古朴，《乙瑛碑》俊美，《礼器碑》端庄沉雄，合称孔庙三名碑。尤其是《礼器碑》，素来被业界认为学汉隶最宜由此碑入手。《张猛龙碑》则被誉为"魏碑第一"，开初唐楷书之门户。

　　小女很快理解了碑的结构，完整的碑包括碑额、碑身与碑跌，碑身又分阳、阴和碑侧。《史晨碑》有前后，却没有碑额。而适才在十三碑亭的碑大多有碑跌，以龙的儿子赑屃驮碑，形状似龟，她喃喃自语着大概因为那是御碑排场大吧。继而她又发现碑有圆首方首之分，少数还是尖的，即圭首碑。陈列馆工作细致，碑刻边上均有文字说明，小女又总结说汉碑大部分在碑额处有个圆孔，称为"穿"，还有圆弧形的弦痕，称为"晕"。比如《孔宙碑》就是碑圆首有穿。《孔宙碑》是颂文，碑文价值并不大，但书法精美。中国70后一代在小时候大概都读过"孔融让梨"的故事，孔宙就是孔融之父。由此，我观《孔宙碑》似乎也多了几分亲切。可惜唐代之前善书者多不以书名，大部分汉魏碑刻不知书者姓名。难得孩子兴致勃勃，她还趁工作人员不注意，伸手越过栅栏摸了好几块碑。

　　提及魏碑，不可不访洛阳《龙门二十品》，虽是民间匠人所刻的摩崖石刻，但用刀率性别趣。康有为曾在《广艺舟双楫》称龙门石刻"皆雄峻伟茂，极意发宕，方笔之极规也"。据说当年周恩来总理在龙门石窟看到《龙门二十品》的拓本，大为惊艳，可惜随身所带钱物不够，又不肯收受赠予，遗憾失之交臂。值国庆长假，我们从浙江慈溪出发，车行两千里，足足三十多小时，因堵车还在服务区中耽搁一晚，好歹抵洛阳。拥挤在古阳洞口，据介绍其内有十九品，另有一品在慈香窑。隔着栅栏，顺着导游指的方向看，距离远，加之洞窟内光线不足，只见影影绰绰，无论如何也看不清，诚如女儿所言：咫尺天涯！石窟景区出口处的一面墙上有《龙门二十品》的放大制作，读之，内容均为造像记，多歌颂北魏孝文帝或为祈福祛灾超度而开龛造像。我曾在广州大自在山房友人处看到过原拓，端庄大方，刚劲质朴，是典型的魏碑体。然那回是初访，恐失礼，未及细观，寻思着再找时机携女儿上广州看。

隋朝虽短，书法碑刻甚多。被誉为"隋碑第一"的《龙藏寺碑》也值得一看。去年秋，离开山东即驱车往河北，恰有青春诗会的同学居石家庄，热情做向导，往正定县隆兴寺寻碑。碑亭小，就在院子里。阳光极好，古木参天。我们读了几块宋碑之后才找到，书体上的高古便立见分明。《龙藏寺碑》依然带有北魏的朴拙，虽是楷书不失隶意，为南北朝与初唐的过渡风格，记载了隆兴寺的始建，被誉为"此六朝集成之碑，非独为隋碑第一也。"阳光斜射，在碑上拉出深深浅浅的光影，那些文字历千年虽有风化，却依然可读可辨。小女在碑前拍照，阳光也在她身上拉出了深深浅浅的光影。

名碑虽好，到底只能过过眼瘾。如今人们文保意识增强，有价值的碑基本已被保护隔离，"可远观而不可亵玩焉"，摸都摸不到，别提拓了。故拓碑基本是在慈溪本地。备了一大堆工具，白芨粉、棕刷、棕帚、拓包、墨汁、朱砂、连史纸……装备很是齐全。网购的拓包不够考究，常常使用一次就吸墨发硬，便四处请教拓友，自己动手做，外用一层丝绸使拓面细腻，里面加一层棉布略加吸水，中间夹一个光盘使布面平整，最里面则是用保鲜膜封存的药用棉絮使之柔软有弹性。自己制作的拓包合乎手感，上墨时就比较得心应手。为了练手，还网购了一小块翻新的刻石，又在石膏上雕字作模型。但每种石质皆有各自不同的特性，拓碑时的分寸把握也不尽相同。闭门家中的模拟实验到底是纸上谈兵。

恰博物馆的友人有意寻访县境内历代老碑，欲拓而集之，以备地方文史研究。我便跟着乱跑。慈城是慈溪老县城所在地，遗迹甚多，不乏碑刻。我们请当地人带路。车子穿过略显狭窄的老街，两侧梧桐已有些年头，半掩着沿街二楼的窗户。地上有落叶，不时被风吹动。街很小，迎面若有来车，交会时必得小心翼翼。如此开一段，转入更小的刘家弄，至一个新旧参半的门楼。停车过天井，看到一老祠堂，宽敞，可以摆下十余桌。屋外写着省级文物保护单位，里面已挪作小五金厂的车间。有尖锐的切割声、金属的撞击声，电风扇哗哗地转，冲床不时爆出刺眼的光芒。

石碑在屋角，近两米高，砌在墙里，成为一堵墙略微凸出的部分。碑前堆着生锈的铁桶，装着金属的纤维袋，边上倚靠着一堆长短不一的铁棒。

一件件搬掉堆在碑前的杂物，一块嘉庆九年（1804）的告示碑显露出来。内容涉及保产免役，碑脚部分因杂物侵蚀和地气潮湿，已臻模糊。先用棉布清洗，再用白芨水覆上宣纸，然后耐心等待至将干未干。这火候全仗拓碑人的经验，眼观、手触，是机器不能替代的。等待的一段时间便与工人们聊天，问他们的收入，问老板的经营，问这老屋的故事。关于此碑，他们知之甚少，只说南大教授也曾来拓过此碑，语言中略带自豪。

屋里拓碑，宣纸干得慢，等了许久，纸面才慢慢泛出白来。接着才能用棕帚刷字口。拓工一般都配有大小两把刷子。大鬃刷是一个硬毛鞋刷套上棉布做的袋罩子，大面积敲拍时使用。小棕帚用来刷细节。这两年拓的碑多，棕帚的切口已磨得极其光滑齐整。

工人们围观一阵觉得无趣，便散去，坐回各自的位置，继续制造螺丝钉。一枚又一枚钉子被定型、冷却，扔到一盒钉子里面。机杼声里，拓碑的节奏略有点慢，一下一下像是敲着谁的骨头，像是与谁过招。金属很硬，宣纸很薄，一边是初级的工业文明，一边是式微的传统文化，充满着对立、穿越与并置的幻觉色彩。

蓦然想到海枯石烂这个词语。著名的先秦石鼓文，有的石鼓已没有字痕复归原石状态。秦始皇曾在峄山、泰山、琅琊山、芝罘山、碣石、会稽山等多处留下刻石。除泰山刻石残存数字，其余几处原石均已被毁。想到毁这个字，心中一紧。

我们把宣纸揭下来，工人们又迅速把原先的杂物堆满石碑之前。我回头时，看到那块碑露出碑额，竟像是个溺水的人。

而我们是一群往井里打捞星子的人。

自然也有不顺利的时候。眉山社区，一马姓家中，有块明代陈雍的圣旨德寿枋，总不给拓。其实这碑非他家祖传，是早些年没人管的时候，马家人瞧这石板还不错，似乎又与皇帝有些关系，找了人拉回家去。也不知该感谢他这一点儿模糊的人文意识，还是一己私欲，碑得以保存。博物馆的同志通过社区数次联系户主，与他讲文物普查意义所在，保证不伤害到石碑，总算同意了。匆匆赶去，马家大娘监工，国明兄出手，清洗、覆纸、刷纸、上墨……上墨也得分几次。先用干墨轻拍一遍打底，不能过重，否则容易漏墨。

第二层墨色上去，字口已基本显露出来。马家大娘却满脸不悦："这比照片还清晰，你拓回去，我的碑还有什么价值！"连声安慰她，说拓片只是复制信息，碑才是真正的文物。适逢她儿子回家，一看就火冒三丈，连声质问谁干的。社区干部解释无效，讲好话分香烟，他也不接，满脸通红，扬着手臂像要揍人，恼怒地说："要拓就把这碑买了去，二十万，一分不少！"说完，走到碑前，把即将完工的宣纸"刷"一下撕下来了……

那天晚上几个人破例喝了点酒。后来听说次日马大娘就病了。又据说这家媳妇一直未育，儿子脾气大也是有原因的，真是家家有本难念的经。

除了拓碑，也拓佛经，寺院也跑了好几个。保国寺有唐经幢，拓友曾去拓过三套，搭了架子耗时近一月，惹得保国寺的女馆员老大不高兴。古镇鸣鹤普明寺有段塔铭，记录民国时期，该寺的当家和尚为人义诊而生闲话，决然挥刀自宫，原文是"持刀割势血流如注"。后年老坐化，肉身封于荷花缸内，三年不腐，状若熟睡，僧徒不忍焚化，连缸葬于塔中，并嘱人刻碑于塔基以记。这是民国二十二年（1933）有记载的僧人轶事。亦真亦幻，亦正亦野，读来不胜唏嘘。这背后，有佛教，有民间，有庞大的约束和牺牲。

拓碑中也时有趣事。观海卫镇戎氏宗祠翻修整出一块碑来，把上面的石灰清理掉，惊喜发现落款处居然是：山阴吴隐刻。即把西泠印社的几位老先生吸引来了。吴隐虽是西泠印社的创始人之一，如此完整的手迹社中也不多见。不料等老先生们赶到，乡人已把碑砌入新修的墙体，还罩上玻璃，不能再拓，只能望碑兴叹拍照合影了。

再比如在耕养草堂拓得青石碑匾一块，曰："不波。"取古井不波之意，喻指自己心境沉寂，不会因外界影响而波动情感。碑匾上附有一段井边小记，一个叫仄园的清人勒字，大意是隐退至此，置一小园，重浚了老井，以庄子之语自勉。如此，但凡我心有不平时，便学说一句"不波"，颇有自我宽慰和解嘲的意味。

访碑至青山、古镇、祠庙、伽蓝之迹，儒释道、宗族民生、闲情志趣，咸有涉及。古时传统，旧时风物，这些碑立在现实主义的场景之中，把线性的时光并置在一起，把不同的主张和规则立在那里，把牢固性立在那里。我码着这些文字，明明是中国式审美情怀，又刻意制造着塌陷。我的一只手上是拓片，一只手上是手机；一只脚上是高跟鞋，一只脚上是绣花鞋，说不出谁更坚硬，谁更合脚。我们一边往前走，一边回头看。

看到碑立在那里。

石头是会烂掉的，但碑不倒。我身上有刻过的痕迹，你也是这世界的其中一张拓片。

二、墓志、审美与日常

说起墓志总有些悲欣交集。墓志，一般指古时放在墓里的石刻，与现在所说的墓志铭并非同一概念。据现有考证，中国墓志始于秦汉，东汉时有墓砖、墓门题记、刑徒砖、画像题记等文字铭刻，视为墓志雏形。但汉代盛行墓碑，墓志尚未定型。魏晋禁碑之后，对立碑有了明确规定，官员的级别与墓碑形制相关。普通百姓为寄托对已故者的思情，转为刻墓志铭，埋入墓圹。墓志多为正方形，上下相叠，上为志盖，下为志文，刻录亡者生平事迹为志，后部分为铭，多以韵文抒情或颂扬，合称墓志铭。虽与死亡有关，见墓志难免生凉意，然因墓志中书法精品甚多，是书家临习之法帖，若得见原石或原拓，也是欢喜的。

我学书法几年，过眼墓志不少，各种书体皆有。晋代墓志几乎都是隶书，隋代墓志中隶书也多。行草墓志也不少，宋四家之米芾和黄庭坚皆有行书墓志传世。墓志数量庞大，精品众多，且在不断出土中。但因我只学楷书，所临习并不多，以魏志为主，如《崔敬邕墓志》《张玄墓志》等，皆是北魏年间刻石。《崔敬邕墓志》出土于清康熙年间，不久即毁，幸有拓本传世，书风天真有拙味。《张玄墓志》书法朴茂，结体扁方，用笔方圆皆备，既有北魏神韵又有唐楷法度。因清代避清圣祖玄烨之讳而改称《张黑女墓志》。原石亦久佚不存，有剪裱旧拓孤本存世。想来拓片在传承与研究之中，真正是功不可没。我有一友，术有专攻，以近十年时间断断续续动手翻刻《张玄墓志》，听闻即将完工。我打趣说："既无原石，你完工后一落款，是要在书法史上留名啊！"他接口道："我是琢磨着刻好之后多拓几张，或许还能充当一下原拓呢……"瞧我愣在那里，他失笑说："开玩笑，开玩笑的！"

最早接触的墓志是《董美人墓志》，练小楷的人大抵都绕不开这本字帖。起初只注意技法，关注字的点画、承转、结构等，把一个字一个字分解开研究。某日细读文字，内容竟极为凄绝。临写到那句"比翼孤栖，同心只寝"，不忍再临。据说是隋开皇年间蜀王杨秀亲撰以寄托对妃妾董氏之哀思。以美致哀，汉字表意之强大，令千年之后的我，平生出许多疼痛。

原石也是看不到了。拓本也极少。清嘉庆年间出土，咸丰三年（1853）毁于兵燹。去岁末在上海博物馆看著名藏家吴湖帆的藏品展，看到了初拓本。淡墨，精美，黑底白字，把凄美与短暂递到眼前，展厅里迅速布满了凉意。初拓，是很珍贵的，类似初夜权一般。民间有传古代拓工为证明自己是初拓，每拓完之后，会把原石敲掉一小块。被拓次数越多越是残损。吴湖帆宝爱此帖，与原有旧藏隋《常丑奴墓志》相配，镌"既丑且美"印钤于其上，并广邀名流题跋，名噪上海滩。较之审美，墓志所携带的死亡气息，已不足为惧了。

近得《新出唐墓志百种》一书，见有韩愈、韦应物等文人所撰墓志，皆是楷体。韩愈为窦牟所撰之志用语严谨，但不带感情色彩难见其文采。窦牟虽与他亦师亦友，毕竟不是亲人吧。相比之下，《唐韦应物妻元苹墓志》情至深意至切，是韦应物撰文并书丹以悼亡妻。夫人元苹是鲜卑贵族，墓志全称《故夫人河南元氏墓志铭》，韦应物追忆夫人相夫教子伉俪情深的往事，奈何留下一男两女，长未适人，幼方索乳，一家哀泣涕咽，满目凄凉之景。"每望昏入门，寒席无主，手泽衣腻，尚识平生，香奁粉囊，犹置故处，器用百物，不忍复视"，真是方将携手以偕老，不知中路之云诀！这是一个男人对一个女人的情意，也是他的愧欠。元苹卒于官舍，可见家境清贫，如志中所言"又况生处贫约，殁无第宅，永以为负！"半世贫贱夫妻，而今斯人已去，他再也没有给她幸福的可能和机会了！曾读过韦应物的《滁州西涧》，野趣横生，但几乎没有见过这位大唐诗人的手迹。此为第一次见，有褚体之风，结体庄重，笔画有力，可怜一笔一画用心至深。往后翻几页，同本书中亦有《韦应物墓志》，晚十余年，魂追夫人，后同葬少陵原，百年同穴。两人墓志于2007年出土，现存西安碑林博物馆。时隔千年，阅之依然句句摧心，痴男怨女，生离死别，厚地高天，叹古今情不灭。

而今我乡之丧葬已无墓志铭一说。火化后悉数葬于公墓，千坟一状，嵌一小照片。墓主的名字多为电脑体，已故者名字为黑，未亡人为朱色。雕花围栏，也是千篇一律的纹样。

我曾去八宝山公墓寻访一位故人的栖身之所。沿着骨灰墙一格一格寻，读了三千个墓碑，并没有读到墓志铭。作为中国最高规格的革命公墓，丧葬文化的简化，或许也属革命的一部分。然而若连审美的形式都简省了，我们又以什么寄托个人的怀思呢？后来终于问到了故人的编号，在一堵长长的骨灰墙中，他是其中的一个方格子，与同等级别的人享有同等大小的空间，成为墙上的一个编号。略感安慰的是，故人的小方格子上到底镌刻着几行词句，毕竟把故人与其他人区别开来。

也曾去万安公墓拜谒启功墓。先生那篇著名的《自撰墓志铭》镌于砚形墓碑的碑座上。按中国古制，墓外为碑，墓内为志。若在地面上撰文树碑，应称墓表，而非墓志。启功先生自然是深谙的，但不妨中西合璧与时俱进了。多少人，如我等，生无所立，死无所寄。所谓草民，大概是活得草率，死得也草率了。

"看到"本身就是一件悲伤的事。据书家考证，民国时期王之涣墓志惊现于古玩市场，有人想追踪保护这位大唐诗人的坟墓。然墓志既现，墓必已掘，盗墓者只记得是北邙山，北邙山上千坟万洞，哪里还能区分谁是谁！

拓墓志难忘的经历也是不少。有一回拓友来约，说城郊横河镇横山庙（原属余姚）藏有一块《徐立本墓志》，是明代状元王华所撰。王华，邻邑余姚人。说起王华的儿子王阳明，知之者众，明代大思想家、军事家、集心学大成者。我曾翻到一段他的故事，大意说某次王阳明与朋友同游，友人指着岩中花树问道："天下无心外之物，如此花树，在深山中自开自落，于我心亦何相关？"王阳明答："你未看此花时，此花与汝心同归于寂。你来看此花时，则此花颜色一时明白起来……"读到此处，内心竟也有明白之感。我如此津津乐道，还因为余姚是我外祖母家乡，我的童年便在姚北度过。余慈地区，自古文脉昌盛，我也是想沾沾光。巧的是，此墓志出土地点，正是我外祖母家所在黄沙湖村。

据友人研究，该墓志石盖所用花岗岩，应是产自北京的房山石，与故宫所用石栏杆、御道同一材质，故推测此墓志是在北京完工后，由水路运自余姚。如此更勾起我的好奇。横山庙不远，半小时车程。庙在村后，背靠小山丘。庙内空旷，大殿门口系着旗幡，僧人仅两位。楼下改作村落老年活动室。许是阴天缘故，许是时近黄昏，整个小庙有阴森之感。老年活动室中寂阒无人，我望了一眼便退出了。

　　与僧人合力搬动墓志，放平。拓友便开工。全文千余字，小楷秀挺精到，一看便是出自行家之手。有趣的是读志，撰文、书丹、篆额者均是京官。明代余姚籍京官人数颇为可观，不说王家，便是墓志主人徐家的五个儿子亦都为官，墓志中提到了"捐纳"与"大明会典"等事，可窥明史之一斑。僧人们闲聊几句便回房去了。屋中只剩两人，静得能听到风吹幡动的声音。一盏白炽灯，半开着窗户。覆上宣纸后，等水分蒸发的时间尤为慢。我们翻出个电风扇斜吹纸面，以期加快速度。因为要送女儿上夜自修，我先走一步，估算了时间，约了八点半再去接拓友。不料七点左右，手机已有未接来电和未读短信，友人说快拓好了。赶去接他，正在收尾。宣纸略有点皱，中间有字破损。原来拓友一人留下拓墓碑暗觉阴森，便顾不得完美，匆匆赶工了。看他一个大嗓门爷们，已拓墓志不下数百张，素无禁忌，竟也有心虚的时候。

　　慈城的朱贵祠，是当地一个文保点，藏有不少明清墓碑与墓志。看门的是位老爷子，六十出头光景，对内院看顾得紧，我们是因文保工作才得以进去。老爷子工资不高，搞些副业补贴家用。内院里种了好些作物，玉米秆子盖住半个石人，石马躺卧在草丛中。鸡鸭们从石翁仲的衣摆下穿过，四处觅食。墓碑沿高墙排开，有靠在墙上，有躺在地上，都在露天雨打日晒。当然石头也要呼吸，要接地气。就怕天上下酸雨，想到腐蚀一词，心中又是一紧。问看门人，说正筹建陈列馆，全要保护起来。不敢多问，怕被人赶出来。同行高兄学过裱画，拓碑有一手。若是天气好，一天能拓六七张之多。爬藤，荒草，死去的香樟，在残碑之前，莫问亡者名姓。高兄臂力了得，拓包拍在石板上，通通作响，仿佛与什么作某种悠长的呼应，又仿佛是要把谁唤醒。一只鸡受惊似的飞起来。

　　我是初学者，把握不好火候，有时纸面起皱，有时漏墨，有时宣纸与石面相黏。阳光急的时候，看门人会把他老伴的草帽借我戴。他总捣鼓些金属片，切割成大块大块，打几个孔，用铅丝穿过下到河里，半日光景就会有许多蛳螺吸附其上。酱爆蛳螺是本地颇受欢迎的家常菜。看门人让老伴赶夜市补贴家用。一次我们离开迟了，见到他老伴，还剩几斤没卖掉。她的手浸在水里，用老虎钳一个个钳掉蛳螺的尾尖。壳有点硬，钳下去，有脆响，不规则地破裂，类似的肠脏一起掉落。这声音小，却又在拓碑声中凸显出来，有些惊心。那边油锅正吱吱地响。走过去，一握老妇的手，掌心全是裂纹。而我的十个手指，都是墨的黑。

　　拓碑间隙，也会拓些刻石。有青石，两巴掌大的样子，线条清晰流畅，人物交叠有致，面部丰朗，似是文庙里的残石。无文字款识，看气息似宋代人物，看线条有明代特征。几个人谁也说服不了谁，听着争议，想着历朝历代的那些事儿，恍惚触摸到那超脱于庸常生活的存在。

　　慈城连着去了数趟，从夏持续到秋。最后一次去朱贵祠，秋已深了。院子里的两株银桂落满地。及黄昏，在另一边的墙下发现了《冯君木墓志铭》。撰文陈三立，书丹者钱罕，刻石者王开霖。门人童第德、沙文若（即沙孟海），皆是民国时期风流人物。曾在网上看到过初拓本，要价不菲，亲眼见到墓志，依然惊艳。楷书有魏碑之意，端庄凝重，一派典雅气象。虽不能与《董美人墓志》媲美，也不失为书家习字之法帖。如此世家望族仅余残碑一块没于墙垣杂草之中，不知该为世界大同而赞，还是为斯文扫地而叹。

　　记得画家吴昌硕和词人况蕙风临终均留下遗言，请冯君木来撰他们的墓志铭。而今冯先生墓志就在眼前。我们交出灵魂，交出肉体，相继成了尸骨无存的人。

　　彼时夕光斜照，桂花犹香，忽然想起"不见五陵豪杰墓，无花无酒锄作田"。那么先生，墓志既拓，且让我微鞠一躬。

三、永和九年

　　是一块砖。墓砖。永和九年（353）的墓砖。

　　重心在永和九年。永和，是东晋皇帝司马聃（晋穆帝）的年号，共十二年。永和九年上巳节即三月初三，王羲之与谢安、孙绰等四十余人，在会稽兰亭举行禊礼，饮酒赋诗，酒杯顺水而流，停到谁的面前，谁便即兴赋诗，有曲水流觞之美谈。事后将作品结为一集，由王羲之写了《兰亭序》总述其事。

　　纪年墓砖本是寻常，古来有习惯在墓砖上烧制出年份以记载墓主的去世时间。而永和九年的墓砖，因为那次文人雅集和那篇《兰亭序》在诸多的纪年砖中凸显出来。学书法的人都知道王羲之的《兰亭序》，以文质兼美和高超的书法艺术被誉为"天下第一行书"。众人甚至爱屋及乌，连永和年间其他纪年砖的身价也有所提升。

慈溪一时寻不出完好的永和九年砖来，选拓些汉砖吉语：万岁不败、君宜高官、阳遂富贵……也拓纹样，如泉文、螭龙纹。触摸过死亡的美，散发出无与伦比的气质。死去的时间和人名成为文化的装饰。基本是江南出土，东汉以降居多。听说当下业界玩的多为浙江砖，质地细致精密，大小恰好，也宜改为砖砚壶承花插等。我是近水楼台了。

抒情或叙事，几乎没有比墓砖更黯淡又更灿烂的意象了。最早的墓志，是起于汉代的刑徒砖，望文生义，是犯人死后用以记录其名籍和生卒年月等内容的刻画砖铭。拓的时候，难免会想它是谁的替身。翻出囤的老纸，拓砖，像一个用刑的人，整张的、半段的、一角的，各种构图与尝试。很多个夜晚，我一个人在书房，摸着墓砖，反复敲打这上千年的老骨头，拓出它的肌理和被囚的话语，仿佛我敲一下，有谁在遥远的深处喊一声。

闻悉邻邑余姚有砖友藏存永和砖，欣然而往。并不起眼的旧宿舍楼里，名砖铺陈，暗室生香，永和九年砖五种，完整，纹理精致，欢喜得手心发痒。主人平时也拓朱拓，用国画颜料加朱砂调色，用具一应俱全。同行拓友看中一块唐碑，在外屋上纸。我在里屋卷起袖子把砖一字排开，准备大干一场。为了省时，首次尝试两层拓法，宣纸两层同时覆上，捶刷之后，先在一层纸面上墨，揭起后在第二层纸上补墨，一试即成。听他俩在外屋研究墨色深浅，我已把最好看的蛇形文字砖拓了两遍。拓友那次发挥失常，竟白芨过浓，第一拓无法撕下纸来，哇哇哇在隔壁大叫。窗外有冬雨，这个夜晚深具脱俗意味。茶过三巡，一数，竟拓了十余张。

聊起永和九年的砖，品相好的，数千大洋，是普通纪年砖的十数倍。当年烧制墓砖的人必没想到，千年之后，这个年份在时间的长流中独立出来，成为一个人文与审美的高地。那时，北方是五胡乱华，南方是曲水流觞，正是鲜明的对比。战争的残酷摧毁不了人文之美。遥想当年，暮春三月，群贤毕至，他们会于会稽山阴之兰亭，长袍舒袖，执笔举杯，修禊之礼，斯文之事。一场曲水流觞的美感持续了一千六七百年，还在继续。可惜《兰亭序》真迹已无存。但永和九年的砖还是晋代那年的砖。最完整的一种，砖文与《兰亭序》首句一致：永和九年，岁在癸丑。价格已是数万了。有时候想，人们对于《兰亭序》的推崇，恐也不尽然是因为书法之美，也许更因为每个人内心深处都有着对那种优雅生活的向往，都渴望着那种建立在学养、修养之上的从容与自信。

不久前与一美籍华裔教授做了个访谈，谈到故乡是非地理性质的，故乡应是最容易引起人共同回望的地方，可以是一件事或一个年份。永和九年，成了历代文人墨客共同的故乡。这种偏爱，并不止于书家。美的辐射与想象，何其盛大。

玩物丧志渐陷渐深，趁中山大学培训机会，翘课半天，至广州煮书楼看永和砖拓，元年至十二年，足有一百六十多种。现有据可考的永和九年砖约四十种，煮书楼存有三十种之多。一饱眼福，乐不思蜀，还拓了永和九年砖砚。几位砖友兴致未艾，又驱车造访羊城大自在山房，我们从广州地标"小蛮腰"出发，穿过城市的繁华和暮色，驶过珠江，去看更多的墓砖。

最欢喜得了汉富贵砖拓片。砖文二十四字曰："富贵昌、宜官堂、意气阳、乐未央，长相思、毋相忘，爵禄尊、寿万年。"先人们把红尘种种割舍不下之记挂，悉数铭刻于墓砖之上，以期旺子益孙。据说此砖出土于四川，乃汉砖代表之一。我所得拓片是民间藏砖所拓。馆藏砖藏于重庆博物馆，文字略有不同，其中"乐未央"为"宜弟兄"。后来我赴重庆领诗歌奖，特意去寻。博物馆内有展厅专题展呈丧葬文化，大量的汉画像、陶俑和石阙。想起网传的山西高平古墓中惊现的朱砂字迹："墓有重开之日，人无再少之颜。"观众不多，一个人在墓砖与棺椁间走过，听到了自己的脚步声。

煮书楼拓回来的永和九年拓片，一一赠了有缘人。一张赠平闲堂主人，他好格律，尚手札，常与友人诗书唱和。逢新诗集出版，总会寄他一本，他也常赋诗以笺牍回赠一笑。一次去他办公室议事，发觉发票签字，他亦使用毛笔，不觉莞尔。

另一张赠了问梅仙馆主人。问梅仙馆黄兄是我乡书画收藏家，相貌一般，眯缝眼，肤色略黑，平素话不多，养了只鹅逗着玩。酒后易脸红，会讲些收藏界趣事，高兴起来，还会挥毫在自家墙壁题诗抒怀。第一次去问梅仙馆，是在冬季，跟美协的一群朋友去看传苏轼的《偃松图》。虽说是否苏轼亲笔也有质疑之声，但大部分朋友以为非苏轼那样的大才子不能画出那种气场来。可惜已经脱手，只留下存念的高仿卷。他们在堂屋看明代沈周的画，我溜到后院折梅花。馆中老梅据说是元朝的，是慈溪小县城里最老的梅树，树前竖着一块碑，黄兄题了字：香魂。

第二次去已是隔年春季，为商谈问梅仙馆的历代名家书法展。彼时仙馆所藏古代书画刚在浙江博物馆做过展览，我所在单位也想趁热在本乡一展为快。与朋友登门拜访，穿过天井，早樱正落满地，风过，花瓣飘飘扬扬缓缓而坐，不免令人痴了过去。吃了茶，谈了正事，便看他新收的一幅祝枝山的长卷书法，无款，然凭多年经验，考为真迹。我俩也好此道，不舍放手。主人家便笑道："喜欢你就拿去，看完再还回来。"我那朋友真往怀中一藏带走了。

展览颇为顺利。后来又有几次小聚，席上常有趣闻。一次是他的徒弟说起厂房扩建，掘到古墓，看到了墓砖的纹饰，拍了照片给我们看，问如何处置。黄兄便反问："你缺钱吗？"不扰先人是最好的保护。后来听说已经把墓封住，百年内应不会再重开。我方才有点追悔，没来得及拓一张拓片嘛！又有一次，说起上次看阅的那幅祝枝山书法，已经转卖他人。因问梅仙馆有两幅祝允明手迹，另一幅是有款可考的，所以把这幅无款的过手了。不想成交之后，在《中国古代书画图目》中查到这幅作品竟曾是首都博物馆收藏之作，后退赔流落民间。如此有来龙去脉的藏品，拍卖价可在三千万之上。黄兄笑着说："一下损失三千万啊，这事你们不可外传，以免我被人笑话……"众友哈哈笑着一碰杯。

美如何一再击败恐惧，这墓砖上的偈语，不是反复敲打所能逼问的。许是拓砖过度，今年初春手腕竟长了腱鞘囊肿，用力便疼，只好歇手。如今已近半年没有拓碑拓砖了。平闲堂主人刚发来一张图片，他在永和九年的砖拓上默写了一通《兰亭序》；问梅仙馆主人也曾说要好好写一段长跋，不知现今如何，且容一问。

四、印趣

一晃年近四十，说不惑，却更惑，时常遭遇不学无术的窘迫。有友拿来一枚印章，说闲情共赏。然印面十个字，我只辨出一个。汗颜无地，旋被他定义为高级文盲。这个概念，后来在某次读书会上，我做了转述，大抵是现如今不能以旧标准要求自己。当下不识字者已少，然而虽识字，站在一幅书法前，却不知鉴赏，不懂审美，是为高级文盲。此话甚有杀伤力，说出后，场内有几秒钟静得让人不安。

发奋图强地买了半书柜印谱，诗也不读了，画也不画了，为让自己脱离高级文盲之称呼，埋首故纸堆，又整了一堆篆刻工具，狠补。

治的第一枚印是"自锄明月种梅花"，仿韩登安印。明清以降，印章渐趋文人旨趣，闲章甚多。一看印文，就易犯痴。普通的青田石，用粗砂纸细砂纸磨上几遍，打了反篆底稿，用复写纸印到石面上，两天就完工了。草草画了枝墨梅，落款，钤印，喜滋滋发博客上了。不日，书协的朋友来访，观我的印章很是吃惊，第一次就能刻这么好！便问刀法。我懵了一下子，使刀给他看，又被人家笑话。那不是篆刻，顶多就是刻石头。篆刻有刀法，于是他示范了何为冲刀，何为切刀。每一门艺术背后都有渊源与传承，从日常到美学并无捷径可言，我怕是难以自学成才了。这第一枚章，虽不得法，毕竟处女作，偶尔拿出来自我欣赏一番。不料一次出差回家，发现书房中已被动过，一问，说是女儿在捣鼓，再一翻，小丫头已把我的印章糟蹋了。为保护她的探索积极性，真正敢怒不敢言。

印人们都爱青田石，硬度最宜篆刻。纯质的封门青，稀少，价高，若是质纯无裂的灯光冻，甚至价抵一套房子。芙蓉似玉人，青田类寒士，我偏爱寿山芙蓉，润，白，尤其是老芙蓉，褪了火气，沉静，握在手里就像握着一个有灵魂的东西。但凡遇到老石头，便会给丫头把玩，晚上睡觉塞一枚在她手心，让她记住这是青田的质感，那是芙蓉的质感。至于其他如鸡血石、象牙等材质，总觉惨烈，每个人的审美取向不同罢了。近年新开采的印石，不少是炸出来的，石内有格裂，明着看不出，时间久了容易有裂缝。国外来的石种也多，让人忧喜参半。

圈子小，怪人却多。有一兄爱石成痴，看到苏东坡的人生赏心十六件乐事，大抵是"清溪浅水行舟、微雨竹窗夜话"之类的，他就坐不住，请了圈里十六位印人，每人一句，基本是王福庵一脉的弟子，隔段时间晒一张图，直让人眼馋。惹得我也被传染，刻不好印，画了个老头看荷花，题了个款：花坞樽前微笑。

无独有偶，另一友在浙江美术馆供职，一日酒后起兴，遍集词牌名，请诸多印友勒治，拟做一个词牌篆刻展。陆续见到各地印友为刻的词牌："水调歌头、武陵春、汉宫秋、采桑子、南歌子……"方寸之间，既见汉字线条之美感与艺术之布局，那些有故事的词与音律也被重新触动。今已有八十余方，待积百方，拟邀全国书画名家创作不同词意作品，配套作词文化讲座。易安居士若是地下有知，想必也是要填词几首助助兴的。

有怪才者，不刻石，却雕翡翠玉石，都是自己设计的图纸，连家具也是自己设计的。有一回去造访，他翻出设计稿给我瞧，说明清家具已泛滥而俗，他从唐宋古画中观察家具的造型，自己画了图纸，找人打造，用的都是上好的红木。又在云南和慈溪造了三个类似的园林，问他为何要建造得这般相同，他说，如此，不论身处哪个园林，都有回家的感觉。

还有一怪人，几次要我给他写篇赋概括其生平，说要赶在生前请人治成印章，以备作墓志铭，颇有向死而生之从容悲凉，又有未雨绸缪之独具匠心。前一阵子，我陪母亲体检，自己也顺便验了血，不想有一肿瘤指标竟超标翻了近两倍。家人慌忙百度，网上说翻两倍的危险率是百分之九十八，母亲红着眼睛逼我去上海复查。我竟也不甚慌乱，一夜未眠作了思量，翻出两枚最喜欢的印章，想拟个遗嘱留给女儿作为结婚礼物。红尘滚滚却又如此寂寥漠然，终点总在那里。好在体检结果均好，虚惊一场。而审美对心灵的安抚，仿佛是一种补偿。想起自己曾经写过的诗句："她的悲剧在于，活着，越来越像石头；死了，还想用冰凉的花纹装饰门面。"

第一枚有意思的印章，是辗转而得的高式熊老先生所治闲章，先生今年九十六，算是西泠印社的长老辈了。却被另一印友相中，找了枚叶潞渊的印章来换，是叶为张鲁庵所治印章，文：清河。所谓"天下张姓出清河"，谁让我是张家人，毫无抵抗力。叶张都是西泠印社早期会员，一个是篆刻名家，一个是印坛通人，以收藏、临仿明清两代名家印谱闻名于世，还创制"鲁庵印泥"。更巧的是张鲁庵是慈溪人。信息量庞大，各种脉络牵系。适逢手头有一唐碑拓片，正是记录张府的，文中提到清河郡。如此钤上"清河"印，颇为相得益彰。

钤印是学徒活，也是技术活，讲究虚劲。轻手扑印泥，如风行水面，似重实轻。印泥也有讲究，老印泥更是金贵。逢到有人吹嘘自己是著名书画家，留心观其印也可识别，若是印章粗陋，印泥火气重，而钤印后不拾掇者，大多是冒牌的。

交换印章后，心中患得患失。得知高老故里是宁波鄞州，便央鄞州的友人带我去访。高老现居上海，我携小女一同前往，求刻书斋印。先生精神矍铄，高额头高鼻梁，戴一副深框眼镜，走路不用拄拐。许是年事已高缘故，站起来与我家小女齐高。一老一少相谈甚欢，年隔八十岁，金石志趣成了共同语言。墙上挂着高老自己的手迹，橱柜里摆着些照片，书桌上搁着常用印，一枚朱文"高"字，一枚白文"式熊"。时近中秋，高老兴致勃勃地与大家分食月饼，又在新出版的传记上题签相赠。一上一下钤好名章，撕下一角单宣，稍作按压，用指甲背刮一刮，合拢扉页笑眯眯递过来。沙发边搁着一叠《宁波晚报》，让人心中一热。午饭后先生也不肯休息，拉着我们聊，盖因我们是家乡人吧。临走，他送到门口。小女与他握别，相视一笑。走出远了，还在想墙上的篆书：如南山之寿。是先生年九十高龄时手书。近闻高老抱恙，不免心中记挂。问了先生身边人，说身体无碍需静养，倒是不敢冒昧叨扰了。

拓边款是后来的事。藏家们一般会把所藏印章钤印在连史纸上，连同边款制成印谱，既是资料留存，也是雅事可供吹嘘。但拓边款与拓碑是两种手艺了。有阵子下村挂职，村里有位书协会员入过全国篆刻大展，边款亦拓不错。于是我常假公济私以访本地艺术家之名行拜师学艺之实。此后又拜过几个拓边款的师父，还学拓扇骨。有一位师父用棕帚刷之前，会先刷刷头皮，据说头皮的油脂能减少棕帚与纸面的摩擦，防止纸张破裂。我是头发长见识短，一点儿不愁油脂，却无厘头地担心他的头发会越刷越少。

某次观展，看到一印屏，以汉砖拓纹为装饰者，甚美，玩拓片的另一种美学营造，当然前提是要有好印章。顿生灵感，无论如何要把边款拓好，那些个谁谁谁便会自动送好章过来央我拓，佐以我去年留存的砖拓，岂不美哉？想着不禁飘飘然，似乎已是身怀绝技之人。

五、一曲微茫

我的第一张琴，是扬州的。"邗上春风"书画名家画运河活动的限量琴，伏羲式,老房梁杉木,琴师姓胡,年纪不大,但有家传。据说韩国现代美协主席及香港、台湾美协主席等皆有珍藏。琴师把自留的样琴给了我。

学古琴也是为了附庸风雅。人到中年,越来越喜欢寡淡的物事。比如说从前觉得唐三彩浓郁,充满热烈的生活气息。后来就喜欢秘色瓷,我乡越窑青瓷,只一色,从花花绿绿中提炼出素净和高贵。前年冬旱,上林湖瓷滩水位下降许多,每逢周末我都要拖夫带女去捡碎片,捡了一堆壶嘴,挑釉色好的给男人磨烟嘴。再比如古筝,二十一弦,一弹就是满室铮铮,烘托气氛倒是很好,但太具表演性质。年岁渐老,已无须再表演与谁看,只愿三五知音清谈,或者独坐,无话。古琴七弦,不多也不少,音低,略悲,想说的都在了,又不拘节奏和音高,由着自己随性随情。有一年大雪,与琴友跑到上林湖畔,抱一张膝琴,在枯掉的芦苇边枯坐。两岸茫茫,雪茫茫。

教我琴的,是浙派郑云飞的弟子,居慈溪。听我置了新琴,主动说教我不用学费。我照照镜子,并没觉得自己长得好看,略感放心,去异地拜师也费事,就应许了,从此便自诩郑云飞的再传弟子。郑先生年近八旬,已不再收徒。去年初冬,先生携师母访慈溪,黄昏至伏龙寺。同门一聚,先生亲为指导,宽大的细麻袖子,清爽的双手,弹一曲《良宵引》。适逢望日,月朗风清,于山寺抚琴,长箫合奏,诚然忘机。郑师之琴有金属之声,音色下沉,清而不散,是有些年代的古琴了。

斫琴最好是桐木或杉木,且越老越好。寺院中的老木头是古人公认的最好材质,梵唱钟鼓养出世之音。我有关联癖,拓碑时,看到纹饰和文字就想拓一个;练琴时,看到老木头就想搬回家。一次去捡瓷片,途经一小寺,正在翻修,门口叠着不少老杉木。一个劲找当家师父,想问他如何处置。师父不在,无人做主,只好作罢。

南方寺院历史悠久者众,寺中的老木头是斫琴的好料子。去广州出差时看砖看拓片,也去看了传说中苏东坡题名的六榕寺。去时黄昏,大门已关,侧门半开,数来数去只有五棵榕树与一株菩提。花塔应是六榕塔,正在修护,未能一睹真面目。

晚课已过,寺中寂阒。六祖堂前,一个僧人正低头看花,榕树高大的树冠撑开来。两个僧人错肩而过,笑而不语,拂动的僧袍生出静意来。

六榕寺南朝建寺,历经多次重修重建,如北宋、明和清,每重修都会动用一些木材。宋代的,或是明代的老木头,以旧为贵。坊间有传中山大学藏有一张李息斋所制古琴,琴背有字记载重修六榕塔的事,告诉后人这是当时六榕寺拆下来的木头所斫之琴,做了还不止一张。我尚无缘分摸一摸中大那张藏琴,倒是机缘巧合见到另一张琴的拓片。

访六榕寺次日,兔胄堂王兄来访。他刚完成两张古琴的初拓。没经受住诱惑,走一段路坐公交又走一段路,哼哧哼哧爬了六楼,心甘情愿跟他回家。屋小,双琴初拓图,把整个广州的车水马龙隔在界外。

有的美是不表达的、不完整的,是借于想象完成的。

寒碧,塔影,两张琴。雾面,火气褪尽,如空中之音。"寒碧"为仿明仲尼款,有数行小楷琴铭。王兄说,琴的主人是岭南收藏界一位70后的朋友,其中"塔影"为新得。残损得厉害,在修补之前嘱他拓下来。读主人的题铭,大意是先得李息斋斫的寒碧琴,知与中山大学所藏遗琴是姐妹琴,俱是羊城六榕塔之宋材。今春(癸巳年)又得一张,琴形如浮屠九叠即六榕塔影,宋塔四材得其二,琴缘之奇有如斯者如此云云。

我等不懂鉴古,不做考究,但觉清贵。

椎拓之术也分浓淡。碑重,拓碑常为"乌金拓",层层上墨,直至油黑发亮。而拓琴,则是"蝉翼拓",使淡墨,极淡,淡中分出层次,透如蝉翼而丝毫毕现。

拓片所还原的琴无限接近于琴的原型。

一张残琴。落霞式。素弦已卸,岳山已腐,琴面皆是断纹。陈年的木头,沧桑,残损,完全的静。

静,也是一种发声。陶渊明弹无弦琴被称为文坛必知十五典故之一,还入了数本史书,津津乐道说潜不解音声,而畜素琴一张。无弦无徽,每有酒适,辄抚弄以寄其意。我今也学陶潜痴狂,在拓片上抚琴,触摸时间的尘埃和断裂,逝去的风物和年华。

喜欢陶渊明的诗,田园之归,逃名世外,探寻着一半儒家一半道家的生活哲学;也喜欢无弦琴的故事,无声时更为空旷。

甚至，不需要琴本身。

一念念及琴，琴就在了。

于我而言，这两张琴究竟是宋材还是明材，究竟是谁所斫，并不是事情的核心。审美，如一场莫大的诱拐。枯荷、残枝、碎瓷，也有自身的含蓄和美。琴已上升为一种象征。

平庸的生活里，复制艺术也算是艺术。家中的琴，也拆下拓过一遍。琴铭清晰，但没有光阴之重，火气不退，自然拓不出那种味道。心里惦记着郑云飞先生的那张琴，思忖着如何忽悠先生能给拓一个。

人与琴也是讲缘分的。某次我去杭州办事，恰郑云飞先生的入室弟子有时间陪同前往，便相约拜会郑先生。车至海潮路望江门，步行穿过一条窄弄，左转，推开一栋老公寓的铁门。先生家住二楼。四面都是高楼，唯此处尚未拆迁。敲门而入，两居室分割成多个小间，家具书籍杂物甚是拥挤。桌边摆着一束鲜花，是前阵子郑先生与夫人五十周年金婚时郑门弟子所送。后梢间隔出半间书房，中央置一琴桌，墙上挂着三张琴。房间里挨挨挤挤，我们真称得上促膝相谈。

可惜上次听的琴不在，先生郑重取出另一张琴。琴背有字，篆琴名为"云磬"，嵌入先生名字。龙池两侧有题句，右为"和润而幽远，清厉而静逸"是言此琴音质，左为"云中之神磬，沁心以齐德"寓高远养心之意。下有印款：听涛琴馆。听涛楼是郑先生年轻时取的斋名，沿用至今，其实根本不是楼，连斗室都称不上。那时他在电厂上班，寄居在人家一栋小楼底层的厨房间里，一米八多的个子在一小床上蜷曲睡了十多年。楼外不远就是钱塘江，常枕涛声入梦。琴铭刻得一般，刀工较碎。让我感兴趣的是槽腹中的铭款。制琴有旧制，斫琴者常在制作过程中于槽腹的纳音两侧刊字，待成琴形后比较难仿冒，可作鉴定的依据之一。铭款为隶书，结体端丽，出锋有力，两侧皆有字。用小手电探照可辨，是徐原白（新浙派古琴代表人物徐元白早年曾用的字号），为一位周姓人士所斫，斫琴年份是癸亥年，推算出此琴年纪近百年。右侧铭字：宋建海昌西寺梁木。据郑先生讲是当年海昌西寺重修，元白公以新木材与寺院置换宋代的老梁木，精斫十二张琴，这是其中一张。据说另有一张在上海音乐学院，有两张在其他徐门弟子手中，余下几张有的在台湾，有的流落海外，暂无详情可考。后与西湖琴社徐君跃社长

（徐元白之孙）联系，说起南京博物院也有一张藏琴，依稀记得款识刻着"元白公制"，南京博物院的工作人员初以为是元代一位叫"白公"的人所制，推想也应是出自徐元白之手。我是首次目睹元白公所斫之琴。琴身线条简洁，头方尾窄，接近仲尼式。郑先生说这种款式叫徐氏式，为先师徐元白自创，较之仲尼式少了一个琴腰，更显大方。

说起元白公，郑先生慨叹良多。十六岁拜师，家徒四壁无力购琴，连琴弦也买不起，元白公把此琴借与他练习，六十多年来这张琴就再未离开。元白公辞世前嘱夫人作价二十元（相当于当时两百斤大米），把此琴卖给了徒弟。饶是便宜，也整整拖了五年才付清这笔琴款。一个甲子过去了，长者已逝，当年的懵懂少年已成耄耋老人，几位同门有的已谢世，有的客居他乡，诚如充和先生诗句"十分冷淡存知己，一曲微茫度余生"，一时感伤莫名。郑先生抚摸着琴面说："我这辈子，只元白公一个老师……"听老人讲旧事，周遭忽而静下来，斗室似乎也显空旷。于此时提拓琴恐不相宜，拓片所存的是印痕，人世间还有比琴铭刻得更深的东西。收起古琴时，摸到琴囊是较硬的老布，随口问怎不换一个？郑先生略迟疑答道："这琴囊也是沿用先师在世时的款式。"

生有涯，知无涯。时间总不够用，时常念叨罗浮山的摩崖石刻，或者学全形拓，好把某兄的青铜器拓一遍……金石永年，长乐未央，一直没有搞清，美究竟是救赎还是堕落。这些年沉湎于雕虫小技，所学不过美之皮毛。人有《浮生六记》，我有《大梦五章》，值我醉生梦死之际，母亲冷不丁打来电话，说今天卖杨梅在路边大太阳下晒半天，收到一张假钞。我羞愧难当实在想一巴掌抽醒自己。

判断者说

王　族

带回家的歌

【说法】

曾在新疆听到一个说法：如果你不懂得一件事情，就在心里把它想一万遍；如果你记不住一个地方，就用双脚把它走一千遍；如果你记不住一件事情，就在嘴上把它唱一百遍。把一个地方唱一百遍后，自然就记住了，可见人们深知唱歌的重要性。

人们常说新疆是歌舞之乡，出生在新疆的小孩会走路就会骑马，会说话就会唱歌。有人说那是因为有唱歌的好环境，自小耳濡目染便会唱了，但又有人说那是会唱歌的父母给的，长在骨头里，到了一定的时候自然会冒出来。相比较而言，人们认为后一种说法更有意思。有意思便也就有了存在的理由，人们多少年便一直这么唱下来，亦活下来。

新疆人因为喜欢唱歌，所以歌声随处可见，但唱歌从来都有高雅严肃和随心所欲之分，如果态度严肃，则必然会变得高雅。像《玛纳斯》《十二木卡姆》《江格尔》这样的经典，一则是民族史诗，多有唱几天几夜都不停止的场景，一般人是唱不了的；二则这些经典都是高境界词典，没有吃数十年与之相关的民族的饭，没有喝几十年他们一直喝的水，或者说没有像他们那样活数十年的人，断然是唱不了的。

当然也有一些随意哼唱，从形式到内容都比较通俗的歌，是人们的休闲之需，在葡萄架下或院子里吃完饭喝完酒，唱者图个快乐，听者图个放松，日子也就过得有滋有味。

有一年中央电视台举办一个音乐大奖赛，新疆的木卡姆演员以《十二木卡姆》参赛，音乐一起，演员们先是敲起手鼓，双眼做微眯之状，但等到过门一过，他们唱出的第一句便无比震撼，让电视机前的我如若置身于电闪雷鸣之中。我觉得他们不是在唱，而是在呐喊，是内心的力量喷涌而出，在喉间化作最为激荡的声音，然后飞向这个世界。也许有人会觉得那样吼唱会很累，其实不然，激流般的词曲只有配上极富豪情的嗓子，唱出才舒服。那一刻我盯着电视画面浑身颤抖，终于知道了什么是音乐的力量。

之后便注意起少数民族民歌，不久听到一首哈萨克族民歌，当时是一位女士唱的，她一边唱一边用双眸传情，像是正在辩解什么。虽然我不懂哈萨克语，但其旋律之美和冲击力之雄浑仍让我怦然心动，心中猜测那首民歌一定有丰富的内容。后委托朋友把歌词翻译过来，一看便喜欢上了那首不哲理，不教化，不深沉，但却极度真实，且有几分幽默的《我不敢》。其歌词如下："我不敢行走悬崖，我害怕它突然塌垮；我不敢喝河里的水，我害怕里面有泥巴；我不敢和你们交朋友，我害怕在我最困难的时候，你们会牵走我的马。"歌中的人也许会给人胆小的感觉，但相比被人为拔高的高大上者，这样的人在现实中不是更真实，更容易让人同情，亦更能映照出隐藏在内心的自己吗？

用通俗的话说，歌声是美好的，正因为其美好，人们都会习惯性地去学唱，但经常会出现这样一种情况，唱着唱着便会下意识地篡改，将歌词改为自己喜欢的内容，让其生活化和世俗化，满足内心的某些需求。比如很多人都会唱的新疆民歌《送你一枝玫瑰花》，本来是一首真实诚恳的歌，其歌词也很美："你送我一枝玫瑰花，我要诚恳地谢谢你，哪怕你长得不那么美丽，我也真心喜欢你。"但这首歌却被改了歌词，据说在户外"驴友"中广为流传。我问会被改成什么样子呢，还有怎样的内容能比原歌词让人感动呢？听过者也许不方便说，一笑并不告诉我。

后来我在酒桌上听到了被篡改后的版本："一个婆娘美如花，一个老汉看上了她，他们两个一起到公社去登记，公社书记批评了一下（ha），你们两个年纪大，还要结婚生娃娃，全国人民都像你们这样，怎么实现四个现代化？老汉婆娘回到家，煤油灯下学习婚姻法，既然人家不容许咱们这样，咱们两个就算球了吧。"如果逗乐，唱这个版本会出效果，但唱着唱着就会觉得不对劲，它没有《送你一枝玫瑰花》那样有内涵，唱过哈哈一笑也就完了。篡改本身是不严肃的事，但因为它迎合了消遣趣味，所以广为流传。不好意思的是，我也曾唱过这个篡改的版本，现在写下这篇文章，我告诫自己一定三缄其口，绝不再唱。

有很多人按照自己的理解对音乐发言，这一"发言"便坏事了，什么情呀、境呀、表达呀、倾诉呀、聆听呀都来了，一首歌便有了很多种说法，人们温文尔雅地说自己是在剖析和解构，其结果和说法却变得不知所云。比如一只饥饿的红嘴鸦被人诱惑，冒险去吃陷阱里的粮食，被人抓住后发出一连串撕心裂肺的痛叫。红嘴鸦虽为乌鸦，但却姿态优雅，神情妩媚，其颜值在鸦类中可谓是最高。当时，那只红嘴鸦的叫声犹如人掉入万丈深渊时的绝命一嚎，听得周围的人都一脸骇然。它叫了一会儿后停了，人们以为它已经屈服，不料它突然抬头望了一眼天，继而垂下头在顷刻间毙命。这是一个悲剧，那么多人眼睁睁地看着它死了，不，是那么多人故意弄死了它，但所有人都无动于衷，没有谁伸手挽救它的生命。不仅如此，人们在事后的说法更是让人惊讶，他们说那只红嘴鸦心烈，在最后唱出了内心的不屈，但终因挣不脱人的双手把自己气死了；它在最后发出的是凛冽的绝唱，它决绝而死的刚烈，是鸟类的英雄气度。一位牧民听到这样的说法后问人们，它会说话吗？它给你说它生气得不行，把自己气死了吗？它明明饿得只剩下最后一口气了，被人那样折腾，在最后叫了一声就死了！

另一件事是更好的例证，一位老人背靠胡杨树弹着乐器在唱歌，唱着唱着便泪流满面，继而泣不成声无法再唱下去。有一个诗会的诗人们看见了他，加之又在前一天听了《十二木卡姆》中的爱情片段，便说老人想起了自己失去的爱情，而且因为太爱当年的恋人，忍不住哭了。但几天后得出的结果却让诗人们傻眼了，原来那位老人唱的是对神的赞颂之歌，歌词大意为：我无法接近神，所以我在原地停留，但我知道神在天空中看着我。一位很少说话的诗人这时低声朗诵了《突厥语大词典》中的两句话：你看着我，就是治疗我。诗人们都不说话了。

神曾被很多诗人写进诗中，但为什么诗人们在一位老人的歌声中，却对神没有感觉呢？

【事实】

好几天，都听大家不停地说起巴哈台唱歌的事。索伦格感叹说，他哪里是在唱歌，嘴一张，简直就是用刀子扎人的心嘛，弄得人的眼泪止不住往下掉……细问之下才知道，巴哈台就唱那样一首歌，而且整首歌只有一句歌词，大意为母亲站在蒙古包前呼唤着儿子归来。他一遍又一遍重复着唱，但每一遍的音调都不一样，歌声因此便有了不同的效果。我揣摩不出那样会唱出一首什么样的歌，于是便期待能早日听到。当然，最迫切的心情还是想见到巴哈台，我想看看他是怎样一个"弄得人的眼泪止不住往下掉"的人。

去他家的路上，又间接听到了他的来历。巴哈台是蒙古族，祖上曾迁移过很多地方，属于典型的游牧者。蒙古族善唱，我曾听过一次蒙古歌，是在一次酒宴上，几位蒙古族少女边唱边敬酒。下午到达那个地方时，实际上已经喝了下马酒，看着大家那般豪饮，心想如此这般得多少酒才够，那样想着，一扭头就看见院子一角的酒瓶堆积如山，当时少女们刚好将酒敬到我跟前，我喝下一碗后感到心里有一股火立刻腾起，脸也烧了起来。很快，大家趁着酒兴唱了起来。少女们重复着那几句歌词，大意是山美水美酒更美，歌声迎接远方来的客人，请为草原留下你的心，等等。她们的歌声类似于天籁，让我觉得自己像是被什么牵引着，正走向无比宽阔的地方。之后便迷恋上了腾格尔的歌，其中有一首《天堂》，每听必重复放好几遍，到最后便犹如人们喝奶茶必喝透、喝足那样，心里充斥有瓷实厚重之感。通常情况下，天堂是人们臆想出的至高和至美的虚幻建筑，是人的精神寄托，而在腾格尔的内心，天堂大概是一种空旷，更是一种自由的行走。值得一提的是，继腾格尔之后，我又遇到了一次真正的倾听，是李娜的《青藏高原》。我已在另一篇文章中写过李娜，但我仍固执地认为，李娜一定听过狼在深夜里的叫声，否则不会把歌唱得那样有痛感。

想着有关听歌的事情，胯下的马却跑得很快，我们一群人按捺不住急迫似的到了巴哈台的家门口，他听说来了客人，从一群羊后面突然冒了出来，惶恐地注视着大家，有些难以适应这样的场面。从表面上看，巴哈台无疑是一个普通的牧民，而且还掩饰不住双眼中的羞涩，似乎总是想躲到一边去。一番介绍后，他仍羞涩地看着我们，但眼中却闪动出急切的神情，似乎想知道我们的来意。进入屋内，巴哈台并不招呼大家，好像他的家就是大家的家，爱坐爱站随每个人的意。

但他却很快给大家弄好了奶茶，并一一倒入每人的碗里。这个穿着破旧，表情木讷，甚至有些羞涩的牧民，一直不和大家说话，但递茶时却用诚恳的目光望着你。起初我以为那是一种诚恳，但很快发现他的这种目光其实是一种傲气，一种只属于他这种人的傲气。我喜欢上了他，看着他便想起山上的石头和树，他身上有它们的沉静和坚毅。他妻子在另一个屋子里给我们做饭，不时向巴哈台张望一眼，始终不说话，但就在我们说话的间隙，她很快做好了饭，和巴哈台一起招呼大家吃饭。巴哈台妻子的手艺不错，拉条子（拌面）做得很劲道，大家吃得喜形于色，巴哈台好像也终于放松了，在一旁不停地说着："好好吃，好好吃，你们多吃一点儿。"看得出来，他看着我们吃饭便高兴。

吃完饭，喝毕茶，没有任何开场白，巴哈台唱起了那首歌。听到第四句，我就坐不住了，巴哈台唱的歌和我听过的哈萨克斯坦的《一句歌》如出一辙——把一句歌词反复地唱，只是在音调上变化，但厉害的地方就在这里，正是音调的变化表达出了不同倾诉。我不懂蒙古语，问过之后才知道，歌词的意思是儿子出去好多天没有回来，母亲站在蒙古包前苦苦等待，唱歌呼唤着儿子：回来吧，儿子。这首歌只有一句歌词，但是经过歌唱者音调的变化，表现出了等、望、急、悲、痛、忧、想、思、恨、呼、哭、忍、盼、寻等具体的场景，让简单的一句歌词，唱出了母亲等儿子不归的种种感情，表现出母亲不同的心理，具有了不同的感情渲染。巴哈台用歌声不停地变化着"母亲"的心思，随着他的歌声，我感觉自己似乎被牵引着走出了屋，像那位母亲一样在向远处眺望。被歌曲征服是一件多么幸福的事情,在如此偏僻之地,歌声在耳际萦绕,便感觉空气中弥漫出一种浓浓的味道,像是飘向了远处,又像是在原地紧紧拥抱着你。

现在写到这里,我已经无法向读者再细致描述巴哈台的歌声。我想试着写出我的感受,假如有一天读过此文的朋友听到了这样的歌声,你一定会产生和我同样的感受。我当时从巴哈台的歌声中听出的真实感受很多,这里仅举四例。

想念。母亲站在蒙古包前,久久地向远处眺望。太阳已经下山,儿子该回来了,但草原上一直没有他的身影。天色慢慢转暗,大风把蒙古包吹打出了声响。母亲仍伫立在原地,她坚信儿子正在翻越最后一座山冈。

眺望。夕阳慢慢转暗,母亲望着最后一抹夕光。突然,那抹夕光浮动起来,犹如一群正在奔跑的羊群。母亲紧张地屏住了呼吸,紧盯着那个地方,过了一会儿,夕阳落下,那抹夕光快速消失,一切都归复平静,泪水已挂在母亲的脸上。

呼喊。母亲终于放声喊叫儿子的名字。大风吹乱她的头发,她一边用手捋着头发,一边仍在喊叫。风越刮越大,她的喊声一直持续着,似乎大风要把她的儿子刮走,而她的喊声就是紧紧拽着他的一双大手。后来下起了雪,她的呼喊声在落雪中终于渐渐平息。

等待。母亲背靠蒙古包,坐在地上等待儿子。蒙古包的门半掩着,只要一看见儿子,她就会把门打开,里面有正在燃烧的炉火和铺好的床被。母亲的身边放着一件皮袄,是儿子这次出去之后,她给他新做的。

这篇文章写到这里应该结束,但是因为巴哈台与我们告别时的神情,我在这里再写几句。我没有想到,他唱完之后又恢复了木讷和羞涩的神情。我们与他交谈,他客气了两句便不再说话,临走时大家合影,他死活不坐中间,用朋友的话说,"他像被钉子钉了一般,只站在边上"。照片洗出来一看,他一脸无可奈何。

为什么会这样呢?是现实生活和他唱歌时的感受有很远的距离吗?这之后我经常想起巴哈台复杂的表情,直到在一次大风雪中,我才突然理解了巴哈台。那次的大风突然从天而降,一瞬间就让大地变得模糊起来,我想起巴哈台的歌声就有大风雪的这种气势。巴哈台缺少使自己迷失的大风雪,我们每个人都缺!我想套用高尔基《海燕》中的语言模式:让大风雪来得更凶猛一些,让儿子回家的路更缓慢一些吧!这样,母亲的爱才能永存。而母亲的爱,早已被人们总结成了谚语:

比火更温暖的,是母亲的眼睛。

　　从巴哈台家出来后,大家又说起巴哈台唱歌的一件事。一次,他和村里人赶着马去沙漠中驮运东西,在中途遇到沙尘暴。新疆人谈沙尘暴色变,说到最厉害的沙尘暴便免不了会提发生在托克逊的一次惨剧。当时一列火车不巧正经过那里,沙尘暴顷刻间呼啸而来,把火车掀翻得脱离了铁轨。一位牧羊人亦不巧刚好在那一带,他的羊也被沙尘暴卷走,直至事后他才看见羊贴在车厢上。他痛苦地叫了一声,他妈的沙尘暴,把我的羊变成了相片。沙尘暴虽然可怕,但也不是没有防止的办法,经验丰富的人发现沙尘暴要刮起时,便赶紧在地上挖一个坑,头朝里屁股朝外,可防止被沙尘暴呛坏,也有用马和骆驼给人挡沙尘暴的。人们长时间经遇沙尘暴,已养成了与其拼斗的习惯,而这些习惯要从平时的细小事情上做,比如在沙漠中吃完西瓜,将瓜皮反扣在地使其保持一定的水分,可为被困的人或鸟儿解燃眉之急。巴哈台那次遇到的沙尘暴不大也不小,别人都躲进了树林或石头后面,实在没地方躲的人便双手抱头,挨着时间等沙尘暴过去。但巴哈台却并不躲避,而是牵着马径直向前走去。有人想拦住他,但那人阻拦的声音很快便被沙尘暴淹没,连他自己都惊恐如果再多叫两声便会没命。很快,呼啸的沙尘暴中传来了巴哈台的歌声,原来他边走边唱歌,似乎歌声可以抵御沙尘暴,亦可以让他走得更远。所有人都惊呆了,但沙尘暴刮得正紧,谁也无暇欣赏他的歌声。那场沙尘暴刮了一个多小时后才停,阳光重新普照,安静下来的沙漠像是什么也没有发生。沙漠就是那样,被大风刮起的沙子飞向别处,而别处的沙子又飞向此地,所以沙漠从来都是一副安静从容的样子。人们赶紧寻找巴哈台,此时的他早已停止了唱歌,一人一马已走出很远。

　　后来,大家又说起巴哈台母亲的故事,一位母亲的形象便在大家的讲述中变得清晰了起来。巴哈台的母亲小时候跟着爷爷在草原上放羊,她爱唱歌,看着草原上的羊群,心里就会产生歌唱的冲动,于是她就开口唱了起来,爷爷听着她的歌声舒心地笑,羊群则把嘴深深地伸进了草丛中。一天,有几只乌鸦听到她的歌声飞来,围绕着唱歌的她盘旋,过了一会儿,便向着一条小河飞过去,落入水中扑棱着翅膀洗自己的羽毛。河水被它们激起了浪花,她继续唱着歌,并没有在意乌鸦的举动,但不久她便十分惊异地发现,乌鸦扑打着水的节奏完全和着自己的歌声，乌鸦似乎随着她的歌声在洗它们的羽毛。她惊叹乌鸦也是爱美的，刚在心里那样感叹，便不由自主地停住了歌声。歌声一停，乌鸦僵在了那里，她的歌声像是它们身体里的筋骨，被突然抽走后便一动也不能动。少顷后乌鸦好像才反应过来，绕着她盘旋几圈后鸣叫着飞走。回到村里，她告诉人们，乌鸦会听歌，但人们都不相信，认为她胡说。她不和人们争论，以后再去那条小河边时，她仍唱那天唱过的歌，虽然乌鸦们再也没有飞来，但她一直坚信乌鸦会听歌。

她唱着歌长大后，像所有适龄的姑娘一样嫁了人，身为一家主妇，她不再去放羊，但她喜欢唱歌的性格却一直没有改变，忙着家务，她会随口把心里想说的话唱出来。只有唱歌的时候，她才觉得幸福，好像又回到了少女时代，脚下是碧绿的草原，头顶是蓝蓝的天。

我们在巴哈台家没有看到他的母亲，一问之后才知道，她在前几天去世了。听到这个消息，猛然间感到有一股郁闷的东西堵在了心头，直至晚上回到县城才好受了一些。我满心遗憾地打听她的事情，得到的确切消息是：前几天巴哈台生病，她又去放了一次羊。她把羊群赶到山坡上，坐在一块石头上眺望远方。当她发现自己看不清远处到底有几座山时，才知道自己的眼睛花了，她从内心感叹，老了。中午，羊群吃草到了山顶，山顶上的草很好，羊一直都把头低下吃着。突然，正在专心吃草的羊群发出惊恐的叫声，她扭头一看，有几只狼已经逼到了羊跟前，正与羊对峙着，随时准备进攻。羊群已经慌乱，东张西望惊恐地叫着。狼紧盯着羊前蹲后立，已做好进攻的姿势。她尽管已经双眼昏花，但还是看清了眼前的局势。怎么办？自己年老体衰，根本不是狼的对手。一着急，她突然开口唱了起来。她的歌声几乎是不假思索的，嘴一张就唱了出来。狼和羊都被她的歌声吸引，扭过头一起看着她。她不停地唱着，一会儿看看狼，一会儿又看看羊。

狼在她的注视下，似乎忘了要扑向羊撕咬一番。慢慢地，羊发出轻柔的咩咩声，狼眼里的凶光也悄悄退去。她继续唱着，她不知道歌声是否能改变今天的遭遇，但她就那样唱着歌，似乎已忘记周围的一切，她甚至想起了那次乌鸦洗澡的情景。过了一会儿，狼站起来，发出几声轻柔的叫声走了。羊群一起拥过来蹭她的腿，她停住歌声，这才意识到了什么。少顷，泪水止不住从她双眼中冲涌而出。

几天后，她去世了。

最后一次唱歌，成为她一生中的绝唱。

高处的泪珠

【说法】

重复一下在另一篇文章中曾写过的一句话：新疆和西藏正被越来越多的风情文字误导和遮蔽，以至于人们很容易从风情上去认识这两个地方，并沉迷于风情复风情的欣赏之中。

我在新疆生活近三十年，散文基本上都是在写新疆，因为新疆地域的一致性，所以我的文字，乃至我的生活都明显带有地域色彩。但我认为关注地域是一件"危险"的事情，新疆和西藏的地域都太过于表象，文化色彩太过于浓郁，你一脚踏入这两个地方，心灵很容易随着眼睛在瞬间被掠夺，沉浸于应接不暇的欣赏之中。当你欣赏完之后，这两个地方仍然以浓郁、隔阂和陌生拒你于千里之外，让你感到绝望。所以当一个作家进入地域，再从地域脱出之后，地域才会变得宽泛，这时候的地域可以是文化，也可以是人自身，而作家的文字，有可能就是地域的延伸或再生。

有一件事是一个很好的说明，很多新疆人都被内地朋友在电话中这样询问："你们乌鲁木齐有草原吗？你们是不是住帐篷，是不是骑马上班？"电话这边不好解释，便说你来了就知道了。内地朋友下飞机后进入乌鲁木齐市区，一边走一边感叹，不像边疆嘛，与任何一个省会城市没什么两样。但他们从乌鲁木齐出发，不论是去南疆还是北疆，一趟下来便都忍不住啧啧称赞，太大了，一天几百公里，才从一个县到另一个县，路程上除了沙漠就是沙漠，除了雪山就是雪山，有好多次都准备原路返回了，但一想到这么远来了，总得看点什么，所以就坚持走下去了。新疆的朋友说，幸亏你坚持下来了，不然就真的白来了，一天从一个县到另一个县走几百公里，才能看到一些风景，这就是新疆状态。

新疆大，大得超出了所有人的想象，于是便有人在"大"字上做文章，比如新疆有阿尔泰山、天山和昆仑山三座大山，有准噶尔盆地、吐鲁番盆地两个盆地，于是有了新疆是"三山夹两盆"的说法，甚至有人拆字解意，说"疆"字的右半部是三山夹两盆的最好例证，三个"一"代表三座山，两个"田"代表两个盆地。这样的总结方法比较容易让人记住，更能成为导游的导游词。于是有人说，"疆"字是上帝专门为新疆造的，不然怎么与"三山夹两盆"那么相符呢？有人又说，这只是地形与拆字解意的一种巧合而已。你不知道，"新疆"二字在清朝曾用于云南呢！如果云南现在还用"新疆"二字，那我们又怎能从一个"疆"字上拆字解意出"三山夹两盆"呢？

有人去喀什的巷子里走了一趟，回来后说："喀什的巷子里铺有两种砖，六角形和四角形的。铺六角形砖的人有情调，而且富有，铺四角形砖的人可能不如铺六角形砖的人富裕，所以就选用了那种常见的四角砖。"旁边坐了一位通晓民俗的人，他实在忍不住便说："你不知道就别胡扯了，铺六角形砖是告诉此巷子畅通，可一直走下去，而铺四角形砖是告诉人们此路不通，走不了几步便是死角，不信你去试试，在那像迷宫一样的巷子里困你一天也走不出来。"

至于西藏，就更容易让人误解。有人去一座寺庙，见喇嘛们两两相对，手舞足蹈、神采飞扬地在谈论着什么。他后来给人讲起自己的经历时，说那个寺庙里的喇嘛很注意健身，念一段经后便要到院子里锻炼身体。这只是他的猜测，但却完全猜错了，喇嘛们两两相对，手舞足蹈，实际上是在辩经。

关于西藏，总是有很多看见和看不见。先说看不见的故事。这个故事是作家闫振中先生给我讲的，与神湖玛旁雍错有关。他说，他在西藏生活了近四十年，只知道西藏民间有"泥擦擦"（用模具刻制的小泥佛，多置于佛塔中）。直到有一年四月，他去神湖玛旁雍错转湖，才知道除了"泥擦擦"外，还有一种"水擦擦"。西藏历来有"马年转冈仁波钦，猴年转杂日山，羊年转玛旁雍错"的说法。他去的那一年是羊年，正好是十二年一次的转玛旁雍错的年份。在这一年中，玛旁雍错湖中的所有洗浴门都将打开，朝圣者绕湖转一圈，便可洗去所有罪孽，免受轮回之苦。这一年的玛旁雍错也格外美丽，蓝天白云融于万顷碧波，不时闪出神秘的波光。在转湖途中，闫振中看到了这样一个情景：有两位藏族女僧人俯身在湖边不停地用"泥擦擦"模具在湖面上小心翼翼地一上一下地来回移动着，当模具轻触水面时马上提起，然后又按下去，与我们平时盖印章的动作颇为相似。她们就那样神情专注地重复着那个动作，一两个小时都没有停止。闫振中看得既入迷又惊奇，忙问她们这是在做什么，其中一位较年长的女僧人说："我们在印'水擦擦'，你难道没有看见整个玛旁雍错都漂满了成千上万个佛像吗？"闫振中定睛观察湖面，可眼前除了一顷碧波还是一顷碧波，并没有一个佛像。另一位年轻女僧人对他莞尔一笑说："你是凡人之眼，心中无佛，怎么可能看见湖中有佛呢？"说完又俯下身在湖边专心刻印"水擦擦"。

再说看不见的故事。这个故事是一位藏族女诗人讲的，与布达拉宫有关。有一年布达拉宫展佛，她前去观看。这个活动已经有四十年没有举行了，因此是一次盛会，拉萨所有能看见布达拉宫的地方都站满了人，渴望能一睹展佛过程。这位藏族女诗人在人群中发现了几位个子矮小的藏族人，他们站立的地方看不到佛，但他们却并不像其他人那样向前拥挤和眺望，他们只是面朝展佛的方向，一脸平静的神色。过了一会儿展佛开始了，人群将矮小的他们淹没，但他们面朝展佛的方向已满脸泪水。藏族女诗人突然顿悟，他们在心里看见了佛。

不用再举例了，有多少人，跑了很远的路去看世界，到最后离开时，心里却装下了一个错误，有的错误甚至永远都不能被纠正过来。

【事实】

藏北阿里在最初对我的影响，是三件事。我将其中两件视为阿里对我的感召，将另一件视为阿里对我的赐予。

第一件事是感召。一位朝圣者和母亲从家乡出发去朝拜神山冈仁波钦。一路上，他将双手举至鼻尖、额头，身体前扑，五体投地，三步一身磕长头。一次结束，下一次仍将重复这一固定动作，始终如一地穿越千山万水。苦难的肉身之中深藏的是坚定的信念，他一路坚持无我的追求，肉身上被磨得仅为一层黝黑粗糙的皮肤，而匍匐，长拜，祈祷……始终不曾改变。母亲是他强有力的后援，在他每天前行的不远处给他做好晚饭，煮好热茶，等着他那双特制的叩拜木板远远地传来摩擦之声。他用毕茶饭，依靠着母亲进入甜蜜的梦乡。第二天太阳升起，他又将双手举至鼻尖、额头，身体前扑，五体投地……开始三步一身磕长头。后来，他病倒在了朝圣路上，母亲抱着他流泪，他似乎连睁开眼睛的力气也没有了。这时候，不远处的寺庙里传来钟声和喇嘛的念经声，神奇的事情在那一刻发生了，他像是突然获得了无穷的力量，爬起来又开始将双手举至鼻尖、额头，身体前扑，五体投地……开始三步一身磕长头。

第二件事仍为感召。在一个寺庙中，因为心怀虔诚，我想买一些酥油添加到燃着的酥油灯中去，当地朋友马上用手势制止了我，他认为我的想法不妥，添加到酥油灯里的酥油并非买的，而是朝圣者上路时从家里带来的。除了酥油，他们还随身携带大量现金，那是他们全家辛苦放牧牛羊挣来的钱，用厚实的腰带紧紧包裹，然后缠绕在腰部一直带到了寺里。一路上无论多么艰难，他们都不会动用那些钱。等走到这个寺里，将所有的朝圣之事做完后，便将那些钱供奉于佛像之前，然后心满意足地返回老家。从此，他们哪怕生病挨饿或遭受其他苦难，都会了无遗憾，他们觉得将所有的钱供奉于佛，已完成了最神圣的夙愿。我在一个殿堂里看见一群朝圣者手提从家里带来的酥油，在佛像前的神龛台前，神情严肃地将酥油慢慢添加到了长明灯里，然后磕头，念六字真经。我突然明白，因为长明灯里添加了他们从家里带来的酥油，所以他们回去之后，内心便有了属于自己的长明灯。

第三件事是赐予。太阳快落山的时候，我们的车子正赶往多玛，由于地形开阔，前面的两座雪山便展示出全貌。我看见夕光泛出一层浓烈的色彩，两座雪山被辉映其中，似乎变成了两件正被夕阳完成着的艺术品。后来，夕阳落下去了，两座雪山复又呈现出原貌——褐色山体、晶莹的积雪，以及几条若隐若现的线条，都是我多次看到过的景象。车子转过一个弯，我的视线发生变化。突然，我无比惊讶地看见两座雪山变得像两尊隐隐约约的佛，正站立于天地之间，俯视着我们驰近的车子。我觉得自己并没有出现幻觉，因为那一刻的雪山真是太像佛了，其顶部俨然是佛的头部，而且还有清晰的面容，而中下部又活脱脱是佛的身躯。但我并不只为两座雪山酷似两尊佛而惊奇，我感觉有一种神秘在迅速蔓延，以至于我的整个身心都被裹了进去……行进到那两座雪山下遇到的一幕，再次让我惊讶。有一群朝圣者正在向那两座雪山磕头，一问才知道他们在刚才也看见那两座雪山在一瞬间变得像两尊佛。他们证实了我的目睹，那一刻我觉得无比幸福。

不仅仅只有人是如此肃穆，就连藏北的动物似乎也有灵异的心灵，多现出它们向往神圣的行为。当我看到动物也像一步一叩首的朝圣者一样，便被它们感动，并无比欣喜地认定我看到了藏北最神奇的一幕。是在日土县的班公湖边，几只鹰在山坡上缓慢爬动着，稍不注意，便以为它们趴在那儿纹丝不动。我第一次见到在地上爬行的鹰，心里有些好奇，便尾随在它们后面想看个仔细。首先进入我眼帘的是它们爬过的地方，有一条被它们双翅上流下的水沾湿的痕迹。回头一看，这条湿痕是从班公湖边一直延伸过来的，在晨光里像一条明净的丝带。我想，鹰可能在掠过湖面时双翅沾水了，所以从湖中出来后，身上的水便弄湿了爬过的地方。常年在喀喇昆仑山上生存的人有一句调侃的谚语："死人沟里睡过觉，班公湖里洗过澡。"这是他们的炫耀，高原七月飞雪，湖水一夜间便可结冰，人若是敢下湖去洗澡，恐怕便不能再爬上岸来。

班公湖是个奇迹，在海拔四五千米的高原上，粗糙的山峰环绕起伏，而一个幽蓝的湖泊就在山峰中间安然偃卧。这个湖看上去很美，太阳升起时，湖面便扩散和聚拢着片片刺目的光亮，人尚未走近便被这片光亮裹住，会有眩晕之感。

当时，那几只鹰正在往一座山的顶部爬行。平时，鹰都是在蓝天中展翅飞翔，其速度之快，像尖利的刀剑一样倏然刺入远方。人不可能接近鹰，所以鹰的具体生活是神秘的。据说，西藏的鹰来自雅鲁藏布江大峡谷，它们大多在那里出生并长大，然后向远处飞翔，大峡谷在它们身后渐渐模糊。它们苦苦飞翔，苦苦寻觅适于生存的地方。

我仔细看了看，发现那几只鹰的躯体很臃肿，在缓慢挪动时两只翅膀散在地上，像多余的东西。再细看，它们翅上的羽毛稀疏而又粗糙，上面淤结着厚厚的污垢。在羽毛的根部，还有褐色的粗皮在堆积，没有羽毛的地方则裸露着皮肤，像是刚被刀割开的一样。我跟在它们身后，它们已经爬了很长时间，晨光在此时已变得无比明亮，但它们的眼睛却都紧闭着，头颅也缩了回去，似乎并没有力气度过这美好的一天。

我想，它们是不是在班公湖中被浸泡了一夜，已经被冻得丧失了生存能力，所以在爬行时才显得如此艰辛。我跟在它们后面，一伸手便可将它们捉住，但我没有那样做，几只在苦难中苦苦挣扎的鹰，与不幸的人是一样的，这时候应该同情它们，而不应该伤害。一只鹰在努力向上爬行时显得很吃力，以至于爬了好几次都不能爬到那块不大的石头上去。我想伸出手推它一把，但就在那一刻我看到了它眼中的泪水。从它流着泪水的眸子里，我看见了一种苦难中的挣扎和屈辱。

山下，同行的老唐在叫我，但我不想下去，我想跟着这几只鹰再走远一点儿。我有几次忍不住想伸出手扶它们一把，帮它们把翅膀收回，如果可以，我宁愿帮它们把身上的脏东西洗掉，弄些吃的东西来将它们精心喂养，好让它们重新飞上蓝天，只有天空才是它们生命的家园，它们应该以飞翔的方式生存在自己的家园中。老唐等得不耐烦了，按响了车子的喇叭，鹰没有受到惊吓，也没有加快速度，仍旧无比缓慢地往山上爬着。

十余分钟后，这几只鹰终于爬上了山顶，它们慢慢靠拢，一起爬上一块平坦的石头。过了一会儿，它们慢慢开始动了——敛翅、挺颈、抬头，然后站立起来。片刻之后，它们突然一跃而起，像射出的箭一样飞了出去。它们飞走了，不，是射出去了。几只鹰在一瞬间，恍若身体内部的力量迸发了一般，把自己射了出去。太神奇了，这样的情景完全出乎我的意料，我本以为它们是在苦难中挣扎，没想到它们却是为了到达山顶才起飞。

几只鹰转瞬间已飞出去很远，在天空中，它们仍然是我们平时所见的那种样子，翅膀展开，沉稳地刺入云层，如锋利的刀剑。远处是更为宽广的天空，它们飞掠而入，班公湖和众山峰皆在它们的翅下。

这就是神遇啊！目睹了这一幕，我心满意足。下山时，我内心无比激动，看见脚边有几根鹰掉落的羽毛，便捡起紧紧抓在手中，我有一种拥握着圣物的感觉。

我终于明白，鹰哪怕历经多少苦难，也一定要从高处起飞。

说西藏说得够多了，该怎样述说西藏，或者说准确述说西藏需要怎样的方式？依稀记得有一本国外出版的画册《神山》，里面有这样一段话："冈底斯是一面镜子，它雄伟壮丽并反射灵光。当你与它对视时，它对你的一瞥成为无限。"无比幸运，我觉得自己也在那一瞥之中。

但在西藏时间长了，总是走很远的路，看很多的山，走多了看多了，人难免审美疲劳。细想一下，至今最难忘的事情仍是发生在界山达坂上的一件事。行进在新藏线上，当汽车爬上一个山头，一块界碑突然出现在眼前。这就是界山达坂，在这里以山为界，一边是新疆，一边是西藏。从这里开始，藏北高原才彻底显示出了赤野的轮廓。西藏是世界的屋脊，而藏北又是西藏的屋脊。所以说，藏北是屋脊的屋脊。从新疆延伸而来的喀喇昆仑山，走到这里似乎已经没有力气，而界山却突兀隆起，以一种迅猛之势向西藏延伸而去。我想，名叫"新疆"的那个运动员已经跑完了历程，下面该这名叫"西藏"的队员接过接力棒开始跑了。远处，冈底斯山影影绰绰，在云雾中显露出几许雪山的轮廓。再往下，有更艰难的路程需要"西藏"这位运动员去跑完。

感到头疼和胸闷，这才想起这里是海拔6700米的达坂。车子在界碑前停住，大家下车后神情都有些恍惚。我们已经走出新疆，接下来如何进入西藏，每个人都不知所措。但这时界碑像是在召唤，大家的脚步虽然犹豫，但还是走到了界碑跟前。界碑是用水泥浇铸而成的，有好几处已经破损，过往的行人或牧民在界碑上绑了很多经幡，一阵风吹过，经幡便随风弥漫出几分肃穆之感。我们默默地看着界碑，觉得系在界碑上的经幡使它散发出一股神圣的气息，似乎它不是一个划界的碑，而是被用来举行过无数仪式的器具，在这里被搁置多年，至今还传递着一股圣洁的气息，浸润着人的身心。

站在界碑前，心里突然冒出一个念头——在这里，一边是新疆，多辽阔的沙漠；另一边是西藏，多晶莹的雪山。似乎仅仅一脚迈过去，就从一种境界进入了另一种境界。一股又喜又忧的滋味在内心蔓延，喜的是，自己终于站在了一个有高度的地方，圣洁的感觉让我觉得正在经受一场前所未有的洗礼，似乎自己要在这里开始飞升；而忧的是，在如此一个地方，我到底该把脚步伸向哪一边？如此冥想一番，便觉得界山承受着双重的寓意和象征，而人一时却又说不清楚。

正要离去，突然飞来一群乌鸦。仔细一看，飞在前面的一只在奋力逃飞，后面的一大群紧追不舍。原来，逃奔的那只乌鸦嘴里叼着一块食物，后面的乌鸦想冲上去抢夺。一场争夺在高原上开始了。那只乌鸦不愿舍弃嘴里的食物，于是便奋力逃飞，绕着界碑躲避可恶的同类。那群乌鸦对它紧追不舍，发出的哇哇声响成一片。界碑被那只乌鸦用作掩护，而追逐的那群鸟儿又把界碑当成进攻的领地。这样的情景在界碑旁出现，让人看着看着便惊呼：乌鸦们不经意在新疆和西藏之间打转，毫无顾虑，轻松自如。于是不由得心生感慨，生命变得紧迫时，从一个地方到另一个地方，其实是很轻松的事情。

猎人之痛

【说法】

  猎人是一种古老的职业，昔日的猎人们在山野间追逐动物，发挥自己的智慧与动物周旋，最终或把它们诱惑进陷阱，或让它们倒在刀箭之下，不但解决了生存问题，而且让捕猎职业焕发出神圣色彩。那时候的猎人们在丛林、荒野和河流中忙碌一天，草屋前的女人和孩子远远眺望着他们，旁边的锅里炖煮着兽肉或鱼。猎人们因为远离战争和人与人之间的纷争，身上有一种浪漫色彩，他们没有忧愁和烦恼，是真正的大自然之子。

  今天已很少能见到猎人，或者说，猎人已悄悄从人们的视野中消失，有关猎人的故事，也变得像传说一样遥远而神秘。

  在新疆阿勒泰，我偶然间听到一个猎人和狐狸的传说，很快，我又得知很多猎人都知道那个传说，他们觉得并不足为奇，但我仍为狐狸在猎人面前散发出的虚幻之光而惊奇。那个传说不长，费不了多少笔墨便可详细记述：一位猎人每天都在山中打猎，他的箭术很好，每每都能把动物一箭射翻。但有一天却出现了意外，一只狐狸被他射中后却未毙命，拖着身上摇晃的箭逃进了山林。猎人追了一天一夜，狐狸一刻不停地逃奔，他的箭全部射完，便拔出腰间的刀子又追。最后，那只狐狸不见了影子，山林里一片漆黑，他迷路了。又过了一天一夜，他饥肠辘辘，觉得自己会被饿死。这时，那只狐狸突然出现，对他说："让我送你回家吧。"求生欲望让他忘记了自己对狐狸的追杀，遂跟着狐狸踏上路途。走了两天两夜，狐狸把他带到一条大路边，告诉他从这里便可回到他的村庄，然后转身离去。他突然想起有一支箭还在狐狸身上，便想帮狐狸把箭拔下，但他看见狐狸身上空空如也，那支箭早已不知去向。看着狐狸走远，他的眼泪流了出来。

  听传说一类的东西，就看你怎么听了，有时候听的是热闹，有时候听的是寂寞，有时候甚至能听出传说对人心砸出的痛。也许传说对时间有复仇心理，不论传说是否出自真实事件，在有时候却会再次发生。阿勒泰的猎人们都不喜欢听这个传说，因为在这个传说中人变得弱小，狐狸变得高大，会让一直以职业为荣的他们跌入蒙羞的深渊。

我看见他们脸上有不悦的神情，便觉得谈论有关狐狸的传说颇为尴尬，便把话题转移向久远年代的传说，阿勒泰的哈萨克族有不少传说，他们甚至将一些传说转变成生活所需，比如"巴克斯"（萨满），至今仍在遇到事情时会选一块羊骨头放进火中焚烧，然后根据骨头裂纹判断出放牧的行进路线。同时，他们还通过摆放四十一粒羊粪，推算出人畜在外安全与否。我本想从他们嘴里听到一些史诗或阿肯弹唱的内容，但他们说着说着却说到一只狼和一只老鼠的故事。说是一只狼被猎人用绳子束缚，一只老鼠在深夜咬断绳子，狼得以逃脱。后来的一天那只老鼠被狼群围住，眼看无望活命，这时一只狼护在那老鼠前面，对着狼群嗥叫咆哮，少顷后狼群沉默离去。这是一个报恩的故事，是否出自真实事件，已无从查证，但在遥远偏僻的牧区，其故事内容与吹过的风、下过的雨，以及终年不化的积雪，有着一样的意味。讲这个故事的老人拿出他孙子的一本书说："这件事都已经被写进了书中，白纸黑字，一定感动了很多人，还有必要一定要分出是不是真事吗？这个事情，我们的老祖先早就总结出了谚语：'幸福的人，白天陪着你的是眼睛，晚上陪着你的是梦境。'"听他那么一说，我想起前些年曾引起广泛关注的"你幸福吗"的提问，如果人们像这位老人一样自足，又何必强调"幸福"二字。

到了1993年，我因为参与新疆收缴猎枪行动，与新疆最后一批猎人有了接触。当时我在部队，因一部分持猎枪的牧民生存于边境线一带，故部队也派人参与，我有幸忝为其中一员。在收缴猎枪过程中，印象最深的是所有猎人都持有打猎证，他们接到上交猎枪的通知后神情恍惚，捏着打猎证的手发抖。他们舍不得上交打猎证，因为没有了打猎证就不能拥有枪，也就不能再打猎。他们中打猎时间最长的有五十多年，从十多岁开始打猎，当时的年龄已在七十开外，在这个年龄让他们停止打猎，是非常痛苦的终结。但他们已经从宣传中知道，也就是从这一年开始，有不少原先作为猎物的动物被列入保护动物范围，以后是真的不能动它们一根毫毛了。比如狼，以前打死一只狼可被奖一只羊，打死一只母狼还加一只小羊，但从这一年开始狼也被列入保护之列，哪怕狼对牛羊的侵害再大，谁也不能打死它们。据说狼对牛羊造成的侵害，由国家负责赔偿，但到底是谁管，具体赔多少钱，牧民们一无所知。

记得先前与一位猎人谈论起那个与狐狸有关的传说,他说他不相信会发生那样的事情。过了几年,我又碰到那位猎人,他说他相信会发生那样的事。我想知道原因,他却一言不发。我对那位猎人说:"你变了。"猎人说:"不是我变了,是事情变了,以前打猎打得那么厉害,动物反而越打越多,甚至晚上听着狼在外面嗥叫是一种享受,现在虽然不打猎了,但是动物却越来越少,天一黑什么也听不见,一晚上都睡不踏实。"他说他其实怀念那些动物,哪怕听听它们痛苦的嗥叫,或者看看它们愤恨猎人的眼神,但却听不到也看不到了。说完后他从口袋中摸出一支烟用打火机去点,但他的手在发抖,点了几次都没有成功。那手指在以往的岁月是扣扳机的,如今却变成了这样。

事情变与不变,有多少会顺应人心?

【事实】

我无意间听到猎人别克的故事,便觉得应把他归为新疆的最后一位猎人,唯其如此,才会对猎人这一古老职业有纪念意义。别克在十三岁那年,母亲把他领到村庄里管事的老人跟前说:"我们出身贫穷,这个孩子当不了巴依(富人),就让他跟着村里的打猎队学习打猎吧。"

那些年肉食很少,人们便自行解决,别克跟着一群人去打猎,别人以为他拿不动枪,但他遇到猎物后举起枪便把猎物击中。到了十六岁,他已经是百发百中的神枪手。

别克凭借丰富的打猎经验,每次骑马出去都满载而归,村里人夸他,马不用看大小,跑得快就是好马。二十四岁那年的一天晚上,别克发现了一群黄羊。黄羊在晚上成群卧下后,会派一只黄羊站在高处去执勤。猎人们掌握了它们的这一规律,只要发现了那只黄羊"哨兵",便可获知附近一定有成群的黄羊。别克在那天晚上找到黄羊群后,却并不急于开枪,而是点起了一支火把。火光让黄羊的双眼不适,继而又失去方向感,趴在那里一动不动。他扣动扳机,一只黄羊呜咽着倒地。利用亮光射击,是最佳的打猎办法。

黄羊的致命弱点在白天同样也暴露得淋漓尽致,它们逃跑时屁股上的白毛总是很显眼,是猎人瞄准的最佳选择。至于它们潜藏于树林或草丛中时,则顾头不顾尾地又将屁股高耸于外面，其白毛又会让猎人迅速发现。猎人们为此总结出一句话：黄羊晚上死在眼睛上，白天死在屁股上。

那天晚上，别克打死了五只黄羊，可谓收获颇丰。他把黄羊放到马背上，唱着歌到了铁列克提公社的一个朋友家。五只黄羊那么一大堆，如何存放成了问题。他和朋友商议后，把五只黄羊堆放在了朋友家的鸡圈里。

除了打死了五只黄羊外，他还抱回了一只刚出生不久的小黄羊。它不知道死亡已经发生，所以便不停地拱着母亲的嘴，间或还发出亲昵声。这一幕被别克朋友的女儿无意间看见，但别克没有发觉小女孩的反应，在黄羊从那堆黄羊中翻滚爬起，哀号着意欲逃走时，经验丰富的别克不慌不忙，他一手扭住它的脖子，一手抽出腰间的刀子刺进了它的喉咙，它低低地呜咽了几声便不动了。

"那一刻我恨他！"多少年后，她说起这件事时仍抑制不住伤感。在她的童年，那是一次刻骨铭心的杀戮，她亲眼所见，内心虽然产生了一种本能的救护欲望，但因为她只是一个六岁的小姑娘，没有实施行动的能力，所以她幼小的心灵在那一刻承受了巨大的伤痛。

二十多年后，别克和当年的那位小姑娘在一个草原上相遇，别克想起了那段往事，对她说："当时你刚出生嘛。"她变得有些冲动，急忙说："不是，我已经六岁了。"之后的交谈有些尴尬，她是那件事的亲历者，但别克的回忆让时间错位，并否定了她当时在场的事实，更忽略了她与那只黄羊对视时的内心之痛。这件事于她而言有二十多年的内心负重，别克回忆的错位又怎能将其改变。

但别克对此一无所知。

到了三十多岁时，别克已经打死了不少狼，内心的渴望像火焰一样，经过烈燃之后已不再激烈。他明白，打死的狼越多，便越觉得自己是残忍的，有时候被击中的狼在地上抽搐，双眼中充满痛苦和绝望，而且发出像孩子一样的叫声，他忍不住想扑过去救它的命，但他的子弹早已把杀戮推向极致，他便只能无奈地转过身去。

一天，他在山谷中看见山顶上有一个白点在移动，他判断是一只白狼，便迅速找到最佳射击位置，将子弹上膛，瞄准，扣动了扳机，白点应枪响晃了一下后坠入山谷。他跑过去寻找，四周却没有白狼的任何痕迹。他从来没有放过空枪，难道没打中？那一刻他沮丧之极，白狼在牧区被视为神秘之物，如果打死一只白狼，就会在猎人中出人头地。

白狼很神秘，别克在山里转了好几天都不见它们的影子。他的嘴唇已经干裂，但气愤仍让他把镶牙咬得发出脆响，喝完水会把牛皮水壶"咚"的一声放在地上，让沉寂的山谷似乎有了几许颤动。

第四天，别克与一只白狼相遇了。他很奇怪，白狼并不像人们说的那样神秘，他刚翻过一个山脊，便看见一只白狼站在不远处，它没有想到会突然与人相遇，便有些惊恐，但惊恐只在它眼里一闪便隐去，它一动不动站在那儿望着他。别克亦保持平静，丰富的狩猎经验让他警醒，此时如果慌乱，会使白狼受惊吓逃走，而他一动不动则会麻痹它，让它误以为他不动，继而等到出手的机会。

但那只白狼只看了别克一眼，便转过身慢慢向山坡下走去，它身姿优美，加之通体雪白，走动时俨然是一位美丽的少女，周围的所有草木都似乎在为它俯首。

别克从山坡下去，一直追到一条小河边。不能再追了，如果白狼涉水而逃，人在河中的速度会大大降低，很快就会被白狼甩掉。别克举起了枪，但聪明的白狼还是让他上当了——它突然转过身跑上了山坡，别克还在半山坡上吃力地爬着，那只白狼却在山冈上闪出一片白光，很快便不见了踪影。狡猾的白狼！别克感叹一声，遂下了死等它的决心。

第五天，别克再次与那只白狼相遇。白狼看他一眼，便又向山下逃跑，昨天已经上过一次当了，今天他不会傻乎乎地跟着白狼从山上往下跑了，他对着白狼开枪射击，不给它以喘息之机。令他不解的是，白狼居然跑得很慢，似乎并不恐惧子弹会让它毙命。

别克用跪姿一枪击中了它。别克感觉白狼在他扣动扳机时似乎有了感应，身子闪了一下意欲逃脱。但它怎么能比子弹还快呢，枪响过后它一头栽倒在地。"打中了！"别克大叫着扑了过去，但白狼在装死，它很快翻滚而起又逃跑了。也许伤痛激发了它身体里的力量，它很快便又逃得不见了踪影。又上当了，白狼用装死的方法让别克放松警惕，然后利用他下山坡的时机迅速逃走。一只白狼，前后两天让他上当受骗，他心里的滋味不好受。他坐在一块石头上喘着粗气，为白狼两次逃脱，也为自己两次上同样的当而沮丧。他觉得白狼太狡猾了，他不是它的对手。

休息少顷，别克没有了再寻找白狼的兴趣，打算从原路返回。但这时的意外发现让他惊讶不已，他看见在远处的山冈上，那只白狼领着两只小狼正不紧不慢地走着。他突然明白，这只白狼之所以在今天故意跑得很慢，原来是要把他引开，以防他发现它的子女。为达到这一目的，它不怕被子弹射伤，甚至毙命，等到把他骗下山后，它便迅速返回山冈带领两只小狼逃走。

这样的事情，犹如紧闭的幕布突然拉开，一切在瞬间昭然若揭。别克极为震撼，并在内心惊异，白狼确实厉害。那一刻他对那些凭主观议论白狼的人产生了不屑心理，他们没有见过白狼，没有和白狼较量过，他们怎么能知道人屈服于狼的聪明时，心里是什么滋味。

到了四十岁后，别克便一直想停止打猎。如果说停止是因为忏悔，那么忏悔便一定是有原因的。别克为动物心动是在拉特湖边，他和一位朋友带着双筒猎枪去打呱呱鸡（野鸡），到达射击点位后，他们潜伏在一个沙坑中支起了猎枪。很快就有一群呱呱鸡出现了，别克和朋友瞄准射击，一只又一只呱呱鸡应沉闷的枪声倒地。但双筒猎枪一次只能装两发子弹，要频繁换弹，所以大部分呱呱鸡受惊逃窜，山坡上像是有无数快速移动的小黑点，也有石子发出一阵乱响。他们是老猎人，换弹速度很快，所以呱呱鸡逃脱的越来越少，而趴在地上的越来越多。频频开枪更能刺激猎人，子弹出膛时枪身的震颤、子弹的响声，以及猎物在腾起的尘土中倒下，都是猎人难得的体验。十几只呱呱鸡横尸山坡，他们准备将它们收拢后返回，但却有一只呱呱鸡嘶哑哀叫着从山后飞了过来，身后有一只鹰在追它。犹如巨大黑影一般的鹰是呱呱鸡的天敌，往往在一瞬间便闪烁而至，呱呱鸡在它们双翅一扑，或双爪一伸之间便会毙命。

那呱呱鸡向他们俩迅速跑了过来，直至跑到他们脚下才停住，用充满恐惧的眼神望着他们。在那一刻，不知出于什么原因，别克和朋友都不约而同地举起枪向鹰瞄准，吓走了鹰，救了那只呱呱鸡。他们本来是来猎杀呱呱鸡的，但在天敌逼近的一瞬，呱呱鸡还是跑到了他们跟前，呱呱鸡信任人类，所以他们便本能地产生了保护意识。他们用沾血的手摸了摸那只呱呱鸡，只是让它慢慢离去。那一刻，他们没有产生再多添一只猎物的想法。

后来在一个湖边，别克发现了一只刚出生不久的小狼。凭着丰富的经验，他断定大狼一定在不远处，便潜伏起来等待大狼。过了一会儿，大狼回来了，是一只母狼。狼十分灵敏，其警惕性之高堪称动物中的佼佼者。母狼很快便发现了潜伏的别克，事实上他并不打算杀戮，但大狼仍很警觉，似乎只要人一出现，危险就会降临。本能的护子意识让它向四周环顾，并很快冷静下来，用嘴咬住小狼向湖边拽去。

　　这时别克才发现小狼的双腿先天残疾，没有走动的能力。当然，因为它刚出生不久，更没有挣扎的能力，大狼用嘴巴拽了它五六次，实际上只向前挪动了一两米。大狼不放弃，似乎用全身力气连拖带拉，将小狼一点一点向前拽去。

　　别克很惊讶大狼发现人后居然如此恐惧，他有些难堪，想赶快离开，好让它们不再遭受折磨，但当时的情况发生了变化，母狼的母性力量在苦难之中被激发了出来，它嘶鸣一声终于拽走了小狼。

　　别克很惊异，大狼在一瞬间会爆发出那么大的力量，而沉重的幼子在它爆发出力量后变得轻如羽毛，被它轻而易举就弄到了湖边。但湖水很深，犹如一个死亡的深渊，它们逃进湖中又将如何。接下来的情景让别克目瞪口呆，母狼用力将小狼推入湖水中，逃生的本能让小狼突然用力向前游去。小狼因为两条腿残疾而无法走动，但进入湖中后却会游泳。狼太聪明了，在生死关头改变了命运。

　　别克站在湖边愣怔出神，湖水使它们的身影起起伏伏，很快便不见了踪影。周围一片寂静，似乎什么都没有发生。

　　几年后，狼又让别克感动了一次。那次去山中牧羊，走在路上，别人给他讲了一个故事。有一公一母两只狼，被几位猎人围住，子弹频频向它们射去，它们均巧妙躲开，但最后那只母狼还是被击中，嘴里汩汩冒血倒地而亡。令他们惊异的是，那只公狼却并不趁机逃走，反而置生死于不顾，大叫着向他们扑来。他们被吓坏了，怕它尖利的爪子抓向自己的眼睛，便又向它开了枪。那只公狼被子弹击中，它爬到母狼跟前和它躺在了一起。他为狼感动，隐隐觉得到了该放下猎枪的时候了。

　　几天后，别克懵懵懂懂向山谷深处走去。正是黄羊下山喝水的日子，狼在这时会跟踪黄羊，猎人们都要利用这个机会打狼。很快黄羊便成群出现，别克趴在石头后一动不动,等待它们过去。别克的目标是黄羊后面的狼。很快,五只狼出现了。别克在一个射击点位瞄准了一只狼,他有信心一枪把它打死,只要打死一只狼,另外四只狼会迅速逃走,他就可以把打死的狼扛回村里。但他很快发现了五只狼中有一只颇为高大,它犹如王者,气宇轩昂。

别克弃所有狼于不顾,掉转枪口向那狼中王者射击。子弹准确击中它,但它却挣扎着逃跑了。别克骑马狂追,并一再向它开枪,但因为它速度太快而未击中。他失败了,但这时候的失败却刺激了他,他马上改变策略,背上枪打马加快了追赶的速度。他知道狼已经中弹,会因为奔跑而大量流血,而急促的追赶无疑会让它更快地接近死亡。这些人能想到,但狼不懂,猎人们经常说,打猎不仅靠猎枪和子弹,有时候还要靠智慧,有了打猎的智慧,猎物无论如何都逃不出猎人的手掌。

山谷中,一人一马追赶一只狼中王者。别克在逼近,狼在逃跑,二者之间的距离在缩短,大狼生死与否,最后会在那缩短的距离中见分晓。最后,狼意欲爬上山坡时,终因体力不支滚了下来。别克跳下马准备向它开枪,但它发出的一声哀鸣让他心头一颤,扣扳机的手犹豫了一下停住了。他看见它口吐鲜血,一定是因为刚才奔跑让伤痛加剧,它的命不长了。这正是他预谋的死亡方案,一切都在意料之中。

狼又叫了一声,他的心又一颤。大狼悲惨的叫声,如果换了是人,一定是血泪飞溅的一刻才能发出的。别克下不了手,蹲在它身旁看它抽搐。生的希望如同火苗熄灭,死的巨大深渊张开了吞噬的大口。它已没有挣扎逃跑的力气,只是望着他在等待死亡。别克看见它眼里充满痛苦,那是一种经过较量、挣扎和屈服之后的痛苦,犹如死亡之神正在移动看不见的手指,很快会一把将它拽进死亡黑洞。

别克看见它的眼睛滚出了泪水,他的心一颤,遂放下了手中的枪。它是狼中王者,但恐惧让它身上的光彩骤减,并且把悲哀迅速放大。所有生命在死亡面前都是脆弱的,谁又能从深不见底的死亡黑洞中爬出?别克有些悲哀,他不想看见这样的死亡,尤其是在死亡边缘的挣扎和绝望,他不打算要它的命了。天很热,他抱来一些野草将它盖住,以起到让它降温的作用,亦让它缓解伤痛。如果它命好,或许可躲过一劫。

一个多小时后他掀开野草，血已在狼的唇角结成黑色痂块，它的呼吸也十分微弱，但那双眼睛却睁得更大，里面是放大的绝望和恐惧。他在它跟前走动，它的眼神随之移动，似乎希望他帮助它从死亡中挣脱出来，但死亡绳索已死死将它捆绑，它无望再活下去。

　　别克估计，它还得受两天左右的折磨才能死去。一个难题摆在了他面前，晚上会有哈熊出现，一旦发现它便会扑上来用大掌拍击一番，那样的话，它在生命的最后又会遭受屈辱。即使没有哈熊出现，它在两天之中慢慢等死又是多么痛苦。

　　别克在那一刻产生了一个念头，他把枪口对准它的头部，转过脸扣动了扳机。枪响过后，它一动不动地躺在那里。它的痛苦终结，生命终结，死亡终结。

　　也就是那次返回后，别克痛下决心戒猎了。

筒子楼

聂小雨

因为公司在八卦岭，我找到附近的筒子楼，一住就是好几年。筒子楼纵列四幢，甲幢临街，下面超市、餐饮、银行、邮局一应俱全，日久生情，越发离不了，几次想搬，似乎哪都不如这里顺溜，终究打消了念头。我从丁幢住到丙幢，又时常穿行于甲幢乙幢的邻友之间，这里的一颦一笑，在偌大的深圳大地上流动，却无不圈围在小小的天井里。如果说关起门来生活才是自己的，而家家户户门一开，扑面而来的生活，叽叽喳喳的女人们又如何抵挡得了。

离不了，说到底，离不了的还是人。人与人熟了，贫乏的日子就不那么难熬，即便这种熟是有限的，不过是相约上超市，煲好汤端一碗过去，试试新衣新鞋，打打麻将聊聊电视剧，一起下楼敷个面膜……解决不了任何实质，然无限的幸福与疼痛，除了自己，谁又帮得上。正因为有限，今天你来明天我走，此生再无交叉，反倒成就了一份独有的轻松。少了纠心与牵挂，流连于絮絮叨叨中，是消磨，也是快乐。这俗世，这热腾腾的家长里短，我等凡人又如何离得了，又有什么值得我们非离不可？

最先认识香姐，湖南老乡。她住筒子楼的拐角，不规则的两居室，与我隔着两户，是我上下班的必经之地。香姐喜欢在走廊上带孩子，女儿晶晶刚刚学步，白白胖胖，走过路过，都会蹲下来摸一把捏一下。一摸一捏，就都熟了。香姐初来深圳端过盘子站过柜台，认识老公之后便当起全职太太，用她的话说，成了保姆。香姐老公是山东人，早年跟着大哥出来做工程，大哥生意越做越大，自家小弟顺便分得一杯羹。这两居室就是大哥先前住过的，赠品。香姐虽然也心向往有朝一日，但眼下现成的舒服日子倒是十分知足。对待老公，香姐像照顾老板一样照顾着，犹如手捧瓷器，生怕有所闪失。香姐老公起早贪黑，不分节假日，很少在家用餐，香姐吃饭也就马虎，碰到哪天老公报餐，这才鸡鸭鱼肉大张旗鼓，既隆重又不动声色，所谓低调奢华。香姐成日闲着，一张矮板凳，坐看回廊上你来我往，形形色色，然后将所见所闻播种机一样撒向我们。赶上秘密之事，大嗓门的香姐突然小小声，又或拉我们进客厅，仔细叙来。叙到高潮，如若她老公从天而降，香姐便话锋一转，我们也就知趣地逗弄起小晶晶，随后招呼一声，散了。

除了楼道里的听闻，香姐自家的故事也不少。交往久了，香姐忍不住要说出来。香姐老公的大哥，如今的装修大佬，一大家子拢在手底下干活。奇葩的是，年过五旬的大佬公然和二十出头的姨侄女对上了眼，更奇葩的是，姨侄女不羞不臊，大有扬扬得意坐享其成之势。我问香姐："大佬太太怎么办？""怎么办，还能怎么办，屁都不敢放。""离呀。""离什么离，她傻呀，她才没那么傻呢，便宜了别人。"天哪，什么逻辑，不可思议的事情，愣生生让你服帖，不可思议。这就是暴发的深圳，暴发的中国，见惯不怪的一种。香姐叹着："说去说来都是钱惹的。"

我不知道香姐对老公的谨慎与体贴是否是从中得到警示。反正我从未见过香姐凶狠的样子，香姐的叫嚣顶多针对女儿晶晶，吓唬吓唬。老公一回来，香姐立马淑女起来，既不串门，也不坐在门口的走廊。

日子愈长，一年胖比一年的香姐愈发憋不住，告诉我她这些年攒下不少私房钱。"你老公还是有数的吧，钱都是他给你的。""晓是晓得一点儿吧，有数有个鬼用啊，我自己的密码。跟你说，女人啊，千有万有，还是要自己有。"

私房钱，既是自我保护与防备，同时又是安全感的缺失，造就的似乎是女人的所谓底气。我不知道基于爱情的婚姻有多少，理想是否真的不堪一击，被现实击打成落花流水？然而无论外面的世界怎样，女人们毋庸置疑的手把手的经验，到我这里一概打住，左耳朵进右耳朵出。在我，心灵的契合与自由才是至美。

筒子楼的人，多半如我，是暂寄，是流转，香姐应该是筒子楼里最稳妥的一个，她的未来最是清晰。

没有香姐的筒子楼，定然寂寞。

香姐隔壁，与我隔着一户，是一对潮汕夫妻。男的矮小瘦削，一副金边眼镜，衬衣裤子熨得笔挺，却成天窝在窄逼的家里，手里夹着一支烟，连走廊上都极少出现。女的叫阿青，健壮，留着极短的头发，也从不穿裙子高跟鞋，尤其是没有脖子，这让她的矮和壮进一步坐稳坐实。阿青每天的工作就是去市场买菜在家洗衣做饭，两口子都不上班，一日三餐却比上班的还准时准点。隔三岔五，就有几个固定的朋友过来他们家，全是男的，有的手臂上还文有乱七八糟的龙啊凤啊鹰啊。一帮人从从容容，工夫茶一喝就是一天，有时吃完宵夜也不散去，挤在他家过夜，好似生命全然只剩悠闲与享乐。

有一次，我在附近的麦当劳看见着工服的阿青。香姐说，切，哪有那么舒服的日子过，钱会从天上掉下来啊。男的大门不出二门不迈，看起来斯斯文文，大老爷们一个，几次夜里听见他大骂阿青呢。麦当劳的小时工，多是些学生，能赚几个钱呐。

整幢楼，阿青唯一打交道的就是香姐。我们常常出入香姐家，阿青也是避开的。

一天下班，刚上走廊，香姐便挤眉弄眼向我勾了勾手指，像是专事等着我回来。原来，昨天上午，阿青的老公难得出一回门，就在晚上，大概十点过后，阿青领了一个男人回来。那声音，一听就不是她老公，还有啊，一双黄跑鞋，脏兮兮的，脱在门口，她老公那么讲究的人，是吧。香姐大清早起来，开门就看到了，等漱了个口出来，黄跑鞋不见了。一准是趁天不亮溜了。香姐既诡秘又大胆，俨然钉子钉进墙壁，青红皂白，雷打不动。我哼哼哈哈，不知回应点什么，好像这事不确定便对不住香姐，心里想的却是，我和男友在香姐的描绘中是副什么德行。香姐还说，阿青结婚这么多年没孩子，搞不清是男的问题还是女的问题，潮汕人那么传统，她不是在想办法传宗接代吧。香姐这猜测，令我一惊。香姐皱着嘴唇嘻嘻一笑，怎么看也是幸福的。

不得不说，想象力是女人理解生活的重要途径。

当然，这样的小道消息，仅止于说说听听，谁也不用负责，也不会惹是生非，更不存在道德评判，毕竟事不关己。说说，听听，是女人平淡日常的重要出口，没有出口的稀松日子怕是难挨的。

玲玲和大谢是女人队伍中的重要成员。其重要在于她俩都闲着，玩才是她们的正事。玲玲和大谢门挨着门，你家做饭我家就不做，我家叫唤一声你家即刻响应。玲玲四川人，大谢福建人，一个西南，一个东南，却在深圳的 KTV 交相辉映。

多数情况是，大谢待在玲玲家，看电视，煲汤，择菜，靠在沙发上翻茶几底下几本旧的时装杂志。电视看不看都开着，固定在当下热播的电视剧频道，看过N遍也不要紧，似乎没有什么比陪伴更长情的打发。玲玲凡事不紧不慢，像是世界上没有一件事值得她着急，又像是这世道早被她看穿，没什么大惊小怪的。玲玲家收拾得十分干净，冰箱，沙发，双人床，茶几，抽斗，每样家什上都铺着洁白的蕾丝花边罩布，地板胶也近纯白，难于打理的那种。我每每伫立门口，作犹豫状，不知如何踏入，扎着围裙的玲玲便停下手中的抹布，原地招呼着："进来呀，没事的，进来吧。"极女性的细声，焦脆得很。我不禁想到，这一尘不染既出于玲玲的热衷，香港老头也是欢喜的吧。

不知为何，我总想奋力为各式各样的情感找到支撑的蛛丝马迹。

玲玲二十六七，香港老头少说过了六十，个把月来一次，有时也不定，突然袭击似的，住上个三五天。老头一来，玲玲便和他逛超市，大袋小袋，气喘吁吁地拎上楼。老头几根稀疏的头发，近似于无，白汗衫，蓝短裤，背有些驼，走路也是慢的。老头一声咳嗽，整幢楼就知道他来了。难忍的是，老头口一张，一股子浓浓的气味，隔着麻将桌也能熏你个半死。老头脾气还暴躁得很，喋喋不休，就像麻将桌上个个是他的仇敌，不到手实在背得不行，绝不起身让位。玲玲通常是不吭声的，等到忍无可忍，大吼一声，老头这才嘀咕两下，闭嘴。大家也都看在玲玲的分上，不跟老头计较。

论外表，玲玲算是普通，可是再普通，也不至于……玲玲极少出门，每天门敞开着，电视剧一集接一集，做自己的乖乖女。偶尔出门，必是大谢等旧友的饭局。玲玲将自己拴在老头的裤腰，出于无奈，还是其他？香姐说，老头当初答应给玲玲买房的，都六七年了，也不见动静。老头贼精贼精的，怕玲玲出去找男人，又怕买了房之后玲玲跑掉。

谁知道呢，流淌的青春，相持与算计的平衡学，精密如游标卡尺上的刻度。大功告成与前功尽弃，或许，只在一瞬之间。百年前里尔克就在诗中写道："谁还会说起胜利呢，忍耐就是一切。"天哪，忍耐这门绝对的技术活，个中滋味，各人有各人的体量。

大谢则是自由身，也不见男人找上门来。大谢高颧骨，小眼睛，一米七五的样子，又瘦，不知怎样的男人才配得上她的纤细。大谢的白天是从黄昏开始的，晚上的啤酒唱歌消夜常常持续到凌晨甚至黎明，上午则是睡觉的好时光。关于大谢，玲玲口风紧得很，谁又好意思打听呢，似乎打听大谢，便是连着玲玲也在一并窥探，有冒犯之嫌。

谁又会比谁聪明呢？世上真有愚蠢之人？鬼才相信。

最新消息，欣姐怀上了。对三十多岁的女人来说，是喜事。欣姐儿子马上入读一年级，她希望这次怀的是女儿。欣姐一家，河南人，和香姐一样，住拐角的小两房，租的。男人做着辅料生意，一匹匹辅料码在墙角，沙发这边麻将桌一支，屋子就有些转不开身。欣姐小巧，五官精致，大事小事，坐镇指挥，唯有在牌桌上，爷们一样，撩着腿，百事不管。欣姐的老公高大，五官脸型分明也是帅的，他每天汗流浃背，任劳任怨，一副大气不敢出的样子，像个十足的仆人，这样一来，怎么看也就帅不起来了，好端端的一副面相，硬是给废了。

我们多是南方人，欣姐亲手擀的面条便成了稀罕之物。当然，吃手擀面得在欣姐心情大好的时候，由她主动发出邀请。和面，发酵，揉面，切条，煎油，烧水，煮面，说起来都嫌麻烦，在欣姐手里，几局牌的工夫就揉巴揉巴好了。面条里只放几片五花肉、几根青菜，吃起来比面点王的香得多，不大爱吃面食的我们也都由衷地夸赞，好吃，好吃。

欣姐如愿生了个女儿，可把她高兴坏了。女儿满月，我们一人一个小红包，欣姐坚决不收，还请大伙在海鲜酒楼搓了一顿。随后，欣姐将隔壁的单间租下，麻将桌也移了过来。欣姐一手奶孩子，一手打牌，耳朵兼顾着隔壁屋里的电话，嘴里不时叫唤老公的名字，派这活派那活，忙得不亦乐乎。

看麻将的人群中，常有小金，如有人上厕所、接电话之类她便喜滋滋上来顶一把。小金江苏人，辞了工，在家一心一意备孕。老公是典型的理工男，科技公司的项目经理。小金老公和我男友一样，早出晚归周末也不见人影的那种。小金不来看麻将，便有人问起，这才知道她和老公干仗了，紫了半边脸，出门买菜都戴着墨镜、口罩。

我和男友的相处则多依赖于心知肚明，对一个想方设法努力拼搏的男人，打一开始我就深有寄托，这或许是宿命。一年一年，正是靠着这个存在又不存在的感知，我与世界紧密相连。虽然，有时候我会觉得这种寄托和感知有些飘忽，没着没落，冒险的成分在渐次加重；虽然，成功是他所急需非我所急需，对他的粗枝大叶有着丝丝责怨，我还是墨守当初，一味地担当着深明大义的女友，我宁愿自信情感与时间的力量。

时间，一剂五味杂陈的中药，慢性，靠的是意志与磨砺。我看似没有任何打算，结婚或分手，甚至结局也并非我所真正想要，我好奇的是，时间这块既硬又软、无法僭越的骨头会将自己打磨成怎样的女人，我静待着自己心悦诚服的那一天。无论怎样，只要心悦诚服了，便是自己的，便是好的。

我每天上班下班，周末和香姐们东拉西扯，这简单的一切，貌似我的全部，又从来不及我的百分之十。为什么生活一定在别处，而这个别处不过是面对面却又遥不可及的心。我多么希望生活在此处，在今夜，在此刻。

如果没有夜晚，我会和隔壁的男孩一样，至少看起来是，独自一人。

每逢周末，隔壁的男孩便打开门窗，轻音乐即刻飘荡在走廊上。男孩二十出头，高鼻梁深眼窝，沙发里玩弄着一台厚重的笔记本。而屋里陈设简单，却极富设计感，应该是对生活品质有着要求的那类。出门则双肩包，摩托车，戴着头盔，风一样呼啸而过。男孩住在筒子楼，却不关心楼里的任何，权当这里是旅店，栖身之所。

刚兴拨号上网那会，我几次求助于男孩，这才得知他是本地人，家在龙岗，毕业后不想和父母同住，在附近找到工作后便租下这里。有一回他盯着屏幕敲打键盘的时候，突然问我有没有男朋友，我说有，他便无话。我走廊上每天晾晒的男人的衣服他没有看到吗？人啊，真有意思，直接得只关心对自己有用的部分。

间或，男孩会带个女孩回来，夜半的折腾必定隔墙而来。我推了推男友，男友翻过身，胳膊伸过来，不到一分钟，又呼呼睡去。往往过完夜，女孩早上就走了，有时是女孩自己走，有时和他一起，下楼的时候，两人也不勾肩不拉手。下一次，是不同的女孩。来的女孩，清一色长头发连衣裙，与我风格迥异。

最熟悉筒子楼的莫过于李大姐。李大姐湖北人，四十出头，楼里的保洁员，每天一身绿色工服，左手右手提着两个巨大的黑色塑料袋，在甲乙丙丁四幢楼里忙活，常常天没亮就开始了，一忙活就是好多年。过个几周，还要打开楼梯间的消防龙头，一桶桶接水，将整幢楼冲洗一遍。李大姐个高，身板硬朗，一头无须打理也从未打理的短发，裤脚卷齐膝盖，一双塑料拖鞋，走路一阵风。几幢楼就她一个保洁员，物业公司也够抠的。李大姐声音洪亮，和二楼小卖部的阿伯说话，七楼八楼都听得见。她每天楼上楼下忙不迭地穿梭，仿佛铁人一个，浑身上下，有着使不完的力气。打扫完的李大姐是轻松的，走路也慢了下来，不过还是比常人要快。偶尔，她穿上一条不知哪里弄来的修身黑色蕾丝连衣裙，头发依然未经打理，脚下依然那双凉拖，一路哼着七八十年代的流行歌曲，一路捡着矿泉水瓶、可乐瓶，就这样，极不协调地、旁若无人地打走廊上经过。

我男友爱喝可乐，我便将可乐瓶子攒下，一并交给李大姐，还有旧书报旧用品，最多的是旧衣裳，我每年都要清理出一大包。李大姐的女儿在老家念初中，个子遗传她，很高，正好用得上。后来听玲玲说李大姐利用晚上或周末帮人打扫屋子，我就每个月让她帮忙打扫一次厨房，油乎乎的厨房，令我最是头痛，李大姐一来,自带的洗洁精、抹布、铁刷子、提桶,三下五除二,干干净净。给她五十她只肯收三十,我说三十以后就不让她打扫了,全身湿透的她便含羞地收下。

要说楼道里的大事小情,李大姐是最有发言权的。每当走廊里有人聚在一起聊天打牌,李大姐都会凑过来聊会看看,不过不会太久。碰上关键话题,即便她知道内情也不掺和,唯有涉及楼里的公共话题,比如夜里来了小偷,偷走了谁家晾在外面的衣衫,再有谁家的自行车丢了,几楼几室的租户搬走了,等等,她才热情地娓娓道来。李大姐知道自己该干什么,该说什么,所谓职业道德,也就是饭碗。从李大姐的津津乐道不难看出,她分明也是和香姐一样,是有话憋不住的女人。李大姐既能干,一人顶几人,又保持着良好的操守,对谁家的私事都缄口,有人问她也是摇头,待人家搬走了,她这才有所节制地说道说道。

值得说道的要数确有几分姿色的小江,长相皮肤个头身材,都十分姣好,男人钟爱的那种。和玲玲一样,小江也是四川人。比起玲玲,小江懂得趁热打铁的道理,小小年纪就开过美容院、发廊、洗脚城,这公寓也是她买下的,两套打成一套。如今年逾三十,小江果断和某局长断了,关掉店子,一门心思想找个男人嫁了。无所事事的小江,全身上下,衣服鞋子包包,都是名牌,在陈旧的筒子楼里格外刺眼。小江不像玲玲和邻里走动勤密,或许她有了足够的资本,脱离了水深火热;或许她不屑,你们玩的这些小儿科,老娘才不玩。

小江的男人说来就来,虽外表平平,却也高大白皙,两个人走在一起还是蛮搭的。男人是卖保险的,一脸谦卑。在人们眼里,卖保险可不是什么好职业,虽然也有做到很厉害的,一时半会却改变不了低三下四与纠缠不休的总体印象,有些人一听说卖保险的就想绕行。意外的是,两人一拍即合,来了个闪婚。而且很快,小江肚子大了起来,怀孕七八个月的时候,小江租下对面一个单间,给过来照顾她的公公婆婆住。自此,一家人吃饭移到婆婆屋里,小江又在婆婆屋里支起一张麻将桌,午饭一完就楼上楼下地喊人。我只在周末去过一次。

公公婆婆一身新衣,并排坐在床沿,双手大腿上平放,开表彰大会一样中规中矩。"你们家真干净啊!"一进门我就说,然而没有人答话。我坐下来,公公端了杯水过来,放在旁边的塑料凳上。我欠了欠身,说:"谢谢您。"打牌的过程中，我们喝一两口水，公公就过来续水，有如站岗放哨的战士，实在令人过意不去。牌打到一半，一直坐在床沿的婆婆走到小江身后，躬下身子，问她要不要歇会儿。小江眉头一皱，对婆婆扬了扬手，婆婆便一声不响地退下，走去厨房，背对我们，望向窗外。不一会儿，小江伸手对公公一招，公公连忙起身，将垃圾篓送到小江跟前。垃圾篓一落地，小江脑袋一偏，啐，一口痰吐进去。

整场牌下来，我心沉沉，不知什么滋味。香姐说，小江每天让婆婆给她擦一遍马桶，这公公婆婆也够受的。

金钱的滋味，儿孙的滋味，血淋淋的滋味，老了老了，还要反过头来承受。

待到我心悦诚服，过去的不再回望，未来的不去遥想，终于下定决心，撤离丁幢。独自搬到丙幢，或许就近，一个人无力劳顿，准确地说，我依然需要进一步说服自己。所有的理由，生来就相互交织，复杂缠绕。

搬家的白天，我不断想象，深夜回家不见我影的他，会作如何感想？会不会惊慌？又或，他和我同样，静待着这一刻的到来——当然，我不愿这么想。总之，分手再也不是停留在嘴上停留在心里，我需要用一个确凿而具体的行动来唤醒自己。事已至此，谁说出来谁主动又有什么分别。人为什么如此顽固，明白无误不可更改的既定事实，却需要花费大量的青春，才能一点一滴将自己过渡。男人的所谓的忙，我不再相信。我相信心，我像相信自己的心一样，相信男人的心。

没有泪水，也无须挽留，痛与爱早已消耗殆尽。分手的全部意义在于，曾经相爱，不必遗憾。新的篇章即便又是旧的，也要另起炉灶，重整旗鼓。

离香姐她们远了，这里的邻里一如流水，时时刻刻朝着生活的罅隙汩汩涌来。眨眼之间，一枚新的齿轮，严丝合缝地镶嵌进新的沟槽。

新邻居阿婵是潮州人，老公长年在外地做生意，一年上头回不来几次。阿婵三十不到，带着一儿一女，整天忙个不停。豪豪上幼儿园，微微刚会走路。豪豪一双水汪汪的眼睛，长睫毛下面，一眨一眨，闪着晶亮的光。豪豪叫我阿姨，在我屋里玩着跑着，天真地问这问那，我不厌其烦地回答着，一遍遍用零食讨好他。豪豪如此真实而完美，以致看到他就有种一切都可以放弃的冲动。我也曾料想，如果我是豪豪的母亲，事情会有怎样的变化，只是这样的料想并不能给生活以理智的安慰。豪豪是哥哥，却没有哥哥的样子，对妹妹嫉妒而吝啬，时常无情地弄哭了妹妹，招来妈妈的打骂而坐在地上长久地哭闹甚至撒泼打滚。此时的豪豪，分明是我唾弃的，奇异的是，我甘愿做一个丧失原则的阿姨，毫无道理地将他搂在怀里，用亲吻和动画片安抚他。这种立竿见影的安抚原本是脆弱的，妈妈一喊，他就头也不回地挣脱了，丝毫留恋也没有，甩下我，片刻的失落。或许太过孤单，我只要在家，门都是敞开的，欢迎豪豪前来骚扰。偶或，我也抱抱微微，小姑娘轻轻的软软的，没有分量，也不及豪豪漂亮。再看他们的父母，也是平常的，怎么能生出精美的豪豪呢？

对豪豪的偏爱，我一直说不上来，除了迷人的长相，豪豪还有什么值得我如此夸张不计后果地疼爱。此时的豪豪，已是少年，我想象不出他现在的样子，恐怕任何一种想象，都不堪，都是对曾经美好的破坏。

豪豪的伯母一两个月来一次，一般上午来下午走，给两家孩子互带些好吃的。她住华侨城那边的别墅，和阿婵一样，老公长年在外，自己在家带三个孩子。有一次伯母过来，天黑了还没走，眼睛都哭肿了。听隔壁的小莉说，豪豪的伯伯在外面有了小三，一个北京姑娘，电话都打到家里来了，叫板呢。所谓家家有本难念的经。伯母这一来，妯娌之间，一哭一诉不打紧，会不会搞得阿婵也七上八下？

阿婵每天面带微笑，平静如水，是个挑不出毛病的妈妈。同样是潮州女人，对面的女人就艰辛得多，此次身怀六甲，已是第五胎，前面密密麻麻四个女儿，男人又不挣钱，脾气还滥得很。

阿婵的邻居小莉，贵州人，离婚时不到三十，来到深圳后经人介绍，很快嫁给了四十多岁的香港巴士司机。在众多内地来深圳的小丹小红小娟们眼里，香港是一个动词，五彩斑斓，浮想联翩，何况来自偏远山区的小莉拖着个遥遥，小莉自称遥遥是养女，强调的是非亲生。遥遥七八岁，不像别的孩子那么活泼，满怀心事的那种，总爱琢磨小莉的眼神。不知巴士司机是否在意遥遥的身份，生女或养女，都是要抚养成人的，靠的无非是钱。据说巴士司机是个孤儿，之前没结过婚，在香港住的廉租房，在深圳买下这一室一厅，算是给小莉吃下了定心丸。

这套小小的一居室，住着小莉的母亲、弟弟、弟媳、遥遥，以及小莉和她不到一岁的儿子。门一推开便是四条腿的床，上下铺，床旁边就是锅碗瓢盆，好在筒子楼外面的走廊宽阔，遥遥大部分时间都趴在走廊上写作业。

小莉人生中的辉煌莫过于不顾一切，在香港生下儿子阳阳。每每念及此番经历，小莉眉飞色舞，一副胜利者姿态，下里巴人的无奈愣是被她演绎成引以为豪之壮举。这嘹亮的胜利，听来多少令人心酸，这源自悲哀的悲哀，小莉真的无知无觉？来之不易的香港公子阳阳，自然是众星捧月。然而阳阳一岁多快两岁了，还不大会说话，开口只是"啊啊啊啊"，同样一岁半的微微，都会讲《小蝌蚪找妈妈》了。阳阳走路也不怎么利索，总是歪着头，身体向一边倾斜，眼神又痴痴的，怎么逗他都不笑。这一切，左邻右舍看在眼里，想必小莉更是愁在心头。但愿这不是生活给顽强的小莉开的一个玩笑。

巴士司机回来的那几天，弟弟、弟媳便回避着，自己在外面找地方住，十元店之类。巴士司机抱着阳阳，有点爷爷抱孙子的意味，出出进进，他不大与小莉的母亲和遥遥说话。小莉的母亲则十分谨慎，遥遥更是小心翼翼。一家人靠着巴士司机每月薪水的一半，紧巴巴地活在他的鼻息之下。巴士司机一走，小莉便成了当仁不让的女王。装个空调，都要对师傅骂骂咧咧，好似所有人都值得怀疑。

小莉谈论最多的，便是某某女人找了个什么样的老公，衣食无忧，又或被老公甩了。在她眼里，女人全然是被动的生物，被男人或鼓囊或干瘪的口袋左右着。有一次聊到和她一起出来的某个姐妹，为着父母过世留下的部分遗产，兄妹几个在法庭上闹得面红耳赤，只差大打出手。我随口说："有什么必要，我们家兄妹绝不会因钱起任何争执。"小莉立马回过来一句："你们家是没什么财产吧，要是有个一百万两百万看看。"我一时无语，也只能无语。

我的新男友是公司新来的同事，他一无所有地来到深圳，却有着视金钱如粪土的勇猛。他外表霸气，内里柔软，羞于谈论与爱情有关的话题，却把人间情感当作生命中最珍贵的东西。再有，他高大英俊，自己并不以为意，我偶或玩笑地提及，他竟用粗糙形容自己。第一单业务，转手就能挣二十万，而他毫不犹豫地选择了放弃。所有这些性情的堆砌与叠加，使得他很快充满我的视阈，进而，他随我走进筒子楼。二十九岁，我仍然处在激荡的燃烧之中，我知道，自己平凡而琐碎的一生只能用一段又一段激荡的燃烧来填满。奋不顾身是同样的，不同的是男人，他换成了他。

这一次，虽然迅疾，但并不冒险。他那么善良、义气、霸道，同时又那么简单，他行侠仗义，两肋插刀，地道地遵循着三十一年来潜移默化的人生教条。仁义不能解决问题的时候，拳头亦是他的方法。然而，我自始至终在他的拳头和方法之外，我的整个我的所有似乎都在他的生活之外。我的撞入，在他，简直是一个意外。这个意外一直意外着，无法醒来。从头至尾，他性情中有效的部分对我依然有效，那些无效的部分永远无效。对此，他深表遗憾，遗憾自己不能很好地给予。我深知，在他的道德体系里，他是优秀的。要说可惜的是，这个世界并非非白即黑，正是因为他的简单，不能识得单纯而复杂的灵魂，因此，英雄的旗帜只能短暂地插上山头，而不能长久地飘扬，成就真正的英雄。对于未来，我有着更高的仰望。

必须说，这是一次进步，虽然这种进步不足以导致我和他抵达婚姻的彼岸，但成长只能一步一步，循序渐进，除了漫长的等待，再无他法。好在，婚姻并非人类的最佳归宿，我把生命中最倔强的耐心献给了爱情。伟大的爱情，我不能怠慢。

又一个五年。一年的恋爱，却要花费四年来积攒，积攒分手的勇气。

他关心又不关心筒子楼的七七八八，他的关心似乎出于我们共同话题的并不多。隔壁搬来两个不怎么好看的小姑娘，一个短发，走起路来胳臂一甩一甩的，每天T恤衫牛仔裤；另一个肉乎乎，两条高高的马尾，可爱型。看似背道而驰的两个姑娘，起先谁也没有留意，只是每到凌晨，便传来哇哇的鬼喊鬼叫，整层楼都被惊醒。此后每逢她俩出门，整层楼的目光开始盯梢，她俩成了筒子楼的焦点。我跟他说起这事，他问咋回事。这不明摆着吗？气死我矣。这就是我和他，爱得简单又爱得深沉。不到两个月，俩小姑娘就搬走了，筒子楼重归平静，这平静中未免夹杂着缕缕失落。

离开公司后，我不打算投入新的工作循环，有一段时间，我安于他的怀抱，靠着无聊的通俗小说和电视剧度日。他外面的哥们越来越多越来越杂,而我无意卷入,他也认为我的高傲定会令我乏味于他的圈子。应该说,他的认为是对的,一次两次可以,没有什么事情可以强求,可以一而再。有时半夜,我会被他的电话叫醒,急吼吼赶去某个饭店替他买单。面对满桌子陌生面孔,他羞涩而又骄傲地介绍着我,我便大嫂一样报以微笑,领受一次性的尊敬。回来的路上,搀扶着半醉的他,此时的他,如此放开,如此满足。我宁愿相信此时的他,便是真的他。如若未醉的他,也是如此依赖,我们的爱情会是什么样子?

善良的两个人,有什么不可以共同面对?

抱歉,他从来没有说过,可是,它无处不在,仿佛,直到十多年后的今天。他理应知道,抱歉从来不是我所想要。我曾用无尽的泪水祭奠我与他的五年,好在一切都已过去,不必重来。我需要一场更深刻纯粹的爱情,将自己迎接,将自己归位。

如何理解自己那样理解他人?每一个对自己有着要求的人,无不在日思夜想,这是一生的参考与命题。筒子楼的人,与我无关,又与我紧紧相连,他们的名字,他们的长相,离我远了,又始终与我相近。快乐与忧伤,我浸泡其中,游离其中,并且,和其中的每一天达成谅解。

此时,我越发坚信的是,没有庸俗的生活,只有庸俗的自己。

单篇散文新秀奖

一棵水稻的现代属性

陈 词

一

我长久地注视一棵稻子,却未看清露水是如何爬上它衣襟的。这是一个漫长的过程,同时,又是一瞬间的事,就像每天从它跟前走过,却弄不明白它何时完成了灌浆,小小的秧苗突然蹿得那么高,还结出了金黄的谷粒。往日禾苗青涩,穗叶高举,此刻低垂着头颅,它们更迭得那么快,让人难以察觉,而我,似乎总处在某种恍惚之中,正如那沉甸甸的稻穗,在晚风中左右摇晃。

无从确定,是我当时遭遇的最大困境。首先,我不能确定自己是在农村还是城市。我的宿舍在一片农田之中,春天,空气中飘荡着泥浆的气味,蛙鸣响彻夜空,秋天,鸣虫的叫声更加丰沛杂乱,如同闹市,让人难以成眠。可是,这片稻田里竖着不少烟囱,四周分布着低矮的厂房,盖石棉瓦,或者烂木板,隔那么一段距离耸立一座高大的写字楼。旧时的阡陌被现代公路所取代,只是那公路经常见不到一个人,车也极少,有也是大货车,稀稀落落地往来。大货车像我一样,很是孤独，走后，留下一溜烟尾气，颓废，无助，像长长的叹息。我的工作身份飘忽不定，一下是行政助理，一下是企业文化宣传员，一下又是质检监察员，此时，公司派我来巡视稻子的成熟程度与虫害情况——这份工作，连个固定称呼也没有。没人愿意接受这份差事，我要面对的不是一亩两亩庄稼，而是几百公顷的水稻田，放眼看去，渺无边际！我在田野中晃荡，像一个无业游民，很难确定我到底是一个农民，还是打工者。在田垄站久了，觉得自己成了一棵稻子，每日接受雨水与阳光的洗礼，这不得不使我成熟，最终像稻穗一样，低下沉重的头颅。这样的环境下，我不能不向现实低头。

这里是常德市经济开发区新产业园，我在一个以大米为加工对象的工厂上班，厂房在产业园的最边缘。

为什么不直接说是大米厂？

这并非出于羞愧，或者有意遮掩，怕别人说，一个本科大学生居然在大米厂混日子。这确实是一个大米厂，可又不是一个厂子那么简单，它是一家大型粮食企业，从事深加工。机械化的、大规模的甚至包括更远端的事业——高科技杂交水稻培植技术研究与推广。我应该叫它公司，而不是厂，它的名字本来就叫××××公司，除稻米之外，还有其他产业。不过，那与我无关，我看见的是一片片稻田和一个个装米车间。除了收割特殊期，我的日常工作主要是写一些工作总结以及企业文化宣传方面的文章，并抽空制作车间质检报表。在我看来，粮食是没有文化的，最大的文化就是让人吃饱了。在我老家，仍有不少人存在衣食问题。我理解不了报表上的那些指标，也不理解车间里的加工程序。工人们所做的事，只是让米变得美观一点儿，好看一点儿，让它们看起来不像是从泥土里长出来的，而是原本就属于城市的一员。抛光和打磨有损米的营养，可人们更愿意接受这虚假的现实，他们觉得过去的米不够光鲜。

原粮清理、砻谷（也就是脱壳）、谷糙分离、未熟颗粒分离、白米分级、色选、抛光、配制（各种成分比例有配方）、包装，这是大米加工的九道程序。来此工作之前，我从未想过，一粒米要经过这么多工序才能走上饭桌。一直以来，我所看到的一棵水稻的生命之旅是这样的：将秧苗插到田里，生长四五个月，稻子成熟之后再收割回来，碾成白米，就是每天要吃的粮食。现在，它却有着如此复杂的现代属性。从一个车间去到另一个车间，从一台机器输送到另一台机器，这令我想到城市对人的改造。去掉粗糙部分，选出杂质，打磨棱角，装扮一新，使之看起来显得光鲜，这样一来，这个人就符合了现代生活的基本要求，混迹在人群中，看不出彼此间的差别。只有消除差别，才能说你融入了群体，而这正是我的难处。我的棱角太过分明，个性粗糙，体内杂质太多，又表现得过于明显，所有这些都有待加工，与周围的一切格格不入。用他们的话来说，就是幼稚，他们从来不会用"不成熟"这种斯文词。

每次去车间，都要经受莫大的折磨。厂房噪音太大，工人们穿着工作服，戴着口罩和帽子，站在各自的位置前，搬运工坐在叉车上来回运动。他们的声音被轰隆隆的机器声所屏蔽，动作是静态的，表情是无声的，麻木而焦虑，像一具具木偶，成了机器的一部分。他们只有编号，没有名字，也没有声音，看不到一丝生命体征。难怪，当小萍从流水线换到质量检查员的时候，激动得泪流满面。

作为第二车间的质量检查员，小萍是我的工作下线。每隔两天，我们就要对接一次，两三个月之后，渐渐熟了。小萍的老家在本市一个很偏僻的县区农村，属大湘西范畴，是土家族。此前，我想象不到湘北居然还有这么偏僻穷困的山区，我以为，这里都是平原。小萍做事细心，性格也好，适合做质检工作。这比以前在流水线当包装员，轻松很多。她告诉我，她有一个比自己小两岁的弟弟，她以前成绩很好，可家里只能送一个人读书，她读到高二就辍学了，出来打工给弟弟挣学费。她的所有希望都放在弟弟身上，好在弟弟争气，如愿以偿地考上江南一所重点大学。小萍没去南方打工，却选择本市工资这么低的工厂，是因为家里还有一个重病在床的母亲，离得近，好方便照顾。小萍很喜欢文学，当她听说我是因为在刊物上发表过文章才被招进公司的，常来找我借书。有时，她会拿几首短诗来向我请教。这令她的车间小组长黎华很不满。黎华喜欢小萍厂里人都知道，原本，黎华跟我关系不错，隔三岔五一起吃夜宵、喝啤酒，他在厂里口碑也很好，业务纯熟，是厂里最年轻的车间组长。因为小萍的事，后来每次碰面，他就横我一眼，去车间核实数据，也不给好脸色看。小萍说，她怕。黎华人高马大，像一个巨大的影子跟在她后面，小萍不喜欢这样的人。我也不喜欢。他的眼睛不该那么肆无忌惮地在小萍身上逡巡不止。

出于某种原因，每次小萍说到这个苦恼时，我总是有意回避。她以来找我的名义避开黎华，可我不能总陪她。我是有女朋友的，女朋友周末有时会来看我，我担心被女朋友误会，常常吃了晚饭，一个人偷偷出去。误入某个村子，天黑之后看不清路，一脚踩进水田，最后狼狈不堪地回来，是常有的事。更多的时候，我沿铁路而行，这样可以避免迷路。

铁路，是一个伤感的名词，它与理想沾亲带故，意味着背叛与奔跑，向未知延伸，以及其他种种可以发挥的想象。我在本地唯一一所三流大学读的本科，因为欠交学费，虽然毕了业，却得不到学校的通融，没拿到毕业证。这意味着我不能参加任何正规的招聘考试，公务员、老师、外企等最好的那类工作，都没有资格。我必须在这里干满一年半，拿到工资，赎回毕业证，才有其他选择。

二

独自在原野散步。有月亮的时候看月亮，没月亮的时候，只能看看脚下这片庄稼。晚风吹过，稻浪起伏不定，成熟的稻田像凡·高笔下的油画，有暗流涌动。落日硕大，下降过程中发出轻微的摇晃，大地像一个巨大的断头台，一晃，就将火红的头颅斩落地下。

三

黑夜降临，洞庭湖平原的某个腹地，我像一个幽灵，游荡在工业区之外。

月亮出来得早，蒙蒙昧昧地挂在头顶，周围的一切都不大看得清楚，成群的蝙蝠在作低空滑行。火车从厂房背后穿过来，奔南中国而去，这令我想到了广州，又或者深圳。儿时的记忆，这两个地方是村里所有人发财的梦想地，年轻人都去那里打工，有的去了，挣了一些钱回来，有的一去不回，再也没见过，不知道他们有没有找到自己想要的东西。月色泅漫，有蚂蚁爬过肌肤的感觉。在湘南老家，月亮很少这么早出现，村里四周有很多大山阻隔，只有升得很高的时候，才能看见它，那时，它通常已经浑身金黄，非常亮堂了。而此时，平原上的月亮苍白得像一口痰，夜色是铺开过来，稀薄而大，它的大让人感到恐惧。当然，有时也会呈现出希望，像绝境中的否极泰来。总之，那么地令人不安。不像老家，那里是闭塞的，也是安妥的，人们看不到太多的远方，日子过得心安理得，吃饭、睡觉、干活、死去，不管贫穷，还是富贵，怎么都是一辈子。

可我的处境跟他们不一样。

那些日子我像得了癔症，发疯似的沿铁路线狂走。火车开过来时，发出"哐当，哐当"的巨响，它撞击着大地，也撞击着我心脏的内壁。所有火车都无视我的体重，它们从身边驰过时，刮出蛮横无理的风，将我重重摔倒在地。好在，我只是打了个趔趄，跌在了路边的茅草窝里，并没被铁轨轧成几截。我的脸被茅草的锯齿割破了，脚踝也被石头磕出一道口子，鲜血直流，但我并没停下脚步，那痛楚于我来说像一剂强心针，起到很好的提神作用。

夜色渐浓。云幕之后，月色苍白。

火车上的人都很疲惫，他们坐着、趴着或者睡着，姿态慵懒，对我的跌倒无动于衷，当然，很可能他们根本就没看见我。车厢里开着灯，窗外那么黑，火车开得那么快，而我又那么渺小。偶尔有人将头贴在窗户上，朝我一瞥，露出惊讶的表情。他可能在担心，第二天报纸上会不会出现某人卧轨自杀的新闻。那人一定看出了我的心态，难道他跟我一样，也是内心暗淡、被雾霾所充斥的人？不然，他坐火车去那么远的地方干啥？我们都是在寻找——那光！

一个不自由的人，即便站在广袤的平原，抬头看天，天也是逼仄的。夜色中挣扎的飞蛾啊，我能怎么帮你？只能熄灭那光——熄灭你心中的希望。站在铁路边，给一个叫毕亮的人发短信，他是我的师兄，现在在深圳，网上搜索的信息显示，他已经写出一些名气，在他那里我能得到认同感。可每次对话到最后，他总劝我要沉住气，因为外面，并，不，好，混！尤其对我这种单纯得像白纸一样的老实人来说。

考上大学那年，村里人得知我是去常德读书，都很高兴，虽然学校一般，可地方好。村里年逾九旬的老人告诉我，那里有一个大池塘，名字叫洞庭，有"三秋桂子十里荷花呐"，老人摇头摆尾颇具幽默感地唱道，惹得旁人一阵发笑。住在山里的人们，一生都在寻找一块三亩大的平整的田，在那里，他们只有梯田可以耕种。他们的命运就像自家的田埂一样，拐弯抹角，狭窄难走，很多人一辈子连县城都没去过。他们觉得能在这样的地方读书是莫大的幸福。我不止一次地听说，1958年那回，苦日子没熬过去，村里饿死了十几个人。洞庭湖是粮仓，不可能饿死人。在他们的想象中，平原大概跟村里的晒谷坪差不多，到处堆满了粮食。可后来，他们听说我毕业后没去教书，而是在一家米厂上班，回村见了我，一个个神色古怪。时代变了，在村里人眼里，现在除了政府领导，只有老师是好职业，我念的是师范专业，却没当成老师，是不是在学校犯了错误？背地里流言像风一样四处传播，嘲笑声不断传入父亲和母亲的耳朵里。村里人至今都不相信读大学是要交学费的，大学生可是国家培养的人才啊，他们说。他们不信。大学哪有交学费的道理，隔壁村以前出过一个大学生，他从来没交过学费。至于不交学费就不发毕业证，就更没人信了。他们问，什么叫粮食企业？不就是米厂吗？那么，你是管仓库的咯？我说，我们厂有老家粮站几百个那么大。他们吓了一跳，但还是心存疑惑，认为我在说假话，不大相信。

　　父亲很不高兴。读了大学，最后却还是和稻子打交道，跟种田有什么区别？父亲是个好面子的人。他说，读书人，就应该做一些读书人的事。不过，他也没办法，他刚生了一场大病，家里欠了一大笔债，正因为这，才没钱给我交学费。父亲说，等病好了，一定要来看看。世界上有那么大的大米厂？如果有，以前怎么会饿死人？父亲终究没能踏上我所在的城市。

四

　　从铁路回来，已经八点，在公司厂房的前坪，我遇见了小萍。

　　她满脸焦急，把路灯的光踩得一片凌乱，看起来已经在那徘徊了许久，每次见到她，都是兵荒马乱的样子。这个拥有几个产业和十几个工厂，员工数千的大公司，只有我们俩爱看书。他们每晚都在宿舍打牌，啤酒花生，烟雾缭绕。周末，就在厂里的舞厅里唱歌喝酒，或者去市区闲逛，这些我都不喜欢。看着我拿一本书转身离开，他们会在背后小声嘀咕一句："装什么清高，还文学青年，有病！"工业区离市中心有一个小时车程，除了农田，四周只有荒郊野地，冷落凄凉，他们如此打发时间并没有什么错，我的存在，就像掉在他们饭碗里的一粒沙子。

每次，小萍还书给我，都会在书里夹一些小玩意。《活着》中夹两片苦艾，《许三观卖血记》夹的是一只紫色的蝴蝶，蝴蝶已经风干，露出被压扁的干燥的内脏，粉红色，样子依然光鲜，像一团橡皮泥。有一天，她拿着一封信，脸上笑开了花。她从信封里抽出一张照片告诉我："这就是我弟弟，他叫杨小岭。"照片上的男孩比我高一截，起码有一米七五以上，阳光、帅气，他站在校园里的一棵大榕树下，像某部青春偶像剧的男主角。他们家基因真好，一对儿女都长得这么俊。

接到来自老家的消息，说，父亲死了。也许是今天，也许是昨天，我搞不清他们是否说谎。我就像加缪笔下的那个局外人，这种重大消息也只能被外人告知。长久以来，因为所处的困境，我跟家里的联系不够紧密。父亲一直生病，大家已经习惯，此前没人想到他会真的死去。回家奔丧，三天未满，我的顶头上司，就是那个办公室主任兼综合部部长打电话来说，公司事情太忙，早点回来。这令我心有不忿，这回可算看清了他的面目，平日教这教那，看似古道热肠，原来只是想把那些琐事推到我身上，他便可以撒手不管。他的电话令我想起他那双老鼠一样小而凸出的眼睛，势利并带有轻蔑笑容的嘴角，活脱脱一个戏子模样。个头矮小，眉毛寡淡，留着像艺术家一样的披肩长发的他，在这件事上处理得一点儿也不艺术。就算他不打电话，我第四天也是要回去的，丧事只能请三天假，他暴露了自己。

刚回到厂里的那几天，煎熬，连着失眠，脑袋空空如也。野外，蛐蛐乱叫，嘶鸣不已。给父亲办丧事时，并不感到非常难过，此时，深处的那块领地突然塌陷了。父亲埋在我家对面的小山坡上，漫漫长夜，活在人群中的我尚如此孤独，父亲一个人在那边会怎么样呢？他才去，肯定还不习惯吧。父亲生前太硬气，做什么事都不惜命，有了病痛也死撑着，他觉得只要撑过去就会没事。年轻时，他不把疾病当回事；老了，疾病也就不把他当回事。

五

　　深秋。稻子陆续收割，平原上鸟雀云集，除了少数种类，大多都不认识。这些鸟赶在粮食收割的季节从北方迁徙而来，为的就是这些粮食。从清晨到傍晚，四下喧嚣，这是一场盛大持久的集会。偶尔传来一声枪响，制造出一小段安静，只是很小的一段，很快热闹又会恢复。枪声是湖区的偷猎者发出的。数亿计的鸟，死一两只，根本引不起他者的注意，就好像父亲，世界上多一个人呼吸、少一个人呼吸，并不会改变地球的重量。有些鸟飞着飞着就消失了，有些人走着走着就不见了，而天空颜色不变，平原永远坦荡。

　　在湖区，稻子秸秆，要么烧掉，要么堆在一起，让它们自行腐化。湘南山区则不同，稻子秸秆要扎成小捆，然后找一棵结实的大树，在树干上踩成草垛，储藏起来给耕牛过冬。这里不需要牛，耕田、插秧、杀虫、收割，全是机械化。现在是收割焦灼期，大家没工夫理会稻草，它们堆在田里，凌乱而高耸，像摆了龙门阵。天黑下来之后，我寻找回去的路，在里面七拐八弯，转得头昏脑涨。时有秋风吹过，不禁打个冷战，脚下不小心踢到什么东西，稻茬或者土坷垃，踉跄几步，惊起一群乌鸦。那些乌鸦站在草垛上，或蹲在旁边的白杨树上，与黑夜融为一体，分不清彼此。正因如此，当我听到另一种声音，竟以为也是乌鸦，走近了，才发现是两个人影。

　　若不是我阴差阳错从那里经过，及时出现的话，小萍会是怎样的遭遇可想而知。后来，我问她："你怎么那么傻，他的话也信，怎么能答应他到这么偏僻的地方来？"小萍说："是啊，我真傻，真傻，黎华说他只抱抱，亲一下，没想到……"她头发凌乱，衣裳不整，口齿也非常混乱。浑身沾满草屑的她，见了我死死抱住，趴在肩头泣不成声。我问："抱一下、亲一下，你就能答应？"她说："不，不是这样的，你是不是看不起我？"我没有说话。我怎么会看不起她？夜色浓密，我看不见她的表情。

　　她一边哭一边说："我只让你抱，再也不让别人抱了……"

　　"我一直把你当妹妹看……"

　　"我知道。"她哽咽。

她哭得整个人几近虚脱，我的后背被她的眼泪打湿一大片。忘了小萍哭了多久，最后我是背着她回的宿舍。小萍说，她弟弟在学校和同学为一个女孩争风吃醋，把同学的脑袋打破了，要赔一大笔钱，不然就劝退。她的工资除了供弟弟上学、负责母亲的药费，一个月下来所剩无几。黎华答应借钱给她，她才同意出来。这个傻姑娘啊。

那晚，夜黑得深邃，窗外满天星斗，它们不停闪烁着光芒，像无数利刃刺破长空。我迟迟没有睡着，走廊对面，小萍房间里的灯整晚亮着。

我决定替小萍找回公道，不能让她这么被欺负了。上午，要准备每月的例会材料，只能下午去。下午去到车间，听到一个令人震惊的消息。黎华做事走神，被机器绞断了一条胳膊，是平日最敏捷、干活最得力的右边胳膊。他用这只胳膊做事，用这只胳膊指挥下属，同时，也就是在昨天，还用这只胳膊撕开过小萍的衣服，可现在，它已不再属于他。车间地板上有一摊冻结发暗的血迹，人已经被送去医院，据说，一到医院那只胳膊就被锯掉了。

黎华出了事，我才知道虽然他是小组长，却还是临时工。临，时，工，多么令人惆怅而熟悉的称呼，它意味着不负责、逃避、顶包以及所有可以想象到的种种可能，只要需要的时候，它就会不失时机地出现。从报纸、电视以及人们的口中，各个角度将我们死死围住，像一群藏在暗处的杀手。所有人都可能是，那些便衣，站在打工第一线的人，似乎，我们临时活着！

从未想过，黎华这个高大威猛的男人，竟然也是弱势群体——比我还要弱势，我签的是完整合同，而他却没买医保。如此一来，他们家就没有足够的钱给他治疗，厂里只同意给五万块，领导说，这已经是赔偿的最高额度，如果不是出于人道主义，根本没有这么多。黎华媳妇，一个三十岁出头、长相平平、满脸悲伤的农村女人，每天挂着眼泪来厂里闹事——不，不是闹事，是哀求。她用近乎乞讨的举动，多次给领导跪下。这个女人别无所长，最大的能力是能随时随地跪下来，她的双腿似乎是专为下跪而生的，难道，她之前专门练习过？否则，怎么会跪得那么纯熟而准确？最初，他们家的亲戚全员出动，气势汹汹地要找个说法，可是，当他们面对十几个荷枪实弹的警察以及一百多个身强体壮的保安——我不知道，我们公司为何突然多出了这么多保安——那些表面强硬的乡下亲戚，是那么的不堪一击。最后，只剩下那个女人，拉开了马拉松式的哭泣与哀求。

面对如此情形，之前我对黎华的恨意已渐次消失。黎华媳妇不知从哪里打听到，说黎华是因为小萍才酿成事故的。那个女人失去理智，不去找领导赔钱，却要和小萍拼命。小萍没法上班，一连几天堵在宿舍里。一个人受了强者的欺负，遭遇冤屈，没法找强者报仇，只能把怨气撒在比她更弱的人身上，这符合当下众多恶性报复事件的发生逻辑。职工宿舍不能让外人轻易进出，黎华媳妇被两个保安架起双臂，像风筝一样给扔了出去。这样，她只能守在工厂外，她不相信小萍永远不踏出厂门，她必须向她找回丈夫的另一只胳膊。小萍当然拿不出她丈夫的胳膊，那只胳膊已经彻底从人间消失了。

小萍没法再在厂里待，领导主动找小萍谈话，多给了她两个月工资，让她辞职。小萍决定远走他乡，去南方打工。临走之前，送给我一条围巾，她亲手织的。平时工作那么忙，没见她去买毛线，也没见她做这种活，不知道她什么时候织的这条围巾，显然，是老早就织好了的，直到现在才给我。湘北平原一到冬天风就大，寒风刺骨，我从小怕冷，身上有旧疾，温度一降，骨头便隐隐作痛，有时候痛得下不了床。冬天对我来说是莫大的难关，碰到外出监督收粮，更是难熬。小萍知道我的这一弱点和痛楚，偷偷织了这条围巾，藏了这么久一直不敢拿出来。我不知说什么，她心里是喜欢我的，这一点我知道，我对她也有好感，可她毕竟是我妹妹，永远都是。

我把那本《活着》送给她，血一样红色的封面，像一团方形的火。

"我们都要好好活着。"

"嗯，好好活着。"她点点头回答。

这一叶小小的浮萍不知飘向何方，不知今生是否还有机会相见。

六

12月底，领到工资和小额度的奖金，我从公司财务部出来，径直打了一辆的士，从工业园飞奔市里，来到我的母校，将钱交上去，把毕业证赎了回来。那一刻，我知道自己自由了。

毕业证，就像我的一张卖身契。为了它，我在一个完全不喜欢的地方待了一年半，我的求学之旅总算画上了句号。当年，含泪将我送出村口，一直想到我读大学的城市来看看的病父，已经离我而去。是的，他死于大学这场事故。看网上的新闻，农家子弟如此遭遇的并不是我一人，他们也像我一样挣扎着去读大学，砸锅卖铁、勤工俭学，他们的父亲像我的父亲一样，在这过程中老去，或者死掉。所有牺牲，只是为了不想继续做一棵生长在大山农田里的稻子，洗掉那粘在祖祖辈辈腿上的黄色的泥。用所有的家当和性命，去换取那一张证明书。拿到那张薄纸时，我猛然觉得这一切太不值当。

拿回毕业证，手上已所剩无几。年关就要到了，我辞掉了工作，不知该不该回家过年。有人说，怀才就像怀孕，时间久了才能看得出，可再久一点呢？就会胎死腹中！我不能在这座小城再耽搁下去，可是能去哪里呢？除了目前所在的小城，人生的头二十五年里，我从未出去走动过，在别的地方，我无人可以投靠。

那一段，我常一个人到处转悠，在清晨或者黄昏，总之，是那些被人忽略的时间里。这座我读了四年大学，又工作了一年半的城市，我还并不太了解，我想好好看看它的样子，如果注定离开，也算留个念想。

沅江边有一条著名的"常德诗墙"，整整三公里，全用石头砌成，像一条水上长城。我发现，住在诗墙边的人并不写诗，也不读诗，他们在干什么呢？他们在做人类最原始的生意。今天的沅安路是沈从文笔下的麻阳街，水上男人的福地，商人、水手和排古佬。现在，女人们住得更好了，打扮得也更入时，招聘小姐的消息公然贴在护栏和门柱上。站在公交站台等26路车的人总忍不住往店里张望一把，白天，除了几张招聘小姐的消息，他们什么也看不到。这座城市最柔软的部位依靠石刻这种坚硬的东西支撑着，不知道它还能支撑多久。

岁末，街上的人们来去匆匆，心神浮动。很多店子提前歇业了，只有发廊依然热闹，门口停满了车。姑娘们来自哪里，是城市还是乡下？如果是乡下，她们回家过年吗？那些男人在发廊进进出出，洒脱自如的样子我永远都学不会。虽然我和他们住在同一座城市，在同样的天空下，呼吸着同一种空气，经过差不多六年的时间，表面看似乎没什么差别了，可一旦提及"理想""爱""责任"这些抽象名词，我们的界限就显示出来了。我从门口走过，姑娘们并没有像拉住其他客人那样拉住我。她们看出了我内心的慌乱,我是来自乡下的一棵水稻,未经打磨抛光的原生态米粒,散发着大山深处的泥土气息。就此,我断定,她们跟我一样也是从乡下来的。在这座城市,除了职业,我和她们没什么差别……也许,她们是想赚足了钱再回家过年吧。

我们都是为了活命,为了混一口饭吃——这人间粮食。

天边雾色浓厚,呈铅麻色,那不是粮食,而是堆积的雪粒子,堆到一定程度,它们就会洒落下来。太阳一点儿温度也没有,假得像发光的冰,即将坠入地平线。在常德,除了落日似乎没有其他特别的景色值得一看。

接到一个未知电话,号码显示是深圳的。"别在那个地方待了,赶紧出来吧,我都能待,你那么有才华,一定能……过完年,我弟弟也要来深圳了。"声音大方爽朗,自信满满,洋溢着跌宕的激情,虽然没报告姓名,但我还是听出了她是谁,她再也不是以前那个羞涩腼腆的姑娘了。

七

城门外,河水无声,光秃秃的柳枝在寒风中发出萧瑟之音。

我不知道自己该去哪里,在这寒风凛冽的人间走动,我必须长成一棵树,而不是弱不禁风的水稻。

那年秋风

阿微木依萝

中秋节的晚上,风很凉,州府大道的两边有清洁工在扫地。她们穿着黄色的褂子,街灯照在头顶,叶片旋在周围。我坐在开往火车站的公交车上,透过玻璃窗看她们,觉得她们也像落叶。

卖票的女人拿着一扎发票坐在车子前排的单椅上,晚风吹乱了她的头发,我收回看落叶的目光,望着卖票女人的背影发呆。车子晃着我,好像我还是个婴儿,正躺在母亲的摇篮里。

车子将我送到马道镇火车站门口。我时常来这里买票,这是始发站,可以买到座位。

靠着车站门口的花坛边,我选了一个台阶坐下。我不知道自己要去哪里。我时常有这样的茫然,对着火车站看半天不知道自己要去何处。

很多时候,我感觉自己是迷路在城市的羊,前不见山,后不见水。

花坛里有几棵矮树,一只小狗在树下晃着尾巴,它偶尔抬起头望一望我,好像在表示它的同情。我一厢情愿地觉得它的眼光是在同情——我认为它是一只有灵性的狗。"难道我需要同情吗？"这样想了一想，心里有受辱似的难过。

车站门口站着一个卖烤洋芋的彝族女人，她背着孩子，一边烤洋芋，一边跟客人说话。她的孩子在背上大哭，小手抓住她的头发乱晃。她反手打了孩子，显得很烦躁。

"洋芋多少钱一个？"我走向她。

她用彝语说："五角钱。"

"谱潜。"我用彝语表示她的洋芋卖贵了。

女人一口反驳。说没有比她卖得更便宜的。迅速瞟了我一眼，很快划开一个，往上撒了许多辣椒粉和花椒粉，以及一些盐巴，用袋子一卷就将它递了过来。

我只好买下。

回到花坛边吃完土豆，想好了要去攀枝花，但是走到售票窗口时，莫名其妙买了一张去成都的火车票。这种事情发生过很多次。

等车的时间过得慢，寂寞的夜里一个人坐在花坛边总感觉像个乞丐。虽然自己的貌相与乞丐并不沾边，而一个人心里感到是乞丐，那就与乞丐脱不开关系，就真的是乞丐了吧？

像往常那样，到站台右边的超市买一些水果、一盒泡面，对于晕车的我，这些东西完全是多余的。但我总要准备一些食物。也不知道为什么要买这些无用的食物。我在车上并没有真的吃什么东西，一杯水就能对付整个旅程。可能我仅仅想证明自己不是乞丐。

灯光落在我的脚下，卡在水泥板缝隙里的石头披了一层影子，我用脚尖拱出它们，踩着翻几个面，然后一抬脚将它踢到别处。"去别的地方。换一个地方。"我低声说。

时间就这样有一脚没一脚地踩掉了。我重新走到花坛边坐下。先前卖烤洋芋的女人已经离开，那个位子换了主人。

"嘿！老同学！"一个声音像炮弹一样打进我的耳朵。接着就是一只手掌拍在我的肩上。

我扭头一看，并不是我的同学，而是我同学的哥哥，仔细说来也算是校友。他一直喊我老同学。他的家住在山上，离我不远。偶尔我会看见他放羊的父亲，披一件彝族褂子，满身酒气。

"打疼了吗？"他看我摸了一下肩膀，显得有些惊慌和不好意思。

他身后有七八个人像饺子一样跟在身后，都空着手，什么也没带。这些人全是彝族，面熟的没有几个。他们一色地冲着我笑，好像见到了亲戚。

"哈！还有我呢！"阿乌拉人像地雷一样弹出人群，他摊开两手挡在我面前，大嗓门响在广场上。

"嗯？你也在。要去哪儿？"我感到好奇了。阿乌拉人可是出了名的小混混，阿乌是他的姓，拉人（彝语：混混）是他的绰号。我想不通这位"老同学"跟他混在一起干什么。

"小宁，你跟……"我喊着老同学的汉名，想问他跟阿乌拉人这样的混混在一起有什么意思。话说到一半，当着阿乌拉人的面，实在也不好说下去。

阿乌拉人甩了一下盖在耳后的长头发，还来不及回答我的话，小宁已经将我喊到一边说话去了。我看到阿乌拉人吞下他滑到嘴边的话时窘迫的样子。

"我们去打工。要出国了。"小宁半笑不笑的样子，说到"出国"时眼睛亮了一下。

"哪个国？"

"缅甸。"他坐到一块凸起来的水泥堆上。

"做什么？"

"采石头。"

"啥！"我的话像气球一样鼓起来，望着他的眼睛喊道："难道凉山没有石头给你采吗？"

小宁低头看了一眼地上的树影，捡起一块小石子在树影下胡乱地画来画去。他一定想要说什么，但是无法说得清楚。我看见一些茫然的情绪写在他的脸上。

"有三个老板来普格招工，找了好多个（他指一指阿乌拉人和其他几个同伴）。老板包车费，路上吃的也包。听说那里工资高，一天可以挣一百块。"

"一百块？"我感到这是个天文数字。我在理发店一个月最多挣五百。

"是的。你看，现在是1999年了，出去打工的人都好有钱的样子了，因为外面的工资高，高得很啊。肯定是高。我看得出来。——你一个月挣多少钱呢？如果我去了那里工资好，就捎信给你。"小宁说得十分投入，他突然抬起眼睛痴痴地望着我。

我避开他的目光。

"……上次的信你没有回我……你……"他不知道怎么往下说。

我装作不知道窗台上的信，故意做出惊讶的样子望着他。

"又没有看见吗？噢……"他低下头，很伤感。

"呀！你们谈情吗？不避嫌，光天化日。"阿乌拉人像鬼一样从花坛后面冒出来，举着两只爪子在头顶晃了几下。

"白痴！这是光天化日吗！"小宁瞪着他。

阿乌拉人自己找了一块地方坐下，从衣兜里掏出一支烟点燃，吐出一口烟子。"来一支吗？"他问小宁。

"那里工资可以。"阿乌拉人说。

"我也去采石头吗？你太看得起我了。"我沉闷地说，心里埋了几分委屈。

"这信……"

我的袖子被小宁拽了一下，反身一看，他的手里握着一张叠好的信。信纸是彩色的，和小学时候抄歌词的本子颜色一模一样。我喜欢这种纸。上学时为了得到这样一张纸，我要替同学写三天的作文。可我现在不喜欢这样的信纸了。

"又是亲手交给我吗？嗯，长这么大，你是第一个写信不用经过邮局给我的人。"

"以前我放在窗台的信……"

"我没看见。"我赶紧打断他的话。实在没有心情提示他，把信放在窗台是多么愚蠢的事情。我母亲有一次打扫窗台，在窗缝里抽出一封信，好在信的内容绕山绕水，说星星指月亮，她看完了也不清楚那是什么意思。我也不太清楚。因为那既不是情书，也不是普通的信件。他的每一封信都隐约有爱情的味道，仔细看却又是别的意思。不管怎么样，我把这些信捡起来，读完，然后撕掉烧毁。反正，窗台上的信最终逃不开我家的灶火。

"小宁，你有什么话可以直接跟我说，为什么要写信呢？"我还是忍不住这样问了。我实在不明白，写了大半年的信，到底想表达什么呢？自从收到他的信以来，我很多次怀疑自己的智力。读不懂。

小宁低着脑袋，好像做错了什么事。

"你不要这样，我没有怪你的意思。我是说……"我也说不清了。难道我要告诉他，这样写信有多无聊，我把他的信都转交给灶火了吗？

"这个，这封信，等我……"

"……等你走了再看。是吧？"

他点头。

"把老子当空气啰。真肉麻！"阿乌拉人拍拍屁股，起身走到他的同伴身边去。

这回小宁没有责怪阿乌拉人。

他们的三个老板从车站里走出来了，手里拿着几张车票，在谈着什么事情。小宁和阿乌拉人赶紧围了上去。他们操着带了彝腔的普通话与老板交流。

"这位是？"电线杆子一样的老板站到我的面前，他的领带像黑花蛇稳稳地扎着他的脖子。

"我是我。"我有点白痴地抬起头望着他的眼睛。他的眼睛很好看。

"哈，姑娘，你真幽默。"他漂亮地眨了一下眼。他的热情是西昌两个太阳的温度。他转身要给我买橘子水。

"我不渴。我自己买了水。"我赶紧制止。

阿乌拉人和他的同伴站在台阶上吹风，要出国了，他们看起来精神抖擞，好像此去不是采石头，而是八抬大轿请去做官。

三个老板看起来很有派头，一色的黑西装加领带，皮鞋油亮，手腕戴着表，看时间的时候，顺便理一理乌黑的头发。他们搽了香水，我的鼻子被呛了一下。

"妹妹，你做什么工作呢？"另一个老板更加温和地与我说话，他指一指阿乌拉人一伙，"是亲戚吗？"

"我就在附近上班。我们是朋友。他是我表哥。"我指小宁。

小宁猛地抬起头，睁大了眼睛望着我，因为他从来不知道我是他表妹。

"啊，难怪你们长得有些像。"高瘦的男人坐到候车室的椅子上。外面风凉，我们一行人进了候车室。他们一排地坐着，我罚站似的立在旁边。

"你们彝族人自己出去根本不好找工作，尤其男人。女人好一些。我看你肯定好找工作。"瘦男人笑了一下，吹出一口烟子，弹掉指上的烟灰，又说："我们这次来凉山闲玩，看这里的彝族人很有力气的样子，临时动了招工的念头。这纯粹是为了照顾你们。就在上一次，大约是五月，我们那里的一家厂子门口明明地贴着'不招彝族'。他们怕彝族人酗酒，喝多了闹事。"

我想起曾经在一列火车上，也见到出外打工回来的彝人，他们叫苦连天，说在外面找不到好工作。一些厂子更是因为语言沟通的问题拒绝招收彝族。我看见他们的包袱里裹着彝族衣服、旧鞋子和被褥。他们中的一些人拖家带口，女人和孩子跟坡地里出来的土豆一样灰扑扑的——她们安静而又有几分胆怯地躲在男人身后，就像躲在泥土里。我不想说她们像乞丐，可是我看到她们的眼神，和乞丐一样可怜和无助。尤其女人们在没有买到座位的火车上，将自己的裙摆撩起来兜住年幼的孩子。孩子像小袋鼠一样缩在裙兜里。

我又想起一些见闻，一时语塞，被眼前的瘦男人说得没有反驳的理由。望着小宁，我想象着他将来婚后的样子。

"嗯。"我半天才吐出一个字。的确有部分彝族人喜欢酗酒闹事，这样的事情我曾遇到过。也是在一列火车上，我买了坐票却不能拥有那个座位，我的座位被一个彪悍的彝族男人占住。他像一头野牛似的横躺在位子上，冒着酒气，说着胡话，一只背包垫在他的脑袋下。他整个人躺在那里发酵，嘴巴不停地叨叨着用彝语在骂人。因为话中提到"工资"和"开除"这样的字眼，我确定他是因为闹事被辞退了。我像呆子一样立在自己的位子旁不敢喊他起来，买了坐票站了一晚上，白白给他当了一夜保镖。

"……他们都是年轻人，有的是力气。采石头也不是太累。伙食费可以放心，天天有肉吃。"

不知道瘦老板之前还说了些什么。我走神了。

"嗨。"小宁拽了一下我的衣角，指了指边上的座位。

我坐了下来。

"老板，你们那里招女工吗？"小宁客气地问。

瘦老板歪着脑袋认真地看了我一眼，好像之前没有见过一样。"招。是她吗？"他伸出一根手指指着我。

"是。"小宁自作主张。他根本不在乎我的意思。

瘦老板换了位置，坐到与我相邻的椅子上。

"姑娘，你想去吗？"

"不想。"我原本要这样说，但是冲出口的话是："多少钱一个月？"

瘦老板一点儿也没有反感，很高兴地拍了一下自己的大腿，然后给他们的上司打电话。上司是男是女不清楚，电话里只能听见瘦老板的话。瘦老板向他的上司汇报，说我二十岁左右，最后还问到："给这个姑娘多少工钱"。

很快有了结果。他们正巧缺一个煮饭的。瘦老板挂了电话，急忙问我："这个工资可以了吧？两千块，不少啦。早上不用煮，可以睡懒觉。煮中午和晚上。你看，你们这边的工地可是一天三顿都要忙。我们那里早上买馒头给工人吃，可以省掉一些麻烦。"瘦老板看了看他的同伴，他的同伴马上向我点头，表示瘦老板说了实在话。

听到"两千块"这样的字眼，我的心里激动了一番，这是我在理发店辛苦四个月的工资。

"这个钱可以啦。早上还可以睡懒觉。——老板，要是她不去，饭给我煮吧？我炒菜的手艺巴适得很。"阿乌拉人腾地站起身。又突然意会到在抢我饭碗，晃晃地又坐回去。

"这个工钱……还不是很满意。我觉得还是成都好。那里空气和这里差不多。"我回答得自己也听不懂。

"那么，你想要多少呢？"瘦老板微笑着。

受到这样的重视，我突然感觉自己是电杆上的灯泡，高高地亮在他们头顶。可是心里明显有嘀咕，现在不是钱少的问题，而是钱多的问题。两千块一个月，这是我打工以来劳力最值钱的时候。会有这么好的事吗？我的疑心病每一年都在加深。所以我妈说，像我这样的人根本不适合在外面混江湖，应该找个笼子躲起来。反正我在外面也会因为怀疑的毛病交不上一个朋友，做事情更不会有多大的起色。这话我一点儿也不反对。她肯定是在记恨我。很多时候，我都在莫名其妙地想象我有可能不是他们亲生的孩子。

"你们最高可以给多少？"我装出一副老狐狸的样子。心里却感到一阵害怕，直觉告诉我，这块天上掉下来的大饼就要把我砸扁了。我一排地望过去，看见阿乌拉人和小宁他们绽着一张笑脸，好像捡到了金子。

瘦老板踌躇了一会儿，与他的同伴又商量一下，最后打电话给他的上司，说这个女孩踏实本分，能不能再加一点工资。当然还说了一些什么，大概是他们的方言，听不懂。

我看见瘦老板替我忙碌，说好话，这种热情肯定会让人以为我是他的亲人。我也看见另外两个老板关注的眼神。他们是热情的，可不知道为什么，我怕他们，越是这样热情越害怕。我联想到村里的妇人，她们在年底的几个月给猪最好的食物，然后在新年到来之前杀猪吃肉。

最后，工钱定在了两千五。

阿乌拉人更不得了，"啥！比我们采石头只少五百！"他有些暴跳如雷。

"不对，采石头可以拿到三千五，甚至四千。"瘦老板赶紧这样说，并且友好地拍了一下阿乌拉人的肩膀。

阿乌拉人听到"四千"便止住了呼声。他的情绪像安了开关，立刻变了一张好看的笑脸。

"可以去了吧？你看，两千五了。"小宁说。

我心里正在打鼓。一个声音明明地告诉我：去不得。

"你们最好找个借口走了吧。我看他们像骗子。我的直觉一向很准。我在一些杂志上看到类似的事情。上半年在火车上，有个人极力劝我去重庆，我没有去。总之，你们不要去。"为了不让三个老板起疑，我用彝语告诫小宁他们。语气像在恳求。

"书呆子。你看书中毒了。"阿乌拉人瞪我一眼，又说，"杂志上都是假的。你不去算了，我们是要去的。你的胆子太小。我们一群男人，还怕他们卖掉吗？你听说过哪个男人被卖掉吗？没有！你数数，我们八个，他们三个。我们一人放个屁也能熏死他们。四千块呢，至少也有三千五。在这里没有这么好的工资。而且又是出国。啊，我长这么大还头一次出国。我要见见外国是什么样子。"阿乌拉人捧着下巴，被自己的话感动了，小宁他们一伙人的眼睛也被阿乌拉人说得亮晶晶的。

我知道这群钱迷已经不能被劝说。如果我继续说下去,阿乌拉人就会要求我赔他的损失。

小宁犹豫了。他是这群人中间唯一在犹豫的。我高兴得像个花匠,仿佛看见自己的辛劳在一棵小草上有了起效。

"小宁!"我带着颤音喊他,然后是一种祈求似的语气:"不要去啦。"

"你们在说什么?嗨,不要用彝语。"瘦老板和他的同伴都齐声说。他们非常警惕。

阿乌拉人的脸上飘起一片乌云,他用彝语说:"你不去就不去,赶紧走吧。他们已经买好了票,我是要去的。你们呢?"他回头问一下包括小宁在内的七个人。六个人猛点头。小宁站在一边没有表示。

"你是不想去了。我看得出来。你们找个借口走吧,我们不会告诉他们。"阿乌拉人望着小宁,这种口气很有几分仁至义尽的味道。

三个老板又听见我们用彝语交谈,脸色显得更不好看。但是又在努力挤着笑容,那种勉强就像在空壳子里挤牛奶。

我抬眼望了一下车站的时钟,已经快要到我上车的时间。

"你去吗?"瘦老板又问我。他似乎一定要我去煮饭不可。

"去。"我突然灵机一动,微笑着这样回答他。我觉得这是个溜走的好时机。

"你确定不去了吗?"我又问一下小宁。

小宁肯定地点了一下头。他也意会到这三个人的反常。当我们用彝语说话的时候,三个老板的眼里含着十分的怒气和慌张。

我装作很高兴地去退了票。瘦老板一直跟着我和小宁。他很热情,争着要给我提行李。我只好把超市里买来的泡面和几杯饮料递过去。

"放心吧。我会帮你吃掉的。"阿乌拉人坏坏地用彝语跟我说。

小宁的额头冒出一些汗珠子,看瘦老板的时候显得目光闪躲。他的紧张更让我多了些害怕。

终于耗到瘦老板他们快要上车了,只有四十分钟的样子。已经有人排起了长队。这时候我和小宁逃走了。

我们逃到了郊区一家私人旅店。小宁歪着脑袋眯眼看了一下，读着院门上用红布写着的大字：乡——村——旅——馆。

院落里一位老者在低头整理木柴，穿着很厚的衣服，头上裹着一条帕子。老者放下柴火来到"乡村旅馆"的横幅下，问道："你们租房子吗？"

"是。听朋友说'乡村旅馆'便宜。"我扯谎的功夫越来越高。这时候感到一阵透骨的疲惫。头有些晕，好像要感冒的前兆。

小宁显得精神了。"住一晚，多少钱？"他问。

老者耳朵不灵光，用手掌像罩子一样罩住耳朵："你说什么？我的耳朵不好使了。你再说一遍。"

小宁再说了一遍。老者指着二楼的房间，"有二十块一间的。也有十块一间。十块的是小间，隔层房，一个人住可以。你们怎么住？"

"两间，"我赶紧说，"要十块一间的。"

掏出二十元递给老者。小宁站在一边，有些不好意思。

"我这次出来没带钱。有几块钱。不够。"他想解释得漂亮一些，但还是无奈地这样说。

隔层房小得像火柴盒，一道门进来，里面装着三间小房子。小房子又是各自一道门，这样一来，一间房子就有四把锁。住进来的客人各自两把钥匙。有点像儿童游戏间。门口一个公用的洗浴室，台子上躺着一块肥皂，站着两只玻璃杯。毛巾倒是很干净的样子。

"这房子好小。装耗子的。"小宁摊开手，冷笑。

我失眠。小宁应该也失眠了。我听见他的房间有走走停停的脚步声。

小房间只够摆一架木床，周围连个柜子也站不下。我收了收身子，害怕放开架子会把这个房间撑破。

突然想到小宁的信。这大概是我收到的第二十封信了（放窗台的不算）。他每给我一封信，过几天就要问回信。我能想象他等信的焦急，但实在没有兴致回信，一想到这封信写完还得和他一样亲自交到收信人手中就感到别扭。这不是正常人做的，疯子才会这么干。

我掏出信，把床头的台灯拧到最小。弱光下的信纸被照出一股怀旧的感觉。

我盯着淡黄的纸页：

……羊是只有白天去放，晚间我躺在床上，睡不着就数它们。这是你上回跟阿兰说笑时提到过，你说你睡不着就数羊。

……我想着，你十四岁的样子——我比你大一岁，我在十五岁认识你——如今你十八岁。那时候你还在上学，还没有出去打工。你还不会买连衣裙装扮自己。那时候你的红色有帽子的衣服我很喜欢，我也去买了一件花色一样的穿在身上。你肯定没有注意。

现在没有放羊了。我看和我一样的青年都出去打工，我也想出去。但是我没有那么高的文凭。虽然我喜欢看书，看了很多书，但是没有一个工厂会因为你看了很多书重用你。我最远去过成都，找了好几天没有找到工作。他们一听见我是彝族就怕了，说上半年在荷花池某个菜市场，出现一群彝族女人穿了披毡偷煮熟的鸭子。他们嘲笑的语气，我心里很受伤，感到委屈。

想想她们也真是没什么骨气，煮熟的鸭子也值得去偷。但是，有些人确实饿得没有办法。住在山顶的彝人，你懂他们的艰苦，我也懂。可我们没有办法跟外人解释。她们也的确不应该去偷。但是我想不到更好的办法。

你出去打工的前一个月，我放了一封信在窗台。我想，你可能还是没有收到。不知道为什么，放在窗台的信你都收不到。山沟里跑来的风实在太大了，也怪不得你。

这封信写了很长，请一定看完，也请一定回我。

等信……

小宁是个浪漫的人，他习惯把心事写在纸上。从前在什么地方他说，只有面对本子的时候，想说的话才会完整地说出来。而且写信是一种特别美妙的感觉，你要说的话不是直接进入对方的耳朵，而是经过对方的眼睛"看"进去。耳朵可能会这边进那边出，眼睛不会。

他的这些道理很有意思。但我已经好几个月没有写信——当然，几个月前我在写信，我给我的男朋友写信。但是现在，我一辈子也不用给他写信了。

隔壁起了一阵鼾声。他终于睡着了，不需要再数羊。

我也抠着墙板，在墙板上画了一个月亮，最后这个月亮长出两只弯角，是一只老山羊的模样。

次日又是雨天，我躺在床上不想起来。小宁站在门口，我听见他的脚步声。

"你醒了没有？"他说。

"醒啦！"想赖床是不行了。

打开门，小宁像柱子一样立在眼前。

"这么早吗？"懒散地问了一句。感到一阵无力，心里纠结的事情到现在也没有结果。

"你属什么的？我忘了你属什么。快说，是属猪，还是属狗？我看是属猪。你是越来越懒了。不是吗？我记得你小时候很勤快。"洗脸时，小宁追在我后面说。

"我属凤凰。"

"什么？"

我瞪他一眼，高声道："鸡——就是凤凰！"

"我们该去哪里呢？现在。"他换了话题。

"你不打算回家？"

"我原本就想出来打工。不能这么快回去。起码……"他尴尬地笑了一笑，"起码要挣到回家的路费。你看，一个大男人住一间旅馆还要你给钱。"他叹口气，摇了摇脑袋。

"你想去哪里？"我心里没有打算和他一路，但又不能丢下他不管。

"你呢？"他很茫然。

"谁知道呢。也许是米易。也许是别的地方。你去打工，身份证带了吗？"昨天晚上店老板问他身份证，他半天也掏不出。

"忘了去办！"他说。

不带身份证打什么工呢？我一时不知道说什么好。

"我去成都打工把身份证弄丢了，一直没有补办。"他看我焦急无语的样子，安慰道："不要担心，建筑工地一般不要身份证。反正是卖力气，哪个管你有没有身份？有身份的就不去卖力气啦。"

"去攀枝花吧。听说那里正在修路。"我别过脸，下雨了，背对着雨。一股凉飕飕的冷意扑在我的背心。

小宁答应了。

火车站因为落雨的原因显得冷清，湿漉漉的广场站了十来个撑着雨伞等车的人。

小宁伸出一只手挡在我的头顶。又是昨夜给我挡雨的手。也许可以说点感动的话，只要我愿意，立刻就可以。但没有。我默默地顶着这只手走进售票厅。

小宁在一边等着，我想也不多想买了一张到米易境内的一个小地方的票。我曾经去过那里，以为这一生将会住在那里。

"为什么不直接买到攀枝花？这是什么地方？"小宁打断我的回忆。他把票面上的地名递到我眼前。

"在那里休息一下然后再去攀枝花。"我说。

他把要说的话咽下去了。我看到他的喉咙鼓了一下。

"不知道阿乌拉人他们怎么样了？"小宁说。

我想起阿乌拉人想出国的笑脸。

"我写的信你看了吗？"

"看了。"

"我等你的信……检票了。"他说。

火车上乘客并不多，但是因为喧闹显得很拥挤的样子。几个中年男人脱了鞋子平躺在三个位置的椅子上，使得车厢里充斥了一股脚臭味。

"我给你一杯水吧，可以淡化一些怪味道。"小宁准备起身。

我赶紧抓住他的衣角说："不喝了。"

"为什么？"

"感觉在喝洗脚水。"

小宁从鼻腔里发出一声轻笑。

车子摇着我，恍如半年前。半年，并不长的时间，想来却是上辈子的事情。

半年前我就坐在窗边，车子也是这样摇着我。他坐在我的旁边的位子上，眼神甜蜜地飘在窗外，手环住我的肩膀，在跟我唱一首《再回首》。我指的是已经分手的男朋友。现在我要对他换一种称呼。他已经没有"再回首"，已经是我的一段伤心的回忆了，我干脆叫他"黄连"。

我们是怎样认识的不重要了。我曾经写了很多信。那些信是我在夜晚偷偷完成的，并且多半是在有月亮的时候，或者下雨的时候，总之，我当时认为情书应该在晚上写。但不论怎样对着雨水或者月亮，也写不出黄连那样的句子。他的信里的文采总是让我羡慕，一想到那些字都是写给我的，心里就像藏着一千只蝴蝶。

我读到一些句子就会突然感动，我承认我很容易感动（也很容易生气），这是我最大的弱点。我曾经因为他的那些漂亮的句子没头没脑地说过一句话："我这辈子非你不嫁。"

很显然我是个白痴。容易说些白痴才说的冲动的话。

我看了一眼小宁，想把这些心事说给他听，可他的眼睛望着窗外。

"你困吗？"小宁推我一下。我走神的样子在他看来是在打瞌睡。

我望着他的脸，看见他下巴上的胡子在玻璃光的反射下更加显眼。他的头发并不乌黑，是少白头，如果把脸遮住，他是老人的样子。

我睡了一小会儿。等我醒来，车已到站。

这是个乡镇，四面高山耸立，浑黄的河水顺着上游的峡沟流来，沿着山边直奔下游。当我站在小街最高的台阶往前看，那股浩大的水流仿佛在奔着我来，要把我冲到天边去。一股更大的冷意袭上心头。

半年前那场雨比眼前的雨更大，那是一场大暴雨，突如其来，打在人身上是一种冰冷的疼。那是一个傍晚，我第一次冒着暴雨走在这个有些荒凉的小镇上。黄连撑着伞站在我身边。镇上的房子虽然不多，也不美观，却给人一种朴实的亲切。我想着这辈子是从高山走进更高的山，就会有一股感动在心里跳跃，认为这辈子是从故乡走进故乡，全都是安排好了的。

我曾为走进了这座大山而庆幸。

那时候黄连就站在我所立的位置，指给我看这条河水，告诉我河的名字以及它的来处和去向。

如今这条河的来处我已经忘记，我只记得它的去处——渡口。那也是我将要前往的地方。那里有码头，有船，有摆渡的人，有商贩和游客，有木棉花——有与我无关的一切。我不需要摆渡的人。我去的只是一个"渡口"，一个充满意义的名字。

我转过头，看见那儿的一家小煤场，早就停工了，几间黑破的简易房寂寞地站在雨中。黄连告诉我，他小的时候曾在这里做工，每月能挣三百左右。

小宁从什么地方跑了过来。

"要去哪里呢？"他不安地问。这是他目前最关心的问题。这里没有熟人。

"去哪里呢？"我这样问自己，也像在反问他。眼睛望着一座山峰发呆。那山顶住着我想见又没有理由再见的人。我应该恨他，应该写一封信诅咒他的背叛。

我挪了一下位置，背对着河水。

"今晚就住在这里吧。"我说。

"跑到这里莫名其妙住一晚上，为的什么事情？你虽然不跟我说，我也能感觉到什么。你不用说了。先找家旅店吧。这里太荒凉，有没有旅店也不好说。"小宁抬着眼睛四处看。

这儿当然有旅馆，但不是大的旅馆，都是私人开的小旅店，收费便宜。这些旅店不会大张旗鼓挂着招聘，他们只在自家门口的墙壁上或者门板上写上两个简单的字：住宿。

我们在一片房子密集的地方找到了住宿，因为雨水冲刷，墙壁上的字是这样写的：主宿。

店主是个瘸腿的女人。女人好像是个寡妇（我看见敞开的堂屋正墙上挂着一张年纪不大的男子的遗照）。她看见我们走近她的房子，并不十分热情，反倒有几分冷淡的味道。

妇人的孩子倒很活泼，五六岁的样子，拿着一根什么树枝在玩骑木马，可是在看到我们的那一刻却害羞地跑去躲起来了。

"我们想住店。有空房间吗？"我逼着自己把笑脸挂在鼻子两边，如果对方还不给我笑脸，我也要很快把笑脸摘下来。

她果然没有笑。我从她半低着的脑袋下看见一张毫无表情的脸。

"几个人住?"她明知故问。

"两个人。开两间。"我继续问她,当然笑脸也是取下来了。

"有是有。但……"她终于抬起头来。

我等着她继续说。

女人站起身,丢开手里的活走到门前,指着那张墙壁上的照片说:"他去年走的。楼上有两间房间是他亲手盖起来的,你们要是不忌讳,我这就开给你们。"

我不自主地走到堂屋的门边,深深望了一眼墙上的男人,他装在一个小木框里,有着黑色的皮肤和深陷的眼睛,好像他生前是多么遭罪,现在装进木框里还是一副悲惨的模样。他的衣服,领子上打了一个补丁,扣子缺了一粒。头发还来不及剪短,有些偏长,并且蓬乱。

"你怕吗?"我转头问小宁。

"你呢?"小宁毫无主见,脸上的惊慌掩饰不住。

"就住这里吧。"我对妇人说。

她将我们带到楼上。这是两间不小的房间,她打开第一间房间的门。"你住这里。"望着小宁说。

她再打开第二间房间的时候,一股草花的香气扑向我。这是半年前的一种味道,我记得,它曾经是一朵兰花,躺在信封里被我拆出来。

"这间房是我们以前住的。现如今他挂在墙上,这儿我也就不想住了。唉,跟你说这些起什么作用。"女人打扫了一下墙边的桌子和条板上站着的兰草。我看见她的手拂过兰花,背对着我,"这是他去年初栽的。今年开花了。是不是很香?"

"你保重身体。人死如灯灭。"我原想安慰她,谁料说出来的话这么绝情。

"你怎么流眼泪?"女人指着我的眼睛。

"没有。"我否认。

小宁递给我一张纸。

晚上我睡不着觉,心里有些恐惧,十五瓦的灯光打在墙上,条板上的兰花因为灯光的缘故显出一片古旧的神秘。窗外又在落雨,沙沙响。我感到一阵害怕,仿佛自己正躺在蒲松龄的聊斋里。我立刻起来，推开窗户，外面空气清凉，四面灯火阑珊。一些小孩在夜间嬉戏的笑声撞进我的耳朵。我确定自己站在他所在的镇上，而非《聊斋》里。可是，他永远不会像书生一样飘进我的门，站在那里给我道一句"小生有礼"。

我又陷入幻想了。自从分手后，我总要幻想自己是《聊斋》里的人。我希望他会在某个时刻飘进我的窗口。

我合上窗门。刚坐到床边，听见一阵短促的敲门声。

"你们要喝开水吗？"是女店主在说话。

"要。"我立刻给她开门。

"我们这样的小地方很少有人来。你不是第一次来吧。"女人平静地说，脸上依旧没有笑容。

我放下她倒好的开水，实在想不出怎么回答。

"那个，是男朋友吗？我看不大像。"女人似乎很想和我说话，虽然不带笑容，与白天相比却判若两人。

在这样的地方，我没有熟人，她大概有熟人也不想说她的心事，我从她的神色里捉到一丝孤独。

"他不是我的男朋友。我的男朋友在那座山上住着，和他新婚的老婆。"走到窗边，我将那座山指给她看。对陌生人说心事，可以随说随丢，是一件没有负担的痛快事。

"为什么没有去？都到了这里。"

"突然不想去了。"

女人搬了根凳子摆在窗前，我们一起坐了下来。她准备好了听我的往事。但我没有想要说下去。眼里有些刺热，我赶紧仰着头。

房间静了好一会儿。

她站起身，靠在窗前，说："我就是忘不掉。"指着远处一盏灯，她说："也是像今晚一样的大雨——比这场雨还大一些。也是这个时辰。他躺在煤堆下。我指我死掉的男人——挂在墙上呢。"女人抱紧了双肩，说话的声调像一只夜鸟的孤啼。

"你一定很难过。"我说了一句世界上最白痴的话。以我往常的智力,应该会说:"你的孩子多可爱呢,你看看。明天一定可以天晴,你一定要相信日子会好起来。"

我信吗?我问自己。墙上挂着的人不会因为天晴再活过来。

我感到一阵绝望。

"他一天要做多少活?我算算。算不出来。"她叹气摇头继续说:"我的男人是一台机器。不,是一头牛。"女人肯定地转头望着我,她紧锁的眉头忽然舒展了一下,"我记得我们相见时的样子。他穿一身蓝布衣服、一双黑底胶鞋,裤脚有些短,翘在小腿上像个刚从田里回来的泥巴汉子。当然裤脚上没有泥巴。你一定认为他难看。不对,他那天很有样子。我的父母也说他很有样子:实在,舍得吃苦。农村人就要有农村人的样子。我的父母答应了他的提亲。你一定感到好笑,提亲穿得那样糟糕。他有新裤子,只是太随意了。我们结婚后他也是那样随意。现在,"她停顿了一下,低头抹了一把眼泪又道,"……现在挂到墙上也是这样随意。他死前死后都没有多大的改变。有时候我会很高兴看到这个样子——他是熟悉的,挂到墙上也是熟悉的,就像还活着一样。有时候我又很伤心,人怎么会一个样子走到头呢?要是早晓得他会突然死掉,应该让他去拍张好看的照片。可惜了,可惜……"

房间里只有她一个人的声音。全世界只有她一个人的声音了。

我沉默着。她也沉默了一阵。

房间里只有她落泪的声音和窗外的雨声。这两种声音都像是树叶上滴着水:答——答——,冷寂而悲哀的味道。

我站到窗前。与她并肩。

"我们起初没有房子,可那没有什么关系,我的父母说他这样能吃苦的人不怕没有房子。果然他一辈子都这样吃苦。房子么,修好不到三年——我嫁过来十年。

"父母说能吃苦的人一定会有好福气。一定比他们强。我现在想来,这话也不对。我的男人每天起早贪黑在田地里累得像鬼,也不见他累出什么甜头,日子照样是那样苦。我一个妇人,我能帮什么大忙?那几年猪也喂不胖——尤其是老母猪，下完一窝崽就胖不起来了，再也胖不起来；肚皮拖在它自己的粪便里，像一片黑抹布。"

女人悲痛怨恨地望着夜幕，眼里闪着的好像不是泪水，而是火。

"一下给你扯这么些旧事情。你看。嗨！"她无奈地看我一眼。

"没关系，"我说，"我本来就没有值得伤心的事。"

我还想知道他们接下来的故事，但又后悔去打开她眼泪的闸门了。

雨小了些，只听见风吹着芭蕉叶响得厉害。她把另一扇窗门也推开了。

"看见了吗？那盏灯。"她指着我白天呆看的煤场，"他就在那里做活。做了五年。五年的工钱换得这几间房子。去年他死了。我好像跟你说过了，他是去年死的。我的记性越来越差。"她拍了一下脑门。

"我也记性不好。"我说。

"也是这样的雨天，我正在补一件旧衣服，听见有人来喊我。这样的晚上一般不会有人来。但是去年的那个晚上，来喊我的人是哭着跑来的。他是我的亲戚。他只会说'清民……清民……'，然后摇着手比画。'清民'是我男人的名字。我的针一歪，手扎破了，冒出一串血花。心里突突地跳。

"'清哥咋了？'我这样问是带了哭腔的，心里埋着不好的预感。

"果然是出了大事。我连雨衣都来不及带，冒着大雨跟那个喊话的人跑到煤场，看到煤场有好几个人打着电筒在煤堆里翻找什么。那晚停电了。我也看不清他们的脸，但我能通过那些人的背影感觉里面没有清民。

"我当时来不及哭。我是把他刨出来才开始哭的。他已经断气了。他的眼睛、鼻子、嘴巴和耳朵全都塞满了煤灰，眼睛因为大大地睁着，被煤灰堵住了，合不上（抬回家洗干净才合上）。衣服被山上下来的石头砸烂，一些碎肉像泥浆一样淌在地上。血是黑色的——从身体里淌出来还有一点儿红色跟着就染黑了。我使劲地想要捂住他的伤口。可是哪里还有伤口！半边腰杆已经砸碎，是空的，另外半边腰杆扭曲，我想抱他起来，刚一起身就听见哗啦哗啦有东西从他的肚子里往外倒。我赶忙将他放下。用手捧着地上的东西往他身上填，也许捧着的是煤灰。我从来不知道人是这种死法。我从来以为人是要善始善终的。我的父母说，人能吃苦老天爷都会保佑。你看它保佑了什么！

"我跪在清民的面前,看着他的尸体哭,哭了一会儿就没有眼泪了,嗓子也哑了,心里空荡荡。我想我是应该多流一些眼泪,但是眼泪淌到一半就这样断了,好像它们也死在我的眼头。"

女人的眼泪此时更比先前还多,好像窗外的雨都下在她的脸上来——她的眼泪不够用,雨水续着她的泪在流。

"我没有像今晚这样哭过。在煤场哭断了眼泪就没有再哭了。有几个时候我是想哭,哭不出来。今天是他的生日,你看,我换了当初和他第一次见面时穿的衣裳。要是我没有娃娃,我就准备穿了这件衣裳躺在这间房子里死掉。或者,我去当尼姑。可是,当了尼姑就不伤心了吗?"她长长地吐出一口气。

我想,我是不是可以永久住下来,住十年八年,等到她的孩子长大我再离开。而这样的生活将是:她面对冷寂的墙壁,我面对空茫的山。我不愿意面对这样的空山,她更不会真的希望我住下来。我们只是因为彼此陌生才袒露心事。

"说了一晚上,我堵在心里的烦闷终于倒完了。你呢?我还没有问你,真的不喜欢他吗?"她指着隔壁的房间。

"不。"我说。

雨又下大了。不清楚到了什么时辰,困意全无的两个人在夜里又聊了许久,直到雨再小下去,她才抽身回自己的房间。

我整夜陷入失眠,躺在床上想了许多事情。

第二天一早,小宁又准时站在门口。他夜里一定睡得很好,精神饱满,眼眉上方的头发已经偏偏地梳来顺在一边,是个很土的帅哥模样。

"你可以抹点猪油在头发上,这样看起来油光水滑。"我踩了他一脚。

我来到底楼与女店主道别。

女店主的眼泡还有些浮肿,但是精神并不差。她递给我一支粉笔,抿嘴笑了一下说:"妹子,你帮我把'住宿'写完整。让雨水刷掉半边不好看。你下次来住,免费。"

我在"主"的旁边添了一个单人旁。就像一只肩膀,稳稳撑着旁边的"主"。我第一次感觉到读书写字的用处。

"那家旅馆好冷清。以后不要来。我做了一晚上噩梦。"去站台买票的路上,小宁这样抱怨。

"跟认不得的人有啥好聊的。你知道人家叫什么名字吗?是好人还是坏人?"

我停住脚步,这才想起我们聊了一晚上竟然忘了问彼此的名姓。突然又笑了。不知名姓又怎么样呢?

我跑去老远,故意在回头的时候对小宁喊:"她的名字叫——断肠人在天涯!"

这句话把我自己也酸死了。小宁在背后嫌弃地瞪着。

我们去了渡口。

我们在渡口城边租了一处房子。为了省钱只租一间,单间用木板分出一个很小的厨房,余下的空间只够摆几样小家具。阳台倒也宽敞,有门隔着。

"你就住这里。这么宽的阳台,雨水滴不进来,阳光强烈的季节可能已经不住这里了。你将就一下?"我指着阳台跟小宁说。

他耷拉着脑袋从里间走到阳台,脚下赶着几张纸板,手中抱了一床毯子和棉被。他像个逃难的士兵极其勇猛又极其狼狈地三下两下搭了一个窝。为了使他的窝更加舒适,借了我的绿裙子挂在阳台的边缘遮蔽光线。

"好了,从今天起我就是燕子。住在你的屋檐下。"他拍掉手上的灰尘,笑了一下。

我笑不出来。

"你只有去建筑工地了。建筑工地不要身份证。你自己说的嘛。我没有什么好的办法。你有别的办法吗?"过了几天,实在找不着合适的工作,我对小宁说了这句话。

他站在阳台的外面,我不能看见他的表情。

"好。我去建筑工地。"过了许久,他的声音从阳台传来。阳光正好,我听着那句话感到一阵温暖。

小宁去建筑工地的日子,阳台上的窝一直保留着。那条绿裙子也没有扯下来,任它挂在那里。窝虽然被裙子挡掉一些阳光,但依然有散碎的光点落在上面,挨着阳台的攀枝花树叶也落在上面,有时引来几只鸟雀,在棉絮上留一个不太清晰的脚印便飞走了。这一切看在眼里极其落寞，好在我已习惯，并且享受这有点惨淡的光景。

渡口的街道大多是陡坡形状，像我这样不爱运动的年轻人在周末的早晨或黄昏都不怎么出门，孤守在自己的阳台看风景。

我来渡口三次。一次是在春天，多雨，空气里飘着雨水刷湿的花香。另一次在冬天，处于山上，并没有走进渡口的中心城市，当时天空飘着雪花，我在山顶看山下分散的城市：楼房像纸盒子一样摆在山脚，弯曲的街道像绳子捆着楼房，也捆着楼房里住着的人们。那时候我下定决心不会住到这个地方来。然而我却违背了这个心意。如今我不仅自己住进了这样的楼房，也把小宁带了进来。

我冲着这所城市的另一个名字而来——渡口。它像是一个出口。我以为是个出口。

我能把自己渡到哪里去呢？它不过是一座城市，白天和夜晚都比我的故乡喧哗。我曾经搭了一艘小船，从这边到那边，发现心境还是一样，只是江水比较寒凉。如果我在晚上站在河边看水，就会有老年的妇女走来与我说话，她说："这里有吸毒的人，不要去酒吧，不要去KTV，不要吃陌生人给你的东西，不要和陌生人说话。"她们告诫着我，不要染上恶习，要做一个住在城市却始终保持乡下人品性的好人。

我想逃走。但没有真的逃走。我有点痴念这些老年人的话。并且，我在某些瞬间，会以为她们不是平白无故的出现，而是命运给我安排好了的，是在这儿摆渡的人——她们教我在渡口要这样生活，在渡口以外也要这样生活。我因此留念江边的风景。起码要让人以为，我仅仅是留念江边的风景。我假装不在乎那些告诫的话而使她们对我关注得越多。

我偷偷去建筑工地看了小宁几次。

他和别的苦力没什么两样，在太阳下，他们的肤色和面貌是一样的：弯腰驼背，头发脏乱，衣衫破旧，如果他们停下来休息，垂在身前的手必然有些发抖；当他们扛着重物走不动路了，嘴里就会喊出劳工的号子。我躲在离小宁五十米左右的地方，这里阴凉，有树叶落在地上，我踩上去，就像踩响了一声一声的号子。我停住脚，呆立着动也不动。我仿佛看到这些喊号子的劳工的妻子，她们住在缺水的高山，扛着水桶去山下取水，绳子套住脑袋，水桶站在背上，走不动路了就唱山歌，应该是取水的山歌，她们走一路，水花就从背上跳下来。这时候我突然想到爱情，想到劳工们的爱情，他们喊号子，她们唱背水调。一唱一喊。

可小宁没有人给他背水。在我看来，他是孤单的，他的号子也孤单。我侧着耳朵，差不多可以分辨他的声音：沙哑，无奈，倔强，委屈，忍受。

他为了谁在奔命呢？

"小宁……"有一次，我突然出现在他的面前。

他扭过头，狼狈地揩一下脸才转身和我说话。不过七八天时间，他变得黑瘦，就像病了一场，手心全是水泡，有的水泡已经破开，露出一层新鲜却粘着泥巴的嫩肉，有的结了茧子，粗糙地缠在指节上。

我想喊他回去，换一个工作。但没有说出口。我不知道处处需要文凭和身份证的厂子谁愿意开恩招他。虽然我认为看文凭和身份证是多么幼稚的作为。但没有这两样东西，你很可能找不到工作，即使找到工作也是最低等的工种。与建筑工地又有什么区别呢？当你拿不出本事证明文凭是无用的废纸，那么你就只能傻兮兮地亮出一张文凭。

"没关系，我可以坚持。"他安慰我。

可是，他终于不能在建筑工地坚持下去了。半个月后，他疲惫地回到我租住的地方。摇摇晃晃走到阳台观察了一下，说："窝还在。这……我暂时在这里住几天，看看有没有别的工作可干。那里实在太累了，他妈的，吃的像猪食！"他抱怨着，然后认真整理他的窝。

在窝里住了两天，小宁还是没有要去建筑工地上班的意思。我每天从理发店下班回来，都会听见阳台上传来的小宁的歌声："啊我的那个土妹妹，请你不要为我担心，这个世界复复杂杂，我会好好保护自己。"

"你保护哪个土妹妹呢？"我跟他开玩笑。

"你。"他回答。

我们偶尔去逛夜市。夜市上有卖小吃的人，因为摊子处于陡坡地段，摊车脚下总会垫着几块小石板。

不知道为什么，我突然对小宁有点反感。晚上也不和他去夜市，下了班就把自己关在房间，要么看书，要么胡思乱想。

有天晚上，我实在睡不着觉，摸着兜里的票子感到一阵绝望。我为什么不在阳台栽上一株喜欢的花草呢？这时候天气适中，正是秋季花开的好时节。可是那只肥燕子，他的歌声总在阳台传来。他的饭量那么大，喝水那么多，鞋子那么臭，袜子还摆在枕头上。我突然觉得他的情书充满了一股脚气味，逃难时为我遮挡雨水的那只手也不可爱了。

但是他依然在写信，即使他没有换洗的袜子和衣服，没有一双像样的鞋子，每天还是照样要写信。他不知道我已经很不耐烦。信从阳台的窗缝里卡进来，啪——落在地板上，像一声沉闷的冷笑。

我打开信，照样还是要看信。信的内容大概是我每天可以亲自看到的（想象的除外）场景：

那树上的叶子像是我的命运。这时候，我想做个诗人。

你知道吗？我一生都想住在这个阳台上，这样可以一生给你写信。给你写一生的信是多浪漫的事情呢？我想想就很开心。

我昨天看见树上又落了许多叶子。你上次说它有好几个名字：攀枝花，平民花，木棉花。我喜欢喊它木棉花，这个名字有一种温柔的味道。

胶桶里快要没有米了。白菜还有一棵，葱还有，盐巴快没了。

我发现正在与你过柴米油盐的日子。虽然隔着一道门，我还是感到我们像一对情人。你觉得呢？

我实在忍不住了，给他回了一封信。信中有这样几句话："不为了别的，为了能养活你自己也该去。不为了养活你自己为了我也该去。不为了我为了你将来的她也该去。难道写这么多的信只为了抒情吗？你不可能一辈子躲在阳台写情诗。没有人会有这样的幸运和闲散的时间。"

于是小宁又去了建筑工地。

小宁又从建筑工地回来是在一个早上。他的衣服比之前还脏，破了几个洞，手上有伤。头发因为粘了一层泥灰看起来简直是一蓬枯焦的乱草。我拉开门见他的一刹那，感觉立在门前的是一只被打劫的活鬼。奇怪的是，这回他穿了一双不是他的半新旧的皮鞋回来。

"哪里来的？"放他进门后，我像个家长一样指着那双皮鞋追问来历。

他装作听不见，闷闷地走到阳台，蹲着想什么心事。

我很想骂他，但忍住了。他默默地脱下鞋子摆在一边，袜子破开的洞口里钻出几个脚指头。

"你怎么落成这般田地？"我在心里这样想时，忽然感到一阵自责，如果当初我不阻止他，如果那三个老板真的不是骗子，他现在一定不是这个样子。我这才发现这一路的坚持和帮助好像是为了赎罪。可惜这种赎罪也带了几分残酷和绝情。我并没有真正帮到他什么，反而开始厌恶他。

"我想要回家了。在外面不习惯。想进好点的厂进不了。你晓得的，即使我有身份证也进不了。彝族人进不去好厂，你看，他们除了在建筑工地干苦力，哪里也去不了。在工地干活脏得像只猴子，又累，谁晓得你累呢？过路的女人只会看见你笑，不，我不是说只有女人会那样笑，我是说，大部分都是女人在笑。你们女人是最现实的动物。不，我不是在说你。总之，她们看我的眼神就像在动物园遇到一只脏猴子。难道我不是人吗？脏一点儿就不是人吗？卖苦力就不是人吗？我是人，谁知道呢？过几年会好吧？也许过几年彝族人也可以进好厂，衣服可以不用这么脏了。到那时候我再出来，你看呢？"有一天，他很悲哀地跟我这样说。说完很快就把眼睛避开。

他抱着头，蹲下去，眼望着脚尖。

那双皮鞋他始终不怎么穿，脱来摆在阳台的角落，连阳光也晒不到上面去。偶尔出门时才会套上那双鞋子，回来立刻脱掉，打着赤脚走来走去。

"彝族人也有进厂的。他们还做到了管理那样的职位。真的。"我撒谎安慰他。但也不见得这谎言一辈子不得实现。也许明天就有了不一样的局面。我们只要努力。我想。虽然这些年在外地遇到的彝族人，没有一个做到管理的位置。他们大多因为背井离乡的愁闷而酗酒，有的甚至躺倒在街边胡言乱语。但我还是相信明天就会有不一样的局面。

"我不信。我没有听村里出去的谁做到管理的位子。你忘了去年那两口子吗？

他们在外面找不到好工作，在工地卖力没有拿到工资。他们怎么回来的，他们差一点儿去卖身，差一点儿去要饭！差点干了坏事，如果他们不是及时得到帮助！"小宁的声音高得把他自己也震住了。

"如果你想回去，那就回去吧。但要等一等，等到我的工资可以自由预支。大概再等十天。"我平静地说。我不想再讨论那对夫妻的事情。

十天很快到了，我预支了一部分工资。小宁买了一张回州府的火车票。他走的前一天夜里给我写了一封信，在车站道别时才交到我手上。

"你回去再看。好吗？"他又重复那句话。

我望着他的背影，眼睛不由自主盯着他的脚。来了一趟渡口，穿了一双别人的鞋子回去，而他自己的鞋子呢，从此就留在异乡了。我在站台轻声叹了口气，看他走上火车，找到自己的位子，然后伸出一只手在窗边费力摇两下，他说："再见。"

晚上我打开信，内容空前的少，一共十六个字：对不起。贫穷和懦弱使我不能拥有爱情。

这些话不像是对我一个人说的，好像是对他自己说，也像是对全世界的人说。不管对谁说，我确定他可以做诗人了。

小宁走后，我偶尔去阳台看看，那里没有窝，没有旧鞋子，只剩一条绿裙子挂在阳台的边缘。有时会想起那位女店主的话："真的不喜欢他吗？"

独自在渡口待了五个月后，我又回到了州府。在马道镇找了一份工作。闲时爱去火车站看看，我似乎在等待某个人，又实在无人可等。

奇迹般地，我竟在马道遇见了阿乌拉人。这时候的阿乌拉人披头散发，赤着双脚，欧阳锋似的坐在火车站的台阶上，那个卖烤洋芋的彝族妇人送他一个洋芋，我看见他时，他正拿了洋芋坐在那里啃。

"嗨，你！"阿乌拉人看见我了，他满嘴包着洋芋，惊慌地说出这两个字。他的两只手黑乎乎的，好像是从垃圾桶里拣出来装在身上，这时候他用这两只黑手努力摇摆，嘴巴忙着吞洋芋什么也说不出来。

"啊，你咋变成这样？"我走过去，上下打量他的行头。这可不像去挣大钱的，出了一趟国门的。

"他妈的！"阿乌拉人暴躁地弹起身，剩下的半个洋芋想摔掉出气，但在扬起手的一秒钟转而塞进了嘴巴。

"你挣到钱啦？"我越来越不会说话。他这副模样哪一点儿像是挣到了钱？

"挣个球！"他斜眼瞪我一下，伤心欲绝的样子，拍拍手上的洋芋皮又坐到地上去了。

"怎么？……"我语塞。

"怎么！被骗啦！被卖进采石场啦！他妈的三个杂种！"他咆哮道，像练蛤蟆功一样摇头晃脑。因为说话用力，声带受到一阵影响，他捂着嘴咳嗽了几声。

我还从来没有见过有人这么过分地和我说话。好像卖他的人不是那三个杂种，而是我。

他这种样子实在令人同情不起来。

"你不是说，你们一人一泡口水也淹死他们吗？"我冷冷地盯着他的眼睛。

阿乌拉人不看我，眼皮垂下去，头发被风吹来站在头顶。他感到委屈的脸有些发红。他说："我们被卖到采石场，那三个人扔下我们就走了。"看我一眼，有点羞愧的样子。我以为男人不会被卖……我以为……嗨，不说这个，说出去我还咋混？丢先人！"他沉默了一下，又说，"算了，说给你听也不怕，你也不是外人。

"我们到了那里，负责看守的人像狼一样盯住我们，吃饭或上厕所都盯住。日他妈！晚上说梦话都会被鞭子抽一顿！他们以为是在商量逃跑。他们不懂我们的语言。哎，但是，还是怪我自己，说梦话说的是彝语。但我不说彝语说什么呢？见他妈的鬼！反正我为此挨了不少鞭子。这些杂种！在那里没有吃过一顿饱饭。吃得最好的就是在火车上，他们三个像财神爷那样大方，给我们钱，随便买东西吃。

"……到了采石场，我们去的几个人都被分开了。把我分在一群陌生人里面。这群人也是被骗来的，整天不说话，也不让说话，也实在没有什么话说，就像哑巴。裤脚都是撕破的，身上全是伤疤。有的人眼睛瞎了一只，另外一只也像失明了，看着你眨也不眨，像死鱼的眼睛，要是你也跟着我们去，那就可以直接被吓死啦，都不用被打死。有的瘸了腿，听说是逃跑被抓回来打断的。那眼睛也是被打瞎的。"

"你听谁说被打瞎了？不是不让说话吗？"

"白痴！不让说话就不说话吗？"他头也不抬地骂我一句，又说："他们有时也看不紧。只要工地上来了一群穿花裙子的女人，他们就看不紧了，只派几个人站岗，那时候就可以悄声说几句话。"阿乌拉人吞了一下口水，他咧嘴笑了一声，把上嘴唇拉得很薄，整个上门牙露在外面。

"你怎么跑出来的？"我很欠骂的又多嘴了。

这回他没有骂我。他抬起头，望着天上的云彩说："那天晚上月亮不是很白，星星倒是亮晃晃的，云彩也亮。就在这样一个晚上，我和几个想要逃跑的人一起跑了。我来不及找我的同伴。我想，他们自己有脚，如果想跑可以自己想办法。我喊了他们也不能扛着他们跑呀。那晚采石场来了好几个女人，大部分看守都和女人在小房子里喝酒，喝醉了。到了深夜，留在门口看守的人也开始打瞌睡，我们就趁着机会避开他们狂奔了出去，可惜没跑几步就被狗发现了。狗那种东西是不讲道理的，它们好人和坏人根本分不清，长了眼睛跟没长眼睛一样，只要哪个养它就帮哪个。去他妈的！好在老子长了一双长跑冠军的腿。

"狗一叫，看守的人全部冲了出来，但我不管狗叫不叫，不管那帮杂种喊不喊，我只管跑我的。我不像其中的几个工人，他们一听见狗叫，慌慌张张，完全失去了方向感，好像听见的不是狗叫而是他爹在喊他！他们往回一看，看见后面追来一大帮人，脚一软就跑不动了。我是凭想象知道后面有很多人在追赶我们，因为我斜眼看见和我平齐的工友扭头往后看，然后就跑不动了。我听见追我们的人在说'贱种贱种'，也可能是说'站住站住'，不管说的啥，老子管不起那么多。

"哈，只有我和另外一个人跑脱了。其他人又被捉了回去。我和那个人跑着跑着也跑散了。树林太大。路也不认识。我只好追着天上的一颗勺子星跑。我是仰着头跑的，眼睛望着天，我感觉我不是在地上跑，路也不在我的脚下，而是在天上，我是在天上跑。

"他们想卖我？哈，做梦去。老子要饭也能跑回家！"阿乌拉人走到垃圾桶边，捡起刚才有人扔在地上的一个罐头往嘴里倒水喝。摇晃几下没有倒出水来。

罐头是空的。

"你……"我想说什么，但说不出来。

"我啥我？我就是这样回来的。看不顺眼吗？哈，你是没有被逼在绝路上。"他揉了一下眼睛，"我走了半年才回到这里。一路上爬火车，偷东西吃。也要饭。可惜没有人给我饭吃，他们看见我就说我是假叫花子，因为我的头发是染黄的，他们说：'你妈的，哪有叫花子还染头发的？有钱染头发还出来要饭吗？你妈的，骗子！'他们一边诅咒一边向我吐口水，虽然这些口水都没有吐在我身上。哎，反正这一头鸟毛害得我要饭也没有资格。对了，我在逃跑的路上偷了一块猪肉，扛着跑了一路，被那家主人发现了，人追狗撵的，我鞋子也跑掉了一只。他妈的，还是被追回去了！我最可惜那块猪肉。那家人的狗比采石场的跑得快，也可能我的力气都在采石场用完了。在采石场我跑得比狗快。

"我在渡口要了一个月的饭。渡口的人要好一点儿，给我一些剩饭剩菜。但也不行，遇着同样是要饭的人也受欺负，我要到的饭还要孝敬老大。妈的，他当叫花子也长得那么壮实，我干不过他。"他朝手心吐一泡口水洗手，顺便理了理他的黄头发。

"回来了就好。"这时候不能再取笑他。并且，他竟然也去了渡口。说不定就是因为到了那儿，他才有机会顺利回来，渡口，说不定是他人生的关口，设定好了的，他只要在那儿渡过来，一切就好办了。

"到了这里我就不担心啦。这是我的地盘。对了，我今天有人来接，我的一个小弟。你呢？你在这里做什么？小宁呢？"

"我在这里上班。小宁走了。"

"哟，我以为你们早就是情人呢。你不喜欢他吗？"阿乌拉人摊开手，表示不理解。

"不。"我说。其实我想说："不知道。"

阿乌拉人的"小弟"来了，一个瘦得像豆芽菜一样的混混，女的，皮肤黑得像炭。她走到阿乌拉人面前，很自然地拉住阿乌拉人的手说："想不到你会被卖。真是……"她的眼眶泛红。

"哟。"我也想笑。

"好吧,看在认识一场的分上告诉你,没有她,我就没有勇气逃回来。"阿乌拉人说完话,牵着女友头也不回地走了。

我一个人站在车站。风冷飕飕的。

村庄的黄昏

周华诚

1

父亲把屋檐下的打稻机搬出来：这手续颇有些复杂，先是去除攀结的蛛网，然后卸去覆盖其上用以避雨的石棉瓦及草束，解开缚角的绳子，再缓缓放平。一身的灰，不管是父亲还是打稻机。

那是一架历史悠久的机器，半个多小时后父亲用布擦去厚厚的灰尘，灰尘下面的字迹便会浮现出来：前面是"颗粒归仓"，左面是"一九八六年"，后面是"五谷丰登"，右面是"周全仔办"。这些都是青年农民周全仔的笔迹，当年他从公社农机厂用平板车拉出这架崭新的打稻机，十几里路花了他整整半天时间才走到家——路不是很远，打稻机真的太重。那是一个大家什，那时整个生产队三十多个农户只有三架打稻机。

"农机厂厂长叫傅克昌，昌盛的昌。"父亲一边用水擦洗打稻机上的灰一边和我这样说。二十八年前的父亲咬牙买下这台打稻机，在整个村庄都是非同小可的事情，一百五十元的价格还是有人情的因素在里面：厂长傅克昌和父亲关系不错，那时父亲是乡电工，认识的人不少。厂长专门用杉木板做的打稻机谷仓，用杂木做，不仅死重，而且不耐用。父亲为什么肯花一百五十元钱置办一台打稻机。因为种田季节不等人。生产队的打稻机不够用，一家一户轮着借一天都不行，每年总有几户落在了后面。

四亩多田每年要交四百多斤公粮，一千四百多斤余粮。公粮是一定要交的，你不交，当兵的人吃什么，公家人吃什么。余粮也是一定要交的，国家粮食紧张，你不交粮，人家就要到你家里去搬。交余粮，国家是给钱的：一百斤稻谷九块五。卖一千斤余粮，国家也不过是给你九十五元——卖两千斤稻谷，换不来一台打稻机。那时猪肉是八角一斤，你想想看。

有了打稻机的青年农民周全仔在村庄里是一个吃香的人，总是有人来跟他借打稻机。借打稻机的人排着队上门，他们商量好了各自收割的时间和插秧的时间。他们把时间用得密不透风，当然也滴水不漏。

现在父亲把屋檐下的打稻机搬出来。因为再过一天，水稻就要收割了。

打稻机后面有两根突出的木头棒子就像打稻机的尾巴。我小时候跟这两个棒子有着深厚的交情：两个大人在前面拉打稻机，我们小孩在后面推，满仓的谷子沉沉的，不推它，打稻机自己不会走的。小孩有多少力气自是不能知道，但是你推了那也是在有劲一处使。几个人一起使劲让打稻机在稻田里前行，这样的时候应该有风在空旷的田野里吹起来，那是很快乐的时候。

稻谷的收割是一件并不轻松的活计，跟插秧比起来，割稻简直是一件痛苦的差事。它是强体力劳动。同时稻叶会在手臂上割出浅浅的血痕，不痛但是很痒。长时间的弯腰挥镰割稻也使人感到疲惫至极。一边脚踩打稻机一边手捧稻把脱粒更是一件技术活。奔前跑后"落窝怕"（方言，意思是"搂稻把"）则是孩子们的事，那件农活乍看起来颇为轻松实则十分累人。所以，在这样繁重而辛苦的劳动中，推打稻机，都成为一件值得期待的事——推拉，用力，滑行，停落——这是繁重的割稻劳作中的调剂：腰可以直一直，头可以抬一抬，看一眼远方，感受一下风。

好了，这跟打稻机的尾巴有什么关系？

关系就是：在打稻机快速滑行的时候，我们可以快速地站在那个棒子上，随着打稻机一起滑行。

冒着被呵斥的风险，偷偷地站上去，三秒钟，或者五秒钟，飞翔。

在父亲弯腰为老旧的打稻机上润滑油的时候，我弯腰查看那两根尾巴棒子：那上面还可以看到脚丫子泥印。那三秒钟或者五秒钟，真的很快乐。比你现在玩上一整天的游戏还要快乐。

一九七九年是一个很有意义的年份，那一年发生了很多大事，第一件大事是中美正式建交，很快邓小平访美，那是中华人民共和国成立后中国领导人第一次访问美国。在那之后，对越自卫反击战开始。还是在那一年，国家领导人万里到安徽省凤阳县农村调查，肯定了那里的农民顶着掉脑袋风险尝试的"大包干"生产责任制。

那些遥远的事件如同一只蝴蝶穿过电脑屏幕飞抵眼前。时隔多年了。那些缥缈而宏大的叙事离我实在太远，它们并不存在于我的真实记忆当中。对于我那偏居浙西农村的父亲来说，那一年同样深具意义。与那些遗留在历史上的年度大事相比，在他记忆中最为深刻的事件是关于自己的小事——在那一年的九月份他参加了工作，成为一个叫作"五联村"的中国最基层的行政村里的一名电工。

父亲一辈子都在朝着一个目标努力：脱离农民身份。我现在这样说来恐怕不太准确，对父亲也是不公平的，但现实是，不管在当时还是现在，没有人会认为做一个农民是件值得自豪的事。哪怕父亲在"当农民"这件事上做得很成功，那也是他不得已而为之。

在去年夏天的一个夜晚，父亲向我讲述那些陈年旧事，我打开电脑，记录了父亲说的那些话。

父亲周全仔，学历高中毕业。他高中毕业的时候，已然成为村庄里的佼佼者，因为全村一千三百多口人，总共只出了三个高中生（直到后来才又增加了两个）。

于是父亲担任了生产队的总会计，兼全村的会计。会计干什么，就是给生产队记账。队长说，今天大家割红花草。那么大家就一起割红花草。割了要称。称了要记。父亲在生产队的账本上用蘸水钢笔写下清晰的蓝色字迹：某月某日割红花草，多少人，多少斤。

村口有一棵老柿树，无人知道那棵柿树长了多少年，只知道每年的深秋，满树火红的柿子会成为村庄里最耀眼的风景。在霜降之前，这棵柿子树上的果实会被村里的男人们统一在某天采摘。男人们纷纷爬上高高的枝丫，一竹篮一竹篮的柿子被吊下来。会计拿着账本站在柿子边上，一担担过秤，一担担记录在案：一共摘下十二担，这担二百斤，那担一百八。总共两千斤。整个生产队是一百三十口人，不论老小，一个人头分得十几斤柿子，一家一户的人端着脸盆，拿着柳筐在等着分柿子。

村会计就是这样的。一个相当重要的岗位。一个务必要知识分子才能担当的工作。会计很忙，几乎跟生产队长一样忙。每天晚上生产队长要为每个队员安排工作，明天张三干吗？挑粪；李四干吗？挖渠；王二麻子干吗？走三十里路去集镇抓两头猪崽。一日一日地排。整个生产队的日子都整整齐齐地排列在生产队的账簿上。挑了粪，挖了渠，抓了猪崽，摘了柿子，割了红花草，每天晚上大伙都会集中起来，由会计记下他们的工分，然后大家纷纷在账簿上严肃认真地戳上红指印。

积极上进的父亲还发挥所长给县广播站投稿。他确实是一个知识青年。他写的稿子在村头的大喇叭里播出时，他感到兴奋异常——

我写写村里的油菜啊，小麦啊。这些农作物的管理，抓得好，我写写。村里的老支书，德庆，就是你小学老师刘芳益的爸。德庆四十多岁。我写好，念给他听。有些情况要问他。数字也是他提供的。

比方说，我写：八月八日立秋，五联村全村早稻面积一千五百亩，生产队员群情振奋，鼓足干劲，多快好省建设社会主义，栽禾完成又快又好，栽下去的禾已经绿油油，正为社会主义事业添砖加瓦。

写好了，到村支书家盖个章。就寄到广播站去，还不用贴邮票。那时没什么宣传，只有广播。家家都有广播，村口也有广播。我写的东西播出来，感觉还是很好的。

一篇稿费一块多钱，最高有三块。一块五六，就抵得上农村做三天事。农村每日分红只有三毛至五毛。出工，计十个工分。

一年下来，能播出个两三篇。

说到这里，我头发花白的父亲露出自得的神情。我想了想，父亲当年比我现在的稿费标准高得多，高得——多得多，我只好在心里暗暗惭愧一下。

一九七九年，村里有了电。有了电，电灯泡亮起来。有了电，还需要找个电工，收收电费，修修线路。这是一个比当会计更有前途的事业。我大字不识一个的爷爷是村里的老党员，村支部开会的时候，他深思熟虑地提出："这个电工让我崽来当行不行？"支书向大家征求意见，经过党员们的讨论，这个提议得以通过。

毕竟父亲是村里为数不多的高中生，文化程度高，他写的稿子还在广播里播出。他完全有能力管这个电。这一点毋庸置疑。后来果然，父亲又通过考核，成了乡一级的电管员。每个月的工资是二十七元五角。作为乡电工，父亲每个月都要走很多路，到每个村去，把村电工手上抄的电表数字核对一遍，再把电费一点一滴地收上来，统一上缴。父亲是三里八乡颇受欢迎的人：谁家的灯泡不亮了，找他。谁家的电灯拉绳断了，也是找他。谁家要拉根电线，安个灯泡，还是找他——也没见谁要安别的东西，灯泡，已然是最高级的家用电器。

黑白电视机，还要十多年以后，才会在我们村里出现。

但父亲依然是一个农民。忙完了与电相关的工作，他还是要回到家里下地，一件接一件的庄稼活儿摊开在土地上等着他和母亲去完成。因为与电相关的工作太多，常常田里的水稻已经黄透等待收割，耕田佬安排翻耕土地的日程已经逼紧，绿油油的秧苗又迫在眉睫赶着插下，而父亲还得抛下自家田间的事儿往外赶，母亲不得不说一些牢骚话。但那也没有办法。年少的我学着大人的样子站在打稻机前，一只脚踩蹬着打稻机，两只手捧着一把稻穗，稻桶里谷粒纷飞，我早已汗流浃背。那时的我只比打稻机高了那么一点点。在我的边上站着母亲。她要用更大的力气踩踏打稻机，以减轻我的负担。弟弟则举着稻把在泥巴里奔走"落窝怕"，一次次把沉沉的稻穗举过头顶递给我们。

辽阔的稻田和做不到头的活计令人绝望。

更多的时候,我们和父亲母亲一起躬身在田间。四季中与稻田相关的劳动周而复始。烈日与汗水就这样裹挟了我们的童年。

但这是后来的事情了。

让我们重新回到一九七九年。那一年的一月和二月,一些后来叫作周杰伦、佟大为、邓超、章子怡的人相继出生。那一年的农历九月,我出生。

我坐在父亲身后。摩托车突突地响着。寒风凛冽。

小时候我坐在父亲的自行车上。父亲就这样驮着我们。我已经不记得多久没在父亲的身后这样坐着了。

路边的人,看到父亲,会和父亲打招呼。第一句,"去哪儿啊?"第二句,"这是你崽啊?"

父亲单脚踮地,说:"是哎。"

"你崽这么大了啊。很多年没有看见了,完全认不着了啊。"

父亲说:"是啊。一直在外面读书,你们是认不着了。"

他们又问:"现在是在杭州上班吗?"

父亲说:"是啊。"

我就想起,好像童年时候,父亲把我们带出去做客、拜年的情形,也是这样认人,叫这个叔叔,叫那个伯伯。而现在,那些叔叔伯伯,面孔依旧是陌生的。村庄里全部都是陌生面孔了。

我三十多岁,离开村庄已经多年。乡村风景,及小时候熟悉的草木,已然变了模样。村道上来来往往的人,更是早变了模样。

过了一会儿,父亲扭头问我:"刚才,路上有个人骑车过去,是你小学同学。你不认得了吗?"

我说:"哪个?"

父亲说了一个名字。我绞尽脑汁,没有想起来。

这是前年冬天的事,父亲带着我去寻访村庄里最后一位耕田佬。我是什么时候开始对种田这件事感兴趣的,父亲其实并不清楚。小时候我们在田间挥汗如雨,父亲总是对我们说:"你们看,你们是不是应该好好读书,好好读书考上学校,就能不当农民了，不受这个苦了。"

后来我就真的考上了学校。那是一所中专学校。我的成绩不错，在全县排名第一，好好为父亲挣足了面子，至于我自己，当然，我也倍觉荣光，同时深感欣慰。那年暑假我们家请了几桌大酒，中学老师和小学老师被父亲请到家，一一敬酒表示感谢。那时候中专比高中录取分数线还高，考上了中专就要转户粮关系，我的户口被拨出去，从此我就成了一个"居民户"。

那年暑假，很显然，父母都尽量不让我下田了。

父亲当了一辈子电工，最终没有成为一个"居民户"。风水轮流转，父亲没实现的理想居然让儿子给稀里糊涂地完成了。老实说，读书对我来说不算太难，相比于田间的那些事儿，读书已经容易太多。两相权衡取其轻，我只不过偷懒了而已。至今我都无法挑起重担，百斤的担子我死活都挑不起来，并不是没有多少力气，而是我的肩膀骨头突出，扁担压上去，疼。真疼。

现在这个儿子突然对种田有了兴趣，父亲不甚理解，但是他很尊重儿子的兴趣。他用摩托车载着我去找耕田佬，听耕田佬聊聊耕田的事儿。儿子喜欢写东西，这不是什么坏事情。

那个耕田佬叫马岳云。

马岳云的父亲叫马如德，已经八十岁。在分田到户之前，马如德曾当了几十年的生产队长。生产队长掌管着村里的畜牧场。畜牧场里有几十头牛。马岳云从十多岁开始，成了放牛倌。从一定意义上说，马岳云当放牛倌也有得天独厚的优势，谁让他的父亲是生产队长呢，这一点儿权力总是有的。

马岳云就这样跟牛处了一辈子。

牛群，漫山遍野散落的牛群。马岳云与牛朝夕相处，没人比他更熟悉牛脾气了。现在他已经五十五岁，有着一张因长年劳作而被晒得黧黑的面孔。他脸上的皱纹也已很深。我给他递烟。这个中年人是现今村庄里唯一还在用牛耕田的人，在我看来简直是非物质文化遗产。但是他向我抱怨着他的工作没有价值，太辛苦，又赚不到钱，现在连田都没有人种了，还要犁田佬做什么。

他说的是实情。现在村庄里确实连田都快没有人种了。

这二十年，差不多全村的壮年劳力，都进城去打工了，一半以上的农田被抛荒。那些尚未抛荒的农田，主要是靠老人在耕种。

年轻人呢？村里哪里还有年轻人。年轻人是一种候鸟，只在过年的时候飞回来。年一过完，年轻人又迅速地飞走了，飞得一干二净，飞向温暖又美丽的城市。

所以水稻田在快速地萎缩。那些原先种植两季的水稻，现在仅种一季；原先除了种水稻，还要在水稻收割后种上小麦、油菜、萝卜、紫云英，水田里一年四季变换着不同的颜色，鲜艳夺目，内容丰富，现在很多时候只生长一种植物——野草。

还有些水稻田通过土地流转的形式，承包给农业大户。种蔬菜、苗木、养鱼。承包期，五年，十年，或更长时间。一亩田一年的租金，一百元到三百元不等。拿到这笔钱，没有了田的田主人就像城里人一样去买大米吃了。不种田的日子，农民们纷纷去县城打工。去建筑工地上做临时工。出卖力气挑沙子，一天能挣一百三十元，而靠种田，仅能维持温饱。想从土里刨出钱来几乎是不可能的。

想通了的农民，就这样离开了土地。

村里原先有六七十头耕牛，耕田佬穿着蓑衣行走在烟雨朦胧的田埂上。那是春天。是我从课本里知道的春天，是从唐诗里知道的春天，但更多时候，是我从村庄的耕田佬身上看到的春天。

现在耕田佬像约好了一样从田埂上消失了。只剩下一个马岳云，又疲惫又艰辛，赶着一头牛，扛着一架犁，走得有气无力，走得自信心相当不足。

如果不是家里那个淘气的儿子，他也早就从田埂上离开了。哪怕是去打工，也比耕田要强得多。

他说的那个淘气的儿子，已经三十多岁，经常跑出去，用石头扔人家的瓦背，或者躲在哪个山头的角落里淋雨，或是爬上一棵大树，从早晨一直待到黄昏，直到他的父亲像玩捉迷藏一样把他从枝繁叶茂的藏身之处找到。

我和父亲还有马岳云一起，在村庄的黄昏里坐着，目光望向屋外的田野。我的父亲给另一位父亲递烟。打火机点着了烟，他们就这样默默地坐了一会儿。

2

某某死了。

母亲说了一个什么名字，我没听清。我离开家乡读书工作，一年中回村的时间屈指可数，村人面孔依稀有些记忆，但能叫上名字的则实在不多了。母亲又说了一遍，那名字好像听过，但想不起人是怎样。母亲又说："那年夏天，他的孙女被汽车轧掉了一只手臂——你记得不？"

我一下子记起来，"他，怎么突然死了？"

"喝农药死的。喝了两瓶草甘膦，还有一瓶开了，没喝下去，喉咙和舌头都被药水烧焦了……真惨啊。"

那是五年前的夏天。他家才两岁大的小孙女，刚刚出过车祸不久，全家人仍笼罩在一片挥散不去的阴霾之中。

年轻人远赴城市打工，年幼的孩子就扔给祖辈抚养照料，这多常见的事。祖辈大多缺知少识，娇着宠着，由之顺之。爹娘没在身边，许多孩子就顽劣了，长成歪脖子树，这几乎是无法避免的。

我们村也是这样。我们村口的供销店，是村中闲散人员的集聚地，每天从早到晚人声鼎沸，无他，就是赌博。这些生活拮据、油水贫瘠的乡人，不知道从哪里来的勇气，会驱使他们从衣缝角落里抠出令他们几乎难以承受的金钱数额，轻易地扔到赌桌上。直到输光了一个月甚至半年的辛苦劳作之后，他们才会灰头土脸地离开。

但他们不会吸取教训。等到口袋中好不容易又有一点儿闲钱的时候，他们照样会把钱扔到赌桌上来。这足以使我误认为，这些人在生活中的抗击打能力是超强的，似乎命运的任何灾难都无法击垮他们。

那对五十多岁的老夫妇，每天都会带着两岁的孙女去代销店里玩，实际上，他们是去观战赌局。那里的赌局风云，简直就是乡村平庸日子里的好莱坞大片，刺激着每个人的眼球和神经，同时也像吸食鸦片，叫人欲罢不能。即便只是观战，也不例外。

就在一场扣人心弦的赌局进入高潮的时刻，悲剧发生了，一辆满载的货车从公路上驶过，而独自玩耍的两岁小女孩踉踉跄跄地迈向了公路中间。

小女孩在她的人生刚刚开始的时候，失去了她的右臂。

从赌局中回过神来的祖父母发了疯一样冲出门外，但已经无济于事，他们已经永远地失去了剩余人生里的所有欢乐，以及儿子、媳妇一家人——他们把受伤的女儿带走了，再不愿回到这个家；也许他们不会恨他们，但无法原谅他们，这个家庭再也无法回到虽然清贫但仍显和睦的昨天了。

我听到这件事时非常难受。

我想去探望一下他们。但我的父亲表示反对。父亲说："他们正处于这种时候，你去了说什么都是多余的，只会让这种悲痛加深。"

我远远地看见那个老男人。那个身材高大、胡子拉碴的人佝着身子坐在阴影里，像一具被抽走灵魂的槁骸。

他说，他已经无法再补偿给那么小的人儿一只手臂，如果可以，他宁愿把自己的给她。

在那之后的几年，我都没有再见过他。当然我知道，这个男人还在村子的角落里活着。我以为时间会埋葬掉曾经的悲伤，一如那些输个精光却仍然会从头再来的赌徒们，生活的打击不过如此——逆来顺受惯了的农民，从来自有一种思维去解释和接纳它，并且把它作为自己命运里理所应当的一部分。

但终于，在事隔多年以后，命运还是一并清算了他。

他自杀了。

村民传出的消息，说他在临死前已经安排好一切。他年纪大了，身体每况愈下，春天准备好的五斤谷种，都无力播种到田间了。出事前的几天，他的老婆还跟他吵了一架，据说她经常骂人。两年前他去一家工厂守大门，至今存下两万块钱，一分都没用过，是交给儿子的，算是对小孙女的补偿。

然后他洗了个澡，去曾经是赌场的代销店买了五瓶草甘膦——那是一种效果显著的除草剂。喝下去之前，他还给远嫁的女儿打了最后一通电话，但女儿并没有听出父亲的话外之音。

那是一个性格很硬的人——村人说，他决定了的事，没有人可以拦得住他。

他一定是觉得这个世界，已实在没有什么意思了吧。活了一辈子，活成这样，不如死了算了。

他死了以后，他养的一条狗，在遗体前哭了两天，呜咽不绝，赶都赶不走。因为这条狗，前去看望者没有不落泪的。

我怎么会想起这么一个悲伤的故事来的呢？我不知道。尽管时间过去很久了，我还是会想起。

就好像，那么一个决绝的背影，石头一样嵌在村庄的道路上。细细看，那是一个沉默的，坚忍的，村庄里所有的男人们的背影。有时候，我几乎会觉得村庄里所有的男人们的背影里都有这么一种共通的东西，固执而内向，说一就不二。

3

我的小舅从前是一个木匠。当他爬上山的时候，他会对着一棵树发呆。有时，他还会闭上一只眼睛，瞄一瞄那棵树是不是足够直挺。我知道这是一个木匠的职业习惯，他看见一棵树的时候，其实在心中出现的是一个板凳，或是一个五斗柜。

小舅十五岁拜师学艺，住进外乡的一位木匠师傅家中，挑水，劈柴，喂马，收割粮食——其实也不是喂马，而是喂猪，以及割猪草什么的——还有上山砍柴，下河摸鱼。这一切都是为师傅做的。当学徒，没有工钱，学手艺就是这样的，不仅是学手艺，还要做很多手艺之外的事情。比如上桌吃饭，徒弟永远要比师傅晚。师傅还没吃完，徒弟必须先吃完，放下碗，离开饭桌，早早地坐在那些活计面前。

锯。刨。削。劈。斩。琢。切。凿。木工活儿都是力气活儿，小舅手上有很厚很厚的老茧，那时我摸过那些老茧，硬得如同塑料一样，有时他用凿子的刀口削铲那些老茧，如同削铅笔一样，屑子纷纷掉落。

就这样学了三年，我的小舅成功地从一个下田的农民转型成一个操持手艺的木匠。他做了许多桌子、椅子、大衣橱、床、粮仓、风车、长凳、短凳、高凳、矮凳、骨牌凳、扁担、砧板、锅盖、碗架橱、脸盆架，他的成果遍布十里八乡的人家。人们结婚的时候，他做的家具被人们排着长队抬来抬去，上面贴着红纸，喜气洋洋。

不知道什么时候开始，乡下人结婚，渐渐地不时兴打家具了。他们直接去县城的家具城置买。那里的家具，式样更好看——都是三合板钉成的；价钱便宜，还特别轻巧，不像自家打的木头家具那么笨重，打家具费时费力费木头——那个时候的审美，就是这样的。就像很多人家里，会摆上几盆买来的塑料花，鲜鲜艳艳，四季不败，而门前小径边的野花开得葱茏，四时常新，却并没有人去采来插在什么瓶子里。

小舅渐渐地不那么吃香了。人们不再需要一个木匠。小舅于是进城去打工，他成了中国最早一批"打工仔"中的一员：辗转在各个沿海城市打工，跟着建筑队的人在一个又一个工地上干活，搭脚手架，给人装修房子；住漏风的工棚，吃最差的粮食；存下一点儿钱，结了婚。后来他成了橡胶厂的流水线工人。因为橡胶厂有害气体多，干了几年身体吃不消，就不做了。再后来，小舅回到了老家，托人在县城找了一份工作，成了机械厂工人。机械厂在经济形势不好的时候经常会放假。作为一名计件工人，他常常一个月只能拿到一千多块工资。

小舅大我十来岁，小时夏天，我常跟他一起在小溪中捉鱼。溪水清冽，鱼儿机敏，小舅手执一根八号钢丝，瞅见鱼儿在水中窜过，便眼疾手快，挥动钢丝。那钢丝呼呼作响，劈开空气，劈开清流，劈翻小鱼。

记忆中的小舅，常在农忙的时候帮我们家劳作农活。印象最深的是，在一个叫藕塘的地方，有一丘我们家的水稻田。好多年中，我和弟弟，都跟着小舅一起去耘田。藕塘，大约原先是一口烂泥池塘。那是个冷水塘。别处的田水，被太阳一晒，都热乎乎的，这里却还是冰冰凉。最让人吃惊的是，赤脚站在这田里，人总是会不由自主地往下陷。

我们出门的时候，母亲会关照一句："你们站拢些，要是陷下去，就相互拉一把。"

又说："戴一顶笠帽去。这样，人陷下去的时候，至少水面上还有一顶笠帽啊。"

这话当然是玩笑的，但是仍然让我们感到恐慌。

耘田，以往是水稻耕作中的重要一环，耘田的目的是除草、松泥、拔稗。范成大的田园诗里说："昼出耘田夜绩麻，村庄儿女各当家。童孙未解供耕织，也傍桑阴学种瓜。"现实中，耘田没有这么诗情画意，更多时候是艰辛，以及下陷的恐慌——在藕塘里耘田，慢慢地，人就越陷越深。一般的田里，泥巴只能没到小腿。在藕塘，一不小心，就没到膝盖，没到大腿，而且很难拔将起来。

后来，上学读到红军过草地时沼泽地吞人的课文，眼前总是会浮现我们在藕塘耘田的一幕。

现在，小舅的儿子已经上了大学。

去年考上的。那是位于台州临海的一个职业技术学院。供一个大学生，对小舅这样的家庭来说并不是一件容易的事。小舅也早已抛下了他的田地。田地里刨不出钱来。小舅和舅妈两个人，都去机械厂上班，他们每天都盼着多做活，少放假，这样能拿高一点儿的工资。

我记忆中的小舅只有十七八岁，那时他英俊高大有一身的力气，还是一个令人羡慕的木匠。甚至他不仅是一个好的木匠，他还能种植粮食、蔬菜和水果。他买了一个什么牌子的录放机整天放着小虎队的歌。

——现在的小舅是一个四十几岁的中年男人，每天一脸愁容地骑着电瓶车来返于县城与小村庄之间的道路上。

下雨的时候，闲在家中没事，小舅仍然会拿起锯子、刨子和斧头，静静打量一块木头。

有一天他做了一块砧板，送我。那块砧板很厚，很重，是用老松树做的，为了做那块砧板，他上山找了大半天，才看中一棵老松树。

砧板很好用的，放在那里也会散发出好闻的松木的清香。

我在小舅的家里，还看见一些小凳、矮凳、长凳、短凳，都是他自己做的。我对着那些小凳、矮凳、长凳、短凳，愣愣地看了半天，我觉得那些小凳子都好像要跑走了。

七把镰刀，闪着白光。

父亲一把一把在石磨上磨着，刷刷刷，刷刷刷，然后举起镰刀用拇指去试刀刃的锋利程度。他把每一把刀都磨到自己满意为止。

水稻成熟了。黄了的水稻垂着头，在接下来的这个黄昏里静静等待着收割。这个时候，距离马岳云赶着他的牛下田翻耕已经过去了五个月。五个月前，马岳云赶着他的牛，在一个下着雨的日子里耕田、耙田、耖田，像是在稻田这块布上做精细的刺绣。他手上的犁、耙就是绣花针，他拐弯抹角，深入浅出。他把一片杂草丛生的稻田耕作得水平如镜。镜里妥妥地倒映着一方天空。天空上缓缓地走过一群云。

然后，一个一个秧把开始在天空里飞行。秧把看起来就是小型的魔法师骑行的扫帚，脱离了父亲、小舅的手掌，在空中划出完美的弧线。接着，它们错落有致地降落到稻田中。它们被一个个手掌把持，分离，一株一株，分别被安放进水田的泥土中。它们看起来相当弱不禁风，但是它们整齐有序、有条不紊，直到一起布满整片稻田。

父亲在磨刀的时候，我看到其中一把镰刀上锻着"野粟"两个字。这让我很好奇。在我印象中，镰刀这样的东西，从来没有人会在上面锻上标志的，不像剪刀可以刻上"张小泉"。

磨好了镰刀，父亲又把架在屋梁上的七担箩筐分别取了下来。七担箩筐，沉稳笃实。

从前，在每一个收割季开始之前，篾匠都是乡村里最受欢迎的人。每家每户都要把箩筐、谷笾、竹簟、扫帚等农具整修一番。篾匠开始走村串乡。他把山坡上生长得恣意无章的毛竹，变成一条一条无比柔软的篾片。他把那些无比柔软的篾片，缝补在箩筐、谷笾、竹簟的棕色老篾之间。新篾与老篾相互穿插，你中有我，我中有你。历经沧桑、破绽百出的箩筐、谷笾、竹簟于是焕然一新，容光焕发。再经过一季的收割使用，新老成色的篾片就会浑然一体。

可是那摊晒谷子用的竹簟，现在到底是没有了。我们家好多年没有用过竹簟。收割来的稻谷摊开在竹簟上，在阳光底下曝晒。竹簟是稻谷的舞台。现在竹簟不见了，人们直接把稻谷摊开在水泥地面上。靠近公路的人家，直接把稻谷摊开在宽阔的水泥路面上。

"禁止在公路上晒稻谷！"

这样的标语在公路边的山墙上写了好久，终究没有人太当一回事。"路又不是你家的！"老妇人一边翻晒稻谷一边对劝她注意安全的人这样说。大路朝天，你走半边，另半边留给我晒稻谷，老妇人觉得这是天经地义的事。

（那么，篾匠又到哪里去了呢？）

从播种谷种开始，到催生秧苗，再到秧苗生长拔节，直到成为金黄色的稻穗，在这漫长的时光里，父亲会一直担忧着天气，担忧着水源，担忧着蝗虫，担忧着稻飞虱，担忧着耘田或收割的人手。他总是有许许多多值得担忧的事。尽管如此，许多事情仍然不如人意。比如去年村边的桃花溪就发了大水，把我们的稻田淹了四天四夜。

现在水稻终于要成熟了，就好像一个孩子历尽艰辛终于考上了大学。

所有的忧心可以放下，父亲感到心满意足。

父亲把打稻机搬出来擦洗一新，上了一遍油，把镰刀磨好，把箩筐上的绳子整理完毕，然后又走到稻田里去。稻田在夕阳里呈现出朦胧的暖色调。明天就要收割了，父亲脱了鞋，分开稻株，远远地走到稻田中去。

四野一片寂静。

田埂上看不到几个人。整个村庄居然如此寂静。

我忽然想到，一个农民的一生，耕种次数其实是有限的。从前村庄里的水稻是一年两熟。现在是一年一熟。一个人活到八十岁，也就看到八十次水稻成熟。不过如此，而已。

逃 离

朝 颜

一

  街灯都亮了。一些人匆忙地奔向一盏叫作家的灯火，一些人却背离了这盏灯火，向黑夜游走。

  这是年关。晚餐的香味从许多屋子里若有若无地飘出，街道两旁的树上挂满了喜庆的红灯笼，卓依婷演唱的《恭喜恭喜》不依不饶地灌进耳道。少年询却执意与一切的温热、欢喜和热闹背道而行，他拉起了棉袄上的帽子，裹紧了大半张脸，像一只缩进硬壳里的蜗牛。对于世人的目光，他总是刻意躲避，仿佛这世界上的一切都无须与他发生关联。

  作为亲人，我似乎从未读懂过他的内心。温暖的饭食、长辈的呵护、宽阔的未来，为什么他都不屑于拥有？

  我仍然记得，童年的询有着最为放肆的大声哭叫，还有着最天真无邪的破涕为笑。他是那么灿烂，那么明朗，那么干净。我总以为他会顺着一条清澈的河流缓缓前行,生长成我们想望的样子:一棵挺拔向上的白杨,或是一只强健有力的小豹子。

而那些阴郁,是怎么一点一点地种进他的心里,直到长成郁郁葱葱的荆棘,覆盖住了阳光的呢?

我的头想得生疼。整整一个春节,我的先生都在热衷于制造一个属于我们的男孩,一个在我们离去之后能够与我们的女儿相互取暖的男孩。而我知道,事情远没有我们所期待的那么轻易。一粒种子的萌发需要肥沃的土壤、充足的水分,还有天时地利人和的关照。更重要的是,当小苗拱土而出,需要怎样的阳光雨露空气水土,需要怎样持久用心的浇灌牵引,才能使它不至于旁逸斜出,向着那明媚的充满亮光的一头拔节。

断裂。是的,我突然想到了这个词语。如果一个基因的链条突然断裂会怎样,如果一个完整的酿造流水线断裂了一个环节会怎样,如果一颗嗷嗷待哺的心突然断裂了爱的乳汁会怎样?

那种断裂似乎已经很遥远了,其间的过程也已模糊不清。没有人记得他从什么时候开始变得讷言、孤僻,远离他人的注视。当一根紧紧连接着心与心的铁丝渐渐被时间之吻氧化、锈蚀,似乎没有人意识到离它被绷断的那一天已经不远了。当我意识到这一点的时候,少年询已经在那条背离常轨的路上走了许久。

事实上,在这个家庭里,也许只有我会将十七年的光阴像倒录像带一样从那个婴儿呱呱坠地的冬天开始进行回放,以期获得忏悔和反思之后的顿悟。当然,我知道这些于少年询早已于事无补。对待一个正在生长的独特的生命个体,我们都没有经验可以学习复制,我们都没有机会可以从头再来。

抱怨、指责、争吵,相互的推诿,像硝烟一样弥漫在两代人之间。电话一声紧似一声地从广州砸向瑞金,又从瑞金砸向广州。我的父母,还有我的兄嫂,每天都在着急上火,每天都在为一个少年的归期和未来而忧心忡忡,却又无计可施。

"为什么不拉住他,把他绑上车?他跑了你们不会自己直接坐车过来吗?"

"再不要让他上学了,让他去打工,让他自食其力,谁都不要管他的死活。"

"再不要去找他了,冻死饿死咎由自取。"

……

兄长在电话那头狠狠地放出这些时而铿锵有力，时而矛盾重重的言辞。似乎轻松洒脱，似乎完全把这个父子亲情隔断多年的少年抛诸脑后。可是，我懂得他话语后面掩藏着的无力、无助、无可奈何，还有无比的酸楚。

那个大年二十六的黄昏，少年询在祖母的催促下踽踽而行，他的脚步是随时可以定格成永恒的慢动作。祖父和祖母挑着沉重的行李，用了世间最深沉的耐心，前后裹挟着少年走在通往车站的路上。

到广州去过年，是这个家庭计划了许久的事情。三张车票，三个人，外加鼓鼓囊囊的行李，即将让计划得以顺利实施。可是，少年询却上演了一场完美逃离。是即兴的发挥，还是长远的预谋？谁也无法翻开他的内心做出正确的揣测。

人声喧哗，汽车正在发出嘟嘟嘟的启动声，祖父正在检票，祖母正在将行李塞进车厢。多少人为着一次即将到来的远行内心笃定，多少人对一段与亲人团聚的时光充满期盼，只有少年询悄悄地从喧闹的人群中退场，沉入了一个人的世界和一个人的苍茫。

剩下两个白发苍苍的老人被抛在风中，失去了前行的要义。

二

我在那个寒风凛冽的夜里，迎接了父母的归来。父亲嗓子已经嘶哑，脸色是那种激动之后仍旧未曾消散的赤红。而我，正收拾了一切，反复查看确认了水电门窗的安全，即将锁上大门，回到自己的家。就在一小时前，我都以为对于这座屋子的照料将贯穿整个春节。

"怎么又回来了，询呢？"我一脸的惊疑，总以为是车子的延误才导致旅途受阻。事后，我的女儿说出了她的直觉："一听到外公外婆的声音，我就估计询不见了。"有的时候，孩子像个先知，而我们的内心被各种混乱的物事充塞，甚而麻木、迟钝，轻易就被孩子的敏锐秒杀。

"人都不见了，还去干什么呢？"我的父母重重地墩下了行李，言语中裹着满腔的悲愤。这悲愤，比身背肩扛的这些行囊还要沉重，还要无力承担。我忽然心疼地发现，他们又苍老了许多。父亲的头顶白发日益稀疏，竟能反射夜间的灯光；母亲的脖颈向着更低的方向越缩越近，浑身的皮肉无可挽回地往下坠。从前的顶天立地，从前的果敢决断，全都不见了。他们已经年近七十，他们再没有多少心血可资损耗。我真的担心，他们会被接二连三的击打和愤怒拖垮。

一再地乞求司机慢一会儿发车，一再地奔跑、寻找，然后无果，然后被整车的旅客催促，甚至责备、唾骂，最后是用极昂贵的手续费退掉了三张车票，无功而返。要知道，这是春运啊。我能想象到他们的焦急、无措，内心备受凌虐。我恨自己没有一同前往，没有在变数突然而至，如同惊雷翻滚的时候与他们一同承受。即便是歇斯底里，即便是悲伤欲绝，那个时候，我也应该和他们在一起。

我知道，我的父亲性子急，我的父亲有轻度的冠心病，我的父亲比任何人都要俭省，都要心疼从兜里掏出的每一分钱。

可是，这一切似乎还没有完。

我的兄长听见这个消息，第一句话却是："你们不会别管他，自己来吗？"父亲闻听此言，险些喷血。这轻飘飘的，极不负责任的一句话，无论是否发自内心，都将加重父母的悲愤。站着说话永远不会腰疼。是啊，一个婴儿被硬生生地从母亲的乳头上拽开，长成十七岁的少年，这些年多少光阴不都是祖父祖母陪着他慢悠悠走过的吗？反而是他的亲生父母，与之朝夕相处的日子屈指可数。

两个早已无力握住生活的老人，难道他们不愿意放手这份责任吗？难道他们不希望轻松地逃到儿女的羽翼之下吗？只是他们比任何人都清楚，一旦离开，那个少年便连最后一条退路都没有了。

父亲扔下电话，面如死灰，一言不发跌跌撞撞地进了房间，将自己重重地摔到床上。随后，我听见捶打床铺的声音，听见一声紧似一声的悲鸣。母亲走进去，然后出来，眼睛红红的，她说："他在哭。"我的父亲，三十多年的相处岁月里几乎从来没见他落过泪的父亲，此刻变成了一个任性的无所顾忌的孩子。所有的担忧和委屈、怨怼与愤懑，全都化作了那一声声反复的捶打和悲鸣。

母亲强忍住悲伤，从那些编织袋里一件一件地掏出物品。香肠、腊肉、红鱼……那些属于春节的散发着芳香的美味，原本是要给儿子儿媳以及小孙儿带去的。三代同堂，合家团聚，这原本会是一个多么充满欢乐的年。那个六岁的小孙儿，母亲也曾一把屎一把尿地陪伴抚养好几年，她多么想再次见到他，听他脆生生地喊她"奶奶"。

可是，随着一个少年的逃离，所有美好的憧憬和关于年的喜悦都烟消云散了。大年二十八，母亲怯生生地提出，要不要买一只大公鸡过年，父亲断然摆手："人都不见了，哪有那心思？"

似乎是一种宿命，这个家庭从兄长奔向广州的那一天起，就注定要像地球的南北半球一样被切割成两半。亲情、血脉、责任，都隔着山水迢遥，隔着冰和火的距离。

三

如果把盛装记忆的篮子稍微掀开一个口子，逃离的少年，之前我并不是没有遇到过。

小学四年级，男孩鑫被分到我带的班上学习。清瘦、秀气，眼睛里汪着一团清澈的水，但从不主动将目光迎上来，是那种暗藏的机巧和聪颖，或者，更多的是想淹没于众人的小心。我有些不相信花名册里他的分数，二三十分，这不应该是一个没有先天智障的孩子的成绩。稍微努力一把，上升至及格总不是件难事。

我有些踌躇满志，为鑫安排了成绩最好的女生做同桌兼小老师。课堂上，常常不经意地点到他，回答最简单的问题。作业不交，我苦口婆心地劝说。那时候，我对教育充满着理想主义，总以为顽石也有开花的那一天。

直到有一天，鑫不见了，整整一个上午都没有来到学校，没有任何人知道他去了哪儿。

我拨通了鑫的家长电话，"求求你给我个机会，不要再对爱说无所谓……"彩铃的乐声热闹又哀怨地蹦将出来，几乎吓我一跳。但女人接电话的声音很好听，类似于某一种鸟叫，清脆灵动，让人不禁对其外貌做出良好的揣测。

那是鑫的妈妈。她来了我办公室，柔和又不失礼貌。我端详着眼前的女人，她的整个形象甚至不能用女人来称呼，更像一个女孩。蹬着白色的球鞋，一身清爽的运动装束，加上高而蓬松的马尾，不施脂粉的青春美好的面庞，我简直无法将她与一个四年级孩子的妈妈联系在一起。

"鑫走了你知道吗？"

"上午出门时他背了书包，我以为他来了。他出走不是第一次了。"

"孩子怎么会这样呢？"

"我们是单亲家庭。我和他爸爸，在他两岁那年就离婚了。"似乎她早已习惯了老师的问询，似乎那个经常出走、成绩倒数第一的孩子并没有给她带来多少难堪和失落。这个妈妈除了礼貌地交流，脸上更多的是轻描淡写。

"要去找找他，万一出事了怎么办？"

"不用，找也没用。"她知道鑫从她包里偷了一些钱，等那些钱花光了，他就会回家的。每次都是这样。

的确，鑫在三天后回到了学校，他的妈妈像一个巫师一般，预言了事件的结果。后来我知道，除了零食和游戏，少年鑫对于人世的一切，几乎都失去了兴趣。现实无情地宣告了我的失败。

一个熟识鑫家庭状况的同事悄悄告诉我：鑫的妈妈一直从事出卖自己的行业，游走于形形色色的男人之间，除了供其衣食温饱，根本无暇顾及鑫的成长。我突然内心疼痛，突然无法接受这个赤裸裸的事实，一个长得那般青春美好的女性，她怎么可能？

"再怎么样，也不能扔下自己的孩子不管啊。"我说。

同事的解释似乎合情合理："她也蛮可怜的，带着一个拖油瓶，自己没有职业和手艺，总要赚口饭吃。"

存在即合理。似乎每个人都有自己的委屈和理由。久了，便是麻木。但是少年呢，他来到人世并非己愿，难道他该被世界弃置不顾？

此后，鑫依然如故，一再逃离，一再无踪迹可寻。我不明白那个年轻的妈妈为何一再让他偷走包里的钱，莫非其实是一种纵容，或者是厌烦了日复一日的拖累，想借此完成一种连她自己都没有察觉的被动的逃避。

最后一次，鑫出走有十天之久。在鑫回来那天，我对鑫的妈妈说："如果你真的没有办法管理他，那么就送他去全封闭的学校吧。至少，在那里他的生命安全是有保障的。"她听从了我的建议，除了多花些学费，这似乎的确是一个好主意。从此，她拥有了更多的自由，而我，也卸下了长久的担忧。

可是，这真的是一个好主意吗？安静的时候，我常常一遍一遍地问自己。在那所被军事化管理的学校里，鑫真的能如我们所愿，戒除对游戏的深瘾，重新回到正常的轨道吗？他的生命里，会不会出现更多的断裂和更多的空？

那个时候，我怎么也不会想到，在我的家庭里，会出现和鑫同样的问题。我们一家世代忠厚，家风甚正。父亲在麦菜岭方圆十几里德高望重，他以贫穷之手将我们兄妹供出农门，这件事在当年，在那个偏远的山村几乎可称得上伟大。父亲知书达礼、认真严谨，谁家有了家庭矛盾都要请他调解撮合，谁家有了红白喜事都要请他全程协助。这些年，他婉拒了老家大部分的迎请，对询可谓放下了所有的威严和身段，谁能说他家教不好、敷衍塞责呢？

终于也轮到我们思考一个严峻的问题了。就像几天前，一个在公安局上班的朋友对我提出了同样的建议——将询送到全封闭军事化管理的学校去。"先把玩游戏的瘾戒除了再说。"他很认真地劝我。由于我拜托他寻找少年询，他以职业的责任和一个成功家长的经验，对我说了许多："我们遇到太多这样的问题少年了，所有的问题归根结底都是留守造成的。无论谁找我，我第一个要劝的，就是让父母回来，至少回来一个。"

可是我的兄嫂，正在广州建造属于他们的事业和小儿子的未来。沉重的家庭负担不允许他们放下手中的生意，小儿子的未来不允许他们抛下正在努力做的事情。那些正在开着的机器，没有一天可以离开了人；那套每月高额还贷的房，没有一天可以让人停下喘息。他们说，大的没管好，希望小的这个，会更好。似乎谁都没有错，似乎谁都有满腹的无奈和冤屈。

四

其实，少年询原本是有一个相对快乐的童年的，虽然一断奶，他的妈妈就离开麦菜岭奔赴了广州。

祖父祖母，还有我，为他构建起一个足够宽厚温暖的巢穴。彼时我尚未婚育，甚至还没有恋爱。每天从学校回家，第一件事就是找他："妹子呢？"我总是这样急切地问。他学说话迟，但总是有一两句突然蹦出来的稚音让我们捧腹大笑。

他的圆脸蛋擎着两朵红花花，让人看见就想亲过去。抱着他的时候，我常常想，他要是我的孩子该多好。

我想要为他规划一个未来，一个有别于麦菜岭其他孩童的未来。职业的使然，我首先想到的是让他拥有更好的教育。那时候，全家人都赞成这个计划，齐心协力地为之付出努力。就在城区学校第一次向乡镇选调教师时，我牢牢地抓住了这个机会。那么多人被一轮又一轮的考试淘汰，但是我成功了。兄嫂则在广州省吃俭用，拼命攒钱。就在我跻身市区的第二年春天，他们在瑞金市区全款买下了第一套房子。这一年，询正好可以上幼儿园了。

秋风吹动直属机关幼儿园的大樟树，哗啦啦地响。幼年的询拉着我的手走进樟树的香气里，有了一张属于他自己的小床铺。很少有人知道，为了让他挤进这所幼儿园，我在背后花了多少力气。他念的第一首儿歌是我教的，他认识的第一个字也是我教的。花名册登记他的家长，常常是我的名字和我的电话。

一晃就是三年。然后是顺理成章地进入了我任教的小学，每天坐在我的自行车后座上晃荡着来，晃荡着去。有一次，一个学生指着教室门口对我说："老师，你的儿子来了。"我先是愕然，而后又感到了必然。当然，询不是一个省心的孩子，从小都不是。当我使劲蹬着自行车载他上学时，他坐在背后，用捡来的水彩笔在我白色的新棉袄上画了一圈又一圈意义不明的图案。我怎么也想不到会是询，以至于恼怒地审问全班学生，那些三年级的孩子面面相觑，无法指认一个恶作剧的凶手。

回过头来，我重新捋了一遍女儿的成长岁月。日子在平淡中流水一般地过，我从未对她花费过太大的精力，甚至，比询还要少。直到现在，她都那么爱着读书，爱着上学，每学期开学那几天她都要央求我："妈妈，让我早点去好不好？""为什么？""因为我很激动嘛。"难道是他们的智力有所差距？不，我们一直都知道，询是聪慧的。唯一不同的是，我的女儿，一直在父母身边撒娇承欢。她获得了最完整的爱，以及一株幼苗最健康的生长方式。

但是，询所依凭的轨道终究是平顺的。有那么一些小聪明、小懒惰，成绩却一直并未让人对他失去信心。初中的时候，他竟突然有了一次蜕变，在一千多名同龄少年中排名靠前。我猜，那都是老师管理甚严的结果，但这样的结果总是令人惊喜的。更没有预料到的是,中考时,询又一次用漂亮的分数惊呆了我们的期待。这个平时好像对什么都不那么上心不那么在意的孩子,竟然考上了全市仅招收二百名学生的重点中学重点班。

那是一个多么美好的夏天啊,众鸟的每一声啼叫都透露着喜气。我,还有所有人都长舒了一口气。我们都天真地想,这些年,我们的努力并不是白费的。

可是果真如此吗?时光切换到2017年的春天,我们眼前的询发出类似于动物的含混不清的嗯哼声,他戴着帽子,低着头,紧紧地闭上了他的嘴唇,也关上了他的心门。早已没有桥梁可以通过他架设起的那条大河了,所有的波涛汹涌只存在于一个少年自己的世界里。

祖母试图替他摘下帽子,她半开玩笑地说:"在家里戴什么,像个日本鬼子。"询侧过身,躲过了祖母的手,一声不吭地再次将自己关进屋里。我忽然想起,若是在好几年前,询一定会大声地反驳:"奶奶蛮坏,奶奶才是日本鬼子。"

是啊,祖母曾经是询生命里最亲的人。她抱着他长大,伴着他一起入睡,给他最温暖的呵护以及最没有隔阂的斥骂。

祖母,询。我几乎要忽略了这一次断裂。事实上,或许这才是事件最核心的部分。那个鸿沟生生地断裂了四年啊。最亲最爱的祖母,由于询的弟弟在广州降生,就此匆匆地离开了询。那应该是询生命里的第二次断乳。第一次他尚且没有记忆,但第二次,却正好是进入青春期的关键时刻。

祖父固然尽职尽责,只是那份与另一个人的亲热,询再也找不到了。

在心理学意义上,有一个词语叫作代偿。整个身心都投入于游戏中的询,多么像那种盲目的代偿。他并不能清楚地知道自己缺少了什么,只是不断地用虚幻的刺激拼命填入那个深不见底的黑洞。

"过分代偿,结果某些方面畸形发展,破坏了人格的协调统一,反而加剧心理冲突,造成适应困难,人际关系不良。"

专业而冷静的阐释,却直指一个人的暗疾。如此犀利,如此叫人绝望。

五

"稷布袋，麻布袋，一代还一代。"百般委屈的时候，父亲常常念叨这句俗语，以表达内心的不平。他想不通啊，他已经把自己该负责的一代人抚养成人了，为什么第二代的任务却还是一股脑全落到他的身上？

可是没过多久，他又一次耐下了性子，开始满世界地寻找。为这，他曾经抱怨过我："给他起什么名不好，询，你看这就有得寻了。"我只能保持沉默，一个人着急起来，心上就烧起了火，喷发出来，或许会好一些。

校园的角角落落都走遍了，全城能搜索到的网吧也都搜索过了。那个要寻找的人，终究如黄鹤一去。我知道父亲每天焦躁得吃不好饭，睡不好觉。从母亲离开询开始，他就开始了这样心力交瘁的操劳。对于一个少年的日常，其实父亲之前丝毫没有经验。我看着他一日日地消瘦下去，头发就在那几年哗一下全白了，越脱越少。他不能使性子，因为没有人替他兜着，他每天戒酒、隐忍，生怕出了一丁点儿的纰漏。

忽然有一天，我看到父亲在草稿纸上写的诗，其中一句"妻子何日返家乡？"我至今想到就疼，荆棘从心上拉过的疼。两地分居，一个人扛起责任，他不能向谁撒娇，不能向谁发泄。我的父亲，他何尝不想逃离这漫无际涯的煎熬？当询故意将尿撒到马桶外的时候，当询撬开他的抽屉拿走现金的时候……他无数次举起了手掌又克制地放下。他说他是断掌，他当过兵手劲大，一生不敢打人，怕打出事来。从前，他可以摔东西以平息怒火，母亲不在家，他摔给谁看呢？只有一日一日地忍着，几至憋成内伤。

而我的母亲又过得如意吗？那个她曾经用心疼惜的儿媳，在长期的共处中，竟也渐渐产生了嫌隙。孙子磕磕碰碰，都是一个个导火索。没有人不爱一个崭新稚嫩的生命，可是那些爱却可以化成利箭刺向他人。母亲常常吵着要回家，她牵挂着家中的一老一小，又放不下那个亲了又亲的小孙子。她热爱着人丁兴旺，可是这生活，这纠缠，谁能够轻松逃离？

这几年，多少人趋之若鹜地要了二胎。谁知道，有多少家庭做好了充分的准备呢？至少，我所看到的这个例子，从头至尾就贯穿着仓促和失败。

住校、离家，有了自己独立生活的询，从上高中开始就遭遇了滑铁卢。

成绩的直线下滑，使我们以为他只是一时适应不了，一再地与老师沟通，甚至付出昂贵的学费送他去上小课。其实根本不是这么回事，那些自己管理自己的时间里，他几乎都耗在了游戏上面。老师没有发现，我们也没有发现，他早已沉进了另一个世界里。

那一年除夕，我们好言鼓励，给他一份丰厚的压岁钱。大年初一，他一大早就出门去了，谁也拉不住。后来，母亲发现他将自己反锁在卫生间许久不出来，终于在他怀里搜出手机，搜出游戏机。再后来，我们从同学口中了解到，为了占用教室里的电脑，他午饭都不去吃。当然，省下的饭钱，又可以成为他的新一轮玩资。

寻找的那些天，我查到了询的QQ，他的个性签名上赫然写着："能不能让我消停一会儿啊？"或许，逃离现实，沉迷于虚幻，才是他想要的消停方式？

少年询背对着我们设计好的道路，越走越远。朝着一个黑暗的深渊滑落，他已陷得很深很深。

父亲找到他的时候，是在教室。寒假的学校空荡荡的，只有教室外面大樟树上的鸟儿，热闹地忙个不停。彼时的询花光了最后一分钱，不再被网吧所待见。他已经几天没有吃饭了，虚弱地趴在桌子上。那个清晨气候冷冽，夜晚更甚。少年询宁愿走进一个人的寂冷，也不愿意回到温暖的所在。

祖母无数次含着泪问："饿了怎么不晓得回家啊？"询别过头去，保持着永久的沉默。

那天是大年三十，我在将近中午时看见父母在小区的空地上为一只大公鸡煺毛，欢天喜地。

六

尘世喧嚷，长久而热烈的鞭炮声掩盖了一些伤感和担忧。父亲在贴一副对联，他得意于自己贴得圆满，用两个红包成功地修饰了横幅略短的缺陷。我知道，就在几天前，他都说没有心思，什么也不想弄。

询开始安静地呆坐在屋内，不再动辄出离。他成功了，这个春节，终于可以不在广州度过。在那里，他的懒惰、嘴馋、不问候长辈等缺点被无数次地指责："你连弟弟都不如！"大家都忘了，童年的询也曾经和弟弟一样叽叽喳喳、活泼可爱。

更重要的是，询知道自己的成绩滑铁卢，迎接他的将会是怎样深刻的责罚。询出走的那一天，老师在班级群里发动大家寻找。我的兄长却在群里说："等他到广州来，准备了好果子给他吃。"这句话遭来一大群家长的批评。一个长期不与孩子在一起，也没有多少教育经验的男人，难免偏激、粗暴和武断，他无法与大家理论，干脆退了群，对我说："懒得管了。"

就在前几天，麦菜岭的堂兄打来电话，希望把六年级的儿子送到市区来念书。而他们夫妻，一个在福建，一个在老家。我忽然内心一凛，呵，不只是我，有多少人，终其一生都在策划着逃离乡村？如果自己没有成功，那么，就把任务转移到下一代身上。但是我毫不犹豫地劝他放弃。你明知道在这个地方没有一个亲人，你明知道他只是一个十一岁的孩子，一个青春正在萌发的少年，为什么要让他尝尽人世的孤独？为什么要让他缺失掉本该拥有的那一部分？更何况，有询的前车之鉴，我是无论如何也不赞成这样的铤而走险。

我与兄长数次长时间地在电话里探讨事件的成因与解决方案，谁也说服不了谁。

"爸妈说你在外面发狠赚钱，家里的事不用操心。到头来呢，连个小孩都管不好。工厂出了残次品都能退货，我可不可以退货啊？"他气急败坏。

"一个人的成长有那么多的不确定因素，怎么能全都怪罪父母呢？"我说，"你真应该从小陪着他长大。"

"我有什么办法啊，我们没有户口，买了房也还是没有户口，我们的小孩就是上不了广州的学。我们要是放下生意不做，回来带小孩，全家人就还得在麦菜岭过苦日子。我们在外面累死累活，不就是为了让家里人过上像样的生活吗？"

是啊，这些年，他为了把小儿带在身边上学，像狼一样四处奔突，寻找一个出口。只要打探到哪座城市买房可以落户口，他随时准备把生意搬到那座城市里去。就在去年，事情终于有了明朗的盼头，他果断举债，在新城买下房子。未来的很多年，这个沉重的负担都将背在他的背上，像沙漠里的骆驼，忍着干渴，驮着重重的包袱。

现在，我又开始同情这个年届不惑，仍在为户口、为孩子的未来拼命奔波的男人。一纸户口，是多少个混迹于城市的打工者无法翻越的樊篱？它隔绝了多少血肉亲情，为故乡留下了多少留守的老人、留守的妇女、留守的孩子，又给教育给社会制造了多少无解的难题？多少人长久地叹息、咒骂："哦，什么时候可以逃离这该死的制度，该死的生活？"

此刻，我忽然莫名地想到艾丽丝·门罗的《逃离》。"我再也受不了。"卡拉说。她坐上了逃离的大巴车，可是她一路都在哭泣……

是的，逃离之后，路又在何方？

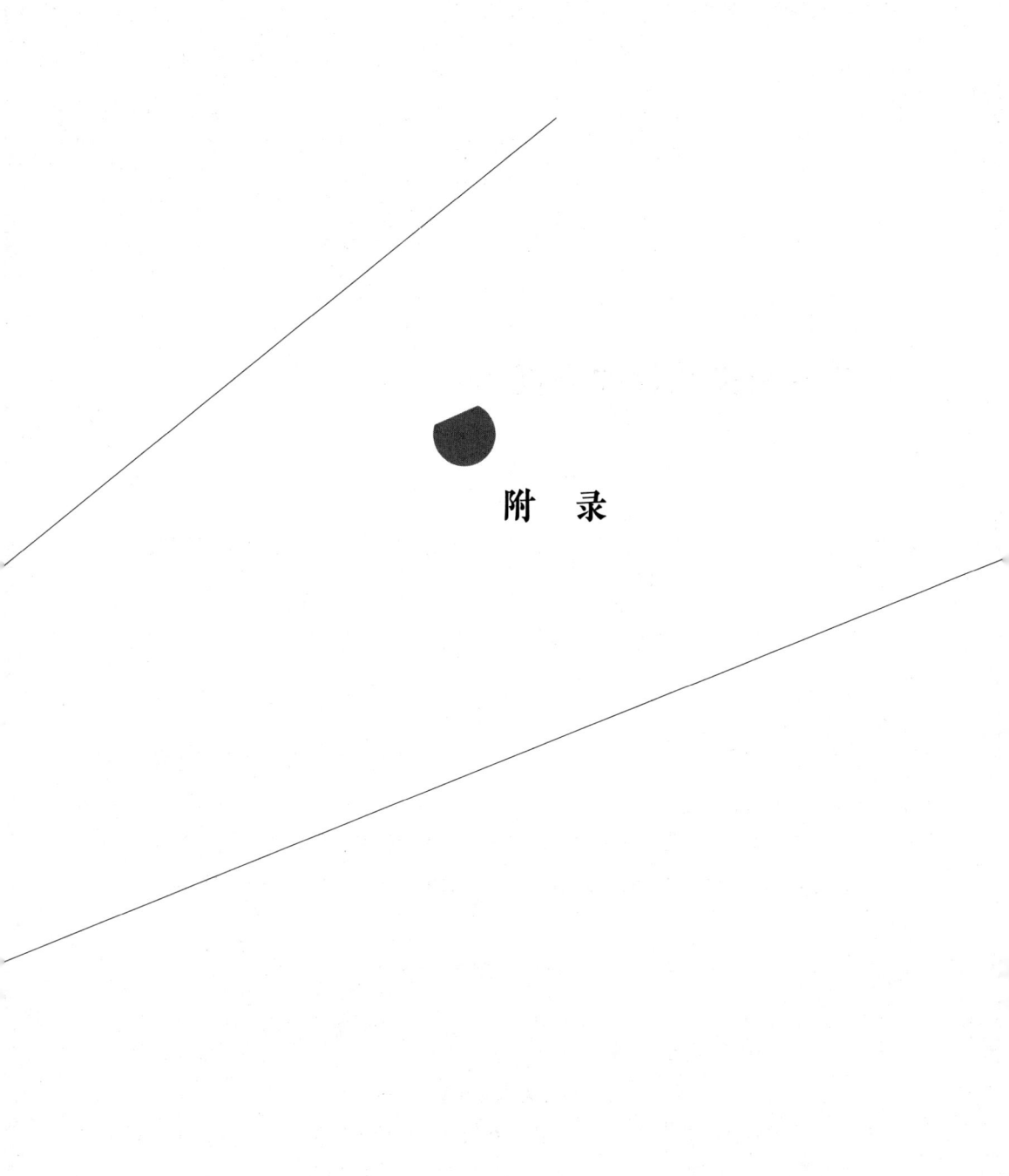

附 录

三毛散文奖评奖条例

"三毛散文奖"是以浙江定海籍当代女作家三毛命名的散文类文学奖项，面向各地汉语作家。

该奖项由浙江省作家协会、中共舟山市定海区委员会、舟山市定海区人民政府、舟山市文联主办，浙江省散文学会、舟山市作家协会、定海区文联承办。

一、评奖范围

1. "三毛散文奖"为两年一届。
2. "三毛散文奖"的评选范围为散文集和单篇散文。
3. 评奖规定的期限内，公开出版和发表的汉语散文集、单篇散文作品（不含网络发表），均可参评。第二届评选的期限为2016—2017年。

二、评奖标准

观照精神家园,抒写时代变迁,鼓励浪漫诗意的美文写作,传承优雅汉语,展现中文魅力。

注重作品的文学品位,鼓励想象力丰富、叙事灵动飞扬、呈现锐气与才情的丰美润泽之作,重视在大时代背景冲击下发出的个人内心之声。

三、评奖机构

1. 成立"三毛散文奖"组委会和"三毛散文奖"评委会。组委会指导和监督评奖工作的运行,评委会具体负责作品的评选。组委会下设办公室,负责具体事务。

2. 评委会由组委会邀请的著名作家、评论家和资深文学编辑组成审读委员会和终评奖委员会,成员为各7名,其中主任委员各1名,副主任委员各1名,委员各5名。审读委员会负责参评作品初评,终评奖委员会负责参评作品终评。审读委和终评委人选不得重复。

3. 评委会下设评奖办公室,负责具体事务。

四、评奖程序

1. 参评作品征集。征集工作由评奖办公室负责进行。经公开发布征集启事,由各地作家自行申报,各出版社、文学杂志社和各地作家协会也可推荐。

2. 作品初评。审读委在阅读讨论报送作品的基础上进行实名投票,提出26部散文集和26篇单篇散文作品终评备选篇目。所有终评备选作品均需获得审读委员总票数1/2以上。

3. 作品终评。终评委在阅读讨论全部终评备选作品的基础上,以实名投票方式产生获奖作品。所有获奖作品均需获得终评委委员总票数1/2以上。

4. 获奖作品的数量。"三毛散文奖"散文集大奖、单篇散文大奖各5部(篇),潜力奖各4部(篇),新秀奖各4部(篇)。

5. 评奖揭晓。评奖结果经组委会审核后，通过媒体"梦回橄榄树"微信公众号等方式途径向社会公示，并在颁奖典礼上正式宣布。颁奖活动在三毛故乡定海举行，将向获奖作者颁发获奖证书和奖金，并通过媒体等方式途径对获奖作品和作者进行宣传推介。

6. 评委会将拟订《第二届三毛散文奖审读委推选细则》和《第二届三毛散文奖终评委评选细则》，对推选、评选程序进行具体规范，分别经审读委和终评委会议通过后实施。

五、评奖纪律

1. 终评委、审读委及评奖办公室成员，不得有任何可能影响评奖结果的不当行为，一旦发现此种行为，参与评奖工作的资格将被取消，有关参评作品的资格也将予以取消。

2. 组委会成员、终评委委员、审读委委员的作品不得参评。

3. 终评时，对有重大争议的备选作品，经终评委 2/3 以上委员同意，可上报组委会研究决定。

六、评奖经费

"三毛散文奖"评选活动经费由舟山市定海区人民政府和社会各界提供或赞助。

七、附则

本条例由"三毛散文奖"组委会修订、解释。

三毛散文奖组委会
2018 年 4 月 23 日

三毛散文奖审读委推选细则

(2018年修订版)

第一条 根据《三毛散文奖评奖条例(2018修订版)》"审读委在广泛阅读讨论的基础上进行实名投票,提出26部散文集和26篇单篇散文作为终评备选篇目。所有备选作品均需获得审读委委员总票数1/2以上"的规定,为保证推选工作公平公正进行,特制定本细则。

第二条 三毛散文奖经过审读委各位委员对所有参评作品为期五个月的审读后,举行审读委推选会,投票推选出终评备选作品。

第三条 审读委委员于召开审读委推选会前,各自推荐散文集26部和单篇散文26篇的篇目,寄给评奖办公室。

第四条 评奖办对审读委委员推荐的篇目进行汇总,制作《三毛散文奖审读委委员推选表》,推选表上备选篇目按推荐人次多少为序排列,但不注明推荐人次。

第五条 根据本届三毛散文奖设立散文集大奖5部、散文集潜力奖4部、散文集新秀奖4部,单篇作品大奖5篇、单篇作品潜力奖4篇、单篇作品新秀奖4

篇，新秀奖获奖作者年龄限定于45周岁以下（按2018年12月为限，即1973年1月及之后出生）的规定，评奖办在推选会召开，核准备选篇目作者中符合新秀奖年龄规定的作者，并造册提供给参会者。

第六条　审读委推选时，已获省级及省级以上文学大奖的作品，不再参与三毛散文奖推选；获上届三毛散文奖散文集奖的作家，不再参评本届推选；获上届单篇作品奖的作家，只能参评本届散文集奖推选，参评的散文集中不得有上届获奖作品。

第七条　审读委推选时，在同等质量前提下，要兼顾作品题材、风格的多样化，适当兼顾作家所在地区的平衡性。同时要注意考虑我国港澳台地区作家和国外华语作家的推选比例。

第八条　审读委推选会由三毛散文奖承办单位负责人主持。主持人按本细则规定主持各项议程，并处理议程中遇到的特殊情况。主持人对具体作品不发表意见，保证审读委委员的推选独立性。

第九条　审读委推选会举行时，先由审读委委员分别发表推选意见，再进行投票。第一轮推选时委员发言时间限定每人5分钟内，之后各轮推选限定每人3分钟内。

第十条　审读委进行第一轮推选投票时，审读委委员应在《审读委委员推选表》所列篇目中进行推选，散文集、单篇散文各推选26部（篇），其中新秀奖入围作品须各推选8部（篇），两者均不得超额也不得缺额；若超额或缺额，该委员须重新填票。其中推选的新秀奖作品，作者年龄必须符合本细则第五条之规定，若不符合也须重新填票。评奖办工作人员在汇总统计票数前，应对此进行审核。

第十一条　审读委委员填票时，在推选表所列篇目后方格内打"√"的，表示推选该作品；不打"√"的，则表示不推选。

第十二条　第一轮推选时，获得审读委委员推荐总票数1/2以上的篇目若未达到26部和26篇，则就空额数进行第二轮投票。第一轮投票时已获1/2以上推荐总票数的篇目不再参加第二轮推选，未获得第一轮推荐票的篇目不再列入第二轮推选候选篇目。

第十三条　第二轮投票前，审读委委员再次对该轮候选作品发表推选意见，然后进行投票，投票规则参照第一轮。

第十四条 若第二轮投票结果仍未选足 26 部和 26 篇，则就空额数进行再次投票，一直到选足 26 部和 26 篇为止。推选细则参照以上规定。

第十五条 投票实行实名制，审委会委员必须在各自的《审读委委员推选表》上签名。每轮推选的《审读委委员推选汇总表》也必须经每位委员签名。

第十六条 若推选中对作品出现重大争议，且主持人认为这种争议有必要提交组委会讨论，则根据评奖条例"对有争议的备选作品，上报组委会研究决定"的规定进行处理。

第十七条 所有经过填写的《审读委委员推选表》和《审读委委员推选汇总表》，由评奖办密封保存。

第十八条 经审读委推选会推选产生的三毛散文奖终评入围作品，在三毛散文奖微信公众号"梦回橄榄树"上公示，公示内容包括作品出版或发表时的书名或标题、作者署名、出版社或杂志名称；以新秀奖入围的作品，还须公示作者出生年月。同时公布第二届三毛散文奖审读委委员名单。

三毛散文奖评奖办公室

2018 年 12 月

三毛散文奖终评委评选细则

第一条 根据《三毛散文奖评奖条例》"终评委在阅读讨论全部终评备选作品的基础上,以实名投票方式产生获奖作品。所有获奖作品均需获得终评委委员总票数 1/2 以上"等规定,为保证评选工作公平公正进行,特制定本细则。

第二条 第二届"三毛散文奖"设立散文集大奖 5 部,潜力奖、新秀奖各 4 部。设立单篇散文奖大奖 5 篇,潜力奖、新秀奖各 4 篇。以上奖项中,大奖、潜力奖的作者年龄不限,新秀奖的作者年龄限定于 45 周岁以下(1973 年 1 月及之后出生)。

第三条 终评委委员对所有终评备选作品进行审读后,举行终评委评选会,投票评选出三毛散文奖获奖作品。

第四条 终评委评选会前,终评委委员各自推荐散文集 13 部和单篇散文 13 篇。评奖办公室汇总后制作《终评委委员评选表》,评选表上备选篇目按推荐人次多少为序排列(相同推荐人次的篇目按序号先后排列),但不注明推荐人次。

第五条 根据新秀奖获奖作者年龄限定于 45 周岁以下(1973 年 1 月及之后

出生）的规定，评选表上凡符合新秀奖年龄的作者，应注明出生年月。

第六条 终评委评选会先进行单篇散文奖评选，然后再进行散文集奖评选。对散文集奖和单篇散文奖的评选，均分两个环节先后进行：第一个环节评选出散文集大奖、单篇散文大奖5部（篇），第二个环节同时评选出潜力奖4部（篇）、新秀奖4部（篇）。

第七条 终评委评选会由三毛散文奖主办单位负责人主持。主持人按本细则规定主持各项议程，并处理评选中遇到的特殊情况。主持人对具体作品不发表意见，保证终评委委员的评选独立性。

第八条 每个环节评选开始时，先由终评委委员分别发表评选意见，再进行投票。每人发言时间限3分钟内。

第九条 每个环节第一轮投票时，终评委委员应在《终评委评选表》所列篇目中进行评选，评选篇目不得多于或少于获奖篇目数量，若多于或少于获奖篇目须重新填票。评选时，在评选表篇目后方格内打"√"表示推荐该作品，不打"√"则表示不推荐。

第十条 每个环节第一轮投票时，获得终评委委员总票数1/2以上的篇目未达到获奖篇目名额，则进行第二轮投票。第一轮投票时已获1/2以上票数的篇目不再参加第二轮评选，未获得票数的作品不再列入候选篇目。若第二轮投票仍未达到获奖篇目数量，第三轮投票时可剔除最低得票篇目后进行投票（如果剔除最低得票篇目后所剩篇目等于或少于评选篇目，则保留最低得票篇目）。第三轮投票如仍未达到应选篇目，则继续投票（规则参照第三轮），一直到选足获奖篇目名额为止。

第十一条 第二个环节评选时，终评委委员应在评选表上分别注明潜力奖和新秀奖，其中新秀奖的作者年龄须符合规定，不符合的须重新填票。

第十二条 终评委委员评选时，在同等质量前提下，要兼顾作品题材、风格的多样化，适当兼顾作家所在地区的广泛性。同时要注意考虑我国港澳台地区作家和国外华语作家的评选比例。

第十三条 每个环节每轮投票均实行实名制，每位终评委委员都要在评选表上签名。汇总统计表也必须经每位终评委委员签名。

第十四条 若评选中对作品出现重大争议，且主持人认为这种争议有必要提交组委会讨论，则根据评奖条例"对有争议的备选作品，上报组委会研究决定"的规定进行处理。

第十五条 所有经过填写的《终评委委员评选表》和《终评委委员评选汇总表》，由评奖办公室密封保存。

第十六条 评选产生的三毛散文奖获奖作品，在三毛散文奖微信公众号"梦回橄榄树"上公示，公示内容包括作品出版或发表时的书名或标题、作者署名、出版社或杂志名称。其中的新秀奖作品，还须公示作者出生年月。同时公布第二届三毛散文奖终评委委员名单。

三毛散文奖组委会办公室
2019年2月

第二届三毛散文奖初评入围作品名单

散文集初评入围作品（26部）

贾平凹	《贾平凹灵性散文》文汇出版社（2017.10）
傅 菲	《故物永生》广西师范大学出版社（2017.10）
黑 陶	《泥与焰》广西师范大学出版社（2017.11）
冯秋子	《冻土的家园》大象出版社（2017.5）
冯 杰	《九片之瓦》作家出版社（2016.6）
黄 灯	《大地上的亲人》台海出版社（2017.3）
阿贝尔	《隔了河的会见》四川人民出版社（2017.7）
钟文音（台湾）	《舍不得不见你》大田出版公司（2017.8）
向 迅	《斯卡布罗集市》作家出版社（2016.4）
刘梓洁（台湾）	《爱写》皇冠出版社（2017.7）
苏枕书（日本）	《京都如晤》中华书局（2017.8）

薇　达（马来西亚）	《我不害怕》诺文出版社（2016.6）
唐朝晖	《折扇——最后一位女书自然传人》十月文艺出版社（2016.11）
张加强	《太湖传》浙江人民出版社（2016.10）
盛文强	《岛屿之书》中国工人出版社（2017.8）
谢宝光	《捡影子的人》长江文艺出版社（2017.12）
彭家河	《瓦下听风》广西师范大学出版社（2017.9）
塞　壬	《奔跑者》江苏凤凰文艺出版社（2017.11）
刘　年	《独坐菩萨岩》中国青年出版社（2017.8）
艾　云	《我的痛苦配不上我》四川人民出版社（2016.1）
陈　霁	《白马部落》人民文学出版社（2016.6）
朱朝敏	《循环之水》长江文艺出版社（2016.12）
王　芸	《此生》中国言实出版社（2017.8）
张金凤	《空碗朝天》中国言实出版社（2017.4）
杨自强	《将相本无种》上海书店出版社（2016.7）
邝美艳	《流水线上的青春》广东人民出版社（2016.7）

初评入围 45 岁以下（1973 年 1 月及以后出生）作者名单：

黄灯、向迅、刘梓洁、苏枕书、薇达、盛文强、谢宝光、彭家河、塞壬、刘年、朱朝敏、张金凤、邝美艳

单篇散文初评入围作品（26篇）

陈　词	《一棵水稻的现代属性》（《青年作家》2016 年 8 期）
晶　达	《二分之一血液和孤独的舌头》（《滇池》2016 年 9 期）
朝　颜	《逃离》（《民族文学》2017 年 9 期）

钟怡雯（马来西亚） 《昨日的世界》（《联合报》2016年3月1日）
胡　烟 《夜访菖蒲君》（《福建文学》2017年12期）
张巧慧 《金石永年》（《人民文学》2016年12期）
沈　念 《少年眼》（《散文·海外版》2017年4期）
陈蔚文 《北站以南》（《北京文学》2016年7期）
马　语 《故乡的人，他乡的我》（《人民文学》2016年1期）
聂小雨 《筒子楼》（《广州文艺》2017年9期）
毕　亮 《瞬间散去》（《滇池》2016年9期）
复　达 《北纬三十度的海味》（《文学港》2017年11期）
王剑冰 《乡间的瓦》（《天涯》2017年1期）
王小忠 《黄河的拐弯处》（《安徽文学》2016年5期）
王　族 《判断者说》（《人民文学》2017年7期）
葛小明 《二甲双胍》（《天涯》2017年2期）
周华诚 《村庄的黄昏》（《山西文学》2017年3期）
王雁翔 《那里的芬芳，我记得》（《解放军文艺》2016年9期）
耿　立 《祭父帖》（《北京文学》2016年7期）
武向春 《旖旎风情不知出自谁手》（《湖南文学》2016年4期）
瞿　炜 《1988：一个温州推销员》（《当代》2017年5期）
阿微木依萝 《那年秋风》（《西部》2017年3期）
纳兰妙殊 《地下的铁》（《小说界》2016年3期）
陈峻峰 《私人理发史》（《天涯》2017年5期）
宇　秀（加拿大） 《那年的粉红叫的确良》（《上海文学》2017年6期）
陈　峰 《少年时光一支箭》（《散文选刊》2017年9期上半月）

初评入围 45 岁以下（1973 年 1 月及以后出生）作者名单：
陈词、晶达、朝颜、胡烟、张巧慧、沈念、陈蔚文、毕亮
王小忠、王族、葛小明、阿微木依萝、纳兰妙殊

第二届三毛散文奖获奖作品颁奖词

散文集获奖作品颁奖词

大奖（5部）

贾平凹《贾平凹灵性散文》颁奖词

这是一部别有意味的散文精选集。记事记人，品味日常，作家总是能够穿透种种世俗的表象，奉出如酒的灵思；观球说石，叩问人生，作家常常声东击西，一语中的，坦陈生命内在的哲思。作品文字圆润，从容舒朗，尽情时常显世道人情的喟叹，随兴处亦不乏幽默之意趣，印证了"佛乃修成，而非炼就"之人生真谛。

钟文音（台湾）《舍不得不见你》颁奖词

爱到不能爱，走到不能走。钟文音以哀婉的语调，在忧伤欲泣的文字中，缓缓呈现了母女之间的款款深情，也传达了作者对女性命运的丰沛之思。它来自无人可以剥夺的血缘，又超越了凡夫俗子的道义；它是女儿对母亲虽苦犹甜的漫长陪伴，也是母亲对女儿静默无言的精神传递。它以丰盈的感性化追述，展示了作者诚挚而又高迈的感恩之心。

傅菲《故物永生》颁奖词

故物的芳香是生命的芳香，故物的温暖是情感的温暖，故物的坚实是命运的坚实。在《故物永生》里，每一件故物都承载了生命里挥不去的故人，每一件故物都浓缩了血脉里流不尽的乡情，每一件故物都镌刻了故土中磨不掉的荣耀与伤痛。作者在深情的回首中，道出了物与人的统一，身与心的统一。故物永生，灵魂便也永生。

黑陶《泥与陷》颁奖词

这是一部浸透了生命血浆的记忆之书。乡村、农舍、窑场、成长……作者以烈焰般的文字，再现了一个个片段化的生存场景，也构筑了一个意象纷呈的江南。它清贫却不枯寂，单调却很坚韧；既有泥土般的温软，又有火焰般的热烈；各种庸常的生活事象之中，却不时地跃动着生命特有的绚烂，宛如一部民间记忆中的江南日常生活史。

冯秋子《冻土的家园》颁奖词

这是一部有关故乡的挽歌式作品。它笔力深稳，纵横于坚硬的大地与苍茫的草原之上，体现了作家面对故土亲人的凭吊之情。回首与遥望之间，那山那水那土地，处处袒露了生命的执着与坚韧，旷达与苍凉；追念与感怀之中，那人那事那情怀，时时散发出尘世的苦难与沧桑，纯朴与温馨；从容与舒缓之中，体现了作者内在的艺术腕力。

潜力奖（4部）

唐朝晖《折扇——最后一位女书自然传人》颁奖词

这是一本瑰丽的性别之书。作者以充满深情的笔触，通过对女书自然传人的寻访，将地域风貌、民情习俗、族群记忆与性别感悟融为一体，揭示了女书所承载的丰厚历史文化，以及女书对当地生活的独特影响。它丰硕而又端庄，神秘而又凝重，温馨且不乏诗意，鲜活地演绎了女性生命的内在律动，饱含着作者对底层女性命运的体恤之情。

张加强《太湖传》颁奖词

这是一曲雄浑苍茫的文化之歌。它以宏阔的视野，精深的思考，缜密的爬梳，悠扬的文字，穿透幽暗历史的种种迷障，为我们呈现了太湖所承载的厚重内涵与辉煌文明。发端远古，延续今日；上连中原文化，下接海洋文明，最终铸就了太湖独特的骨骼、血脉、气韵和灵魂。它是一部有关江南的精神个性史，也是一部地域文明的别样史。

冯杰《九片之瓦》颁奖词

这是一部情趣盎然的怀乡之作。作者穿行于乡间地头，盘旋于各类事象，驻足于芬芳记忆，感怀于生命伦理，在充满灵性的文字中，展示了创作主体对于乡村日常生活的独特理解，也传达了作家自身对生活内在韵致的深切体察。格物致知，穷心尽理；刚柔兼济，曼妙传神；小调低吟，举重若轻；择现实片段之精华，昭别样人生之意趣。

艾云《我的痛苦配不上我》颁奖词

疾病不只是肉身的折磨，也是精神的受难，灵魂的煎熬。艾云从疾病出发，通过对特殊个案的感伤性书写，不仅从发生学意义上探寻了女性疾病形成的生存陋习和文化痼疾，而且从人类学层面上展示了个体生命质量与民族生存智慧的关系。作品温婉细腻，饱含哲思，体现了作家异常开阔的文化视野，也折射了她对女性苦难命运的深邃之思。

新秀奖（4部）

盛文强《岛屿之书》颁奖词

这是一部大海和岛屿生活的观察记与沉思录，涉及了众多的维度和丰富的意味：脚下与远方，往昔与今日，真实和奇幻，封闭和敞开。它们的辽阔和深邃，危险和诱惑，在沉静的书写中获得了真切的容貌。尽管它疏离于熟悉的日常经验，但因为人的梦想和行动，同样成为现实生活的丰富复杂性的生动镜像。

向迅《斯卡布罗集市》颁奖词

在这部作品中，消逝已久的故乡从记忆深处浮现，印证了文字抵抗遗忘、重建世界的神奇功能。片段的印象连缀起了作者童年少年时的生活，家族的历史，卑微者的命运，经由时光的淘洗，其中的疼痛和挣扎、忧伤和温暖，在低回舒缓的叙述中，被一道人性的光芒照亮，成为生命深长的慰藉。

黄灯《大地上的亲人》颁奖词

这是一部真诚而朴素的作品，悲悯和忧患赋予了它厚度和重量。农村儿媳的身份，让作者得以零距离地走入当下乡村生活现场，观察到它的细部和皱褶、血肉和筋膜，感受到广大的卑微者的艰辛与苦难，梦想和挣扎。经由一种深邃的理性目光的透视，一个家族的生存境遇，成为一个社会学意义上的样本，储存了社会转型期的丰富驳杂的信息。

谢宝光《捡影子的人》颁奖词

这部作品集中地展现了一个年轻的写作者面对生活的困惑和探索，真率和坦诚为其言说奠定了底色。清醒和迷茫，执拗和犹疑，自我选择与群体规范，生命特定时段的焦灼和亘古永存的人类困境……依托具有密度的语言和鲜明的画面感，存在的意义和价值被反复而尖锐地质询。个体生命的成长中，折射出的是具有共同性的精神履历。

单篇散文获奖作品颁奖词

大奖（5篇）

复达《北纬三十度的海味》颁奖词

这是一组典型的"海洋乡土"文本。作者将海岛地域风貌和乡情风味相融合，准确而生动地描写了舟山群岛独特的海味风情。鱼的生长习性、生活场所、各类海味制作，与作者长期的观察和深厚的积累，形成了深切体验，眼光独到，海味中显现出浓郁的哲学思辨意味。

晶达《二分之一血液和孤独的舌头》颁奖词

这是一篇关于民族寻根和融合的碰撞之作。作者凭借二分之一达斡尔族血液叙述者的独特视角，以母语为聚焦多棱镜，充分展示了当代少数民族的现实生活生态，细致而真实的袒露，爱和怨的矛盾，客观而冷静的解剖。这一切，都使得文本意境丰沛而神秘。

钟怡雯（马来西亚）《昨日的世界》颁奖词

这是一篇回望昨日世界的凝练之作。从出生地马西来亚到居住地台湾，贫穷的故地和艰难的生活，在小学和中学同学变化的相片里，在父母亲的深深惦记中，甚至在杂乱无章的梦忆里。所幸一切都已成过往。文本叙述散淡真诚，主旨却紧致而具有强大的沧桑张力。

胡烟《夜访菖蒲君》颁奖词

这是一篇烟火味极浓的写植物的性灵之作。作者将菖蒲当作心仪的至亲爱人，从历史到现实，一路不舍追寻，融入了自己深深的气血，视野开阔，虚实相生，气息迷人，意境深美。作者和植物的在场感和介入感都较强，展示了一种别样的文化视野和精神气象。

耿立《祭父帖》颁奖词

这是一封儿子写给已故父亲的饱含深情的告慰书。卑微的生活，失败的经历，遭受的苦难，一一构成了农民父亲的最终日常。作者在追怀历史中显现悲悯情怀，在回望乡土时抒发深邃思想。我们都是父亲的儿子，柔弱的父亲血肉丰满，卑微的父亲值得所有儿子尊重。

潜力奖（4篇）

沈念《少年眼》颁奖词

沈念的《少年眼》，透过一个少年的视觉来认识洞庭湖的神奇美丽和湖区人的生存姿态，继续了他一以贯之的轻灵、隽永的叙事风格，这使他笔下的洞庭湖充满氤氲的梦境特质，也让我们看到了他那绵延不断、变幻多端、自成一格的叙事策略趋向成熟。

张巧慧《金石永年》颁奖词

张巧慧的《金石永年》，是对于拓碑、墓志、印章、琴曲的文学解读。她让我们在那些陈腐、老旧的物什中，触摸到了一种风雅、一种文化沉淀后的醇香韵味；也使我们感受到她的散文创作，呈现出了新的气象和风韵。

王族《判断者说》颁奖词

在所有西北题材的散文中，王族的《判断者说》是一种另类。它通过白描手法和陌生化艺术处理，使我们洞见到了西北生活的诸多秘密，也使我们体会到了工业文明深入过程中那日渐丢失的敬畏自然的意识，更使我们感受到了散文创作走向超拔与辽阔之境的无穷潜力。

聂小雨《筒子楼》颁奖词

聂小雨的《筒子楼》是一种底层书写，记叙了城市里一群欲望中仍有温情的小人物，在平淡之中演绎的悲剧或喜剧。作者通过对日常生活的朴素描写，表现了生活本身内在的巨大力量和丰富内涵，显示了散文创作难能可贵的一种向下扎根的姿态。

新秀奖（4篇）

陈词《一棵水稻的现代属性》颁奖词

陈词将自我投射在一棵水稻上，孤单、弱小、无助、卑微，既是在场者，亲历生活之种种困境，又是旁观者，以同情目光看待同事之遭际。他那颗年轻的、渴望自由的心如清冷明月高悬天穹，诗性的灵魂试图追逐火车奔向远方。文学，是改变自己、成长丰富、获得自由的可能？！

阿微木依萝《那年秋风》颁奖词

阿微木依萝以富有质感的文字、生动的笔触，叙写一次出行。无目的的行程，又好似有所指向；追寻逝去的情感，却进行着一次情感经历；去往叫渡口的城市，渡口却不是生命的出口，试图改变的个体命运终究无力改变。出行的结果是返回，希望与绝望并行，情感与命运终究无法确定。

周华诚《村庄的黄昏》颁奖词

是什么，吸引周华诚反复去抒写父亲的水稻田，他的故乡村庄？此文中，"父亲的水稻田"不再是一个修辞或一种行为艺术，而有了现实的、深切的痛楚。时间跨度二三十年，周华诚以朴素笔触，叙写了乡村与城市的疏离，荒芜的村庄，无人耕种的田地，不再被记忆的手艺。他试图返回、重现昔日的乡村田园。

朝颜《逃离》颁奖词

朝颜从一个走上逃离之路的留守少年展开叙述，通过少年的成长历程回顾，聚焦一个家庭内部的矛盾冲突和心理变化，将一个人、一条线摊铺成了一张硕大的社会网络，其维度不仅牵涉逃离者本身，亦有对家庭中不同角色，教育者之角色，同龄者之角色乃至作者本人的层层拷问。作品以白描的手法，冷峻的叙述，呈现了新散文写作者关注"逃离"现象新的笔法和功力。